Rowohlt Verlag GmbH, Kirchenallee 19, 20099 Hamburg

Kontaktadresse nach EU-Produktsicherheitsverordnung:
produktsicherheit@rowohlt.de

Petra Schier, Jahrgang 1978, lebt mit ihrem Mann und einem Schäferhund in einer kleinen Gemeinde in der Eifel. Sie studierte Geschichte und Literatur und arbeitet mittlerweile freiberuflich als Lektorin und Schriftstellerin. Nach «Tod im Beginenhaus» (rororo 23947), «Mord im Dirnenhaus» (rororo 24329) sowie «Verrat im Zunfthaus» (rororo 24649), ihren historischen Romanen um die Apothekerstochter Adelina, folgt hier nun der Auftakt zu einer neuen historischen Romanreihe der erfolgreichen Autorin.

Mehr Informationen zur Autorin unter *www.petralit.de.*

Petra Schier

Die Stadt der Heiligen

Historischer Roman

Rowohlt Taschenbuch Verlag

6. Auflage November 2021

Originalausgabe
Veröffentlicht im Rowohlt Taschenbuch Verlag,
Reinbek bei Hamburg, März 2009
Copyright © 2009 by Rowohlt Verlag GmbH,
Reinbek bei Hamburg
Umschlaggestaltung any.way, Cathrin Günther
(Abbildungen: akg images)
Satz New Baskerville PostScript (Miles Oasys) bei
pagina GmbH, Tübingen
Druck und Bindung
BoD - Books on Demand GmbH,
Norderstedt, Germany
ISBN 978 3 499 24862 7

*Unselig aber sind jene, die auf Totes
ihre Hoffnung setzen
und Werke von Menschenhand
als Götter bezeichnen ...
(Buch der Weisheit 13,10)*

*Es gibt nichts Verborgenes,
das nicht offenbar wird,
und nichts Geheimes,
das nicht bekannt wird
und an den Tag kommt.
(Lukas 8,17)*

*Meinen Brüdern gewidmet:
Thomas, Andreas, Michael*

Prolog

JAKOBSWEG, BEI PAMPLONA
24. DEZEMBER, ANNO DOMINI 1411

Still und in Gedanken versunken stand Christophorus am Grab seines Freundes. Ein feuchtkalter Wind fegte über den kleinen Bergfriedhof und klappte die Kapuze von Christophorus' Pilgermantel hoch. Mechanisch zog er sie ganz über den Kopf, löste jedoch nicht den Blick von dem mit Steinen umrandeten Grabhügel und dem simplen Holzkreuz.

Aldo Schrenger hatte einen richtigen Leichenstein verdient, nicht dieses windschiefe Ding, auf dem nicht einmal sein Name vermerkt war. Doch er hatte es nicht anders gewollt.

Kein Aufhebens, hatte er gesagt, kurz bevor es mit ihm zu Ende gegangen war. *Wem soll ein weiterer Grabstein am Weg des heiligen Jakobus nützen? Doch nur dem Steinmetz, der ihn anfertigt. Kein Aufhebens.*

Christophorus schloss für einen Moment die Augen. Als er sie wieder öffnete, hob er den Kopf ein wenig an und konnte so über den Rand der Friedhofsmauer bis hinüber nach Pamplona sehen.

Sieben Tage waren seit dem Tod seines Freundes verstrichen. Christophorus hatte währenddessen gebetet, getrauert und einem jungen Barbiergesellen namens Artur zur Flucht aus der Stadt verholfen. Nun wurde es auch für ihn Zeit, weiterzuziehen. Zwar würde er in diesem Winter die Pyrenäen nicht mehr überqueren können, doch er hatte bereits eine Reisegruppe gefunden, der er sich im Frühling anschließen würde.

Sein Ziel war Aachen, die Stadt des heiligen Karl, Aldos Heimat. Die Reisegruppe bestand aus Pilgern und Gauklern sowie einigen Kaufleuten, die allesamt zur Heiltumsfahrt nach Aachen ziehen wollten. Die Pilgerreise dorthin war ein Ereignis, beinahe zu vergleichen mit Santiago de Compostela oder gar dem heiligen Rom. Auch die Tatsache, dass in Aachen die großen Reliquien nur alle sieben Jahre gezeigt wurden, war etwas Besonderes. Jeder gläubige Christ erschauerte schon bei dem bloßen Gedanken an den Anblick der Windeln und des Lendentuchs des Heilands, des Kleides der Gottesmutter Maria oder des Enthauptungstuchs Johannes des Täufers. Tausende und Abertausende Menschen würden im Juli des kommenden Jahres nach Aachen ziehen.

Christophorus wandte sich nun doch vom Grab ab und ging langsam zurück zur Friedhofspforte, vor der er sein Maultier angebunden hatte. Eine solche Menge von Pilgern versprach ein gutes Geschäft für ihn. Den Winter würde er dazu nutzen, seine Vorräte aufzufüllen.

Er wäre auch nach Aachen gezogen, wenn Aldo nicht gestorben wäre. Als Junge von sieben Jahren hatte Christophorus einst mit seinen Eltern die Heiltumsweisung besucht. Die Stadt, die vielen Menschen und die wunderbaren Reliquien hatten ihn so sehr beeindruckt, dass er gelobt hatte, noch einmal in seinem Leben dorthin zu reisen. Dass er nun mit Trauer im Herzen und schlimmen Nachrichten für die Familie seines Freundes im Gepäck nach Aachen gehen musste, änderte nichts daran, dass er die Stadt nach einigen Wochen als wohlhabender Mann wieder verlassen würde. Dieser Plan würde ihm Antrieb geben.

Sein Schmerz würde vergehen und nach einer Weile nichts als die Erinnerung an eine große Freundschaft bleiben.

Und an das Versprechen.

Christophorus band das Maultier los und führte es langsam den steilen, gewundenen Pfad hinunter zur Straße, die nach Pamplona hineinführte.

Er würde sein Versprechen halten, wenn er auch noch nicht wusste, wie er das bewerkstelligen sollte. Doch er würde es niemals brechen – man konnte über ihn sagen, was man wollte; er, Christophorus, stand zu seinem Wort.

1. Kapitel

AACHEN
2. JULI, ANNO DOMINI 1412

«Afrancba!» Marysa warf die angefangene Handarbeit zurück in den Korb. «Für diesen Kram habe ich einfach keine Geduld.»

«Was du nicht sagst», schmunzelte ihre Mutter Jolánda und strich die Stickerei auf der Haube, die sie gerade beendet hatte, glatt. «Warum fängst du bloß immer wieder damit an?»

Marysa verzog verärgert das Gesicht. «Weil *er* es so will. Es geht ihm einfach nicht in den Kopf, dass ich kein Talent fürs Sticken und Nähen habe. Viel lieber würde ich die Laute hervorholen. Wie lange habe ich schon nicht mehr gesungen! Weißt du noch, wie wir immer gemeinsam mit Vater musiziert haben?»

Jolánda nickte ruhig. «Wie könnte ich das je vergessen.» Sie streckte die Hand aus und legte sie ihrer Tochter auf den Arm. «Reinold hat dir das Singen doch nicht verboten, oder?»

«Nein.» Marysas Miene hellte sich eine Spur auf. «Nein, das hat er nicht. Jedenfalls nicht direkt. Er mag es nur nicht.»

«Wo ist er hingegangen, sagtest du?» Jolánda legte die Haube zusammen und griff nach einem Paar Strümpfe, die an den Fersen geflickt werden mussten. Ihre Augen funkelten herausfordernd.

«Auf den Parvisch. Er will mit den Kanonikern einen Vertrag machen, damit er eine der besseren Nischen am Dom für seinen Verkaufsstand während der Heiltumsweisung bekommt. Die Kirmes beginnt in acht Tagen, und die Platzverteilung ist noch immer nicht geregelt. Danach geht er vermutlich noch ins Zunfthaus.»

«Also wird er vor dem Abend nicht zurück sein», schloss Jolánda mit einem Zwinkern. «Warum gehen wir nicht hinaus in den Hof und setzen uns ein wenig in die Laube? Es ist sonnig und warm, und ein wenig Gesang mit Lautenbegleitung wird dort unten doch niemanden stören, oder?»

«Vermutlich nicht.» Ermutigt stand Marysa auf und streckte sich. Ihr Nacken schmerzte nach der Stunde, die sie sich konzentriert über ihre Handarbeit gebeugt hatte. Auch ihre Mutter erhob sich und legte der Tochter einen Arm um die Taille. Die beiden Frauen ähnelten einander sehr. Marysa hatte die grazile Gestalt, das herzförmige Gesicht und die kastanienbraunen Locken ihrer ungarischen Mutter geerbt. Ebenso das kleine Grübchen neben dem linken Mundwinkel und die katzenhaft grünen Augen. Dennoch wirkte Marysa in allem etwas herber und kantiger. Ein Umstand, den sie manchmal bedauerte, der sie jedoch täglich daran erinnerte, dass sie auch ihres Vaters Tochter war.

Gotthold Schrenger, der bekannteste Schreinbauer und Reliquienhändler Aachens, war nun schon seit einem Jahr tot, und noch immer vermisste Marysa ihn schmerzlich. So streng er sich zuweilen auch gegeben hatte, in seinem Haus hatten Lachen, Geselligkeit und Musik das Leben bestimmt. Nun war sie verheiratet mit einem Mann, der all das verabscheute.

Marysa lehnte sich kurz gegen ihre Mutter, dann ging sie zur Tür und rief nach der jungen Magd Imela. «Hol mir die Laute aus meiner Schlafkammer», trug sie ihr auf. «Und bring sie hinunter in den Hof.»

Imela, gerade vierzehn Jahre alt, hellblond und so schmal und schüchtern, dass man sie leicht übersah, nickte eifrig und huschte hinauf ins Obergeschoss.

Mit dem Ärmel seines weißen Dominikanerhabits wischte Christophorus sich über den schweißnassen Nacken. Die Julisonne brannte jetzt, am frühen Nachmittag, unbarmherzig auf die Stadt nieder. An einer Viehtränke am Rand des Marktplatzes blieb er stehen und ließ sein treues Maultier in Ruhe Wasser trinken. Er befand sich nicht allzu weit vom Ordenshaus der Dominikaner in der St. Jakobstraße entfernt und überlegte, ob er sich dort einquartieren sollte. Andererseits lockten ihn der Trubel und das Gewimmel der vielen Menschen in den Straßen und Gassen Aachens. Seit er die Stadt durch das Ponttor betreten hatte, war er nur noch sehr langsam vorangekommen. Obwohl es noch acht Tage bis zum Beginn der Kirmes – des Kirchweihfestes – waren, hatten sich bereits unzählige, ja Tausende Pilger eingefunden. Die Felder und Wiesen vor den Stadttoren und die Vororte hatten sich in ein riesiges Zeltlager verwandelt. Es fehlten nur die Waffen, und man hätte vermuten können, Aachen stände unter einer feindlichen Belagerung.

Innerhalb der Stadtmauern drängten sich die Menschen, es herrschte eine unvorstellbare Enge. Zelte und notdürftige Unterkünfte säumten die Gassen und Straßen beinahe allerorten; die Herbergen waren jetzt schon drei-

oder vierfach belegt. Estella, die kleine Akrobatin aus der Gauklertruppe, mit der er die vergangenen Monate hierhergereist war, hatte ihm erzählt, dass sogar die Krankenhospitäler Schlafplätze bereitstellten und die Nahrungsmittel für die Menschenmassen von weit her aus dem Umland herbeigeschafft werden mussten.

Sosehr er es auch versuchte, er konnte sich nicht mehr erinnern, ob die Stadt bei seinem letzten Besuch vor einundzwanzig Jahren auch so überfüllt gewesen war. Aber als Kind nahm man solche Dinge wohl auch ganz anders wahr.

Christophorus trat beiseite, als zwei Abortkehrer einen vollbeladenen Mistwagen an ihm vorbeischoben, und wäre beinahe über ein umgekipptes Weinfass gestolpert, in dem sich ein junger Mann im Pilgermantel zum Schlafen zusammengerollt hatte. Der Gestank, der dem Mistkarren nachwehte, zerrte an Christophorus' Magen. Nachdem das Maultier seine Nase aus der Tränke gehoben hatte, packte er die Leine fester und ging neugierig auf das imposante Rathaus zu. Einen solchen Bau hatte er selten gesehen. Die hohen Mauern, unterbrochen von unzähligen Fenstern, waren eine eindrucksvolle Zurschaustellung der bürgerlichen Macht und Prunkentfaltung. Doch so mächtig das Rathaus auch wirkte, es stand dennoch im Schatten eines noch viel beeindruckenderen Bauwerks: des Aachener Doms. Jenes Gotteshauses, das schon auf Kaiser Karl den Großen zurückging und in dessen Innerem einige der bedeutendsten und heiligsten Reliquien der Christenheit aufbewahrt wurden.

Christophorus hatte sich bereits vorgenommen, den Dom am folgenden Tag aufzusuchen. Als Ordensbruder würde es ihm kaum Schwierigkeiten bereiten, einen gesonderten Zugang zu erhalten, insbesondere, wenn er eine seiner wertvollen Geleitschriften vorzeigte.

Doch zunächst musste er einen sehr viel schwierigeren und bedrückenderen Gang hinter sich bringen. In der Kockerellstraße, wo Aldos Wohnhaus stand, hatte man ihn auf die Frage nach dessen Mutter oder Schwester zum Büchel geschickt, und der Weg führte ihn direkt über den Marktplatz. Er umrundete Buden, Schragentische und offene Garfeuer, zwischen denen Hausfrauen und Handwerker miteinander feilschten, auf der Suche nach der Einmündung, die ihm der Knecht in der Kockerellstraße umständlich beschrieben hatte.

Als ein dürrer, hochgeschossener und in viel zu großen Kleidern steckender Junge sich an ihm vorbeischieben wollte, hielt Christophorus ihn am Ärmel fest. «He, du! Wo geht es zum Büchel?»

Der Junge blieb stehen und musterte Christophorus neugierig. Dann rümpfte er enttäuscht die Nase. «Ihr seid Dominikaner, wie? Ein Bettelmönch. Dann könnt Ihr mir wohl nix für die Auskunft bezahlen?» Hoffnungsvoll hielt er trotzdem die Handfläche auf.

Christophorus verzog amüsiert die Mundwinkel. «Kommt drauf an, ob du mir die richtige Richtung weist, Junge. Oder kennst du den Weg am Ende gar nicht?»

«Aber sicher weiß ich den Weg zum Büchel», rief der Junge, und seine Stimme kiekste ein wenig. Er befand sich offensichtlich im Stimmbruch. «Ich bin in Aachen geboren und kenne hier jeden Winkel.» Er verbeugte sich leicht. «Milo heiße ich und geleite die Fremden durch die Stadt. Ich weiß, wo die besten Herbergen sind, aber auch, wo man nicht so viel bezahlen muss. Ich kenn die Bader, die Hurenhäuser, die Quellen ... Das Dominikanerkloster ist drüben in der St. Jakobstraße.»

«Das wollte ich aber gar nicht wissen.» Auffordernd blickte Christophorus Milo an.

Dieser nickte. «Folgt mir, ich zeige Euch den Büchel. Zu wem wollt Ihr denn?»

Christophorus ging neben Milo her, der ihn am Markt vorbei zu einer Straße führte, die weniger dicht bebaut war als die Gassen in direkter Nähe des Rathauses und des Doms. «Man sagte mir, dass ich die Witwe Schrenger und ihre Tochter im Haus des Schreinbauers Reinold Markwardt finde.»

«Klar findet Ihr die dort. Die Frau Marysa hat doch letzten November Meister Markwardt geheiratet. Und ihre Mutter besucht sie fast jeden Tag.» Milo grinste. «Ich weiß das, weil mein Freund Jaromir dort Knecht ist. Er erzählt mir immer alles und schenkt mir manchmal ein halbes Brot oder ein Stück kalten Braten. Aber nur, wenn Balbina, die Köchin, es nicht bemerkt. Auch die Frau Marysa ist in Ordnung. Sie hat mir mal einen echten Silberpfennig gegeben, weil ich ihr geholfen habe, ihre Einkäufe zu tragen.» Milo blieb vor einem schmalen, jedoch sehr langgezogenen, einstöckigen Fachwerkhaus stehen, dessen Eingangstür kunstvoll mit Schnitzereien verziert war. Über dem Eingang thronte eine Marienstatue aus Messing. «Hier ist es.»

Christophorus musterte das Haus eingehend. Aldos Schwester war also inzwischen verheiratet. Aber das hatte er schon vermutet, als man ihn von ihrem Vaterhaus hierherschickte. «Es scheint, als lebe Frau Marysa in wohlhabenden Umständen», sagte er und kramte aus einer versteckten Geldkatze in seinem Ärmel einen Pfennig hervor.

«Ja doch, die kann sich nicht beklagen.» Milo nickte heftig. «War ja sowieso eine gute Partie, weil ihr Vater, der Meister Schrenger, so ein bekannter Reliquienhändler gewesen ist. Ich glaube, der war richtig reich. Der Meister

Markwardt ist nicht so bekannt. Jaromir sagt, er ist kein guter Kaufmann. Aber wohlhabend ist er allemal. Das Haus ist riesig innen drin, und sie haben sogar einen eigenen Laufbrunnen für Trinkwasser!» Bei dieser Vorstellung verdrehte Milo vielsagend die Augen.

Christophorus drückte ihm das Geldstück in die Hand. «Ich danke dir. Sollte ich wieder einmal einen Fremdenführer benötigen …»

«Ihr findet mich jeden Tag irgendwo am Markt, es sei denn, ich habe gerade einen Kunden, dem ich die Stadt zeige», erklärte Milo aufgeregt und prüfte den Pfennig, indem er darauf biss. Dann nickte er Christophorus noch einmal zu und machte sich davon.

Christophorus blickte an der ordentlich gekalkten Fassade des Hauses empor und machte dann einen Schritt auf die Haustür zu.

«Kann ich Euch behilflich sein, Bruder?» Auf der rechten Seite bog gerade ein alter Mann um die Hausecke. Sein graues Haar umrandete eine Halbglatze, und über seiner beeindruckenden Hakennase leuchteten zwei aufmerksame blaue Augen. Er trug einen Eimer mit Getreide, also handelte es sich wohl um einen Knecht.

Höflich nickte Christophorus ihm zu. «Ich suche die Witwe Schrenger und ihre Tochter Marysa.»

«Dann seid Ihr hier richtig.» Der Knecht lächelte und entblößte dabei ein unerwartet gesundes und vollständiges Gebiss. «Frau Jolánda und Frau Marysa sitzen hinten in der Laube. Ich kann Euch hinführen, wenn Ihr wollt.»

«Ich bitte darum.» Christophorus folgte dem Knecht um die linke Hausecke zu einem übermannshohen Tor, das wohl in den Hinterhof führte. Der Knecht stieß das Tor auf, wartete, bis Christophorus sein Maultier an einem Pfosten angebunden hatte, und ließ ihn eintreten.

Das Tor zog er sogleich wieder zu. Damit wurde der Lärm der Straße ein wenig abgemildert, und sie konnten nun leise Lautenklänge vernehmen.

«Frau Marysa spielt», sagte der Knecht und blieb stehen. «Das tut sie nicht mehr oft. Ihr solltet warten, bis sie aufhört.»

Christophorus hob überrascht die Brauen und folgte dem Knecht erneut, als dieser sich langsam einer kleinen blumenberankten Laube rechts hinten in dem quadratischen Hof näherte.

Die Lautenklänge wurden deutlicher; er vernahm ein bekanntes Frühlingslied, vorgetragen von einer angenehmen glockenhellen Stimme:

«*Maienzit Ane nit Vröuden git Widerstrit;*
Sin widerkumen kan uns allen helfen.
Uf dem plan Ane wan Sicht man stan Wolgetan
Liehtiu bruniu bluemlin biden gelfen;
Durch das gras sint si schon ufgedrungen.
Und der walt Manihvalt ungezalt Ist erschalt,
Daz er wart mit dem nie baz gesungen.»

Christophorus trat noch einen Schritt vor, sodass er um einen der berankten Pfosten der Laube herumschauen konnte, und erblickte eine junge Frau in einem hellgrünen Kleid, die mit halbgeschlossenen Augen auf einem gepolsterten Hocker saß und beim Singen die Laute schlug. Sie schien ganz in ihrem Gesang aufzugehen und nichts von ihrer Umgebung zu bemerken. Vor ihr auf einer Strohmatte saß ein blasses Mädchen, das einen Schuh polierte und verzückt lauschte.

Er wusste nicht, was er erwartet hatte. Für einen langen Moment ließ Christophorus seinen Blick auf dem Gesicht der jungen Frau ruhen. Sie war weder besonders hübsch noch hässlich, soweit er das bei dem strengen weißen Gebende und dem Schleier, der ihr Gesicht umrahmte, beurteilen konnte. Doch sie erinnerte ihn sofort an Aldo.

Als Marysa ihr Lied beendet hatte, trat der alte Knecht vor und räusperte sich vernehmlich.

Sie hob den Kopf. «Ja, Grimold, was gibt es?»

2. Kapitel

Marysa starrte auf den versiegelten Brief, den Christophorus ihr übergeben hatte, doch sie konnte sich nicht durchringen, ihn zu öffnen. Aldo war tot. Ihr geliebter Bruder war nicht mehr; irgendetwas in ihrem Kopf weigerte sich, dies zu begreifen. Er war schon mehr als ein Jahr fort gewesen, auf einer Pilgerreise nach Santiago de Compostela. *Schwesterchen,* hatte er bei seinem Fortgehen gesagt, *wenn ich zurückkomme, bringe ich dir die schönste Reliquie mit, die ich finden kann.* Und für seinen Vater hatte er ebenfalls Reliquien einkaufen wollen. Heiltümer, die Gotthold Schrenger hätte gewinnbringend weiterverkaufen können. Nun lag vor Marysa auf dem mit Blütenranken bestickten Tischtuch eine Jakobsmuschel. Das Pilgerabzeichen, das Aldo an seinem Mantel getragen hatte, und daneben sein silbernes Kruzifix. Seit sie denken konnte, hatte er es an einem Kettchen um den Hals getragen, und nun sollte es ihr gehören. Flüchtig dachte sie an ihr eigenes kleines Kruzifix. Sie hatte es ihrem Bruder bei seinem Fortgehen als Glücksbringer mitgegeben. Wo es wohl abgeblieben war? Sie wollte den Dominikaner jedoch nicht danach fragen. Vielleicht hatte er es ja mit Aldo begraben.

Ihre Mutter saß auf der Bank am anderen Ende des Tisches und schluchzte. Auch sie hielt einen Brief ihres Stiefsohnes in der Hand. Doch statt ihn zu lesen, zerknitterte sie ihn in ihren Händen.

Christophorus stand unangenehm berührt und etwas unschlüssig mitten im Raum. Er hatte schon früher Menschen über den Tod eines Anverwandten in Kenntnis gesetzt, doch diesmal war es anders. Er teilte die Trauer der beiden Frauen, vermutete jedoch, dass sie ihm, da er der Überbringer der schlimmen Nachricht war, vielleicht nicht eben freundlich gesinnt sein würden. Da half es auch nichts, zu beteuern, dass er ein guter Freund Aldos gewesen war.

Die Mutter hatte ihn mit einem derartigen Entsetzen angesehen, dass es ihm schon beim Gedanken daran schauderte. Aldos Schwester hatte noch kein Wort gesagt.

Marysa bemühte sich, ruhig zu bleiben. Der Mann, der vor ihr stand, war ein Dominikaner. Groß, breitschultrig, mit einem herben, kantigen Gesicht, das sicherlich nicht als schön zu bezeichnen war, jedoch mehr Männlichkeit ausstrahlte, als es einem Ordensbruder anstehen mochte. Sein dichtes, fast schwarzes Haar umrandete eine bereits wieder zuwachsende Tonsur. Vermutlich hatte er sie auf der Reise nicht ausrasieren lassen, um Geld zu sparen. Die ganze kräftige Gestalt passte nicht in ihr Bild von einem Bettelmönch, dennoch hatte er sich als Bruder Christophorus vorgestellt, seines Zeichens Ablasskrämer des Heiligen Vaters.

Und das war es, was sie am meisten verwunderte. Aldo hätte sich doch niemals mit einem Mönch angefreundet, schon gar nicht mit einem, der Ablassbriefe verhökerte! Aldo hatte den Ablasshandel stets als verwerflich angesehen, eine Ansicht, die Marysa aus tiefstem Herzen teilte. Außerdem waren die Dominikaner der verlängerte Arm der Inquisition, das wusste jeder, und Aldo hätte sich so weit wie möglich von einem Vertreter dieses Ordens ferngehalten. Nicht nur wegen seiner ans Ketzerische grenzenden Ansichten über den Ablasshandel, sondern auch ...

Sie hob den Kopf und sah dem Dominikaner fest in die Augen. «Wie ist das möglich? Ihr sagt, Aldo wurde in einem Kampf verwundet. Welchen Grund sollte mein Bruder gehabt haben, sich mit irgendwem zu schlagen? Er war ein friedfertiger Mensch. Wie hätte er jemandem einen Vorwand geben sollen, ihn anzugreifen?»

«Marysa, lass doch», kam es mit leiser Stimme von ihrer Mutter, die sich mit dem Ärmel ihres Kleides ein ums andere Mal über die Augen wischte. «Der Bruder wird müde sein und sich setzen wollen. Außerdem ist er nach der langen und beschwerlichen Reise sicherlich hungrig. – Seid Ihr hungrig, Bruder Christophorus? Wir sollten ihm etwas zu essen bringen lassen und ... Er war doch immerhin ein Freund von Aldo, und er hat den langen Weg auf sich genommen ...»

«Und woher wissen wir, dass es sich tatsächlich so verhält?» Marysa blickte ihre Mutter finster an. «Können wir sicher sein, dass er uns die Wahrheit sagt?» Sie stand auf und trat einen Schritt auf Christophorus zu. «Ihr habt uns diese Briefe und Aldos Hab und Gut gebracht. Dafür danke ich Euch. Doch Ihr müsst verzeihen, wenn ich daran zweifle, dass mein Bruder Euch in irgendeiner Form verbunden war. Was wollt Ihr hier, Bruder Christophorus?»

Er wich dem forschenden Blick aus ihren leuchtend grünen Augen nicht aus. Zwar hatte er erwartet, dass man ihm mit Misstrauen begegnen, jedoch nicht, dass ihn das so schmerzen würde.

«Nun?» Marysa hob auffordernd die Brauen.

«Ich verstehe Euren Schmerz und dass Ihr mir nicht traut», begann er. «Ihr kennt mich nicht, und der Umstand, dass ich Euch vom Tode Eures Bruders berichten musste, lässt mich in keinem günstigen Licht erscheinen. Doch welchen Grund, wenn nicht Freundschaft, sollte ich haben, den weiten Weg von Santiago de Compostela hierherzureisen? Ich gab Aldo Schrenger das Versprechen, Euch aufzusuchen, die Briefe und seine Habseligkeiten auszuhändigen. Und ich versprach ihm, mich um Euch und Eure Mutter zu kümmern.»

«Ihr ... was?» Marysas Augen weiteten sich, und sie starrte ihn verblüfft an.

Christophorus verzog keine Miene. «Ich gelobte ihm an seinem Totenbett, mich um Euch zu kümmern und dafür zu sorgen, dass es Euch wohl ergeht. Kurz vor ... dem Vorfall, bei dem er verletzt wurde, erfuhr er vom Tode seines – Eures – Vaters. Er machte sich umgehend auf den Heimweg, denn er wusste um die Schwierigkeiten, die Euch wegen seiner Abwesenheit durch Euren Vetter Hartwig drohen würden.» Er schwieg und schien zu warten, bis dieser Teil der Botschaft angekommen war.

Marysa schluckte. Natürlich hatte Aldo geahnt, dass Hartwig nach Vaters Tod alles daransetzen würde, die Schreinwerkstatt zu übernehmen. Kein geringerer als dieser Grund war es gewesen, der sie veranlasst hatte, Reinold Markwardts Werben nachzugeben und ihn zu heiraten. Niemals hätte ihr Vater geduldet, dass der Sohn seines Halbbruders seine Werkstatt und das Geschäft an sich riss. Doch er war zu schnell und unerwartet gestorben, um noch Vorkehrungen treffen zu können.

Dass der Mönch davon wusste, sprach dafür, dass er doch näher mit Aldo bekannt gewesen sein musste. Von solchen familiären Verwicklungen erzählte man nicht jedem Nächstbesten. Und schon gar nicht bat man einen Unbekannten, für das Wohlergehen seiner Familie zu sorgen.

«Ihr seid also hier, weil Ihr Euch um uns kümmern

wollt», sagte sie vorsichtig. «Doch wie wollt Ihr das anstellen? Ihr seid ein Ordensbruder; was könntet Ihr schon für uns tun? Ganz abgesehen davon, dass es uns, wie Ihr seht, an nichts mangelt.»

«Es mag immer einmal Ungelegenheiten geben, bei denen ich Euch beistehen kann», sagte Christophorus im Bemühen um Diplomatie. In Wahrheit musste er ihr zustimmen. Sie lebte in einem komfortablen Haus, war die Ehefrau eines angesehenen Handwerkers. Es fehlte ihr an nichts, sicherlich auch nicht an geistlichem Beistand, den er ihr auch eher ungern angeboten hätte.

«Nun gut, belassen wir es dabei. Von meiner Seite aus kann ich Euch mit bestem Gewissen von Eurem Versprechen entbinden.» Mit einem Blick auf ihre Mutter, die über dem Brief, den sie nun doch zu lesen begonnen hatte, erneut in Tränen ausgebrochen war, setzte Marysa sich wieder.

«Verzeiht.» Er schüttelte den Kopf. «Aber es gibt nur einen Menschen, der mich von diesem Versprechen entbinden kann, und das ist Euer Bruder. Ich gab ihm mein Wort, und ich werde es halten, auf die eine oder andere Weise. Wenn Ihr es auch nicht glaubt, doch er war der beste Freund, den ich jemals hatte. Ich verdanke ihm so viel, dass selbst dieses Versprechen es nur ungenügend wiedergutmachen kann.»

Marysa sah ihn überrascht an. An seiner Stimme, die sich fast unmerklich verändert hatte, erkannte sie, dass es ihm ernst war.

Es setzte sie mehr in Erstaunen als alles, was sie bisher jemals gehört hatte, doch anscheinend hatte es zwischen ihrem Bruder und diesem Mann tatsächlich eine tiefe Verbindung gegeben. Womöglich … Sie biss sich auf die Lippen. Eine Sache hatte sie noch gar nicht bedacht. Es war irgendwie abwegig, andererseits auch wieder nicht. Doch konnte sie den Dominikaner wohl nicht einfach so danach fragen.

«Sei es, wie es ist», wechselte sie stattdessen das Thema. «Meine Mutter hat recht, Ihr seid bestimmt hungrig. Ich lasse Euch von Balbina eine Mahlzeit herrichten. Setzt Euch derweil hier an den Tisch.» Sie deutete auf eine der Bänke, die zu beiden Seiten des Tisches für sicherlich mehr als zehn Personen Platz boten. Wieder stand sie auf, ging zur Tür und rief ein paar Befehle. Danach ging sie zu ihrer Mutter und legte ihr die Hände auf die Schultern. «Wenn du möchtest, kannst du dich gerne in meiner Kammer ein wenig hinlegen.»

Jolánda hob den Kopf. «Sehe ich aus, als könnte ich mich jetzt hinlegen?», fragte sie in ungehaltenem Ton. «Mein Stiefsohn ist tot! Da kann ich unmöglich ...»

«Es wäre aber bestimmt besser, Mutter.» Marysa blickte Jolánda eindringlich in die Augen. «Ich unterhalte mich noch ein bisschen mit dem Bruder hier. Du siehst sehr mitgenommen aus, wirklich.»

«Wen wundert das?», brummte Jolánda, erhob sich jedoch und tastete gleichzeitig prüfend nach ihrer Haube. «Ich werde kein Auge zutun, Kind!»

«Dann versuch wenigstens, dich etwas auszuruhen. Später müssen wir dann zum Zunfthaus und dort Aldos Tod bekannt geben.»

«O Gott, ja! Das müssen wir.» Wieder schluchzte Jolánda leise.

«Fita», sprach Marysa die alte Magd an, die gerade einen Krug Wein und einen Teller mit einem Stück Hasenpastete hereintrug. «Begleite meine Mutter hinauf in meine Kammer.»

«Ja doch, ja.» Die knochige weißhaarige Frau nickte

und reckte ihren Rücken, was ihren Buckel jedoch nicht im mindesten kleiner wirken ließ. Während sie auf Jolánda wartete, blickte sie neugierig von einem zum anderen, doch Marysa schwieg, und auch Christophorus sagte nichts, sondern widmete sich dem Essen.

Marysa atmete auf, nachdem ihre Mutter den Raum verlassen hatte. Unter anderen Umständen hätte sie sie nicht so leicht zum Gehen bewegen können. Jolánda war bekannt für ihr aufbrausendes und eigenwilliges Temperament. Doch das, was Marysa nun beabsichtigte, von dem Mönch zu erfahren, war nicht dazu angetan, das Wohl ihrer Mutter zu fördern.

Sie setzte sich ihm gegenüber und sah ihm beim Essen zu. Den Teller hatte er erstaunlich schnell geleert, nun trank er einen Schluck Wein aus dem Zinnbecher, den sie ihm reichte.

Über den Rand hinweg sah er sie aufmerksam an. «Nun, da Ihr Eure Frau Mutter aus dem Weg habt, stellt mir nur ruhig die Fragen, die Euch bewegen.»

Sie holte überrascht Luft, woraufhin er zum ersten Mal lächelte. Und dieses Lächeln setzte sie noch mehr in Erstaunen. Es wanderte von seinen Mundwinkeln geradewegs über sein ganzes Gesicht und ließ seine Augen schalkhaft aufblitzen. «Aldo erzählte mir, dass Ihr ein kluges Mädchen, verzeiht, eine kluge Frau, seid und Fragen stellen werdet. Auch sagte er mir, dass Ihr die Einzige seid, die sein … Geheimnis teilt. Vermutlich habt Ihr deshalb Eure Mutter überredet, den Raum zu verlassen.»

Marysa war einen Moment lang sprachlos. Dann schluckte sie und bemühte sich um Fassung. «Ihr … Dann wisst Ihr … seid Ihr also …»

«Nein. Nein, das bin ich nicht. Aldo war ein guter Freund, jedoch nicht das, was Ihr meint.»

Marysa stieß heftig die Luft aus. «Aber woher ...»

«Ihr braucht keine Angst zu haben. Sein Geheimnis ist bei mir sicher. Niemals werde ich ein Wort darüber verlieren.»

Erschüttert blickte Marysa auf ihre Hände. «Ihr habt gesagt, dass mein Bruder in einem Kampf verletzt wurde. Ich möchte wissen, wie es dazu kam.»

Christophorus nickte. «Wir befanden uns auf dem Heimweg, wie ich schon sagte. Ein junger Badergeselle mit Namen Artur begleitete uns. Er war seinem Meister ausgerissen, um mit Aldo zu kommen.»

«Oh.» Marysa schloss die Augen.

«Der Meister hatte schon früher Verdacht gegen die beiden geschöpft, doch eine Zeit lang haben wir alle täuschen können.»

«Ihr habt Aldo geholfen, seine ... es zu verheimlichen?»

Christophorus ging nicht darauf ein. «Ein gutes Stück vor Pamplona holte uns der Meister ein und stach Aldo nieder. Ich kam leider zu spät dazu und konnte nichts mehr tun, als ihn zu einem Medicus zu bringen. Doch auch der konnte nicht helfen. Die Wunde entzündete sich, und Aldo starb nach wenigen Tagen.»

«Was ist aus diesem Artur geworden?»

«Er konnte als Pilger verkleidet fliehen.»

Marysa stand auf und ging erregt im Zimmer auf und ab. Die Geschichte klang ungeheuerlich, doch warum sollte dieser Mann sie anlügen? Noch dazu, da er als Dominikaner sicherlich ganz anders hätte reagieren müssen.

«Wer seid Ihr, Bruder Christophorus?»

Diesmal war es an ihm, überrascht aufzublicken. Als sich ihre Blicke trafen, erhob er sich ebenfalls. «Das sagte ich Euch schon. Ich bin Bruder des Ordens des heiligen

Dominikus und verkaufe im Namen des Heiligen Vaters Ablassbriefe.»

«Im Namen welches Heiligen Vaters?» Marysa sah ihn scharf an.

Christophorus lächelte. «Des römischen natürlich. Von ihm besitze ich einen gesiegelten Geleitbrief sowie die Erlaubnis, in seinem Namen den Menschen Ablass für ihre Sünden zu gewähren.»

«Aha.» Marysas Augen verengten sich. «Habt Ihr auch meinem Bruder Ablass gewährt … für seine Sünden?»

«Ich habe nicht …»

«Herrin, Herrin, kommt schnell!» Die Magd Imela hatte die Tür aufgerissen und kam in ihren Holzpantinen vollkommen aufgelöst hereingepoltert. «Schnell, Herrin, es ist etwas Schreckliches geschehen!»

3. Kapitel

Marysa und Christophorus folgten der Magd in den vorderen Bereich des Hauses, in dem Reinold Markwardts Schreinwerkstatt untergebracht war. Marysa umrundete den großen Arbeitstisch, der mitten im Raum stand und auf dem die Seitenteile eines großen, dreiteiligen Marienschreins verteilt lagen. Sie warteten darauf, vom Meister zusammengebaut zu werden.

Die Haustür stand sperrangelweit offen; draußen hatte sich eine aufgeregte Menschenmenge eingefunden. Als Marysa die Tür erreichte, blieb sie wie angewurzelt stehen und starrte auf ihren Gemahl, der, umringt von mehreren Kanonikern des Marienstifts, gerade zusammen mit einem der Büttel eine Trage mit einem zugedeckten Leichnam abstellte.

«Was ist geschehen?» Sie trat an die Trage heran und wollte die graue Wolldecke anheben, doch Reinold hielt sie am Handgelenk fest und schob sie beiseite.

«Geh weg, Marysa, das ist nichts für dich. Wir bringen ihn nach oben in seine Kammer. Woanders ist kein Platz, um ihn aufzubahren.»

«Um Himmels willen, wer ist das?» Marysa drängte sich wieder vor, und diesmal gelang es ihr, einen Zipfel der Decke anzuheben und vom Gesicht des Toten zu ziehen.

«Oh!» Erschrocken wich sie zurück und bekreuzigte sich, als sie den schmächtigen jungen Mann erkannte.

Sein Kopf war seitlich verdreht, sodass man eine klaffende Wunde am Hinterkopf erkennen konnte, aus der wohl reichlich Blut geflossen war, da sein Nacken und die Ränder seines Wamses dunkelrot verfärbt waren. «Was ist mit ihm geschehen?»

Nun schob sich auch Christophorus nach vorne, der zunächst an der Tür gewartet hatte. «Wer ist das?»

Sie drehte sich nur kurz zu ihm um. «Klas. Unser … der Geselle meines Gemahls.»

Reinold schob sie erneut beiseite. «Geh ins Haus, Weib.» Doch da sie keine Anstalten machte, sich zu bewegen, erklärte er: «Einer der Kanoniker hat ihn im Dom gefunden. Offenbar wurde er mit einem Eisenhaken erschlagen … direkt vor dem Marienschrein.»

«O Gott, im Dom?» Marysa schlug entsetzt eine Hand vor den Mund. Die Nachbarn, die sich um sie herum versammelt hatten, tuschelten mit betretenen Gesichtern.

Einer der Kanoniker, die Reinold begleitet hatten, räusperte sich vernehmlich. «Wir müssen die Umstände seines Todes untersuchen. Da er im Dom, also auf dem Gelände der Immunität, erschlagen wurde, sind wir dafür zuständig.»

«Halt!» Der Büttel, ein vierschrötiger bärtiger Mann, kam näher und schüttelte den Kopf. «Der Tote ist kein Mitglied der Immunität und wohnt auch nicht dort. Also ist der Vogtmeier zuständig.»

Der Kanoniker wedelte ungehalten mit den Händen. «Das werden wir ja sehen. Wir haben jedenfalls alles, was er bei sich trug, vorsorglich an uns genommen. Eine Beerdigung kann erst stattfinden, wenn wir …»

«Was soll das heißen, Ihr habt seine Sachen?», mischte sich der Büttel erneut ein. «Die müsst Ihr uns sofort übergeben. Und es muss jeder befragt werden, der sich zuletzt im und am Dom aufgehalten hat. Vielleicht gibt es ja Zeugen.»

«Ich weiß selbst, wie in einem solchen Falle vorzugehen ist», schnauzte der Kanoniker den Büttel an. «Wisst Ihr eigentlich, was Euch blüht, wenn Ihr der Immunität nicht gestattet, auf ihrem eigenen Grund und Boden für Recht und Ordnung zu sorgen? In acht Tagen beginnt die Kirmes mit der Heiltumsweisung. Dieser Mann», er deutete auf Klas, «wurde im allerheiligsten Dom zu Aachen ermordet! Wenn wir nicht binnen kürzester Zeit für Aufklärung sorgen, kann die Heiltumsweisung nicht stattfinden. Der Dom wurde entweiht!»

Das Raunen unter den umstehenden Leuten wurde lauter.

Ein zweiter Kanoniker trat vor. Er war älter als der erste, graumeliertes Haar umrandete ein schwammiges Gesicht. Ihn kannte Marysa. Sein Name war Johann Scheiffart. «Immer mit der Ruhe, Martin. Wir werden den Propst und den Bischof auf dem schnellsten Wege benachrichtigen.» Er blickte in die Runde, und es war klar, dass er ein Mann mit großer Autorität war. In ruhigem und durchaus freundlichem Ton fuhr er fort: «Wir dürfen jedoch nicht vergessen, dass diese Leute durch den Tod ihres Gesellen einen schlimmen Verlust erlitten haben, und sollten ihnen in ihrer schweren Stunde mit all unserer Liebe und Kraft beistehen.» Wohlwollend nickte er Reinold und Marysa zu und ließ dann seinen Blick kurz über das inzwischen vollständig versammelte Hausgesinde wandern. «Wir schicken Euch Vater Ignatius zu Eurem geistlichen Beistand. Er wird die Totenwache übernehmen.» Den anderen Kanonikern gab er ein kurzes Zeichen. «Was die Untersuchung dieses Vorfalls angeht, so wird die Immunität selbstverständlich den Vogtmeier informieren. So kurz vor der Kirmes und der bevorstehenden Heiltumsweisung wollen wir keinen Streit mit dem Stadtrat.» Er nickte noch einmal kurz in die Runde. «Gottes Segen sei mit Euch.» Dann wandte er sich ab und ging davon, gefolgt von den anderen Kanonikern.

«Tragen wir ihn hinein», beschloss Reinold und strich sich das vom Schweiß feuchte kragenlange blonde Haar zurück.

Gemeinsam mit dem Büttel brachten sie den Toten hinauf in seine Kammer; was wegen der schmalen Treppe, die ins Obergeschoss führte, gar nicht so einfach war. Marysa wies die Mägde an, alles für die Totenwache vorzubereiten, und schickte Grimold los, zwei Beginen aus dem Beginenwinkel in der Pontstraße zu holen, die den Leichnam waschen sollten. Als sie sich umdrehte, um nach unten zu gehen und eine Kerze zu holen, wäre sie beinahe mit Christophorus zusammengestoßen.

«Verzeihung.» Er trat beiseite, um ihr den Weg frei zu machen, doch sie blieb etwas ratlos vor ihm stehen.

«Nein, Ihr müsst verzeihen, Bruder Christophorus. Ich hatte Euch vollkommen vergessen. Ich ... wir ...»

«Wer ist das?» Nun wurde auch Reinold endlich auf den Besucher aufmerksam und kam näher. «Ein Dominikaner? Hoffentlich keiner, der um Essen bettelt. Das Kloster Eures Ordens befindet sich in der St. Jakobstraße», sagte er mürrisch.

«Aber nein, Meister Reinold.» Marysa legte ihrem Gemahl kurz die Hand auf den Arm, zog sie jedoch sogleich wieder zurück. «Bruder Christophorus ist nicht hier, um zu betteln. Er ist vielmehr gekommen ...» Sie musste schlucken. «Er ist hergekommen, um uns über den Tod meines Bruders Aldo zu berichten.»

«Aldo ist tot?» Reinolds rundes Gesicht verzog sich verblüfft. «Woher wisst Ihr das?», fragte er.

Christophorus sah ihm ruhig in die Augen. «Aldo Schrenger und ich waren auf der Pilgerreise nach Santiago de Compostela Weggefährten, und er war mir ein guter Freund.»

«Ach.» Mehr hatte Reinold offenbar dazu nicht zu sagen, denn er wandte sich wieder dem Büttel zu und half ihm, Klas von der Trage auf das schmale Spannbett zu heben.

«Begleitet mich hinunter, Bruder Christophorus», sagte Marysa und konnte den bitteren Unterton in ihrer Stimme nicht unterdrücken. Reinold benahm sich unmöglich, und dass er über den Tod ihres Bruders kein Wort verlor, verletzte sie zutiefst. Am Fuß der Treppe angekommen, wandte sie sich wieder an den Dominikaner. «Verzeiht ihm seine Unhöflichkeit. Der Tod unseres Gesellen trifft ihn natürlich sehr, vor allem unter diesen Umständen.»

Christophorus nickte zwar, wunderte sich jedoch insgeheim. Der Tod seines Schwagers schien Reinold Markwardt nicht im Geringsten zu bekümmern. Da er sich keinen Reim darauf machen konnte, wandte er sich wieder den aktuellen Geschehnissen zu.

«Hatte der Junge Feinde?»

Sie hob verblüfft den Kopf. «Klas? Bestimmt nicht. Er war erst sechzehn Jahre alt und immer sehr ruhig und zuverlässig. Ein guter Schreinbauer. Ein bisschen eigenbrötlerisch vielleicht, mit wenigen Freunden. Aber Feinde? Nein, das kann ich mir nicht vorstellen.»

«Und doch hat ihn jemand von hinten mit einem Eisenhaken erschlagen.» Christophorus sah sie forschend an. «Ich vermute nicht, dass er große Reichtümer mit sich herumtrug.»

«Nein, woher sollte er die wohl haben?»

«Seht Ihr, deshalb scheint ein Raubmord wohl ausgeschlossen. Zumal er im Dom gefunden wurde.»

«Worauf wollt Ihr hinaus?», fragte sie argwöhnisch, doch er winkte ab.

«Auf gar nichts. Ich habe nur versucht, mir vorzustellen, wer einen Grund haben könnte, Euren Gesellen umzubringen.»

«Ich … ich weiß es nicht. Ich bin viel zu verwirrt.» Sie bemühte sich um Fassung. «Dennoch möchte ich mich dafür erkenntlich zeigen, dass Ihr den langen Weg hierher auf Euch genommen habt. Kann ich Euch irgendetwas …»

«Nein. Ich werde mich jetzt verabschieden.» Christophorus wandte sich in Richtung Werkstatt, und Marysa geleitete ihn zur Haustür. «Ich begebe mich zum Ordenshaus der Dominikaner. Wenn es Euch recht ist, komme ich morgen noch einmal her, um zu sehen, wie es Euch geht.»

«Das ist wirklich nicht nötig», wehrte Marysa ab. «Wir kommen schon zurecht.»

«Ich komme trotzdem», entschied Christophorus. «Und sei es nur, um dem Wunsch Eures Bruders Genüge zu tun.» Er nickte ihr noch einmal kurz zu. «Gehabt Euch wohl, Frau Marysa.» Damit wandte er sich ab, band das Maultier los und ging davon.

Marysa blickte ihm eine Weile nach, bis er in der bunten Menschenmenge aus Pilgern und Einheimischen, die den Büchel wie alle anderen Straßen und Gassen Aachens bevölkerte, verschwunden war. Dann schloss sie die Tür, atmete tief durch, holte eine Kerze aus der Lade in der Stube und ging wieder hinauf ins Obergeschoss.

Gerade als sie die letzte Stufe erklomm, öffnete sich die Tür zu ihrer Schlafkammer, und ihre Mutter kam heraus.

«Was ist denn das für eine Aufregung hier im Haus?», wollte sie wissen und zupfte ihr Kleid zurecht. «Ich dachte, ich soll mich ausruhen, aber bei diesem Lärm ...»

«Ach, Mutter, es ist noch etwas Schreckliches passiert!» Marysa verzog gequält das Gesicht. «Klas ist tot. Man hat ihn mitten im Dom gefunden.»

«Heilige Mutter Gottes!» Entsetzt starrte Jolánda sie an. «Der arme Junge. Was ist denn geschehen?»

«Jemand hat ihn mit einem Eisenhaken erschlagen.» Bedrückt und aufgewühlt führte Marysa ihre Mutter zu Klas' Kammer, in der Reinold und der Büttel noch immer bei dem toten Gesellen standen. Imela hatte einen Eimer Wasser heraufgeschleppt und saß nun neben der Treppe auf dem Boden und heulte.

Marysa tippte sie an der Schulter an. «Geh nach unten, Mädchen. Hilf Balbina in der Küche.»

Die kleine Magd erhob sich umständlich und huschte schniefend und schluchzend nach unten.

«Sie hat für Klas geschwärmt», erklärte Marysa ihrer Mutter, die jedoch gar nicht zuhörte, sondern wie gebannt auf den Toten blickte.

«Wer tut denn so was?» Sie bekreuzigte sich und wandte sich dann ab. «Wie schrecklich und ... grausam!»

«Komm, Mutter, wir gehen nach unten.» Marysa stellte die Kerze neben das Bett des Toten und begleitete Jolánda hinunter in die Stube. «Grimold müsste bald mit den Beginen zurück sein. Und Johann Scheiffart will uns Vater Ignatius schicken.»

«Der Kanoniker? Was hat er damit zu tun?» Jolánda setzte sich wieder auf ihren Platz am Tisch und nahm automatisch eine der Handarbeiten auf.

Auch Marysa setzte sich wieder und rieb sich die Augen. «Vermutlich hat man ihn als Erstes verständigt. Er und noch ein paar Domherren sind mit Reinold und dem Büttel gekommen, als sie Klas hierherbrachten.»

«Ah.» Gedankenverloren strich Jolánda über die Stickerei in ihrer Hand. «Ihr müsst seine Familie verständigen.»

Marysa nickte. «Das werde ich tun. Er hatte, glaube ich, nur noch einen Bruder und eine Schwester, die irgendwo im Badischen leben. Ich hoffe, Reinold weiß, wo genau.»

«Ich begreife das nicht. Zwei Todesnachrichten an einem Tag.» Jolánda schauderte. «Das ist ein böses Zeichen, Marysa.»

«Nein, Mutter, so etwas darfst du nicht sagen.» Entschieden schüttelte Marysa den Kopf. «Das eine hat doch mit dem anderen rein gar nichts zu tun.»

«Ein Unheil zieht aber immer ein weiteres nach sich», beharrte Jolánda.

«Nicht doch!» Marysa stand auf und ging um den Tisch herum, um ihre Mutter in den Arm zu nehmen. «So kenne ich dich ja gar nicht. Dass Aldo gestorben ist, schmerzt mich ebenso wie dich. Aber weshalb sollte uns sein Tod Unglück bringen?»

«Der seine nicht, gewiss.» Jolánda nickte leicht und tupfte sich die Augen, die erneut überzulaufen drohten. «Aber Klas ... Du sagtest, er wurde erschlagen. Das ist doch ein schreckliches Unheil.»

«Da hast du recht. Unter den vielen Pilgern, die sich derzeit in der Stadt aufhalten, gibt es bestimmt genug Gesindel und Mordbuben.» Marysa ließ sich nachdenklich neben ihrer Mutter nieder. «Wenn er sich mit so jemandem angelegt hat ... Andererseits – mitten im Dom?»

«Was wollte er denn überhaupt dort?» Jolánda legte die Stickerei beiseite und rieb sich mit dem Ärmel ihres Kleides über die Nase.

«Ich weiß es nicht. Vielleicht hat Reinold ihn wegen einer Besorgung losgeschickt.»

«Herrin, die Beginen sind da.» Imela hatte den Kopf zur Tür hereingestreckt. «Soll ich sie raufschicken?»

«Aber ja, ich komme sofort nach.» Marysa erhob sich eilig.

«Ich werde dann wohl mal nach Hause gehen», beschloss Jolánda, nahm Aldos Brief vom Tisch und ging zur Tür. «Kann Grimold mich begleiten?»

«Aber ja, natürlich, Mutter.» Marysa gab ihr einen Kuss auf die Wange. «Versprich mir aber, dich nicht so sehr zu grämen. Das hätte Aldo bestimmt nicht gewollt.»

«Ich weiß. Er war immer so fröhlich. Was ist eigentlich mit diesem Dominikaner?»

«Bruder Christophorus? Er ist zu seinem Orden in die St. Jakobstraße gegangen, will aber morgen noch einmal herkommen.»

«Das ist gut.» Jolándas Miene hellte sich ein wenig auf. «Er muss mir unbedingt noch mehr von Aldo und der Reise nach Santiago erzählen.»

Marysa runzelte etwas unwillig die Stirn. «Ich weiß nicht, was ich von ihm halten soll. Mag sein, er war ein guter Freund von Aldo, aber, Mutter, er ist ein Ablasskrämer!»

«Und?»

«Aldo hat den Ablasshandel verabscheut, das weißt du doch.»

«Vielleicht hat er seine Meinung auf der Pilgerreise geändert.»

«Nun, falls er das hat, bitte. Aber ich halte den Handel mit den Sünden der Menschen nach wie vor für verwerflich.»

«Kind!» Jolánda sah ihre Tochter scharf an. «Halt an

dich und hüte deine Zunge. Ob er nun Aldos Freund war oder nicht, er ist ein Dominikaner. Solche Reden können dich schneller vors Gericht bringen, als du glaubst. Und man weiß ja nicht, was er für ein Mensch ist.»

«Eben, das wissen wir nicht», bestätigte Marysa. «Deshalb will ich möglichst wenig mit ihm zu tun haben.»

«Marysa? Wo steckst du?», schallte Reinolds Stimme durchs Haus.

Sie öffnete die Tür zu dem schmalen Flur. «Hier unten, Meister Reinold.»

«Was machst du denn da? Warum hast du dich nicht schon längst auf den Weg zum Zunfthaus gemacht, um dort Klas' Tod bekannt zu geben?»

«Aber ja doch, ich gehe sofort los. Dann muss Fita mich aber begleiten, denn Grimold bringt meine Mutter schon nach Hause.»

«Ja, ja, dann geh jetzt. Aber halt dich nicht zu lange auf.»

Marysa verdrehte die Augen. «Gewiss nicht. Aber ich muss dort auch noch Aldos Tod melden. Es kann also schon ein bisschen dauern.»

«Ach was.» Reinolds drahtige Gestalt erschien auf der Treppe. «Wenn ich sage, du beeilst dich, dann tust du das auch. Und sag Balbina, dass sie sich auf einen Leichenschmaus einrichten soll.»

«Wir wissen aber doch noch gar nicht, wann wir Klas beerdigen dürfen», wandte Marysa vorsichtig ein.

Reinolds Miene verfinsterte sich. «Das wird schon nicht so lange dauern, oder? Bei diesem Wetter können sie ihn ja wohl nicht tagelang hier im Haus verfaulen lassen.»

«Meister Reinold!», rief sie entsetzt.

«Nun geh endlich, oder muss ich das am Ende noch selbst erledigen?» Mürrisch wandte sich Reinold ab und ging wieder nach oben, wo er etwas zum Büttel sagte, das wie eine Klage über störrische Eheweiber klang.

Ihre Mutter legte ihr mitfühlend eine Hand an die Wange. «Kommst du alleine zurecht?»

«Natürlich.» Marysa zuckte mit den Schultern. «Du kennst ihn doch. Geh ruhig mit Grimold nach Hause, Mutter.»

Nachdem Jolánda das Haus verlassen hatte, suchte Marysa nach Fita und machte sich mit ihr auf den Weg zum Zunfthaus, um die beiden Unglücksnachrichten zu überbringen.

4. Kapitel

«Meister Reinold, Ihr tut mir weh.» Marysa verzog gequält das Gesicht.

Reinold grunzte verstimmt und rollte sich von ihr herunter. Vor sich hin brummelnd stand er auf. Im Zwielicht des Mondscheins, der durch das wegen der warmen Nachtluft weit geöffnete Fenster fiel, zog er sich an. «Ich gehe hinunter in die Werkstatt. Bei der Hitze kann man sowieso nicht schlafen.»

Marysa atmete auf und zog rasch die Decke über ihren nackten Leib. Sie für ihren Teil würde jetzt, da ihr Gemahl den Raum verlassen hatte, sicherlich schlafen können. Der Tag war lang und anstrengend gewesen, und ihre Gedanken kreisten noch immer unaufhörlich um Aldo und Klas. Dass Reinold trotz der Vorfälle an diesem Tag auf dem Vollzug ihrer ehelichen Pflichten bestanden hatte, ärgerte sie, denn es verdeutlichte ihr wieder einmal, wie wenig er sich aus ihren Gefühlen oder Gedanken machte.

Obwohl sie wusste, dass sie sich ihr Los selbst erwählt hatte und sie Reinolds Zudringlichkeiten meistens mit Gleichmut über sich ergehen ließ, wollte es ihr heute nicht gelingen. Seine Gefühllosigkeit hatte sie diesmal tief verletzt, immerhin war Aldo ihr Bruder gewesen. Je länger sie darüber nachdachte, desto mehr ärgerte sie sich über Reinold, und in ihrer Magengrube ballte sich ein heißer kleiner Knoten zusammen.

Ihr Blick fiel auf den noch immer versiegelten Brief ihres Bruders, den sie auf der kleinen, messingbeschlagenen Truhe neben dem Bett abgelegt hatte, in der sie ihre persönlichen Dinge aufbewahrte. Sie hatte sich noch nicht dazu durchringen können, das Schreiben zu öffnen. Der Gedanke an Aldo schnürte ihr jetzt, im Dunkel der Nacht, die Kehle zu. Wie sehr sie ihren Bruder vermisste; seinen unerschütterlichen Humor, seine Feinfühligkeit. Hätte er nicht diese unselige Neigung zu Männern gehabt und eine Frau geheiratet, hätte er diese sicherlich sehr glücklich gemacht.

Doch daran war nicht zu denken gewesen. *Schwesterchen,* hatte er in der ihm typischen Art gesagt, als er ihr von seiner heimlichen Leidenschaft erzählt hatte. *Es wird wohl an dir sein, das Geschlecht unserer Familie zu erhalten. Auch wenn es nur in der weiblichen Linie ist.* Er hatte sogar erwogen, in ein Kloster einzutreten, doch ihr Vater hätte das nicht geduldet. Und letztlich war Aldo auch nicht für ein klösterliches Leben bestimmt gewesen. Doch nun war er für immer von ihr gegangen.

Marysa starrte in die Dunkelheit, die noch von dem hässlichen geblümten Betthimmel überschattet wurde, den Reinold zur Hochzeit über dem Ehebett hatte anbringen lassen. Ihre Augen brannten, doch Tränen kamen keine.

Sie hätte mit dem Leben, das Reinold ihr bot, durchaus glücklich sein können. Oder zumindest zufrieden. Wenn sie nicht insgeheim mehr erwartet hätte.

Sie wurde geachtet, hatte viele Freunde, ein gutes Auskommen. Sicherlich gab es Frauen, die sie beneideten. Doch sie wünschte sich mehr. Was genau, wusste sie gar nicht so recht. Reinold war der Ansicht, sein Eheweib sei einzig zur Erfüllung seines Wohlergehens da, ansonsten hatte sie sich ruhig zu verhalten und sich möglichst in Luft aufzulösen. Hätte er offene Abneigung ihr gegenüber gezeigt, hätte sie sich vielleicht besser distanzieren können. Doch mit seiner absoluten Gleichgültigkeit haderte sie bereits seit ihrer Hochzeitsnacht.

Marysa schloss die Augen und drehte sich auf die Seite. Es war müßig, über Dinge nachzudenken, die sie nicht ändern konnte. Besser war es, endlich Schlaf zu finden, um am Morgen ihren Aufgaben wieder gewachsen zu sein. Der kleine heiße Ball in ihrer Magengrube blieb jedoch.

Christophorus lag bequem ausgestreckt auf der schmalen Pritsche in der Besucherzelle, die ihm der Prior des Aachener Dominikanerordens, Bruder Valentin, zugewiesen hatte. Die Kammer war karg, wie es nicht anders zu erwarten gewesen war; das Essen hatte ihm jedoch vorzüglich gemundet. Das gebratene Geflügel sei die Spende eines wohlhabenden Bürgers gewesen, so Bruder Valentin, der sich wohl verpflichtet gefühlt hatte, Christophorus die Herkunft des üppigen Mahls zu erklären.

Er lächelte. Diese Wirkung seiner kunstfertig gesiegelten Reise- und Legitimationsurkunden machte er sich nun schon seit Jahren zunutze. Stets wurde er mit ausgesuchter Zuvorkommenheit behandelt, sobald bekannt wurde, dass er vom Heiligen Vater höchstpersönlich ausgesandt worden war, den Menschen zum Ablass ihrer Sündenstrafen zu verhelfen.

An den Stundengebeten hatte er inbrünstig teilgenommen und seine Mitbrüder zuletzt bei der Komplet mit seiner wohltönenden Singstimme beeindruckt. Bis zu den

Laudes blieben noch zweieinhalb Stunden, und auch da würde er pflichtbewusst seine Gebete sprechen. Bruder Valentin hatte ihn ob der langen Reise, die hinter Christophorus lag, zwar für heute von den Nachtgebeten entbunden, doch er dachte gar nicht daran, sie ausfallen zu lassen. Sein Ruf hatte tadellos zu sein, denn als Ablasskrämer übernahm er ja eine gewisse Vorbildfunktion.

Und je mehr er seine Mitbrüder – und die Menschen in den Straßen und Gassen Aachens – von seinem heiligen und maßvollen Lebenswandel überzeugte, desto unwahrscheinlicher war es, dass sie herausfanden, wer er in Wirklichkeit war.

Die Fensteröffnung seiner Zelle ging auf den Garten des Klosters hinaus, und ein leichter Luftzug trug den süßlich-würzigen Duft von Kräutern zu ihm herein. Irgendwo schrie ein Käuzchen. Christophorus schloss die Augen und ließ noch einmal die Ereignisse des Tages an seinem inneren Auge vorüberziehen. Nach Aldos Erzählungen hatte er sich dessen Schwester anders vorgestellt. Nicht so beherrscht und abgeklärt. Aldo hatte von ihr immer als einem hübschen, lebensfrohen Mädchen gesprochen. Was er vorgefunden hatte, war eine blasse junge Frau mit einem energischen, vielleicht sogar leicht bitteren Zug um den Mund, gekleidet in ein hässliches Gewand, dessen hellgrüne Farbe ihr Gesicht fahl wirken ließ. Einzig ihr Gesang war wirklich schön zu nennen. Ihre Stimme, glockenhell und klar, hatte diesen gewissen Reiz, der auf direktem Wege das Herz ansprach. Doch wie hatte der alte Knecht, Grimold, gesagt? Sie sang nicht mehr oft. War sie also früher tatsächlich ein fröhliches Mädchen gewesen, so hatte die Ehe offenbar nicht zu ihrem Glück beigetragen.

Nun, das ging ihn schließlich nichts an, und er würde

den Teufel tun und sich ungefragt einmischen. Was würde es auch nützen? Sie war sicherlich nicht zur Ehe gezwungen worden und als verheiratete Frau abgesichert und in einem ehrwürdigen Stand.

Aber da war nun einmal sein Versprechen, sich um sie zu kümmern. Und um ihre Mutter. Jolánda Schrenger war noch nicht alt. Laut Aldo hatte sie bei Marysas Geburt erst fünfzehn Jahre gezählt. Die Ähnlichkeit mit ihrer Tochter war unverkennbar. Jolánda kleidete sich jedoch wesentlich geschmackvoller, wie er fand, und wirkte weder blass noch unscheinbar.

Vielleicht ergab sich ja eine Möglichkeit, den beiden beizustehen. Nach dem Fund des toten Gesellen waren noch viele Fragen offen. Er würde sich am Morgen mal ein wenig umhören. Den Dom würde er freilich nicht betreten dürfen. Nicht, solange das Gotteshaus durch den Mord als entweiht galt.

Christophorus drehte sich auf die Seite und konzentrierte sich auf seinen Atem. Zu den Laudes musste er ausgeruht sein.

«Frau Marysa, gebt mir den Korb. Der ist viel zu schwer für Euch.» Grimold, der Marysa auf dem Weg über den Markt begleitete, streckte seine Hand nach dem bereits reich gefüllten Korb aus.

Marysa nickte und übergab ihrem Knecht die tatsächlich schwere Last, da sie an einem Stand mit Leinenhauben ihre Schwägerin Veronika entdeckt hatte. Diese winkte ihr und kam mit sorgenvollem Gesicht auf sie zu.

«Marysa, wie geht es dir?» Veronika drückte sie kurz an sich. «Wir haben das mit Klas gehört. Wie schrecklich!

Wisst ihr schon, ob es einen Zeugen gibt, der gesehen hat, wer dem armen Jungen das angetan hat?»

Marysa schüttelte den Kopf. «Nein, leider nicht.» Sie seufzte. «Reinold hat die ganze Nacht nicht geschlafen. Er war heute Morgen unausstehlich.»

«Ach ja, mein Bruder ist schon an guten Tagen mürrisch wie ein alter Ziegenbock.» Veronika zuckte mit den Schultern. «Aber in diesem Fall kann ich ihn verstehen. Sein bester Geselle – nun ja, sein einziger – ist tot. Ein schwerer Schlag für seine Werkstatt. Ich wünschte, Einhard und ich könnten euch irgendwie beistehen.»

Seufzend setzte sich Marysa wieder in Bewegung; Veronika blieb dicht an ihrer Seite.

«Ihr könnt für kühleres Wetter beten», schlug Marysa vor. «Wenn wir Klas noch viel länger in seiner Kammer aufgebahrt lassen müssen, wird das ganze Haus anfangen zu stinken. Aber die Kanoniker vom Marienstift bestehen darauf, dass erst die Untersuchung abgeschlossen sein muss.»

«Unerhört!» Veronika schüttelte sich. «Könnt ihr euch nicht an den Stadtrat wenden? Den Ratsherren kann es doch nicht recht sein, dass mitten im Sommer eine Leiche nicht beerdigt wird. Damals, als meine Großmutter mitten im Winter gestorben ist und wir sie nicht begraben konnten, weil die Erde auf dem Kirchhof steinhart gefroren war, haben sie uns doch schon zugesetzt. Und jetzt, bei all den Fremden in der Stadt ...» Wie zum Beweis mussten sie einer Gruppe Scholaren ausweichen, die sich in einem Gemisch aus Latein und einer hart und rollend klingenden Sprache unterhielten. Dabei rempelte Marysa versehentlich einen schlaksigen Jungen in vielfach geflickten Gewändern an.

«Verzeihung», sagte sie, dann erkannte sie ihn. «Milo!

Gut, dass ich dich treffe. Weißt du, wann der Stadtrat seine nächste Sitzung hat?»

«Klar weiß ich das, Frau Marysa.» Grinsend hielt Milo seine Hand auf, als ihn jedoch ihr strafender Blick traf, zog er sie schnell wieder zurück. «Heute Abend um sechs Uhr treffen sie sich im Rathaus. Da braucht Ihr aber nicht hinzugehen, weil sie da den Pfaffen vom Marienstift den neuen Goldschmied vorstellen, der zusammen mit Colyn Beissel, dem Eisenschmied, den Marienschrein öffnen und nach der Heiltumsweisung wieder verschließen soll. Und außerdem sprechen die da auch über Euren toten Gesellen. Äh …» Etwas verlegen zog Milo den Kopf ein. «Die ganze Stadt redet ja schon davon. Denen muss irgendwas einfallen, damit der Bischof den Dom aussegnet oder so, sonst können sie die Kirmes abblasen.» Als ihn erneut ein strenger Blick aus Marysas Augen traf, grinste er. «Nichts für ungut, Frau Marysa. Aber morgen früh ist auch wieder eine Sitzung.»

«Also gut, danke, Milo.» Marysa wandte sich ab, drehte sich jedoch gleich wieder zu ihm um. «Geh nachher zu Balbina und sag ihr, sie soll dir ein Brot und ein Töpfchen Schmalz geben. Aber nimm beides mit nach Hause, hörst du? Wenn ich dich erwische, wie du es mit Jaromir teilst, setzt es was. Deine Familie hat es viel nötiger als er.»

«Ja, Frau Marysa. Danke, Frau Marysa.» Milo verbeugte sich mehrmals linkisch und zog mit einem noch breiteren Grinsen von dannen.

«Du solltest ihn nicht immerzu füttern.» Veronikas Lächeln strafte ihre Worte Lügen. «Sonst frisst er euch irgendwann nochmal die Haare vom Kopf.»

«Dafür weiß er aber immer die neuesten Nachrichten.» Marysa lächelte zurück. «Seine Mutter, die Lise, ist Wäscherin, sein Vater Tagelöhner auf der Baustelle am Dom.

Wenn Milo nicht wäre, würden seine Eltern und seine kleine Schwester oft nur Wassersuppe auf den Tisch bekommen.»

«Hast ja recht, ich sag ja auch gar nichts mehr. Die kleine Nese habe ich übrigens neulich mit ihrer Mutter zusammen auf der Bleichwiese gesehen. Wie alt ist das Mädchen jetzt? Acht oder neun Jahre? Sie scheint jetzt auch als Wäscherin zu arbeiten.»

«Gut möglich.» Marysas Aufmerksamkeit wurde von einer Gruppe Dominikanermönche abgelenkt, die sich durch das Getümmel zwischen den Marktständen schob. Offenbar waren sie auf dem Weg zur Domimmunität, und wenn sie sich nicht sehr täuschte, war auch Bruder Christophorus unter ihnen. Doch es drängten sich immer wieder Menschen in ihr Blickfeld, sodass sie sich schließlich wieder ihrer Schwägerin zuwandte. «Komm, lass uns dort hinübergehen.» Sie deutete auf den Rand des Marktplatzes, wo es etwas ruhiger zuging.

Veronika winkte ihrer Magd, ihr zu folgen, während Grimold mit grimmiger Miene voranschritt, um den Frauen das unbehelligte Überqueren des Marktplatzes zu ermöglichen. Mehrfach musste er die fordernd ausgestreckten Hände von Bettlern abwehren. An der Einmündung zum Büchel blieben sie stehen.

«Veronika, ich muss dir noch etwas Trauriges mitteilen.» Marysa legte ihrer Schwägerin und guten Freundin eine Hand auf den Arm. «Gestern kam ein Mann zu uns, ein Dominikaner, der sagt, er sei ein Weggefährte Aldos auf dem Weg nach Santiago de Compostela gewesen.»

«Ach? Hat er Nachrichten von deinem Bruder gebracht?» Veronika sah sie neugierig an.

Marysa nickte düster. «Keine guten jedoch. Er sagt, Aldo sei auf dem Weg nach Hause ums Leben gekommen.»

«Oh.» Erschrocken starrte Veronika sie an. «Oh, das ist ja furchtbar!» Sie zog Marysa an sich. «Dein armer Bruder, wie entsetzlich. Was ist denn geschehen?»

«Ein … ein Mann hat ihn … überfallen und mit dem Messer schwer verletzt. Aldo ist wohl am Wundbrand gestorben», entschied sich Marysa für eine etwas verfälschte Version der Ereignisse.

«Das tut mir ja so leid für dich.» Mitfühlend strich Veronika ihr über die Wange. «Wie hat es deine Mutter aufgenommen?»

«Nicht sehr gut.» Traurig ließ Marysa den Kopf hängen. «Ich glaube, mit Vaters Tod ist sie besser zurechtgekommen. Aber Aldo war fast wie ihr eigener Sohn, obwohl er schon sechs Jahre alt war, als sie Vater geheiratet hat. Aber sie hat sich von Anfang an wie eine Mutter um ihn gekümmert.»

«Ich weiß gar nicht, was ich sagen soll.» Betrübt blickte Veronika die Straße auf und ab. «Ob ich sie besuchen soll, um ein bisschen Trost zu spenden?»

«Das wäre sehr nett von dir», stimmte Marysa zu. «Wir haben ja jetzt leider … Was ist denn da los?» Ihr Blick war an einer Gruppe Männer hängengeblieben, die sich vor ihrem Haus eingefunden hatten und bereits von mehreren neugierigen Nachbarn umringt wurden. «Ist das der Büttel?»

Nun blickte auch Veronika alarmiert zum Haus der Markwardts. «Da stimmt etwas nicht!»

Die beiden Frauen eilten, gefolgt von Grimold und Veronikas Magd, auf die Männer zu. Und tatsächlich, einer von ihnen war der Büttel des Vogtmeiers. Er hatte zwei Gehilfen dabei, von denen einer gerade heftig an die Haustür pochte. Johann Scheiffart, der Kanoniker, stand ebenso dabei wie zwei weitere Domherren und ein hagerer Mann im schwarzen Wams, von dem sich Marysa zu erinnern meinte, dass er Schöffe war.

Mit einem unguten Gefühl im Bauch schob sie sich bis zur Haustür vor. «Was geht hier vor?»

«Das ist das Weib des Schreinbauers», hörte sie hinter sich jemanden zu Scheiffart sagen.

Sie fuhr zu dem Kanoniker herum. «Was wünscht Ihr?»

Scheiffart musterte sie aus kleinen Schweinsäuglein wie ein lästiges Insekt. «Wir wünschen nicht, wir verlangen sofort Euren Gemahl, den Schreinbauer Reinold Markwardt, zu sprechen. Ist er zu Hause? Er öffnet nicht.»

Marysa drehte sich zu Grimold um. «Geh und sieh nach, ob Meister Reinold hinter dem Haus ist.»

Der alte Knecht nickte, stellte den Korb mit den Einkäufen ab und ging zum Tor, das in den Hinterhof führte. Marysa nahm ihren Schlüsselbund vom Gürtel und schob einen der Schlüssel in das große Schloss an der Haustür.

«Wartet einen Moment», sagte sie so ruhig wie möglich zu den Männern. «Ich sehe nach, ob mein Gemahl da ist.» Sie warf Veronika einen kurzen Blick zu, die ihr daraufhin rasch folgte, und schlug die Haustür wieder zu.

«Was wollen die von Reinold?», flüsterte Veronika erschrocken, während sie Marysa durch die Werkstatt in die Wohnräume folgte.

«Ich habe keine Ahnung. Aber es kann nichts Gutes sein», antwortete Marysa. «Meister Reinold?», rief sie, erhielt jedoch keine Antwort. Sie stieg in das obere Stockwerk und warf einen flüchtigen Blick in Klas' Kammer. Die Kerze war längst heruntergebrannt und der Raum bis auf den Leichnam leer. Wo steckten Imela und Fita?

In ihrer Schlafkammer fand sie Reinold schließlich. Er lag bekleidet auf dem Bett und schlief. Dabei atmete er tief durch seinen geöffneten Mund. Als sich Marysa über ihn beugte, um ihn zu wecken, stieg ihr der Geruch von Bier in die Nase.

«Meister Reinold!» Sie rüttelte ihn an den Schultern. «Wacht auf. Es sind Männer vor der Tür, die Euch zu sprechen wünschen.»

Der Schreinbauer murmelte etwas Unverständliches, und Marysa schüttelte ihn erneut. «So wacht schon auf. Die Kanoniker und der Büttel sind da!»

«Mmmh. Was?» Nun schlug er endlich die Augen auf. «Wer ist da?»

«Die Kanoniker vom Marienstift und der Büttel des Vogtmeiers. Und einer der Schöffen auch, glaube ich. Sie verlangen Euch sofort zu sprechen.»

Reinold verzog verärgert das Gesicht und rappelte sich hoch. Stöhnend hielt er sich den Kopf und verlangte nach der Waschschüssel.

Marysa goss Wasser hinein und stellte sie auf einen Schemel neben dem Bett. «Warum habt Ihr so früh am Tag schon getrunken, Meister Reinold?»

Er wischte sich mit einem nassen Leintuch übers Gesicht. Bei ihrer Frage hob er ungehalten den Kopf. «Geh an deine Arbeit, Frau. Ich werde doch wohl trinken dürfen, wann es mir beliebt, oder?» Er ließ das Tuch achtlos zu Boden fallen und ging hinaus, um die Besucher zu empfangen.

Kopfschüttelnd hob Marysa den Lappen auf und hängte ihn zum Trocknen über die Fensterbrüstung. Veronika, die vor der Tür gewartet hatte, streckte aufgeregt den Kopf herein. «Da stimmt wirklich etwas nicht. Hörst du die lauten Stimmen?»

Marysa hob lauschend den Kopf, dann eilte sie, gefolgt von ihrer Schwägerin, zurück zur Haustür.

«Wollt Ihr etwa leugnen, dass Ihr gestern zur fraglichen

Zeit auf dem Parvisch wart? Zwei unserer Kanoniker können bezeugen, dass sie sich mit Euch vor dem Domportal wegen der Verkaufsnischen besprochen haben.»

Reinold, inzwischen umringt von den Männern, blickte sich etwas verstört um. «Deshalb habe ich doch nichts mit dem Tod des Jungen zu tun. Was soll denn das?»

«Ihr wurdet dort gesehen, und dies», Scheiffart zog etwas aus dem Ärmel seines dunklen Mantels hervor, «wurde bei dem Toten gefunden.» Er hielt Reinold das Fundstück unter die Nase. Es war ein kleines Reliquiar mit winzigen Scharnieren zum Öffnen und einer Lederschnur, an der man es sich um den Hals hängen konnte. «Dies stammt aus Eurer Werkstatt, wenn ich mich nicht irre?» Scheiffarts Stimme klang grimmig.

Nun trat auch der in Schwarz gekleidete Mann vor und sprach: «Meister Markwardt, antwortet ihm. Ihr tut Euch keinen Gefallen, wenn Ihr Euch dumm stellt. Wir alle kennen die Arbeiten aus Eurer Werkstatt.»

Verunsichert nahm Reinold das Reliquiar in die Hand. «Sicher ist das eines von unseren. Warum sollte Klas es nicht bei sich getragen haben?»

«Wisst Ihr auch, was es enthält?» Scheiffart klappte das ovale Behältnis auf, und ein winziger Knochensplitter wurde sichtbar.

Reinold blickte verständnislos darauf. «Und?»

Scheiffart ließ das Knöchelchen aus dem Reliquiar auf seine Handfläche fallen. Ein kleines Stück Pergament kam hinterhergerutscht. «Wenn man dem Gebetszettelchen hier Glauben schenken darf, soll es sich bei der Reliquie um ein Fingerknöchelchen des heiligen Germanus handeln. Wir haben es untersucht und sind zu dem Schluss gekommen, dass es eine Fälschung ist.» Scheiffarts Stimme war immer lauter geworden; er musterte

Reinold angewidert. «Das Knöchelchen eines Schweins, Meister Reinold! In einem Eurer Reliquiare.»

«Ich …» Reinold fasste sich an den sicherlich noch immer schmerzenden Kopf. «Ich verkaufe keine Fälschungen.»

«Das werden wir herausfinden», beschied ihn Scheiffart. «Bis Klarheit besteht und wir wissen, was Euer Geselle damit zu tun hatte, verlange ich Eure Festsetzung in der Acht.»

Marysa starrte den Kanoniker entsetzt an; Veronika stieß einen erstickten Laut aus.

«Das könnt Ihr nicht machen!», schimpfte Reinold, als der Büttel und seine Gehilfen ihm eiserne Handschellen anlegten. «Ich habe nichts getan, verdammt!»

«Wir werden die Sache aufklären», sagte nun auch der Schöffe, dem die Verhaftung sichtlich unangenehm war. «Doch es ist ein Mord geschehen, und das auch noch in unserem allerheiligsten Dom. Versteht bitte, dass wir so handeln müssen.» Er wandte sich an Marysa, die wie versteinert zusah, wie ihr Gemahl unter lautem Protest und gefolgt von einer erregten Menschenmenge abgeführt wurde.

«Gute Frau, nehmt es nicht zu schwer. Ich bin sicher, es wird alles gut ausgehen. Wir bringen Meister Markwardt in die Acht, aber Ihr könnt ihn selbstverständlich jederzeit besuchen. Bringt ihm eine Decke und etwas Gutes zu essen. Da er ein angesehenes Zunftmitglied ist, gebührt ihm eine der Einzelzellen. Die könnt Ihr doch bezahlen, nicht wahr?»

Verwirrt nickte sie, und er lächelte noch einmal aufmunternd. «Sorgt Euch nicht. Vor Ablauf der Woche ist Euer Gemahl wieder frei, dessen bin ich sicher.» Damit wandte er sich ab und folgte eilig den Bütteln, die den Büchel bereits verlassen hatten.

5. Kapitel

«Was sollen wir denn jetzt tun, Marysa?» Erschrocken und ratlos blickte Veronika dem Schöffen nach. «Die können doch meinen Bruder nicht einfach in die Acht sperren!»

Marysa versuchte nachzudenken, doch in ihrem Kopf wirbelten die Gedanken wild durcheinander. Weshalb verdächtigte man Reinold plötzlich, etwas mit Klas' Tod zu tun zu haben? Und was war das für eine gefälschte Reliquie? Seit dem Tod ihres Vaters verkauften sie keine Reliquien mehr. Reinold hatte zwar immer davon gesprochen, jedoch bisher keinen Finger dafür gerührt und behauptet, er wolle auf Aldos Rückkehr warten. Ihr Bruder hätte den Reliquienhandel der Familie Schrenger weitergeführt. Wie also kam Klas an ein Knöchelchen des heiligen Germanus, noch dazu ein falsches?

Sie rieb sich mit beiden Händen übers Gesicht. «Veronika, geh bitte zu deinen Eltern und berichte ihnen, was geschehen ist. Sie müssen sofort erfahren, dass man Reinold verhaftet hat. Vielleicht kann dein Vater etwas ausrichten. Grimold muss zu meiner Mutter gehen ...» Sie atmete tief ein, um sich zu beruhigen. «Ich werde Beschwerde beim Rat einlegen. Und ich muss zum Zunftmeister Alberich, vielleicht kann er uns helfen.»

«Ja, gut. Du hast recht, ich werde sofort zu meinen Eltern gehen.» Veronika blickte sich um. «Wo steckt meine Magd?»

Marysa ging ins Haus und rief nach Grimold.

Der alte Knecht kam sofort aus dem Lagerraum hinter der Werkstatt gelaufen. «Herrin?»

Seinem verschreckten Blick konnte sie entnehmen, dass er, wie auch Imela und Fita, alles mitbekommen hatte.

Marysa scheuchte die beiden Mägde an ihre Arbeit, nahm sich jedoch vor, sie später zur Rede zu stellen, um zu erfahren, wo sie während ihrer Abwesenheit gesteckt hatten.

«Grimold, du wirst mich jetzt zum Zunfthaus begleiten», bestimmte sie. «Ich will mit Meister Alberich sprechen und danach zum Rathaus, um Beschwerde gegen die Verhaftung einzulegen. Wir müssen …»

«Marysa? Marysa!» Die Stimme ihrer Schwiegermutter schallte über die Straße, im nächsten Moment wurde heftig an die Haustür gepocht. «Marysa, Kind, so öffne doch endlich!»

Kaum eine halbe Stunde später hatte sich außer Marysa und ihren Schwiegereltern auch die restliche Familie in der Stube versammelt.

Enno Markwardt, Marysas Schwiegervater, ging mit düsterer Miene im Raum auf und ab, Jolánda tröstete die schluchzende Gerharda, Marysas Schwiegermutter. Veronika und ihr Gemahl, der Schneider Einhard Yevels, verharrten still auf einer der Bänke.

Marysa hatte eigenhändig Wein aufgetragen, den jedoch niemand anrührte. Nervös spielte sie mit ihrem Becher.

Als ihr Schwiegervater vor ihr stehen blieb, hob sie den

Kopf. Er betrachtete sie grimmig. «Du bist ganz sicher, dass Reinold nichts mit diesem gefälschten Knöchelchen zu tun hat?»

«Aber ja, Herr Schwiegervater, ganz sicher.»

«Er könnte es also nicht irgendwo …»

«Nein.» Entschieden schüttelte sie den Kopf. «Nein, Herr Schwiegervater, ganz bestimmt nicht. Und warum sollte er Reliquien fälschen? Er ist doch voll und ganz damit beschäftigt, die Schreine und Reliquiare für die Kirmes herzustellen. Bei den vielen Pilgern, die derzeit in der Stadt sind, hat er sich ein sehr gutes Geschäft damit versprochen. Außerdem hat er ja auch das Marienstift beliefert. Er sprach sogar davon, einen weiteren Gesellen einzustellen.»

«Das weiß ich», brummte Enno. «Ich hatte ihm angeboten, ihm meinen älteren Lehrling, den Bruno, abzutreten. Der stellt sich ganz geschickt an. Hat zwar bisher nur große Truhen gebaut, aber den Schreinbau würde er sicherlich ebenso schnell erlernen. Ich kann mir auch nicht vorstellen, dass Reinold sich auf den Handel mit gefälschten Reliquien einlässt. Viel zu unsicher, wie man ja jetzt sieht. Obwohl ich überzeugt bin, dass mindestens zwei Drittel der Heiltümer, die in letzter Zeit hier kursieren, nicht echt sind.»

«Meister Enno!» Erschrocken hob Gerharda den Kopf und starrte ihren Gemahl an. «Wie könnt Ihr so etwas behaupten?»

Marysa sagte nichts dazu, obwohl sie ihrem Schwiegervater im Stillen recht gab. Gefälschte Reliquien wurden derzeit massenweise unters Volk gebracht. Doch die meisten waren von echten Heiltümern nicht zu unterscheiden, jedenfalls nicht, wenn sie auf die rechte Art hergestellt wurden.

Enno zuckte nur mit den Schultern. «Für wichtiger halte ich die Frage, wie euer Klas an solch ein falsches Knöchelchen gelangt ist und was er damit wollte.»

«Vielleicht hat er es irgendwo gekauft und wusste gar nicht, dass es nicht echt ist», warf Jolánda ein. Sie war noch immer etwas blass, und um ihre Augen lagen dunkle Ringe, die von einer durchwachten Nacht zeugten. Doch schien sie sich wieder gefangen zu haben und bemühte sich sichtlich, einen klaren Kopf zu bewahren.

«Dann kann er es aber noch nicht lange besitzen, denn sonst hätte er uns doch schon davon erzählt.» Marysa schob ihren Becher von sich. «Er hätte bestimmt damit angegeben, schon um Imela zu beeindrucken. Und es erklärt auch nicht, warum man ihn mitten im Dom erschlagen hat.»

«Was hat Reinold gestern dort getrieben?», wollte Enno wissen. «Ich dachte, er sei so beschäftigt gewesen.»

«War er auch», bestätigte Marysa. «Aber die Kanoniker vom Marienstift hatten ihm noch immer nicht seine Verkaufsnische bestätigt, deshalb hat er sich mit ihnen auf dem Parvisch getroffen. Reinold hat befürchtet, sie würden ihn übergehen.»

«Hm, wäre nicht das erste Mal», knurrte Enno. «Er war also auf dem Parvisch, ja? Das können die Dompfaffen bezeugen? War er auch im Dom?»

«Ich weiß es nicht.» Marysa senkte den Kopf. «Warum sollte er?»

«Ja, warum?», wiederholte Gerharda mit Verzweiflung in der Stimme. «Mein Junge ist doch kein Mörder! Er hätte gar keinen Grund und ... und ...» Wieder schluchzte sie und schnäuzte sich in ihren Ärmel.

Jolánda legte ihr einen Arm um die schmalen Schultern und redete leise auf sie ein.

«Ich will beim Stadtrat Beschwerde gegen die Inhaftierung einlegen», sagte Marysa.

Enno, der seinen Gang durch die Stube wieder aufgenommen hatte, nickte. «Das werde ich übernehmen. Ich kenne ein paar der Ratsherren persönlich. Auch werde ich zwei oder drei Zunftmeister als Bürgen mitnehmen. Ihr beiden», er blickte von Marysa zu seiner Gemahlin, «ihr geht noch heute zur Acht und versorgt Reinold mit dem Nötigsten. Decken, Essen, ein Krug Wein und so weiter. Seht zu, dass er eine saubere Zelle bekommt, wenn nötig, bezahle ich dafür.»

«Danke, Meister Enno, das ist nicht nötig», wehrte Marysa entschieden ab. «Wir bezahlen das selbst.»

Er nickte ihr zu. «Dann macht euch gleich auf den Weg, aber lasst euch von Grimold und Tibor begleiten. Man weiß ja nicht, wer sich zwischen den Pilgern noch herumtreibt. Heute früh habe ich am Marktplatz eine Gruppe zerlumpter Minderbrüder gesehen. Die kamen von irgendwoher, die Sprache kannte ich nicht. Aber sie haben jeden angebettelt, der ihnen zu nahe kam. Und ein Ablassprediger ist in der Nähe des Prangers herumgeschlichen.»

«Ein Ablassprediger?» Marysa, die gerade auf dem Weg zur Tür war, drehte sich erstaunt um. «Ein großer Dominikaner mit dunklem Haar?»

Enno blinzelte erstaunt. «Kennst du ihn etwa?»

«Das ist Bruder Christophorus, der uns von Aldos Tod berichtet hat.» Sie warf ihrer Mutter einen kurzen Blick zu.

«Ach?» Enno zuckte zusammen. «Ich muss schon sagen, ein merkwürdiger Mann. Wanderte umher und erzählte den Leuten was davon, dass derjenige, der ohne Sünde sei, den ersten Stein werfen soll.» Um Ennos Mundwinkel zuckte es plötzlich. «Andererseits hat er damit vermutlich ein gutes Geschäft gemacht.»

«Ein gutes Geschäft?»

«Wer ein schlechtes Gewissen hat, lässt sich leicht dazu bewegen, einen Ablassbrief zu kaufen.»

Marysa wandte sich mit einem leisen Schnauben wieder ab. «Wer sich noch ein paar Tage gedulden kann, bekommt bei der Heiltumsweisung doch sogar einen vollkommenen Ablass. Wozu also noch einen Brief kaufen?»

Enno hob die Schultern. «Zur Sicherheit. An den vollkommenen Ablass sind Bedingungen geknüpft, wie du weißt. Beichte, Besuch der Messe im Dom und Huldigung der Heiltümer am selben Tag. Außerdem eine angemessene Opfergabe. Nicht jeder Pilger wird dies alles erfüllen können. So ist es doch nur natürlich, dass sich die Leute absichern wollen, meinst du nicht?»

Marysa verzog missbilligend die Mundwinkel und wandte sich an ihre Schwiegermutter. «Kommt, Frau Gerharda, wir packen jetzt einen Korb für Reinold.»

Gerharda atmete sichtlich auf und folgte ihr, und auch Jolánda schloss sich ihnen an.

Während sie noch darauf warteten, dass Balbina ihnen großzügige Portionen aus der Speisekammer zusammenstellte, brach Enno bereits zum Zunfthaus auf, um sich dort die Bürgen für seinen Einspruch beim Schöffenkolleg des Stadtrates zu besorgen.

6. Kapitel

«Du verdammter Idiot!»

Der junge Priester gab einen Schmerzenslaut von sich, als ihn die Ohrfeige traf.

«Ist dir nichts Besseres eingefallen, als ausgerechnet den Dom zu entweihen? Hätte es eine stille Seitengasse nicht auch getan? Und warum hast du ihn dort liegen lassen?»

«Verzeiht, aber es war keine Zeit mehr, den Jungen ...»

«Schweig! Hättest du ihm wenigstens das Reliquiar abgenommen. Jetzt können wir nur hoffen, dass die Schöffen und die Stiftsgerichtsbarkeit die richtigen Schlüsse daraus ziehen.»

Der Priester zog in der darauf folgenden Stille den Kopf ein. Bei den nächsten Worten seines Gegenübers wurde er blass: «Bete, mein Freund. Bete dafür, dass sie ihn richten!»

7. Kapitel

Christophorus kniete vor einem der kleinen Seitenaltäre in der Pfarrkirche St. Follian, die dem Dom genau gegenüber lag, und gab den Anschein, tief in ein Gebet versunken zu sein. In Wahrheit überlegte er jedoch gerade, ob er sich mit den Einnahmen des heutigen Tages ein gutes Mahl leisten sollte. Einen Teil des Geldes würde er natürlich in den Opferstock stecken, der vor dem Parvisch angebracht war. Und der größte Teil würde für später in seiner Geldkatze verbleiben. Aber für einen guten Happen aus einer der Garküchen oder Wirtshäuser würde es noch immer reichen. Heute, am heiligen Sonntag, gab es zwar auch bei den Dominikanern ein üppiges Mahl, doch Christophorus hatte nicht vor, daran teilzunehmen. Im Namen seiner päpstlichen Bulle würde er sich aufopferungsvoll den armen Seelen widmen, die sich vorsichtshalber noch einen Ablassbrief für ihre schlimmsten Sünden sichern wollten, nur für den Fall, dass sie während der vierzehntägigen Heiltumsweisung nicht alle Bedingungen erfüllen konnten, die an die Gewährung des vollkommenen Ablasses geknüpft waren. Christophorus bestärkte sie natürlich darin, hatte man doch allen Grund anzunehmen, dass schon allein der Besuch der heiligen Messe im Dom für den Großteil der Pilger ein frommer Wunsch bleiben würde. Und wollte man womöglich einen weiteren Ablass für nahe Verwandte, Freunde oder kürzlich verstorbene Familienmitglieder erwirken, musste man die Prozedur mehrmals wiederholen. Ein vollkommener Ablass wurde nämlich nur einmal am Tag gewährt.

Aus diesen und anderen Gründen hatten sich die Menschen beinahe um seine kunstvoll gestalteten Ablassbriefe gerissen, ihm klaglos die geforderten Münzen überlassen und ihn die Namen derer in die entsprechenden Lücken eintragen lassen, für die die Befreiung der Sündenstrafe gedacht war.

Wohl war er nicht der einzige Ablasskrämer in der Stadt. Wie Christophorus den Gesprächen am Marktplatz entnommen hatte, gab es noch einen ältlichen Franziskaner, der jedoch hauptsächlich in den Zeltlagern vor den Stadtmauern und in den Randbezirken Aachens sein Geschäft machte. Christophorus störte sich nicht daran. In einer Stadt, die bis zur Kirmes mehrere zehntausend Menschen beherbergen würde, gab es für jeden von ihnen ausreichend Kundschaft.

Für heute musste es jedoch genug sein. Er hatte vor, am späten Nachmittag noch einmal bei Marysa Markwardt vorzusprechen. Die Nachricht von der Inhaftierung ihres Gemahls hatte sich natürlich bereits herumgesprochen, und Christophorus fand, dies sei eine passende Gelegenheit, sein Versprechen zu erfüllen. Zwar war ihm noch nicht ganz klar, wie seine Hilfe aussehen könnte, doch ihm würde schon etwas einfallen.

Besorgt blickte Marysa sich in der kleinen Gefängniszelle um. Ein Strohsack, ein grauer Wasserkrug und ein Fäkalieneimer mit Deckel waren die einzigen Einrichtungsgegenstände. Von Wand zu Wand maß der Raum gut dreieinhalb Schritte. Trist, kam es ihr in den Kopf, jedoch nicht so schrecklich, wie sie es sich ausgemalt hatte. Die Strohmatratze schien ganz neu zu sein, in der Luft hing noch ein leichter Duft nach getrocknetem Gras.

Vorsichtig stellte sie ihren großen Korb darauf ab, entnahm ihm eine große Wolldecke und breitete sie sorgsam aus. Dann stellte sie den mitgebrachten Wein und die irdenen Schüsselchen mit dem kalten Braten und dem Gemüsebrei auf den Boden.

«Geht es Euch wohl, Meister Reinold?», fragte sie. «Frau Gerharda und Frau Jolánda lassen Euch grüßen. Sie warten unten, weil der Wachtmann nur einen Besucher einlassen wollte. Ich habe ihm genug Geld gegeben, dass Ihr ein paar Tage hier oben bleiben könnt. Natürlich hoffen wir alle, dass Ihr schon recht bald wieder heimkehren dürft. Euer Vater ist bereits zu den Schöffen unterwegs, um Einspruch gegen Eure Verhaftung einzulegen.» Ratlos, da er nicht auf ihre Worte reagierte, schwieg sie.

Reinold stand an dem schmalen vergitterten Fensterchen und starrte hinunter auf den Kaxhof, den Platz zwischen Dom und Rathaus, auf dem der städtische Pranger, der Kax, stand, der auch als Richtstätte diente. Zwischen seinen Augen hatte sich eine steile Falte gebildet. Eine Weile verharrten sie, ohne etwas zu sagen, dann drehte er sich plötzlich zu Marysa um.

«Die wollen mir das anhängen. Die verdammten Dompfaffen wollen mir den Mord an Klas anhängen! Warum, Marysa? Sag mir das!»

Sie hob die Schultern, doch er achtete gar nicht darauf.

«Und dann das Gewäsch wegen dieses Heiligenknöchelchens. Solche Fälschungen gibt es zuhauf, das wissen die doch selbst. Warum sollte ich meinen Gesellen deswegen erschlagen? Wenn er sein Geld für derlei Firlefanz aus dem Fenster wirft, ist das doch nicht mein Problem!»

«Meister Reinold, das ist es doch», wagte Marysa ihm zu widersprechen. «Wenn die Kanoniker glauben, Ihr habet diese Fälschungen hergestellt, werden sie Euch wegen Blasphemie anklagen.»

«Unsinn, ich habe damit nichts zu tun. Das weißt du doch.» Er blickte ihr zum ersten Mal ins Gesicht. «Du weißt genau, dass ich keine Reliquien verkaufe. Weder Fälschungen noch echte. Und das kann mir auch niemand nachweisen.» Er drehte sich wieder dem Fenster zu. «Finde heraus, warum sie ausgerechnet mir die Sache anhängen wollen. Und sieh zu, dass ich hier wieder rauskomme.»

Marysa starrte verblüfft seinen Rücken an. «Aber Meister Reinold, wie soll ich das denn machen?»

Nach ihrer Rückkehr aus dem Gefängnis warteten Marysa, ihre Mutter und Gerharda ungeduldig auf Ennos Rückkehr vom Rathaus. Es läutete jedoch bereits zur Non, als er endlich wieder in der Stube saß und berichtete.

Leider hatte er nicht viel ausrichten können, und selbst die drei Zunftbrüder, die vor den Schöffen für Reinolds guten Leumund gebürgt hatten, waren unverrichteter Dinge wieder gegangen. Der Mord im Dom war inzwischen zum Stadtgespräch geworden, und die Gerüchte über gefälschte Reliquien gaben dem Ganzen natürlich noch mehr Zündstoff. Die Schöffen hatten sich mit den Kanonikern des Marienstifts darauf geeinigt, Reinold so lange in der Acht festzuhalten, bis seine Schuld oder Unschuld erwiesen war.

«Wahrscheinlich werden sie heute oder morgen ein paar Männer schicken, die die Werkstatt nach Hinweisen absuchen», sagte Enno zu Marysa gewandt. «Du solltest ihnen Zugang zu allen Räumen gewähren, damit sie sehen, dass ihr nichts zu verbergen habt. Auch ist es sehr gut möglich, dass sie dich ebenfalls im Rathaus befragen wollen.»

Marysa sah ihren Schwiegervater erschrocken an, doch er beruhigte sie: «Du brauchst selbstverständlich nicht alleine dorthin zu gehen. Ich werde dich begleiten, denn es kann niemand von dir verlangen, ohne familiären Beistand vor die Schöffen zu treten.» Enno ließ sich auf die Kante einer der beiden Sitzbänke sinken und seufzte. «Die Sache wäre vielleicht weniger vertrackt, wenn Klas nicht ausgerechnet mitten im Dom gefunden worden wäre. Wenn ich das richtig verstanden habe, steht die gesamte Heiltumsfahrt nun auf dem Spiel, denn Rat und Marienstift müssen versuchen, den Bischof dazu zu bewegen, den Dom von der Schändung freizusprechen. Normalerweise dauert so eine Prozedur mehrere Wochen, aber bis zur Kirmes sind es nur noch sieben Tage.» Er straffte die Schultern. «Doch wir dürfen uns nicht entmutigen lassen. Ich bin sicher, dass der wahre Mörder noch gefunden wird und Reinold bald wieder unter uns weilt. Ohne konkrete Beweise oder Zeugen, die ihn bei der Tat beobachtet haben, dürfen sie ihn schließlich nicht lange festhalten.»

«Er glaubt, die Kanoniker wollen ihm den Mord anhängen», warf Marysa unsicher ein. «Weshalb sollten sie das tun? Wir hatten immer ein gutes Verhältnis zum Marienstift. Schon mein Vater …»

«Unsinn.» Enno schüttelte entschieden den Kopf. «Reinold war nur zur falschen Zeit am falschen Ort. Sein

Geselle wurde erschlagen und trug eine gefälschte Reliquie bei sich. Kurzsichtig, wie diese Dompfaffen sind, haben sie natürlich gleich falsche Schlüsse daraus gezogen.» Er stand wieder auf und ging auf Marysa zu, um ihr die Wange zu tätscheln. «Mach dir keine Sorgen, die Sache wird sich sehr schnell aufklären. Reinold wird schneller wieder bei dir sein, als du glaubst.»

Marysa nickte und senkte den Blick. «Soll ich etwas zu essen auftragen lassen? Gewiss habt Ihr noch nicht gespeist, Herr Schwiegervater.»

«Nein, lass gut sein. Gerharda und ich werden jetzt nach Hause gehen. Und du solltest dich von der Aufregung erholen. Frau Jolánda wird sich doch bestimmt um dich kümmern?» Er warf Marysas Mutter einen kurzen Blick zu, den diese mit einem Nicken beantwortete.

«Aber sicher, Meister Enno. Geht nur nach Hause. Ich werde über Nacht hierbleiben, wenn meine Tochter es wünscht.»

«Gut. Gebt mir Bescheid, sollten heute noch die Männer des Schöffenkollegs hier auftauchen.» Enno winkte seiner Gemahlin, ihm zu folgen, und die beiden verabschiedeten sich.

Kaum war die Tür hinter ihnen zugefallen, setzte sich Jolánda neben Marysa und legte ihr einen Arm um die Schultern. «Was hast du jetzt vor?»

Ratlos hob Marysa die Schultern. «Ich habe keine Ahnung. Reinold will, dass ich herausfinde, warum die Kanoniker ihm die Schuld an Klas' Tod in die Schuhe schieben wollen.»

«Enno scheint da ja ganz anderer Meinung zu sein», meinte Jolánda.

Marysa fegte einen winzigen Krümel vom Tisch. «Erst konnte ich es mir auch nicht vorstellen, aber je länger ich darüber nachdenke, desto mehr bin ich Reinolds Ansicht. Alles hängt mit dieser gefälschten Reliquie zusammen.»

«Was für eine Reliquie soll das denn überhaupt sein?»

Marysa stand auf und ging zu einem Wandbord, auf dem eine kleine hölzerne Schatulle stand. Sie klappte den Deckel hoch und entnahm ihr ein Reliquiar, das dem, welches Klas bei sich getragen hatte, sehr ähnelte. Sie hielt es ihrer Mutter hin und erklärte: «Diese Reliquiare stellt Reinold massenweise her. Sie sind bei den Pilgern sehr begehrt. Die meisten tragen darin einen Gebetszettel mit sich herum. Einige tun auch kleine Steinchen hinein, die sie auf dem Parvisch oder vor dem Domportal finden.» Sie schwieg kurz. «Klas bewahrte darin einen Splitter vom Fingerknöchelchen des heiligen Germanus samt passendem Gebetsbriefchen auf.»

Jolánda hob die Brauen. «Und woran wollen die Kanoniker überhaupt erkannt haben, dass es sich dabei um eine Fälschung handelt?»

Marysa lächelte schmal. «Das können sie nur, wenn es eine wirklich schlechte Fälschung ist. Scheiffart behauptete, es handele sich um ein Schweineknöchelchen. Wahrscheinlich hatte der Fälscher es nicht richtig getrocknet, und es fing an zu faulen. Oder es sah noch zu neu aus. Leider habe ich es nicht genau ansehen können.»

Jolánda sah ihre Tochter irritiert an. «Woher kennst du dich so gut mit gefälschten Reliquien aus, Kind?»

Marysa setzte sich wieder und spielte mit einem Zipfel des Tischtuches. «Vater hat mir etwas darüber erzählt. Du weißt doch, wie oft ich ihm in seinem Kontor Gesellschaft geleistet habe. Er hat mir den Unterschied zwischen echten und gefälschten Reliquien gezeigt und erklärt.»

Verwundert schüttelte Jolánda den Kopf. «Mir gegenüber hat er niemals dergleichen erwähnt.»

Marysa verzog ihre Mundwinkel erneut zu einem Lächeln, diesmal jedoch zu einem weit heitereren. «Du hast dich ja auch nie wirklich für den Reliquienhandel interessiert. Das ist auch verständlich, denn dieses Geschäft obliegt doch weitgehend den Männern und vorzugsweise den Geistlichen. Aber ich glaube, es hat Vater Vergnügen bereitet, mir ein paar seiner Geheimnisse anzuvertrauen.»

Jolánda fuhr auf. «Willst du vielleicht damit sagen, dass dein Vater auch mit gefälschten Reliquien gehandelt hat?»

Marysa ließ das Tischtuch los und betrachtete eingehend ihre Hände.

«Marysa!» Die Stimme ihrer Mutter verriet deren Entsetzen.

«Mutter, denk doch einmal nach. Vater hat große Summen mit dem Handel von Knochenreliquien verdient. Allein die Fingerknöchelchen, die er verkauft hat, dürften in die Hunderte gehen. Wie viele Finger, glaubst du, hat ein normaler Mensch, auch wenn er ein Heiliger war?»

«Du liebe Zeit!» Jolánda schlug die Hände vor die Augen. «Darüber habe ich wirklich noch niemals nachgedacht. Aber dann ... dann war dein Vater ja ...»

«... ein guter Geschäftsmann», ergänzte Marysa schnell und blickte ihrer Mutter eindringlich in die Augen. «Ich habe auch nicht gesagt, dass ich ihn je dabei beobachtet hätte, wie er Fälschungen verkauft hat.» Hier schwieg sie einen Augenblick, denn so ganz entsprachen ihre Worte nicht der Wahrheit. Sie seufzte innerlich. «Vater hat den Menschen Bildnisse und Andenken des Glaubens verkauft und ihnen damit sicherlich Hoffnung und Zuversicht gegeben. Das ist es doch, was wirklich zählt, nicht wahr? Und dir und mir hat er damit ein Leben in Wohlstand ermöglicht.»

Jolánda dachte über die Worte ihrer Tochter eine ganze Weile nach, dann nickte sie. «Wenn du es so siehst, kann ich dir nur recht geben. Dennoch ... gefälschte Reliquien? Dein Vater war ein anständiger und rechtschaffener Mann!»

«Und mir wird niemals etwas anderes über die Lippen kommen», stimmte Marysa ihr aus tiefstem Herzen zu. «Am besten, du vergisst einfach, was ich dir erzählt habe. Vater hätte sicherlich nicht gewollt, dass du dich darüber aufregst.»

«Ich rege mich ja gar nicht auf!», sagte Jolánda aufgebracht. «Warum sollte ich mich darüber aufregen, dass meine Tochter mir ein Jahr nach dem Tod meines Gemahls von seinen dunklen Geschäften berichtet?»

«Mutter!» Marysa legte besorgt einen Finger an die Lippen.

Im nächsten Moment klopfte es leise an der Tür, und Vater Ignatius, der junge Gemeindepfarrer, streckte den Kopf in die Stube. «Verzeiht, Frau Marysa, aber ich muss mich jetzt verabschieden. Ich habe noch ein paar wichtige Aufgaben zu erledigen, schicke Euch aber zur weiteren Totenwache einen Kaplan vorbei.»

«Vielen Dank, Vater Ignatius. Das ist sehr freundlich von Euch.» Marysa nickte ihm zu und legte dann den Kopf auf die Seite, da sie seinen verlegenen Gesichtsausdruck bemerkte. «Gibt es noch etwas?»

Er räusperte sich umständlich. «Ähm, ja, gute Frau. Ich ... also, es leuchtet mir ja ein, dass die ehrwürdigen Herren vom Marienstift auf der Aufklärung dieses schrecklichen Mordes bestehen, aber, mit Verlaub, es wird Zeit, dass der Junge begraben wird. Die Sommerhitze tut dem Leichnam nicht gut, und wenn er noch länger aufgebahrt bleibt, wird Euer ganzes Haus vergiftet.»

Marysa verzog das Gesicht. «Das weiß ich, Vater Ignatius, aber ich kann es nicht ändern. Wir haben keine Erlaubnis, Klas zu beerdigen.»

«Ja, nun, ich werde mich gerne in dieser Sache für Euch einsetzen», sagte der Priester und wischte sich den Schweiß von seiner Tonsur. Sein dünnes braunes Haar klebte ihm an den Schläfen. «Ihr habt schließlich schon genug Unannehmlichkeiten, und es besteht die Gefahr, dass der verwesende Leichnam Euch schlimme Krankheiten ins Haus bringt. Ich werde deswegen bei den ehrwürdigen Herren vorsprechen, wenn es Euch recht ist.»

«Aber ja, natürlich!», rief Jolánda aufgeregt. «Bittet sie um ein Einsehen. Dieser Zustand ist unmöglich. Meine Tochter wird das Haus ausräuchern müssen, und wer ersetzt ihr den Schaden? Eine Schande ist das, den armen Jungen oben in seiner Kammer verwesen zu lassen, wo ihm ein christliches Begräbnis zusteht! Geht nur. Geht und sagt ihnen das!»

«Ja, nun.» Etwas erschrocken über den kurzen, aber temperamentvollen Ausbruch von Marysas Mutter verabschiedete sich der Priester und entfernte sich eilig.

Marysa blickte ihre Mutter amüsiert an. «Du hast ihn erschreckt.»

«Und wennschon.» Jolánda stand auf und strich ihr Kleid glatt. «Wenn er sich schon für euch einsetzen will, dann soll er ruhig etwas Feuer unterm Hintern bekommen. Du hättest auch etwas sagen müssen. Es ist schließlich dein Heim, das vom Leichengestank verpestet wird.»

«Stimmt, es ist mein Haus. Aber niemand kann sich so gut aufregen wie du, Mutter. Außerdem hast du mich ja gar nicht zu Wort kommen lassen.» Marysa gab ihr einen Kuss auf die Wange. «Gehst du nach Hause?»

«Nur, wenn du mich hier nicht brauchst.»

«Sei unbesorgt. Ich werde schon alleine zurechtkommen.» Marysa hakte sich bei ihrer Mutter unter. «Ich begleite dich noch nach draußen.»

«Du rufst mich und deinen Schwiegervater aber sofort, wenn du Hilfe brauchst!»

«Das werde ich bestimmt. Und sobald ich Neues weiß, schicke ich Grimold in die Kockerellstraße, damit er dir Bescheid gibt.»

8. Kapitel

Marysa blickte ihrer Mutter nach, die, von ihrem Knecht Tibor begleitet, Richtung Marktplatz ging. Dann verschloss sie die Haustür, setzte sich auf einen der Hocker am Arbeitstisch ihres Gemahls und betrachtete die Einzelteile des Schreins, an dem er bis zum frühen Morgen gearbeitet hatte.

In ihrem Kopf summte es wie in einem Bienenstock, und sie war froh, endlich für ein Weilchen alleine zu sein. Zwar hatte Reinold sie gebeten, herauszufinden, wer ihm den Mord an Klas anhängen wollte und weshalb, doch das konnte unmöglich sein Ernst gewesen sein. Wie in Gottes Namen sollte sie das denn anstellen? Meister Enno würde sich darum kümmern. Er kannte sich im Stadtrat und mit den Schöffen aus und war auch in den Gesetzen einigermaßen bewandert. Er würde wissen, was zu tun war.

Marysa stützte das Kinn in ihre rechte Hand und ließ ihren Blick durch die Werkstatt wandern. Die Wände wurden von Borden gesäumt, auf denen die verschiedenartigsten Reliquiare und Schreine ausgestellt waren. Darunter standen an zwei Seiten lange Arbeitsbänke, über denen an Haken und Ösen unzählige Werkzeuge hingen. Die Tür zu dem kleinen Lagerraum stand halb offen. Dort bewahrte Reinold die Materialien für seine Schreine auf – Holz, Messingscharniere, Farben, Blattgold, einen Kasten mit Pilgerabzeichen für die Kunden, die ein solches auf ihrem Schrein angebracht haben wollten, und noch einiges mehr.

Auf einer Seite des Raumes warteten die fertigen Schreine und Reliquiare in Regalen und auf einem Tisch darauf, von ihren neuen Besitzern abgeholt zu werden.

Obwohl sie es für überflüssig hielt, stand Marysa auf und machte einen Rundgang durch die Werkstatt und den Lagerraum. Sie öffnete einige Schreine, schaute in Kisten und Truhen, schob die Ausstellungsstücke auf den Borden hin und her und vergewisserte sich, dass hier tatsächlich nicht eine einzige Reliquie zu finden war.

Kurz kam ihr der Gedanke, dass Reinold in der vergangenen Nacht allein in der Werkstatt gewesen war, doch sie verwarf ihn gleich wieder. Er hatte, wie sie genau sehen konnte, an dem Schrein auf dem Tisch gearbeitet. Und wenn sie auch wenig Zuneigung zu ihrem Gemahl empfand, so wusste sie doch recht genau über ihn Bescheid.

Er war ein passabler Schreinbauer und damit durchaus konkurrenzfähig unter seinesgleichen. Doch für Geschäfte, die darüber hinausgingen, hielt sie ihn einfach für zu träge. Sie fand es schade, dass all die guten Geschäftskontakte, die ihr Vater in vielen Jahren harter Arbeit aufgebaut hatte, nun wieder zerfielen. Gotthold Schrenger hatte eine Menge Zeit und Mühe investiert, um Geschäfte mit Reliquienhändlern aus den entferntesten Ländern einzufädeln. Und er hatte sehr spezielle Quellen für Heiltümer aus den Ländern im Osten, die er nach Aachen bringen ließ, um sie den zahlreichen tschechischen und ungarischen Pilgern zu verkaufen, die auch außerhalb der Heiltumsfahrt hierherströmten. Auf diesem Wege hatte er vor nicht ganz zwanzig Jahren den ungarischen Reliquienhändler Bernát Kozarac kennengelernt und zur Besiegelung der guten Geschäftsverbindung dessen zwar erst vierzehnjährige, dafür aber bildhübsche Tochter Jolánda geheiratet. Trotz des enormen Altersunterschieds von achtunddreißig Jahren war die Ehe sehr harmonisch verlaufen. Gotthold hatte sein Püppchen, wie er Jolánda liebevoll genannt hatte, mit den schönsten Kleidern und wertvollem Schmuck verwöhnt. Und sie hatte es ihm mit Fürsorge und liebevoller Freundlichkeit gedankt, mit ihrem aufbrausenden Temperament aber auch seinen Haushalt auf den Kopf gestellt. Sie hatte sich um Aldo, Gottholds Sohn aus erster Ehe, gekümmert und nach knapp einem Jahr eine Tochter geboren, deren Äußeres wie auch Verstand eine interessante Mischung aus beiden Elternteilen geworden war.

Marysa dachte mit Wehmut an ihren Vater. Er hatte ihr mit Strenge und Unerbittlichkeit die Grundlagen des Reliquiengeschäfts beigebracht, aber auch immer wieder betont, wie sehr er sich darüber freute, dass sie seine Interessen teilte und ihm im Kontor zur Hand ging. Aldo hätte natürlich das Geschäft einmal übernehmen sollen, doch Marysas Geschick in kaufmännischen Angelegenheiten, ihr heller Verstand und die Tatsache, dass sie neben dem Deutschen auch das Ungarische fließend sprach, ließen ihn hoffen, dass sie eines Tages einen guten Mann finden würde, der ihre Talente zu schätzen wusste.

Nun jedoch hatte sie sich aus der Not heraus einen Gemahl erwählt, der sie ans Haus und den Handarbeitskorb kettete und keinerlei Wert darauf legte, dass sie sich in seinem Geschäft nützlich machte. Ihre recht ansehnliche Mitgift war ihm sehr willkommen gewesen, und hätte sie mehr Zeit zum Nachdenken gehabt, wäre ihr wohl bewusst geworden, dass dies der einzige Grund gewesen war, aus dem er sie nach dem Tod ihres Vaters umworben hatte.

Reinold hatte ihr gleich in der Hochzeitsnacht unmissverständlich klargemacht, dass er ihre Aufgabe ausschließlich darin sah, seinen Haushalt zu beschicken, ihm Kinder zu gebären und seinem Wohl zu dienen. Ansonsten wünschte er, nicht von ihr behelligt zu werden.

Die Kinder ließen noch auf sich warten; Marysa war sich nicht sicher, ob sie darüber froh oder unglücklich sein sollte. Reinold hatte zwar schon hin und wieder eine Bemerkung darüber gemacht, schien es jedoch auch nicht wirklich eilig zu haben, einen Nachkommen in die Welt zu setzen.

Das alles wäre Marysa durchaus erträglich gewesen, wenngleich sie sich auch von Zeit zu Zeit langweilte. Was ihr jedoch sehr zu schaffen machte, war Reinolds sauertöpfisches Gemüt. Er mochte keine Geselligkeiten, von wenigen Zechgelagen im Zunfthaus einmal abgesehen, und er schien es nicht zu ertragen, wenn sie fröhlich war. Deshalb beschwerte er sich jedes Mal, wenn er sie singen hörte, schimpfte, wenn sie länger, als er es für nötig hielt, mit Veronika oder den Nachbarinnen zusammen war, und hatte ihr sogar untersagt, bei Festlichkeiten, zu denen sie eingeladen wurden, zu tanzen. Und als sei dies nicht genug der Einschränkung, durfte sie sich auch nicht mehr selbst den Stoff für ihre Kleider aussuchen.

Sie liebte satte, kräftige Farben und hatte, dessen war sie sich bewusst, den guten Geschmack und die Freude an Geschmeide von ihrer Mutter geerbt. Doch da auch dies eine Sache war, die ihr Freude bereitete, hatte Reinold bestimmt, dass nur er ihr Kleider anfertigen lassen durfte. Dies hatte in kurzer Zeit dazu geführt, dass ihre Truhen mit schrecklichen hellgrünen, braunen oder ockergelben Kleidern und Surcots gefüllt waren und sie sogar einige ihrer Lieblingskleider dem Lumpenknecht des Leprosenhauses Melaten hatte mitgeben müssen.

Marysa zuckte erschrocken zusammen, als es plötzlich laut an der Haustür klopfte. Sie riss sich von ihren melancholischen Gedanken los und hoffte insgeheim, dass die Abgesandten des Schöffenkollegs gekommen waren, um die Werkstatt zu durchsuchen. Je schneller dies geschah, desto eher wäre Reinolds Unschuld bewiesen. Als sie die Tür öffnete, sah sie sich jedoch dem Ablasskrämer gegenüber.

«Bruder Christophorus!» Überrascht trat sie einen Schritt aus der Tür. «Was führt Euch zu mir?»

Christophorus lächelte verbindlich. «Ich versprach Euch, mich noch einmal nach Eurem Befinden zu erkundigen. Wie ich vernahm, hat man Euren Gemahl verhaftet, was ein weiterer Grund für mich ist, Euch aufzusuchen. Denn ich werde Euch in dieser Angelegenheit natürlich beistehen.»

«So, werdet Ihr das?» Marysa verschränkte die Arme vor dem Leib. «Und wie soll Euer Beistand aussehen? Ganz abgesehen davon, dass ich ihn nicht erbeten habe.»

«Um Euch dies zu erklären, wäre es sehr freundlich, wenn Ihr mich ins Haus lassen würdet.» Er lächelte gleichbleibend freundlich, musterte sie dabei jedoch verstohlen. Sie trug wie am Vortag eine schlichte Haube mit Rise und Gebende, von der er argwöhnte, dass sie sie bei der derzeitigen Sommerhitze ziemlich quälen musste. Was ihn jedoch noch mehr verwunderte, war die unsägliche Hässlichkeit des Surcots, den sie über einem braunen Unterkleid trug und dessen ockergelbe Farbe sich nicht mit ihrer hellen Haut vertrug. Er hatte selten eine Frau getroffen, die sich mit weniger Sinn für Geschmack kleidete. Doch das konnte ihm letztlich gleich sein, denn er war ganz sicher nicht gekommen, um mit ihr über Kleiderfragen zu diskutieren.

«Das werde ich ganz gewiss nicht tun», antwortete Marysa ihm, nachdem sie an ihm vorbei zur Straße geschaut und dort ein paar der Nachbarinnen entdeckt hatte, von denen eine ihr aufmunternd zulächelte und winkte. «Oder wollt Ihr mich in Verruf bringen? Mein Gemahl im Gefängnis, das Gesinde außer Haus … Ich werde keinen Mann, auch keinen Geistlichen, unter diesen Umständen ohne weitere Begleitung hereinbitten.»

Christophorus warf einen kurzen Blick über die Schulter zur Straße und nickte dann. «Wie Ihr wollt. Dann bitte ich Euch jedoch, mich zum Parvisch zu begleiten. Auf dem Weg dorthin kann ich Euch ebenso gut über meine Pläne in Kenntnis setzen.»

«Was soll ich denn auf dem Parvisch?», fragte Marysa erstaunt.

«Euch umhören», antwortete Christophorus, ohne mit der Wimper zu zucken. «Einen Blick auf den Ort des Verbrechens werfen, wenn Ihr so wollt. Außerdem möchte ich Euch etwas ganz Bestimmtes zeigen.»

Marysa dachte darüber nach. Der Dominikaner machte sie neugierig. Außerdem würde es sicher nicht schaden, sich auf dem Domhof umzusehen; in das Gotteshaus würde sie natürlich nicht hineingehen dürfen, obwohl etwas in ihr schon gerne gewusst hätte, wo genau Klas ums Leben gekommen war. Vielleicht sah sie ja etwas oder traf jemanden, der Genaueres wusste. Dies würde sie dann sofort ihrem Schwiegervater berichten und ihm damit helfen, Reinolds Unschuld zu beweisen. Mehr konnte sie nicht tun, aber es war wenigstens etwas. Also nickte sie Christophorus zu.

«Ich komme sofort wieder. Wartet einen Augenblick!» Sie ließ ihn vor der Tür stehen und verschwand im Haus.

Christophorus trat unruhig von einem Fuß auf den anderen. Die Idee, die ihm vorhin während des Essens gekommen war, barg einige Unwägbarkeiten, die sich nur schwer abschätzen ließen. Doch da er nun einmal Aldo sein Wort gegeben hatte, würde er wohl die eine oder andere Schwierigkeit in Kauf nehmen müssen.

Er hatte einen Weg gefunden, wie er Marysa helfen konnte. Natürlich nur gesetzt den Fall, ihr Gemahl war tatsächlich unschuldig. Doch nach allem, was er im Laufe des heutigen Nachmittags bereits herausgefunden hatte, hielt er das für sehr wahrscheinlich.

Die Haustür öffnete sich erneut, und Marysa trat heraus.

«Nun denn, Bruder Christophorus», sagte sie und ging an ihm vorbei auf die Straße. «Zeigt mir, was auf dem Parvisch so wichtig ist, und erzählt mir auf dem Weg dorthin, was Ihr vorhabt.»

Überrascht über ihren bestimmenden Tonfall sah er sie, als er zu ihr aufgeschlossen hatte, von der Seite an. Sie hatte ihr Kinn energisch nach vorne geschoben, und es schien, als habe sie sich zu etwas durchgerungen.

«Zunächst einmal möchte ich, dass Ihr mir sagt, ob es Eurerseits auch nur den geringsten Zweifel an der Unschuld Eures Gemahls gibt.»

Überrascht sah sie ihn an. «Nein, ich hege keinerlei Zweifel. Reinold handelt nicht mit Reliquien, weder mit gefälschten noch mit echten.»

«Aber er wird dessen verdächtigt. Vermutlich, weil Eure Familie zu Lebzeiten Eures Vaters sehr erfolgreich im Reliquienhandel tätig war. Da liegt es nahe, dass Euer Gemahl sich ebenfalls damit beschäftigt.»

«Tut er aber nicht.»

«Warum nicht?»

Marysa blieb stehen. «Weil er kein Talent dafür hat.»

Diese offene und vollkommen leidenschaftslose Feststellung veranlasste auch Christophorus, stehen zu bleiben. «Kein Talent?»

«Er ist Schreinbauer, kein Kaufmann.» Marysa verzog noch immer keine Miene. «Vater hat ihn wegen seiner handwerklichen Kunst geschätzt, doch das ist etwas vollkommen anderes. Der Reliquienhandel erfordert Fingerspitzengefühl, vor allen Dingen, weil man sehr viel mit Geschäftspartnern zu tun hat, die dem geistlichen Stand angehören. Und die sind oft besonders empfindlich.» Sie hielt erschrocken inne, als ihr bewusst wurde, dass sie gerade mit eben solch einem Geistlichen sprach.

Doch Christophorus hob nur kurz eine Braue. «Eurem Gemahl fehlt es also an Feingefühl? Und wie steht es mit Euch? So, wie es klingt, hattet Ihr gründlichen Einblick in die Geschäfte Eures Vaters. Kennt Ihr Euch gut mit dem Reliquienhandel aus?»

Marysa setzte sich wieder in Bewegung. «Wenn Ihr so gut mit Aldo befreundet wart, dürfte er Euch erzählt haben, dass unser Vater mich regelmäßig in seinem Kontor hat zuschauen lassen, wenn er seine Geschäfte tätigte. Er hat mich nicht ausgebildet, wozu auch? Aldo war derjenige, der den Handel einmal übernehmen sollte. Doch er hat mir genug beigebracht, dass ich meinem Gemahl bei seinen Geschäften zur Hand gehen und ihn in allen Bereichen unterstützen könnte.»

«Und warum tut Ihr das nicht?»

Wieder blieb Marysa stehen, sodass ein schmächtiger Junge, der zwei volle Milchkannen schleppte, ihr ausweichen musste und sie dabei unsanft anrempelte.

«Vorsicht!» Christophorus zog sie am Ellenbogen zur Seite und verhinderte damit gerade noch, dass Marysa von Unrat getroffen wurde, den eine Magd aus dem Fenster im Obergeschoss eines Hauses schüttete.

Marysa strauchelte und musste sich am Ärmel seiner Kutte festhalten, um nicht zu stürzen.

«A kutyafáját!», schimpfte sie und ließ ihn rasch wieder los. Sie schüttelte ihren Rock aus, an dessen Saum etwas Bräunliches klebte. Dann blickte sie Christophorus verärgert an. «Mein Gemahl wünscht nicht, dass ich mich in seine Angelegenheiten einmische.» Sie blickte sich um. «Lasst uns die Straßenseite wechseln.»

Bis sie den Parvisch erreicht hatten, schwiegen sie einander an. Erst als sie den großen Platz halb überquert hatten, ergriff Christophorus erneut das Wort. «Ihr kennt Euch also mit Reliquien aus. Könnt Ihr auch eine gefälschte Reliquie von einer echten unterscheiden?»

Marysa hob die Schultern. «Das kommt auf die Qualität der Fälschung an. Wenn es sich, wie der Domherr Johann Scheiffart behauptet hat, um ein Schweineknöchelchen handelt, muss es eine sehr schlechte Fälschung sein.»

Um Christophorus' Mundwinkel zuckte es. Offenbar verbarg sich hinter der Fassade der stillen Schreinergemahlin doch mehr, als er gedacht hatte. Er griff in den Ärmel seiner Kutte und zog seine Geldkatze hervor. Ihr entnahm er eine winzige, verziere Holzschachtel, die er aufklappte und Marysa unter die Nase hielt. «Etwa so schlecht wie diese hier?»

Marysa starrte verblüfft auf die Schachtel, dann nahm sie sie zögernd zwischen die Finger und beäugte den Inhalt. Vorsichtig ließ sie das Knöchelchen auf ihren Handteller fallen. «Woher habt Ihr das?»

Christophorus schien aufmerksam den Himmel zu betrachten. «Ein Pilger gab es mir heute Morgen im Tausch gegen einen Ablassbrief, der seinen verstorbenen Vater für genau dreihundertfünfundsechzig Tage vor dem Fegefeuer bewahrt.»

«Wie bitte?»

«Das ist natürlich nur eine milde Erleichterung seiner Sündenstrafen, aber für mehr reichte des armen Mannes Geld nicht.»

Marysa schüttelte unwillig den Kopf. «Warum hat er Euch diese Reliquie gegeben? Und woher wusstet Ihr überhaupt, dass er sie besitzt?»

«Das wusste ich nicht.» Christophorus lächelte, diesmal wieder auf diese besondere, einnehmende Art, die Marysa nun schon zum zweiten Male verwirrte. «Er bedrängte mich um einen Ablassbrief, da er sicher war, während der Heiltumsweisung nicht alle gebotenen Bedingungen erfüllen zu können. Leider hatte er, wie gesagt, nicht genug Geld, und diese Reliquie, so behauptete er, habe er vor ein paar Tagen neben einem Brunnen hinter dem Dom gefunden. Er glaubte, es sei ein Wink des Herrn, als er mich traf, weil er ja nun das Kleinod gegen den Ablassbrief eintauschen konnte. Zufall also, wie Ihr seht, jedoch ein interessanter. Was haltet Ihr von dem Knöchelchen?»

Marysa betrachtete die Reliquie eingehend. «Zu welchem Heiligen soll es gehören?»

Christophorus zuckte mit den Schultern. «Leider lag kein Gebetszettel oder Ähnliches dabei. Germanus vielleicht, wie das, welches man bei Eurem Gesellen gefunden hat?»

Vorsichtig kratzte Marysa mit dem Daumennagel an dem Knöchelchen herum, dann roch sie daran und legte es schließlich wieder in die Schachtel zurück. «Ob es ein Schweineknöchelchen ist, kann ich nicht genau sagen, aber es ist zumindest keine echte Reliquie.» Sie hatte ihre Stimme gesenkt, damit die vielen Menschen, die sich auf dem Parvisch tummelten, nichts mitbekamen. «Es ist viel zu weich, höchstens ein paar Wochen alt. Und es riecht nach dem Feuer, über dem es vermutlich geräuchert wurde, damit es älter aussieht.» Sie gab ihm das Kästchen zurück, welches er wieder in seinem Ärmel verschwinden ließ.

«Dies wolltet Ihr mir also zeigen? Warum hier?»

«Weil Ihr noch etwas anderes sehen sollt.» Christophorus führte sie zu einem kleinen Gebäude neben dem Dom und klopfte an die Tür. Ein untersetzter älterer Geistlicher, dessen Kopf direkt auf seinen Schultern zu ruhen schien, öffnete und lächelte erfreut, als er den Dominikaner sah.

«Bruder Christophorus, nicht wahr? Seid mir gegrüßt. Ich habe schon auf Euch gewartet. Herr Scheiffart berichtete mir, dass Ihr die Stätte des Unglücks ansehen wollt.» Der Geistliche blickte neugierig auf Marysa. «Ihr habt jemanden mitgebracht?»

«Frau Marysa Markwardt, die Gemahlin des inhaftierten Schreinbauers», stellte Christophorus sie vor. «Sie hat sich bereit erklärt, den Ort der Tat mit mir gemeinsam aufzusuchen und zu warten, bis ich meine Untersuchung abgeschlossen habe, denn als Freund der Familie begleite ich sie später noch zur Anhörung bei den Schöffen.»

Marysa sog vor Verblüffung hörbar die Luft ein, doch Christophorus wandte sich nur kurz um und tätschelte beruhigend ihren Arm. Dabei warf er ihr jedoch einen warnenden Blick zu. Dann redete er weiter auf den Geistlichen ein. «Wenn Ihr uns nun zu besagtem Ort führen würdet, Bruder Bartholomäus. Ihr versteht, wir möchten uns nicht zu lange hier aufhalten. Und ich kann Frau Marysa nicht zumuten, lange in dieser Hitze zu warten.»

«Aber ja, folgt mir!» Bruder Bartholomäus führte sie nicht zum Portal, sondern um die neuerbaute Matthiaskapelle herum, an deren Obergeschoss ein Trupp Bauarbeiter mit einem quietschenden Lastkran Steine emporhievte. Sie betraten den Dom über eine provisorische Seitenpforte, die wohl den Bauleuten, die an der neuen Chorhalle arbeiteten, als Eingang diente. Der riesige Kuppelbau war nun nach fast sechzigjähriger Bauzeit beinahe vollendet, und obwohl noch überall mehr oder weniger behauene Steine und Mörtelkübel herumstanden, der Boden von Staub, Holzspänen und Bauschutt bedeckt war und an den Wänden ringsum hölzerne Gerüste bis in schwindelerregende Höhe wuchsen, konnte man jetzt schon erkennen, welch herrliches Abbild des Himmlischen Jerusalems den Baumeistern hier gelungen war. Die Dachkonstruktion war noch nicht vollendet und bestand bisher nur aus einem Gerippe von Balken und Streben, durch das Sonne, Wind und Regen ungehindert Einlass fanden, doch auch, wenn das Dach einmal fertig war, würde die Halle in gleißendem, göttlichem Licht erstrahlen, denn aus den unzähligen in den Himmel strebenden Rundbögen, aus denen die Wände ringsum bestanden, würden einmal riesige Glasfenster entstehen. Unzählige Arbeiter und Bauhelfer arbeiteten eifrig auf die Vollendung des Bauwerks hin. Überall wurde gehämmert, gesägt, gelacht und geflucht. Trotzdem wurden die Messen und Stundengebete wie üblich im Dom abgehalten und die Pilger zu bestimmten Zeiten darin herumgeführt. Der Bau der Chorhalle dauerte nun schon so lange, dass sich die Aachener an den Lärm der Baustelle gewöhnt hatten und ihn kaum mehr wahrnahmen.

«Wenn Ihr hier warten wollt.» Bruder Bartholomäus wies auf eine Nische, in der Säcke mit feinem Sand gelagert wurden. «Ich hole den Herrn Scheiffart.»

Christophorus nickte ihm zu und verschränkte die Arme in den Ärmeln seiner Kutte. Kaum war der Geistliche jedoch verschwunden, winkte er Marysa, ihm weiter in den Dom zu folgen.

«Was soll das bedeuten?» Marysa blieb, wo sie war. «Was habt Ihr mit den Kanonikern zu tun, und warum lässt man Euch so einfach hier herein?»

Christophorus kehrte zu ihr zurück. «Weil ich darum gebeten habe. Der Domherr Johann Scheiffart war sehr erfreut, als ich ihm meine Hilfe in diesem schrecklichen Unglücksfall angeboten habe.» Er winkte ihr erneut, ihm zu folgen. «Kommt, ich möchte Euch zeigen, wo man Klas gefunden hat.»

Marysa folgte ihm eilig, da er mit raschem Schritt voranging. «Warum?», wiederholte sie ihre Frage. «Das Marienstift ist doch nicht auf die Hilfe eines Ablasskrämers angewiesen.»

Christophorus drehte sich kurz zu ihr um. «Auf die Hilfe eines Ablasskrämers nicht, da habt Ihr recht. Sehr wohl aber auf die eines Inquisitors.»

Marysa schnappte nach Luft. «Eines was?»

Christophorus war neben dem großen steinernen Altar stehen geblieben. «Ich habe Herrn Scheiffart mitgeteilt, dass ich Mitglied der Heiligen Inquisition bin.» Er deutete auf einen Punkt zwischen dem Altar und dem Sockel, auf dem der wertvolle, über und über mit Gold verzierte Marienschrein thronte. «Dort hat er gelegen.»

9. Kapitel

«Was soll das heißen, Ihr seid Mitglied der Inquisition?» Entsetzt sah Marysa den Dominikaner von der Seite an. Dieser legte jedoch nur den Zeigefinger an die Lippen und deutete mit dem Kinn in die Richtung, aus der nun Schritte und Stimmen zu vernehmen waren. Augenblicke später bogen der Domherr Johann Scheiffart und Bruder Bartholomäus um einen der provisorischen Stützpfeiler der neuen Chorhalle.

«Ah, Bruder Christophorus!» Mit ausgebreiteten Armen kam Scheiffart näher. Auf seinem schwammigen Gesicht lag ein breites Lächeln. «Sehr schön, dass Ihr schon heute hergekommen seid. Ihr könnt Euch ja denken, in was für einer misslichen Lage ...» Er brach mit einem Blick auf Marysa ab. «Wie kommt es, dass Ihr die Frau hierherbringt?»

Christophorus' Miene und Haltung veränderten sich in Gegenwart des Kanonikers so drastisch, dass Marysa staunte. Er setzte ein ernstes Lächeln auf, das sie ob seiner Kälte schaudern ließ. Sein Rücken straffte sich, und alles an ihm wirkte mit einem Mal steif und kantig. Da er etwas größer war als der Domherr, blickte er streng auf ihn herab. «Diese Frau ist die Gemahlin des Mannes, den Ihr in der Acht festhaltet, weil er des Mordes an seinem Gesellen beschuldigt wird.»

«Das weiß ich. Aber ...»

«Und da ich ein guter Freund der Familie Schrenger

bin», unterbrach Christophorus Scheiffarts Einwand, «hielt ich es für angebracht, sie bei ihrem Gang zu den Schöffen zu begleiten, wo sie ihre Aussage machen will. Sie war so freundlich, den Weg dorthin hier zu unterbrechen und zu warten, bis ich mich ausreichend umgesehen habe.»

«Ihr seid mit der Familie Schrenger gut bekannt?» Scheiffart war sichtlich verblüfft.

«Ich war der Weggefährte von Aldo Schrenger, Frau Marysas Bruder, auf der Pilgerreise nach Santiago de Compostela. Leider ist er auf dem Rückweg von der heiligen Stätte verstorben.»

«So, nun ja.» Scheiffart blickte noch immer etwas irritiert drein. Dann wandte er sich an Marysa. «Euer Bruder ist also auf einer Pilgerreise zu Ehren Gottes und des heiligen Jakobus verstorben? Das tut mir leid. Aber seid nicht bekümmert, denn wer auf einer Pilgerreise stirbt, wird ganz sicher das Himmelreich erlangen.»

«Gewiss.» Marysa senkte den Kopf, denn Scheiffarts stechender Blick war ihr unangenehm.

«Nun sollten wir uns aber dem Ort des Unglücks zuwenden», sagte Christophorus. «Wenn ich es recht verstanden habe, so fandet Ihr den toten Jungen dort vor dem Marienschrein?»

«Habt Ihr den Eisenhaken gesehen?», fragte Christophorus Marysa eine Weile später. Sie hatten den Dom wieder verlassen und den Kaxhof überquert, und Christophorus blieb neben der Treppe zum Eingang des Ratsgebäudes stehen. «Er ist viel zu schwer, als dass ihn jemand im Affekt als Waffe gebrauchen könnt.»

Marysa musste ihm zustimmen. Die Eisenstange mit dem Haken wurde benutzt, um den großen Leuchter, den Kaiser Friedrich Barbarossa dem Dom gestiftet hatte, zu bewegen oder zu drehen, wenn dieser gereinigt oder mit neuen Kerzen bestückt wurde. Niemand würde auf die Idee kommen, das schwere Gerät während eines Gerangels als Schlagwaffe zu ergreifen.

«Dann glaubt Ihr, jemand hat Klas aufgelauert?»

«Ich bin fast sicher, dass es so war», stimmte Christophorus zu. «Also scheidet ein Raubmord ganz sicher aus. Und wenn, wie Scheiffart vermutet, ein Streit zwischen Klas und Eurem Gemahl stattgefunden haben sollte, während dessen der Junge erschlagen wurde, würde Meister Markwardt wohl kaum diesen Haken geholt und ihn ihm hinterrücks übergezogen haben.»

«Warum habt Ihr das dem Domherrn nicht gesagt?»

«Weil er es sich selbst denken kann.» Christophorus verschränkte die Arme vor dem Leib. «Er hat sich eine Theorie zurechtgelegt, die es ihm erlaubt, schnell einen Täter zu überführen. Das erwartet man von ihm. Doch sie wird vor keinem Gericht standhalten, da könnt Ihr gewiss sein.»

«Aber wer sollte denn Klas dort im Dom aufgelauert haben?» Ratlos blickte Marysa an der Fassade des Rathauses empor. «Und warum?»

«Um diese Fragen zu beantworten, müssten wir wissen, was Klas überhaupt im Dom wollte. Er hielt sich zu einer Zeit dort auf, als außer einigen Bauarbeitern niemand dort war. Wie ich erfahren habe, war der Dom zu dem Zeitpunkt für die Pilger nicht zugänglich, und die Kanoniker waren entweder mit den Vorbereitungen für die Heiltumsweisung beschäftigt oder mit der Vergabe der Händlernischen.» Langsam ging Christophorus neben

Marysa auf und ab. «Man kann also vermuten, dass Klas sich dort mit jemandem treffen wollte. Möglicherweise mit jemandem, der etwas mit der gefälschten Reliquie zu tun hat.»

Als Marysa etwas einwenden wollte, hob er rasch die Hand. «Möglicherweise sage ich, weil wir nicht sicher wissen, ob sein Tod wirklich etwas damit zu tun hat. Es könnte auch sein, dass er das Reliquiar nur zufällig bei sich trug und seine Ermordung ganz andere Gründe hatte.»

Verzagt ließ Marysa die Schultern hängen. «Wahrscheinlich werden wir nie erfahren, wer ihn getötet hat. Die Stadt ist voll von Pilgern. Wie sollen wir unter Tausenden von Fremden seinen Mörder finden?»

Christophorus blieb stehen und blickte ihr leicht verärgert ins Gesicht. «Ihr wollt aufgeben? Wir haben doch noch nicht einmal richtig angefangen, Nachforschungen anzustellen. Und wer sagt Euch überhaupt, dass einer der Pilger Euren Gesellen umgebracht hat? Ist es nicht viel wahrscheinlicher, dass es jemand war, der ihn schon länger kannte?»

«Jemand aus der Stadt?»

«Jemand, bei dem sich Klas unbeliebt gemacht hat», bestätigte Christophorus. «Jemand, der … Tja, wenn wir das herausfinden, wären wir der Aufklärung schon ein gutes Stück näher.»

Marysa dachte über seine Worte nach, dann sagte sie: «Die Stelle, an der Klas gefunden wurde, spricht ebenfalls dafür, dass er jemanden treffen wollte.»

Christophorus merkte auf und blickte sie erwartungsvoll an.

Sie biss sich auf die Unterlippe, sprach dann aber entschlossen weiter: «Er lag doch genau zwischen dem Altar und dem Marienschrein. Niemand nähert sich so einfach dem Schrein, wenn es ihm nicht erlaubt wird.»

«Eine gute Feststellung», lobte Christophorus. «Der Altar ist den Priestern vorbehalten, und der Schrein soll von den Pilgern möglichst aus der Ferne bewundert werden. Schleifspuren gab es, soweit ich herausfinden konnte, keine, also wurde Klas an Ort und Stelle erschlagen und dort liegen gelassen.»

«Eines verstehe ich aber nicht», sagte Marysa nachdenklich. «Wenn er sich mit jemandem treffen wollte – warum mitten im Dom, wo ihn theoretisch jeder sehen konnte? Warum nicht in einer der Kapellen?»

«Warum hast du nicht gewartet, bis ich dich zu den Schöffen begleiten konnte?», donnerte Enno Markwardt und schlug mit der Faust auf die Tischplatte. Erregt ging er in der Wohnstube auf und ab und blickte dabei Marysa verärgert an. «Ich hatte dir doch gesagt, dass du nicht ohne Beistand der Familie dorthin gehen sollst. Außerdem hättest du warten müssen, bis sie dich vorladen.»

Marysa zog den Kopf zwischen die Schultern und ließ das Donnerwetter ihres Schwiegervaters schuldbewusst über sich ergehen. Als er eine Pause machte, um Luft zu holen, blickte sie zu ihm auf. «Herr Schwiegervater, es tut mir leid. Ich wollte Euch nicht verärgern, aber Bruder Christophorus hat mir erklärt, dass ich nicht warten muss, bis die Schöffen mich rufen, wenn jemand aus meiner engsten Familie angeklagt ist. Und er war so freundlich, mich dorthin zu begleiten.»

«Warum warst du überhaupt mit ihm unterwegs? Er ist ein Fremder für dich, wie du behauptest, und dennoch lässt du dich von ihm quer durch die Stadt begleiten und gibst den Leuten Anlass zu Gerede.» Enno baute sich vor ihr auf und stemmte die Hände in die Seiten. «Das ist kein Verhalten, welches einer guten Ehefrau wohl ansteht.»

«Meister Enno, mäßigt Euch bitte!» Jolánda, die neben ihrer Tochter saß, versuchte den erregten Mann zu beruhigen, doch er warf ihr nur einen gereizten Blick zu.

Marysa biss sich auf die Lippen, um die erste Bemerkung, die ihr herausrutschen wollte, zu unterdrücken. Zwar hatte Enno recht damit, dass der Dominikaner ein Fremder war, noch dazu einer, den sie nicht sonderlich leiden konnte, und sie ärgerte sich, dass sie ihn nun in Schutz nehmen musste. Doch er war immerhin Aldos guter Freund gewesen und verdiente es sicher nicht, dass man ihn hinter seinem Rücken verunglimpfte. Schließlich hatte er nur versucht, ihr zu helfen.

«Herr Schwiegervater, so schlimm war es doch gar nicht. Er hat mich aufgesucht, um mit mir zu sprechen, und da ich ihn nicht ins Haus lassen wollte, bat er mich, ihn zum Parvisch zu begleiten. Dort hat er mir etwas sehr Interessantes gezeigt, und als wir im Dom waren ...»

«Ihr wart im Dom?» Jolánda blickte sie verblüfft an.

Auch Enno war für einen Moment überrascht.

Marysa holte Luft und berichtete bis auf die zweite gefälschte Reliquie kurz, was sie bei ihrem Gang zum Parvisch und im Dom gesehen und gehört hatte, und schloss mit den Worten: «Wenn Klas sich im Dom mit jemandem treffen wollte, der etwas mit dieser gefälschten Reliquie zu tun hat, wollte man ihn vielleicht aus dem Weg räumen und hat den Mord dann Reinold in die Schuhe geschoben, weil er zu diesem Zeitpunkt in der Nähe war. Vielleicht hat man ihn sogar mit Absicht gestern zum Parvisch bestellt …», setzte sie kühn hinzu. Dies alles hatte sie sehr hastig hervorgebracht und atmete nun heftig ein und aus.

«Halt, halt, halt!» Enno starrte Marysa mit größter Verwunderung an. «Was redest du denn da? Klas wollte jemanden treffen, der ihn dann erschlagen hat, und Reinold soll als Sündenbock herhalten? Kannst du das beweisen? Und ist dir klar, dass du gerade behauptet hast, mindestens ein Kanoniker des Marienstifts sei in die Sache verwickelt?»

Marysa zögerte, nickte dann aber.

Enno stieß konsterniert die Luft aus. «Was ist bloß in dich gefahren?»

Jolánda legte ihrer Tochter eine Hand auf die Schulter. «Also für mich klingt das gar nicht so abwegig», sagte sie. «Denn irgendeinen Grund muss es doch für den Tod des Jungen geben. Wenn er etwas über diese Reliquie wusste, hat man ihn vielleicht umgebracht, damit er es nicht weitererzählen kann. Und es liegt doch nahe, Reinold des Mordes zu beschuldigen. Damit könnte man sehr gut vom wirklichen Mörder ablenken. Reinold war Klas' Meister, er hat Verbindungen zum Reliquienhandel … und er war in der Nähe, als der Mord geschah.»

Enno starrte nun beide Frauen irritiert an, doch dann ließ er sich langsam auf die Bank sinken und rieb sich übers Kinn. «Wenn es so wäre», begann er nach einer Weile, «wenn es sich so verhielte, müsste man davon ausgehen, dass tatsächlich jemand aus dem Marienstift ein Mörder und Fälscher ist. Könnt ihr euch vorstellen, was das bedeuten würde?» Er schüttelte den Kopf. «Die Kanoniker haben große Macht, und sie sind über jeden Zweifel erhaben. Wenn sich ein schwarzes Schaf unter ihnen verbirgt, werden wir nicht die geringste Möglichkeit haben, es zu finden, geschweige denn zu überführen. Daran wird auch dieser Bruder Christophorus nichts ändern.» Er runzelte die Stirn. «Wenn er nicht sogar selbst in die Sache verwickelt ist.»

Marysa wehrte erschrocken ab. «Er versucht doch, uns zu helfen. Deshalb hat er dem Marienstift seine Hilfe angeboten.»

Jetzt verteidigte sie ihn schon wieder, dachte sie bei sich. Aber was, wenn Enno recht hatte? Diese schlimmen Vorfälle hatten sich doch erst ereignet, nachdem Bruder Christophorus aufgetaucht war.

«Und weshalb läuft er als Ablasskrämer durch die Gegend, wenn er in Wahrheit ein Mitglied der Inquisition ist?»

Marysa hob die Schultern. «Er ist beides. So hat er es mir erklärt. Das eine schließt doch das andere nicht aus.»

«Und woher wissen wir, dass er die Wahrheit sagt?», knurrte Enno.

Marysa griff nach ihrem Becher mit Wein, der schon eine geraume Zeit unberührt auf dem Tisch stand. Sie drehte ihn zwischen den Fingern, trank jedoch nicht. «Er führt eine päpstliche Bulle mit sich, die ihn legitimiert.»

«Hast du sie gesehen?»

Marysa schüttelte den Kopf. «Nein, natürlich nicht. Aber sie existiert, und sie ist echt, denn sonst würden doch die Dominikaner in der St. Jakobstraße oder die Domherren ihn nicht als Inquisitor akzeptieren.»

Enno stand wieder auf und ging zur Tür hinüber. «Ich halte das Ganze für eine sehr gewagte Theorie», erklärte er nachdrücklich. «Und wenn etwas daran sein sollte, haben wir ein größeres Problem, als ihr euch vorstellen könnt. Ich gehe jetzt zur Acht und spreche noch einmal mit Reinold. Und – ehe ich es vergesse – ihr könnt morgen die Beerdigung veranlassen. Thys Hantsen, der Schöffenschreiber, hat mir vorhin mitgeteilt, dass der Rat seine Erlaubnis erteilt hat.» Er nickte den beiden Frauen noch einmal grimmig zu und verließ das Zimmer.

Marysa atmete auf und entspannte sich etwas. Jolánda nahm ihr den Becher ab und nippte daran. «Du hast gesagt, Bruder Christophorus hat dir etwas auf dem Parvisch gezeigt?»

Marysa nickte. «Eine weitere gefälschte Reliquie, die er heute Morgen von einem Pilger erhalten hat.»

Als Jolánda erstaunt die Brauen hob, erklärte sie: «Er hat sie angeblich gefunden und bei Bruder Christophorus gegen einen Ablassbrief eingetauscht.» Sie verzog missbilligend die Mundwinkel. «Unglaublich, was die Menschen alles hergeben, um so eine Ablassurkunde zu bekommen.»

«Nun, es gibt eben viele verzweifelte Seelen, die sich nicht anders zu helfen wissen», wehrte Jolánda ab.

Marysa schnaubte abfällig. «Und Männer wie Bruder Christophorus nutzen diese Verzweiflung aus und ziehen den Leuten ihr letztes Geld aus der Tasche. Und wofür?»

Jolánda zuckte mit den Schultern. «Soweit ich weiß, bezahlt die Kirche von den Geldern den Bau und Erhalt der Kirchen. Und vielerorts werden davon doch auch Straßen und Brücken für die Pilger gebaut.»

«Ja, damit noch mehr Menschen herkommen und noch mehr Ablassbriefe kaufen.»

«Und Reliquien und Schreine, vergiss das nicht.» Mit einem beruhigenden Lächeln gab Jolánda ihrer Tochter den Becher zurück. «Was war denn nun mit dieser gefälschten Reliquie?»

Marysa bemühte sich, ihren Ärger abzuschütteln. «Sie war sehr schlecht gemacht. Vermutlich genau so ein Schweineknöchelchen, wie Klas es bei sich trug. Noch ganz weich an der Bruchstelle, und es roch nach Rauch. Und wenn es jetzt schon zwei gefälschte Reliquien gibt, können wir davon ausgehen, dass es noch mehr sind.»

«Hm.» Jolánda nickte vor sich hin. «Also will jemand damit während der Heiltumsweisung bei den Pilgern ein gutes Geschäft machen.»

10. Kapitel

Erschöpft rieb sich Bardolf Goldschläger über die Augen, bevor er das Rathaus über die breite Steintreppe verließ. Die Sitzung des Stadtrats hatte lange gedauert und er bis fast zum Schluss ausharren müssen, da die Abläufe während der Schreinsöffnung am 9. Juli erst recht spät zur Sprache gekommen waren. Ursprünglich war sein Vater für diese Aufgabe ausgewählt worden, denn nur der beste und bekannteste Goldschmied Aachens kam dafür in Frage. Doch Anton Goldschläger war vor zwei Monaten an einer Herzschwäche gestorben und hatte verfügt, dass sein einziger Sohn und Erbe bei dem Ritual der Schreinsöffnung seine Nachfolge antreten sollte.

Die Nachricht hatte Bardolf völlig überraschend erreicht, nachdem sein Vater bereits beerdigt gewesen war. Er hatte sich seit vielen Jahren auf Wanderschaft befunden, und der Bote, der ihm davon berichtete, hatte einige Wochen gebraucht, bis er Bardolf in einer Goldschmiede in Rouen gefunden hatte.

Bardolf war, so rasch es der Abschied von seinem dortigen Meister erlaubte, nach Aachen zurückgekehrt, um nunmehr als Meister die Werkstatt seines Vaters zu übernehmen. Eine Werkstatt, die gut lief, jedoch auch mit fester Hand geführt werden wollte. Drei Gesellen und ebenso viele Lehrlinge hatten bei Anton Goldschläger gearbeitet; Bardolf hatte sie alle übernommen. Doch da sein Elternhaus recht klein und schon alt war, überlegte er bereits, ob er es nicht verkaufen und sich einen neuen Wohnsitz suchen sollte, wo er auch die Werkstatt vergrößern konnte.

Die ehrenvolle Aufgabe, das Schloss am Marienschrein feierlich aufzubrechen und nach der zweiwöchigen Heiltumsweisung auch wieder zu verschließen und mit Blei auszugießen, brachte ihm Anerkennung und Aufmerksamkeit, die er beide brauchte, um dem guten Namen, den sein Vater gehabt hatte, gerecht zu werden.

Bardolf war ein sehr guter Goldschmied. Nicht umsonst hatte er schon als Knirps von vier oder fünf Jahren seine Nase ständig in seines Vaters Werkstatt gesteckt und ihm Löcher in den Bauch gefragt. Während seiner Lehrzeit bei einem befreundeten Goldschmied und später in den Jahren seiner Wanderschaft hatte er noch vieles dazugelernt und sein Können verfeinert. Durch seine lange Abwesenheit war er den Aachener Bürgern jedoch fremd geworden, und er war sich bewusst, dass die Aufgabe, die ihm bei den Vorbereitungen zur Heiltumsweisung zukam, seinem Ruf nur guttun konnte.

Er war das Procedere mit den Ratsherren heute mindestens dreimal durchgegangen, und sein Kopf brummte wie ein Wespennest. Bardolf überquerte den Kaxhof und genoss die Stille, die die Dämmerung mit sich gebracht hatte. Trotz der vielen Pilger, die zum Teil an den Straßen- und Gassenrändern ihre Zelte aufgeschlagen hatten, war jetzt, am späten Abend, Ruhe in der Stadt eingekehrt. Bis zum Kompletläuten dauerte es zwar noch mehr als eine Stunde, doch die meisten Menschen schliefen bereits. Die Tavernen und Gasthäuser hatten ihre Pforten geschlossen, und nur wenige Saufbrüder wankten auf der Suche nach Gesellschaft und Bier oder Wein über den Marktplatz, den Bardolf nun erreichte.

Wäre es früher am Abend gewesen, hätte er sich bei Harro, dem Wirt vom *Goldenen Ochsen,* noch etwas zu essen bestellt, denn sein Magen knurrte bereits seit Stunden. Nun würde er mit dem vorliebnehmen müssen, was er in der Speisekammer fand.

Er zuckte zusammen, als irgendwo in der Nähe etwas laut quietschte und dann zu Boden krachte. Ein Pferd wieherte, dann vernahm er leise fluchende Stimmen. Neugierig sah er sich um. Arbeitete um diese Zeit etwa noch jemand und riskierte damit einen Rüffel durch die Nachtwächter? Oder war jemand gestürzt und benötigte Hilfe? Die Geräusche waren aus der Einmündung zur Großkölnstraße gekommen.

Langsam ging Bardolf in diese Richtung und erkannte bei einem der Häuser zwei Gestalten, die sich offenbar mit einer zerbrochenen Kiste abmühten, die von einem Fuhrwerk gefallen war. Auf dem Boden lagen überall Holzsplitter verteilt. Bardolf lief auf sie zu. «He da, guten Abend!», sagte er. «Kann ich Euch behilflich sein?»

Die beiden Männer schraken sichtlich zusammen. Einer von ihnen, ein schmächtiger Kerl, der die Kapuze seines Mantels so weit in die Stirn gezogen hatte, dass man sein Gesicht nicht erkennen konnte, trat auf Bardolf zu. «Ist schon gut, Herr. Wir brauchen keine Hilfe. Geht nur Eures Weges.»

Bardolf blieb stehen. «Ihr dürft zu so später Stunde nicht mehr arbeiten, das wisst Ihr doch. Wenn Euch die Nachtwächter erwischen, bekommt Ihr Ärger.»

«Das ist unser Problem», knurrte der Mann unwillig. «Wir sind gleich weg.» Damit wandte er sich zu seinem Gefährten um. «Hast du das Ding endlich wieder oben?»

«Ja doch», antwortete der andere Mann mit merkwürdig heiserer Stimme. «Muss sie aber noch festzurren.»

Bardolf schüttelte über die Unhöflichkeit der Männer den Kopf und wollte sich schon abwenden, als sein Blick auf die Bruchstücke der Kiste am Boden fiel. Neugierig trat er doch noch einmal näher. «Was ist das denn?», wollte er wissen und bückte sich nach einem der Splitter.

«Lasst das!», fauchte der schmächtige Mann und schubste ihn mit erstaunlicher Kraft beiseite.

Bardolf blickte ihn irritiert an. «Das ist doch kein Holz, oder?» Wieder bückte er sich und nahm einen der Späne zwischen die Finger.

«Ihr sollt das liegen lassen», fuhr ihn der Mann an, und im nächsten Moment traf ihn dessen Faust an der Schläfe.

Bardolf ging zu Boden und blieb für einen Moment benommen liegen.

«Was machst du denn da?», hörte er den zweiten Mann aufgeregt flüstern. «Bist du verrückt geworden?»

«Er wollte rumschnüffeln», flüsterte der mit der Kapuze zurück. «Ist selbst schuld.»

«Du hast wohl eine Meise», schimpfte der erste krächzend. «Wenn er dich nun anzeigt?»

«Der?» Der Kapuzenmann lachte gehässig. «Der wird sich schon nicht an uns erinnern, wenn er wieder aufwacht.»

Im nächsten Moment krachte etwas Hartes gegen Bardolfs Hinterkopf, und es wurde schwarz um ihn.

«Himmel, Tibor, so beeile dich doch!», rief Jolánda ungeduldig. «Es ist schon dunkel. Wir müssen so rasch wie möglich nach Hause.» Sie wandte sich an Marysa, der sie bis jetzt, kurz vor Mitternacht, Gesellschaft geleistet hatte. «Denk daran, morgen als Erstes Vater Ignatius Bescheid zu geben. Ich komme, sobald ich kann, und helfe dir mit den Vorbereitungen für die Beerdigung.»

«Du könntest auch hier übernachten», schlug Marysa vor, doch Jolánda wehrte ab.

«Nein, lieber nicht. Du weißt doch, dass ich am besten in meinem eigenen Bett schlafe. Es ist ja nicht weit. Außerdem wird mir die frische Nachtluft guttun.»

«Wie du willst.» Marysa erhob keine weiteren Einwände. Sie wusste nur zu gut, dass ihre Mutter nicht gerne außerhalb ihres Hauses schlief. «Dann beeilt euch aber jetzt.»

«Aber ja doch, wenn nur Tibor endlich käme. TIBOR!», rief Jolánda laut in Richtung Küche.

«Bin schon da, Herrin.» Jolándas kräftiger Knecht, der ihr bereits in ihrer ungarischen Heimat gedient hatte und seit vielen Jahren mit Jolándas ehemaliger Kinderfrau Orsolya das Bett teilte, kam herbeigeeilt. «Ich hab diesen verdammten Stiefel nicht über den Fuß bekommen. Da hat mich eine Wespe gestochen.» Er deutete verdrießlich auf seinen Fußknöchel. «Wollt Ihr denn jetzt noch aufbrechen? Ist schon sehr spät, oder?»

«Es wird noch später, wenn wir hier weiter herumtrödeln. Los komm, Orsolya wird sich bereits Sorgen machen.» Jolánda umarmte Marysa kurz, aber herzlich. «Bis morgen dann.»

Marysa verschloss die Tür hinter ihrer Mutter und dem Knecht und ging hinauf in ihre Schlafkammer. Sie stieß die Fensterläden weit auf und freute sich an der frischen, wenn auch nicht wirklich kühlen Nachtluft, die ins Zimmer strömte. Der süßliche Leichengeruch, der inzwischen aus Klas' Kammer drang, begann sich bereits im Haus festzusetzen. Es war ein Segen, dass sie den Jungen morgen beerdigen lassen durften.

Marysa stellte das kleine Öllämpchen auf der Truhe neben ihrem Bett ab und begann sich zu entkleiden. Nur in ihr wadenlanges Leinenunterhemd gehüllt, setzte sie sich auf die Bettkante, löste ihre Zöpfe und entwirrte ihre fast hüftlangen dichten Locken mit einem buntbemalten beinernen Kamm.

Welch ein Ärger, dass Reinold bei der Beerdigung nicht anwesend sein konnte. Und auch wenn Klas nur in sehr kleinem Kreise beigesetzt werden würde, wollte sie gar nicht an das Gerede denken, das sie erwartete. Die Zunft der Schreiner würde natürlich ihre Abgesandten schicken, und diese würden nach der Beisetzung gewiss die Trauergäste in den *Goldenen Ochsen* zum Leichenschmaus einladen. Da Klas' Meister dazu momentan nicht in der Lage war, kam es der Zunft zu, diese Aufgabe zu übernehmen. Nur bedeutete das auch eine Menge unangenehmer Fragen und Mutmaßungen, denen sie und ihr Gesinde ausgesetzt sein würden.

Doch auch das würde vorbeigehen. Mit etwas Glück würden bald die Männer vom Schöffenkolleg kommen und das Haus durchsuchen. Keine angenehme Vorstellung zwar, aber ein wichtiger Schritt auf dem Weg zu Reinolds Freilassung.

Marysa seufzte, legte den Kamm beiseite und streckte sich auf dem Bett aus. Wären die Aachener nicht so sehr mit der bevorstehenden Kirmes und Heiltumsweisung sowie den damit verbundenen Pilgermassen beschäftigt gewesen, hätte Reinolds Verhaftung schon viel höhere Wellen geschlagen. Bisher war sie noch nicht angesprochen worden, aber sie hatte gesehen, wie Ragna Berscheider, die Frau eines Wollhändlers – ihre Nachbarin von schräg gegenüber –, mit einigen Frauen aus ihrer Straße beisammengestanden und getuschelt hatte.

Ragna war bekannt für ihr loses Mundwerk und ihre Vorliebe für Klatsch und Tratsch, deshalb ging Marysa davon aus, dass es nicht mehr lange dauern würde, bis die ersten üblen Gerüchte sich in den Stuben und Hinterhöfen breitmachten.

Im Augenblick jedoch genoss Marysa die friedliche Stille im Haus. Sie wusste, sie müsste eigentlich ein schlechtes Gewissen deswegen haben, immerhin saß ihr Gemahl in einer ungemütlichen Zelle in der Acht ein, und noch dazu unschuldig. Doch es wollte sich heute Abend kein ungutes Gefühl einstellen. Sie war einfach nur froh, dass es so ruhig im Hause war, da das Gesinde bereits schlief, und dass sie sich ganz alleine auf dem großen Bett entspannen konnte, ohne Reinold damit zu Zudringlichkeiten anzuregen. Sie wusste von ihrer Mutter, dass der Beischlaf unter Eheleuten durchaus angenehm sein, ja sogar Freude bereiten konnte. Doch die anfangs häufigen, inzwischen allerdings immer seltener werdenden Bestrebungen ihres Gemahls, ihr das Zusammensein mit ihm angenehm zu machen, waren einer gelangweilten Routine gewichen. Reinold war von Anfang an nicht in der Lage gewesen, Marysa in irgendeiner Form Freude oder gar Lust zu bereiten. Inzwischen hielt er sie wohl für ein gefühlskaltes Frauenzimmer, das er nur der Pflicht halber noch aufsuchte oder aber, weil er seine eigenen Bedürfnisse rasch befriedigen wollte.

Marysa war sich sicher, dass er heimlich ein Dirnenhaus aufsuchte, doch es war ihr gleich. Nicht einmal ihr Stolz war gekränkt, denn es schien ihr besser, er lebte seine Gelüste dort aus, als dass er sie ihr weiterhin aufzwang. Abgesehen davon hatte sie herausgefunden, dass er dralle blonde Frauen bevorzugte. Sie selbst entsprach also mit ihren kastanienbraunen Locken und der grazilen Gestalt, die sie ihrer Mutter zu verdanken hatte, ganz und gar nicht seiner Vorstellung von einer anziehenden Geliebten.

Jetzt, da er nicht da war, hatte sie endlich einmal ihre Ruhe. Ärgerlicherweise begannen ihre Gedanken nun ausgerechnet um einen anderen Mann zu kreisen.

Sie konnte noch immer nicht ganz begreifen, dass Bruder Christophorus ein Inquisitor sein sollte. Er entsprach so gar nicht ihren Vorstellungen von einem Richter, der Ketzer aburteilte. Andererseits war sie auch noch niemals mit der Heiligen Inquisition in Berührung gekommen, hatte also auch keinen Vergleich.

Ob Aldo davon gewusst hatte? Sie konnte es sich nicht vorstellen. Niemals hätte er auch nur ein Wort mit dem Dominikaner gewechselt, hätte er von dessen Stellung gewusst. Auf der anderen Seite hatte Bruder Christophorus Aldos unnatürliche Vorliebe für Männer gedeckt, ja ihm sogar geholfen, diese zu vertuschen.

Sie wurde einfach nicht schlau aus ihm. Er war kein verbitterter Fanatiker; aber genau das hatte sie von einem Inquisitor erwartet. Vielmehr hatte Bruder Christophorus sich als ein höflicher und gescheiter Mann erwiesen, der, wie es schien, sehr viel auf sein einmal gegebenes Ehrenwort hielt. Leiden konnte sie ihn dennoch nicht, schon allein, weil er mit Ablassbriefen handelte. Außerdem entsprach er in seiner Eigenschaft als Geistlicher nicht ihren Vorstellungen. Wenn er sprach, hatte sie oft das Gefühl, er mache sich über etwas lustig, vielleicht sogar über sie. Und für einen Dominikaner schien er ihr auch zu fröhlich; er hatte etwas Schalkhaftes an sich, das der Demut, in der er sich doch wohl üben müsste, vollkommen widersprach. Dieser Eindruck hatte sich während ihres Aufenthalts im Dom geformt. Bruder Christophorus war in Gegenwart des Domherrn Scheiffart von einem Moment zum anderen in die Rolle des gestrengen Inquisitors geschlüpft. Kaum aber war der Kanoniker wieder gegangen, hatte er sich genauso schnell wieder in den harmlosen Mönch verwandelt, als der er sich bei ihr vorgestellt hatte.

Marysa drehte den Kopf zur Seite und blickte in das flackernde Licht des Lämpchens. Sie würde weiterhin misstrauisch ihm gegenüber bleiben, das stand fest. Solange sie nicht mit Sicherheit wusste, woran sie bei ihm war, würde sie äußerste Vorsicht walten lassen. Am besten wäre es, er würde wieder fortgehen. Und das täte er wohl auch, wenn dieses Versprechen nicht wäre. Also musste sie ihn davon überzeugen, dass es nicht nottat, sich um sie oder ihre Mutter zu kümmern. Immerhin war sie, Marysa, ja bestens versorgt, und Jolánda hatte durch ihre Witwenschaft ebenfalls ein gutes Auskommen und keinerlei ernsthafte Sorgen. Vetter Hartwig würde ihnen auch nicht in die Quere kommen, denn nach Marysas Hochzeit hatte ja nun Reinold die Gewalt über das Erbe.

Bis zum Ende der Heiltumsweisung sollte sie Bruder Christophorus davon überzeugt haben, dass er ohne schlechtes Gewissen seines Weges ziehen konnte. Und überhaupt: Als Ablasskrämer würde er doch sicherlich nicht bis zum Sankt-Nimmerleins-Tag in Aachen ausharren. Um seinen Geschäften nachzugehen, würde er bestimmt ebenfalls weiterziehen wollen.

Marysa nickte vor sich hin. Ja, so würde es kommen. Er konnte ja gerne alle paar Jahre bei ihnen nach dem Rechten sehen. Doch auch wenn er Aldos Freund gewesen war; in ihrem Leben gab es für jemanden wie ihn keinen Platz und auch keine Notwendigkeit.

Beim Gedanken an ihren Bruder fiel ihr Blick auf den noch immer versiegelten Brief, den Christophorus ihr übergeben hatte. Sie nahm ihn von der Truhe und drehte ihn zwischen den Fingern. Und plötzlich steckte ein dicker Kloß in ihrem Hals. Sie schloss die Augen, konnte jedoch nicht verhindern, dass sich eine Träne löste und ihre Wange hinabrann.

Ihr geliebter Bruder hatte sie für immer verlassen. Er war, neben ihrem Vater, der Einzige gewesen, mit dem sie sich über wichtige und komplizierte Dinge hatte unterhalten können. Dinge wie die Einfuhrzölle auf besonders edle Hölzer für Reliquienschreine oder die Beschaffenheit von Heiligenhaar und dessen Konservierung. Aldo wie auch ihr Vater hatten ihr Talent und ihren wachen Verstand gelobt und zu schätzen gewusst. Sie hatten sie nach ihrer Meinung gefragt.

Marysa biss sich auf die Lippen, als ihr einfiel, dass Bruder Christophorus sich ebenfalls ihr Urteil über die gefälschte Reliquie erbeten hatte. Merkwürdig, dass er sich dafür interessierte. Andererseits war es wohl seine Aufgabe als Inquisitor, ihr Fragen zu stellen, und vermutlich hatte er gar nicht erwartet, dass sie ihm eine fundierte Antwort gab. Dass sie es dennoch tat, hatte ihn gewiss erstaunt, jedenfalls hatte er diesen Eindruck auf sie gemacht. Aber das war ja nicht weiter verwunderlich, denn die wenigsten Geistlichen trauten einer Frau auch nur einen Funken Verstand zu. Warum sollte der Dominikaner da eine Ausnahme sein?

Wieder betrachtete sie Aldos Brief. Sie konnte sich einfach nicht durchringen, ihn zu öffnen. Sie befürchtete, die Worte – von seiner Hand in der Gewissheit verfasst, dass er bald sterben würde – könnten ihr mehr Schmerz zufügen, als sie ertrug. Es würden Zeilen des Abschieds sein, Worte, die ihre Trauer noch vertiefen würden.

Wieder blinzelte sie die Tränen fort, dann stand sie auf,

stellte das Öllämpchen auf den Boden, öffnete die Truhe und schob den Brief zusammen mit Aldos Pilgermuschel ganz zuunterst in die hinterste Ecke zwischen einige weitere alte Briefe. Sorgfältig ordnete sie den restlichen Inhalt darüber – zwei Bücher, einen kleinen Psalter, Hauben, Bänder, Gürtel und die kunstvoll gearbeitete lederne Geldkatze ihres Vaters sowie noch einige weitere Dinge – und schloss die Truhe dann wieder. Das Lämpchen stellte sie entschlossen darauf, dann kroch sie unter ihre Decke. Sie würde den Brief jetzt nicht lesen, sondern ihn ein paar Tage aufbewahren, bis sie Mut gefasst hatte, ihn zu öffnen. Marysa legte eine Hand auf das Kettchen mit dem silbernen Kruzifix ihres Bruders, das sie nun um den Hals trug. Aldo würde es verstehen. Er hatte immer alles verstanden. Und was immer er ihr auf dem Sterbebett hatte mitteilen wollen, es hatte gewiss noch ein bisschen Zeit.

11. Kapitel

«Ihr seid also der Ansicht, der Schreinbauer Markwardt sei zu Unrecht eingesperrt?» Johann Scheiffart sah Christophorus aufmerksam an. Nachdem dieser Marysa nach Hause zurückbegleitet hatte, war er zum Marienstift gegangen und hatte um eine weitere Unterredung mit dem Kanoniker gebeten. Scheiffart hatte ihn daraufhin eingeladen, mit dem Stiftskapitel zu Abend zu essen, und nun saß Christophorus an der langen Tafel im Refektorium ziemlich nahe beim Dechanten, der, wie auch die anderen Kanoniker, seinen Ausführungen mit großem Interesse gefolgt war.

«Ich halte es für sehr unwahrscheinlich, dass er seinen Gesellen erschlagen hat. Es gibt keinerlei Hinweise auf einen Streit oder gar Kampf. Und auch in der Familie ist nichts von Unstimmigkeiten zwischen den beiden bekannt», fasste Christophorus seine Argumente noch einmal zusammen. «Zeugen für die Tat gibt es nicht, oder zumindest wurden bisher keine gefunden. Man sollte meiner Meinung nach also Sorge dafür tragen, dass der Mann freigelassen wird.»

Scheiffart nickte. «Wir warten die morgige Haussuchung noch ab. Sollte sich dabei kein Hinweis finden, dass Markwardt falsche Reliquien besitzt, werden wir die Schöffen bitten, ihn freizulassen.»

«Weshalb wurde das Haus nicht sofort durchsucht?», mischte sich der Dechant, ein breitschultriger Mann mit enormem Bauchansatz und eisgrauem Haar, ein. «Müssen wir nicht davon ausgehen, dass die Ehefrau inzwischen alle Beweise, so es welche gibt, beseitigt hat?»

«Ein gutes Argument», bestätigte Scheiffart. «Doch leider waren uns die Hände gebunden. Das Schöffenkolleg besteht auf der Durchführung der Haussuchung durch städtische Amtmänner. Aber wir haben Michael und Fulrad ausgeschickt, das Haus unauffällig im Auge zu behalten. Bislang haben sie keine auffälligen Tätigkeiten beobachtet.»

«So, nun gut.» Der Dechant widmete sich wieder dem Stück Gänsebraten auf seinem Teller.

«Wie man hört, seid Ihr als Ablassprediger unterwegs», wechselte Scheiffart das Thema. «Bruder Bartholomäus berichtete mir, Ihr wäret vom Heiligen Vater selbst in dieses Amt eingesetzt worden?»

«Das ist richtig», antwortete Christophorus.

«Ihr seid noch recht jung, will mir scheinen, wenn man bedenkt, mit welch wichtigen Aufgaben man Euch betraut hat.»

«Auch das ist richtig», wiederholte Christophorus mit ernster Miene. «Nach dem Studium der Theologie und des Kirchenrechts hatte ich das Glück, vom Prior meines damaligen Ordenshauses auf eine Reise ins ferne Rom geschickt zu werden. Auf dem Weg dorthin konnte ich mehrmals bei Gerichtsverfahren mit meinem Rat helfen, und dies wurde dem Heiligen Vater zugetragen, der mich daraufhin zu einer Audienz empfing.»

Am Tisch wurde ehrfürchtiges Raunen laut, welches Christophorus erleichtert zur Kenntnis nahm. Da sie ihm die Geschichte offenbar abnahmen, fuhr er fort: «Er lud mich ein, in Rom zu bleiben. Mir hätte eine aussichtsreiche Stellung im Gefolge des Papstes gewinkt, doch ich lehnte ab, da ich zu jenem Zeitpunkt bereits eine Pilgerfahrt nach Santiago de Compostela und ins Heilige Land gelobt hatte. Diese führte ich, mit seinem Segen, dann auch durch. Und er stattete mich mit einer von ihm höchstselbst gezeichneten und gesiegelten Bulle aus, die mich befugt, den Handel mit Ablassbriefen zu betreiben.»

«Und seither habt Ihr auch weiterhin als Inquisitor bei Urteilen der kirchlichen Gerichtsbarkeit beigewohnt?», hakte Scheiffart nach, und man sah ihm an, dass er Christophorus beneidete.

Dieser nickte beiläufig. «Hin und wieder, jedoch meist nur bei unwichtigen Gerichtsurteilen. In Regensburg durfte ich allerdings einem Prozess wegen Ketzerei beiwohnen.»

«Tatsächlich?» Nun hob auch der Dechant wieder den Kopf. «Wollt Ihr uns darüber berichten?»

«Sehr gerne.» Christophorus neigte den Kopf, um seine Erheiterung zu verbergen, und begann zu erzählen.

Zwei Stunden später verließ er das Refektorium des Marienstifts und ließ sich von einem der Schreiber zum Ausgang führen. Er hatte das Angebot, die Nacht hier zu verbringen, dankend abgelehnt und darauf hingewiesen, dass er zur Laudes gerne im Kreise seiner Ordensbrüder beten wolle.

Er überquerte den Vorplatz des Augustinerklosters und bog dann in die Klappergasse ein, die wenig später in die St. Jakobstraße mündete. Es war bereits nach Mitternacht; keine christliche Zeit, um noch durch die Straßen der Stadt zu wandern. Er bahnte sich seinen Weg zwischen Abfällen, die die Rinnsteine verstopften, und den Schlaflagern etlicher Pilger hindurch. Aus einem provisorischen Bretterverschlag drang unterdrücktes Grunzen und Stöhnen, dann das Kichern einer Frau. Christophorus machte einen Bogen und war froh, als er in einiger Entfernung das Ordenshaus der Dominikaner erblickte.

Sein Kopf schwirrte, nachdem er sich den ganzen Abend mit den Kanonikern auf Latein hatte unterhalten müssen, und sein Mund war trotz des guten Tropfens, den der Dechant hatte ausschenken lassen, trocken vom vielen Reden.

Christophorus hatte nur noch den Wunsch zu schlafen. Die Laudes war zwar nicht mehr allzu fern, doch bis dahin würde er sich bestimmt etwas erholt haben. Und alle Gedanken, die sich nicht mit den heiligen Gebeten und Gesängen befassten, würde er bis zum Morgen aus seinem Kopf verbannen.

Genau dies wurde ihm jedoch zum Problem, denn nachdem ihn der Bruder Pförtner auf sein Klopfen hin eingelassen und er seine Zelle aufgesucht hatte, begannen die Eindrücke des Tages in seinem Kopf zu kreisen.

Zwar hatte er sich tiefer in diese Angelegenheit verstrickt, als vielleicht nötig gewesen war, doch wenn er Marysa helfen wollte, ihren Gemahl aus dem Gefängnis zu holen, war eine Einmischung in die Belange des Marienstifts erforderlich. Diese wiederum war nur möglich geworden, nachdem er sich als Inquisitor zu erkennen gegeben hatte.

Er ließ sich auf seine Pritsche sinken und zog sich dabei aus. Leicht verdrießlich erblickte er am Saum seines Habits und an den Ärmeln bräunliche Flecke. Er faltete es zusammen und legte es beiseite, um es am nächsten Morgen zur Wäsche zu geben, und zog aus der kleinen Kiste, die ihm zur Aufbewahrung diente, ein sauberes Gewand. Dann schälte er sich aus der Bruch, die ebenfalls dringend gereinigt werden musste, und streckte sich nackt auf seiner Schlafstatt aus. Durch das Fenster wehte ein leichter Luftzug in die Zelle und hauchte eine angenehme Kühle über seinen Körper.

Christophorus verschränkte die Arme hinter dem Kopf und starrte in die Dunkelheit. Es gab offenbar jemanden in Aachen, der ein gutes Geschäft mit falschen Reliquien machte. Bisher waren zwar erst zwei davon aufgetaucht, doch wo diese beiden herkamen, würden sich mit großer Wahrscheinlichkeit noch weitere finden. Er hielt die beiden Funde jedenfalls nicht für einen Zufall. Und noch weniger glaubte er, dass Reinold Markwardt etwas damit zu tun hatte.

Von Marysa hatte sich Christophorus inzwischen ein ziemlich genaues Bild gemacht, wie er fand. Sie war eine gescheite Frau, die mehr vom Reliquienhandel und dessen Feinheiten verstand, als man bei einer Frau annehmen würde. Die wenigen Bemerkungen, die er ihr entlockt hatte, und das Urteil über das gefälschte Knöchelchen waren beeindruckend. Sie hätte es sicherlich bemerkt, wenn ihr Gemahl sich einem so fragwürdigen Geschäft verschrieben hätte. Und dass sie ihn deckte, glaubte Christophorus auch nicht, denn dazu war sie wohl nicht gerissen genug. Nach allem, was er von Aldo über sie gehört hatte, war sie ein viel zu ehrlicher Mensch, als dass sie solch schwerwiegende Lügen lange Zeit aufrechterhalten konnte.

Christophorus stimmte Aldos Einschätzung in diesem Punkt zu, denn er hatte schon bei seinem ersten Zusammentreffen mit ihr und auch heute bemerkt, dass sie keine Freundin der Verstellung war. Sie hatte ihm in aller Deutlichkeit zu verstehen gegeben, dass sie ihn und vor allem sein Tun als Ablasskrämer sehr geringschätzte. Außerdem war sie misstrauisch und argwöhnte wohl noch immer, dass er ihr wegen ihres Bruders Schwierigkeiten machen wollte.

Christophorus drehte sich auf die Seite und zog die dünne Wolldecke unter sich hervor, um sie über sich auszubreiten. Dann schloss er die Augen.

Ihre kühle und distanzierte Art lag ihm nicht besonders. Er konnte ihr eine gewisse Unsicherheit ihm gegenüber nicht verdenken, immerhin waren sie einander vollkommen fremd. Allerdings war er davon ausgegangen, dass die liebenswürdige Marysa, als die Aldo sie immer beschrieben hatte, ihm weniger kritisch begegnen würde. So wachsam, wie er sie bislang erlebt hatte, musste er sich wohl oder übel vorsehen, damit sein Geheimnis nicht von ihr entdeckt würde.

Am besten war es wohl, so bald wie möglich weiterzuziehen. Wenn er dabei helfen konnte, Reinold Markwardt aus dem Gefängnis zu holen, würde Marysas Leben und das ihrer Familie bald wieder in ruhigen Bahnen verlaufen. Es gab dann keinen Grund mehr für ihn, sich weiter um ihr Wohlergehen zu sorgen. Nach der Heiltumsweisung würde er, wie geplant, weiterziehen, das nahm er sich fest vor.

Vielleicht würde er alle zwei oder drei Jahre einmal in Aachen vorbeischauen und nach dem Rechten sehen. Oder gar nur alle sieben Jahre mit dem Strom der Heiltums-Pilger hierherreisen. Damit wäre seinem Gelöbnis Aldo gegenüber Genüge getan. Schließlich bestand seitens des ihm bislang noch unbekannten Vetters keinerlei Bedrängnis mehr, und sowohl Marysa als auch ihre Mutter waren wohl versorgt und würden künftig kaum seiner Hilfe bedürfen. Mit diesem Gedanken schaffte es Christophorus endlich, sich zu entspannen und ein wenig Schlaf zu finden.

«Ihr hättet wirklich die Nacht im Haus Eurer Tochter verbringen sollen», befand Tibor, der, sich wachsam nach allen Seiten umsehend, neben seiner Herrin hereilte. «Die Straßen sind um diese Zeit nicht mehr sicher. Und seht nur, wie viele Pilger überall an den Gassenrändern ihr Nachtlager aufgeschlagen haben.»

«Nun stell dich nicht an», antwortete Jolánda erheitert. «Die Pilger sind hier, um die Heiltümer zu sehen, nicht um eine arme Witwe zu überfallen.»

«Also arm seid Ihr ja wohl gewiss nicht», widersprach Tibor. «Ihr habt ... Hoppla!»

Jolánda war plötzlich mitten auf dem Marktplatz stehen geblieben, und Tibor hätte sie beinahe angerempelt.

«Was ist denn, Herrin?»

Jolánda blickte angestrengt zu der Stelle, an der die Großkölnstraße in den Marktplatz einmündete. «Schau mal, Tibor. Dort liegt doch jemand.»

Tibor blickte nun ebenfalls in die Richtung und zuckte mit den Schultern. «Noch ein Pilger, der keinen Platz mehr in den Herbergen gefunden hat. Oder ein Saufbold», fügte er grimmig hinzu. «Lasst uns weitergehen.»

Doch Jolánda steuerte bereits auf den offenbar bewusstlosen Mann zu. «Das sieht mir nicht nach einem Saufbold aus, der gestürzt ist», sagte sie. «Und die Pilger legen sich nicht mitten auf die Straße ... Ach herrje!» Einen Moment lang starrte sie auf den Fremden hinab, dann ging sie neben ihm in die Knie. «Tibor, leuchte mir mit der Fackel! Der Mann ist verletzt! Siehst du, er blutet aus einer Kopfwunde.»

Tibor trat näher und hielt die Fackel so, dass Jolánda besser sehen konnte, dann stieß er einen leisen Pfiff aus.

«Sieht aus, als wäre er überfallen worden, Herrin.»

Jolánda nickte und tastete über das Gesicht und den Hals des bewusstlosen Mannes. «Gottlob, er lebt noch!» Sie blickte zu Tibor auf. «Wir müssen ihn von hier fortbringen und seine Wunde versorgen. Vielleicht braucht er einen Arzt.»

Tibor beugte sich über den Mann. «Er ist ohnmächtig, Herrin. Wie sollen wir ihn denn transportieren? Wir müssen nach dem Nachtwächter Ausschau halten.»

«Bis der hier vorbeikommt, kann es lange dauern», widersprach Jolánda und blickte erneut besorgt auf den Mann hinab. Er war, soweit sie erkennen konnte, sehr groß und kräftig. Sein dichtes dunkelblondes und an den Schläfen schon leicht ergrautes Haar lockte sich bis auf seinen Kragen und war am Hinterkopf blutverschmiert. Seine Kleidung sah aus wie die eines wohlhabenden Kaufmanns oder Handwerkers, was sie in der Annahme bestärkte, dass er wohl einem Raubüberfall zum Opfer gefallen war. Sie rüttelte ihn leicht an der Schulter.

«Herr? Herr, wacht auf! Wir möchten Euch helfen, aber Ihr müsst aufwachen, damit wir Euch fortbringen können», redete sie leise, aber eindringlich auf ihn ein.

Bardolf spürte den harten Boden unter sich und hörte Stimmen in der Nähe, dann rüttelte ihn jemand, was seinem geschundenen Kopf nicht eben guttat. Er stöhnte leise und versuchte die Augen zu öffnen.

«Er wacht auf!», hörte er eine angenehme, jedoch besorgt klingende Frauenstimme mit ungarischem Akzent sagen. «Herr, macht die Augen auf und sagt uns, dass Ihr aufstehen könnt!»

Bardolf stöhnte erneut, als er wieder an den Schultern gerüttelt wurde, dann schaffte er es, die Augenlider aufzuschlagen. Das Erste, was er sah, war ein Engel.

«Gott und allen Heiligen sei Dank!» Jolánda strahlte ihn an. «Könnt Ihr aufstehen, Herr? Wir helfen Euch.»

Bardolf starrte sie einen Moment lang sprachlos an. Der Engel, denn nur ein solcher konnte dieses wunderbare grünäugige Wesen sein, erhob sich und reichte ihm eine Hand. Die Flammen der Fackel, die der schwarzhaarige ältere Knecht neben ihr trug, erhellten ihr herzförmiges, sanftes Gesicht auf geradezu magische Weise und ließen ihr rotbraun schimmerndes Haar, das sie in einer hübschen Haarnetzhaube gebändigt hatte, aufleuchten.

Er schloss kurz die Augen, um sich zu vergewissern, dass er noch alle Sinne beisammenhatte, dann schaute er erneut zu ihr auf und ergriff ihre Hand.

Mit erstaunlicher Kraft zog sie ihn hoch und stützte ihn, als ihn leichter Schwindel erfasste.

Ächzend fasste er sich an den Kopf und fühlte das Blut. «Was …?»

«Ihr seid wohl überfallen worden, Herr», sagte der Knecht.

Bardolf griff an seinen Gürtel, wo er normalerweise seine Geldbörse aufbewahrte. Sie war fort. «Es scheint so. Ich muss Euch danken, dass Ihr mir geholfen habt, wohledle Frau.»

Jolánda lächelte. Sie war erleichtert, dass der Fremde offenbar bis auf die Kopfwunde wohlauf war. «Ich war gerade mit Tibor auf dem Heimweg, als ich Euch hier liegen sah. Könnt Ihr Euch erinnern, wer Euch überfallen hat?»

«Ich … nein.» Bardolf sah sich um und versuchte das heftige Pochen hinter seinen Schläfen zu ignorieren. Dann fiel sein Blick auf die Stelle, an der er eben noch gelegen hatte. Ein kleiner Beutel lag dort im Schmutz. Vorsichtig hob er ihn auf und blickte hinein. Dann fiel ihm plötzlich wieder alles ein. «Zwei Männer», sagte er.

«Sie haben ein Pferdefuhrwerk abgeladen und dabei eine Kiste fallen lassen. Als ich sie fragte, ob ich helfen könne, hat mich der eine von ihnen niedergeschlagen.»

«So etwas!», empörte Jolánda sich. «Und zum Dank für Euer Hilfsangebot haben sie Euch dann auch noch bestohlen?» Entrüstet schüttelte sie den Kopf.

Bardolf hob die Schultern. «Ist jetzt wohl nicht mehr zu ändern. Vermutlich ist es besser, wenn ich jetzt nach Hause gehe. Und auch Ihr, gute Frau, solltet so spät in der Nacht nicht mehr auf der Straße sein. Ich danke Euch noch einmal herzlich für Eure Hilfe.»

«Ihr werdet jetzt auf keinen Fall alleine irgendwo hingehen», antwortete Jolánda streng. «Eure Wunde muss gereinigt und versorgt werden. Mein Haus steht in der Kockerellstraße, das ist nicht sehr weit von hier.»

Bardolf blickte sie erstaunt an. «Ihr wollt, dass ich Euch zu Eurem Haus folge?»

«Hier auf der Straße kann ich Euch wohl nicht verarzten», meinte Jolánda mit einem Lächeln.

«Ihr kennt mich doch gar nicht.»

«Ihr mich auch nicht, aber das lässt sich ja leicht ändern.» Sie blickte ihm freundlich in die Augen. «Ich bin Jolánda Schrenger, Witwe des bekannten Schreinbauers und Reliquienhändlers Gotthold Schrenger aus der Kockerellstraße. Und dies», sie wies auf ihren Knecht, «ist Tibor.»

Bardolf konnte seine Verblüffung über die offene Art der Frau nicht verhehlen. «Mein Name ist Bardolf Goldschläger.»

«Ach? Seid Ihr mit dem verstorbenen Goldschmied Anton Goldschläger verwandt? Mein Gemahl kannte ihn sehr gut.»

«Anton Goldschläger war mein Vater», erklärte Bardolf. «Ich bin seit kurzem in Aachen, um seine Werkstatt zu übernehmen.»

Jolándas Lächeln vertiefte sich noch eine Spur. «Seht Ihr, damit wären wir jetzt miteinander bekannt. Nun folgt mir endlich zu meinem Haus, damit ich Euch das Blut abwaschen kann.»

12. Kapitel

«Au, verflixt!»

«Verzeiht, Meister Goldschläger, aber die Wunde beginnt bereits zu verkrusten. Eine üble Beule habt Ihr da.»

«Das merke ich», knurrte Bardolf und biss die Zähne zusammen, bis Jolánda mit dem Reinigen seiner Blessuren fertig war. Sie hatte ihn in die Stube ihres großen Hauses geführt und dort auf einen gepolsterten Stuhl gesetzt. Eine große schlanke Frau, deren rabenschwarzes Haar trotz der späten Stunde sehr ordentlich zu Schnecken geflochten und in Haarnetzen hochgebunden war, brachte einen Krug Bier und zwei Becher herein.

«Danke, Orsolya», sagte Jolánda und lächelte verschmitzt. «Bring unserem Gast bitte noch etwas von dem frischen Brot, das Anna heute gebacken hat, Käse und, wenn Tibor noch etwas davon übrig gelassen hat, eine Schüssel voll Gemüsesuppe. Meister Goldschläger scheint Hunger zu haben.»

«Nicht doch, das ist wirklich nicht nötig», wehrte Bardolf ab, doch das wiederholte Knurren seines Magens strafte seine Worte Lügen. Verlegen verzog er das Gesicht. «Ich bin heute noch nicht zum Essen gekommen.»

«Dann holt Ihr das jetzt umgehend nach», entschied Jolánda und wusch das blutige Leintuch in der Waschschüssel aus. «Eine Stärkung kann Euch nach diesem Vorfall nur guttun.» Sie goss Bier in einen der Becher und reichte ihn ihm. Dann nickte sie Orsolya zu, die eben eine Platte mit den gewünschten Speisen hereintrug und sich sogleich wieder zurückzog, die Tür jedoch der Schicklichkeit halber einen Spalt offen stehen ließ.

«Sie ist der gute Geist in meinem Haus», erklärte Jolánda. «Orsolya war bereits meine Kinderfrau und kümmert sich auch heute noch sehr pflichtbewusst um mich, wie Ihr seht.» Sie trug die Waschschüssel hinaus und setzte sich dann ihrem Gast gegenüber an den schweren rechteckigen Eichentisch. Während er aß, betrachtete sie ihn mit unverhohlenem Interesse, denn er war ein ausgesprochen ansehnliches Mannsbild. Fast schämte sie sich ein wenig dafür, dass sie seine breiten Schultern und die feingliedrigen Hände bewunderte. Auch hatte er eine recht angenehme Art zu sprechen, und die Blicke, die er ihr auf dem Weg zu ihrem Haus immer wieder zugeworfen hatte, wenn er dachte, sie merke es nicht, hatten ihr eine Gänsehaut beschert.

Seit einem Jahr war sie in Trauer um Gotthold. Ihr Gemahl war immer sehr fürsorglich und rücksichtsvoll gewesen, doch sie konnte sich nicht entsinnen, dass einer seiner Blicke sie auch nur eine Minute lang so aus der Fassung gebracht hätte. Sie schalt sich eine dumme Gans, denn vermutlich bildete sie sich das alles nur ein. Ein Mann wie er war mit Sicherheit verheiratet und der Vorstand einer großen Familie. Sie sollte sofort aufhören, auf derart unzüchtige Weise an ihn zu denken. Schließlich war sie kein junges Mädchen mehr, das sich solche Flausen vielleicht noch leisten konnte.

Sie nahm sich zusammen und sprach ihn erneut an: «Ihr seid also der Sohn des alten Meisters Goldschläger. Wie kommt es, dass Ihr mir in Aachen nie begegnet seid?»

«Ich ging mit siebzehn auf Wanderschaft», erklärte

Bardolf und wischte den Suppenteller mit einem Kanten Brot aus. «Seither war ich nur sehr selten auf Besuch hier. Aber wenn ich mich recht entsinne, sind wir uns doch einmal begegnet.» Er rieb sich kurz über das Kinn, auf dem sich der Schatten eines Bartansatzes abzeichnete. «Es war kurz vor meiner Abreise. Ich brachte einen Ring und eine Goldkette hierher als Geschenk für Meister Schrengers junge Braut.» Ein Lächeln trat in seine Augen, als er sich an jenen Tag erinnerte. «Mein Vater fand es damals recht erstaunlich, dass ein Mann wie Meister Schrenger sich eine Braut ausgesucht hat, die fast vierzig Jahre jünger war als er. Ich glaube, es gab damals auch einiges Gerede in der Stadt, dass er Euch vielleicht nicht mehr gewachsen sein könnte. Ihr galtet wohl – ja, jetzt erinnere ich mich genau! –, Ihr galtet als temperamentvoll und eigenwillig.» Sein Lächeln vertiefte sich. «Nun ja, als ich hier ankam, wart Ihr gerade über irgendetwas sehr wütend und habt Meister Schrenger laut ausgeschimpft.»

Jolánda sah ihn einen Moment lang überrascht an, dann brach sie in herzliches Gelächter aus. «Tatsächlich, Ihr habt recht! Ich galt damals schon als schwierig. Manche Leute nannten mich auch launisch oder zänkisch. Wenn Ihr die Nachbarn befragt, wird man Euch auch heute noch Ähnliches über mich berichten – die Wörter ‹launisch› und ‹zänkisch› fallen vermutlich nur noch hinter meinem Rücken. Heute belässt man es wohl bei temperamentvoll und schiebt es auf meine ungarische Herkunft.» Sie schwieg einen Moment, dann fuhr sie fort: «Bei der Sache an jenem Tag ging es, glaube ich, um die Unterbringung von Tibor und Orsolya. Die beiden teilen schon seit langer Zeit ein Lager, und mein Gotthold fand es unschicklich, dass ich als unschuldiges Mädchen so genau darüber Bescheid wusste und eine gemeinsame Kammer für die beiden verlangte.»

Bardolf sah sie neugierig an. «Und habt Ihr ihn überzeugt?»

«Natürlich habe ich das.» Jolándas Augen blitzten vergnügt.

«Wie alt wart Ihr damals?»

«Gerade vierzehn und ein halbes Jahr», sagte sie und zog eine Kette mit einem Sternenanhänger unter ihrem Kleid hervor. «Ich trage diese Kette seit jenem Tag, an dem Ihr sie gebracht habt.» Ihr Blick umwölkte sich eine Spur. «Den Ring habe ich am Tag der Beerdigung meines Gemahls abgelegt.»

«Er fehlt Euch?» Mitfühlend blickte Bardolf Jolánda an.

Sie nickte. «Jeden Tag. Er war ein guter Mann, in jeder Hinsicht.»

«Ich fand es damals weniger verwunderlich, sondern vielmehr erschreckend, dass ein Mann in seinem Alter ein junges Mädchen zur Braut nimmt. Verzeiht, wenn ich das sage.»

«Nun, ungewöhnlich ist es doch eigentlich nicht, oder?» Jolándas Miene heiterte sich wieder auf. «Meister Gotthold und mein Vater waren sehr gute Geschäftspartner. Da lag es doch nahe, dass sie dies mit einer derartigen Eheschließung besiegelten. Ich hätte es weitaus schlimmer treffen können. Unsere Ehe war vielleicht nicht von leidenschaftlicher Liebe geprägt, wie man sie sich als junges Mädchen gerne erträumt, aber durch Freundschaft und gegenseitigen Respekt. Und das ist doch mindestens ebenso gut, nicht wahr?»

Bardolf blickte sich in der gemütlichen und mit teuren gepolsterten Sitzmöbeln ausgestatteten Stube um. «Da mögt Ihr recht haben, Frau Jolánda. Doch nun sollte ich mich wirklich auf den Heimweg machen.»

«Ja, das solltet Ihr wohl. Eure Gemahlin wird sicherlich schon in Sorge um Euch sein. Grüßt sie bitte von mir.» Jolánda begleitete ihn noch bis zur Tür. «Auch wenn die Umstände nicht sehr angenehm waren, habe ich mich doch gefreut, Eure Bekanntschaft zu machen, Meister Goldschläger.»

«Diese Freude ist ganz auf meiner Seite, Frau Jolánda», antwortete Bardolf und bewunderte insgeheim noch einmal die offene Herzlichkeit, mit der sie ihn in ihrem Haus aufgenommen, verarztet und bewirtet hatte. Das Licht der kleinen Öllampe, die sie in der Hand hielt, ließ ihre Augen katzenhaft aufleuchten und brachte eine Saite in ihm zum Klingen, die er bislang noch gar nicht gekannt hatte. «Wenngleich die einzige Person, die mich erwartet, mein alter Hausknecht Wernher ist. Er hat es sich zur Gewohnheit gemacht, aufzubleiben, bis ich heimkehre, wenn ich abends noch in Geschäften ausgehe. Weib und Kinder waren mir bislang leider verwehrt, denn erst, seit ich Vaters Werkstatt übernommen habe, bin ich Meister und habe damit ein Auskommen, das es mir ermöglichen würde, eine Familie zu gründen.» Etwas verlegen hielt er inne, dann wechselte er rasch das Thema: «Ich möchte Euch noch einmal danken und Euch versichern, dass Ihr Euch, solltet Ihr einmal Hilfe benötigen, immer an mich wenden dürft.»

«Das ist sehr freundlich von Euch.» Jolánda nickte ihm zu und bemühte sich um eine gleichmütige Miene, obgleich ihr Herz mit einem Male deutlich schneller schlug. Rasch und bevor sie der Mut verließ, setzte sie hinzu: «Allerdings hoffe ich, dass unsere Bekanntschaft sich nicht nur in unerfreulichen Ereignissen fortsetzt, Meister Goldschläger. Denn davon haben wir weiß Gott derzeit genug.»

«Habt Ihr Probleme?» Bardolf, der sich bereits zum Gehen gewandt hatte, drehte sich noch einmal um.

Jolánda hob die Schultern. «Es sollte sich doch bereits herumgesprochen haben, dass der Gemahl meiner Tochter in der Acht festgesetzt wurde. Zu Unrecht, wie ich betonen möchte.»

Vor Überraschung wäre Bardolf beinahe der Mund offen stehengeblieben. «Meister Markwardt ist Euer Schwiegersohn?» Er schüttelte den Kopf. «Verzeiht, ich bin ja noch nicht lange wieder hier und … nun ja, ich hatte nicht erwartet, dass Ihr bereits eine verheiratete Tochter habt.»

Jolándas Lippen verzogen sich trotz des unerfreulichen Themas zu einem amüsierten Lächeln. «Marysa wird im Dezember neunzehn Jahre alt. Seit etwas über einem halben Jahr ist sie mit Reinold Markwardt verheiratet. Sie … aber das ist eine andere Geschichte.»

Bardolf bemühte sich, diese Information zu verdauen. «In diesem Fall stehe ich Euch natürlich erst recht zur Verfügung. Es würde mich außerordentlich freuen, Euch beistehen zu dürfen. Ich habe natürlich von Meister Markwardts Verhaftung gehört, da ich heute einer Sitzung des Stadtrats beiwohnen durfte», setzte er erklärend hinzu. «Er wird des Handels mit gefälschten Reliquien beschuldigt?»

Jolánda nickte düster. «Und des Mordes an seinem Gesellen Klas.»

«Das ist schlimm. Vielleicht wäre es gut, wenn ich Euch morgen im Laufe des Vormittags noch einmal aufsuche. Natürlich nur, wenn es Euch recht ist. Dann können wir darüber sprechen.»

Jolánda schüttelte bedauernd den Kopf. «Das ist leider nicht möglich. Morgen wird Klas beerdigt, und ich muss selbstverständlich meiner Tochter zur Seite stehen.»

Bardolf nickte verständnisvoll. «Dann übermorgen?»

13. Kapitel

Mit einem dumpfen Klacken stellte Marysa den Eimer voll Seifenlauge in Klas' Kammer ab. «Fita, du ziehst das Bett ab. Imela, du bringst die Wäsche umgehend zu Lise, der Wäscherin. Die Matratze tragen wir nachher gemeinsam hinunter in den Hof und werfen sie auf den Misthaufen.» Sie tauchte einen Putzlumpen in den Eimer und machte sich daran, die kleine Wäschetruhe innen und außen zu reinigen. Die beiden Mägde befolgten ihre Anweisungen, und nachdem sie die Matratze, auf der der Geselle aufgebahrt gewesen war, hinausgeschafft hatten, wischte Marysa mit großer Sorgfalt den Boden. Der süßliche Gestank wollte dennoch nicht ganz verschwinden, deshalb schickte sie schließlich die beiden Mägde aus, im Garten und auf den freien Plätzen zwischen den Häusern am Büchel wohlriechende Kräuter zu sammeln, die sie im Zimmer ausstreuen konnten. Indes öffnete Marysa alle Fensterläden im oberen Geschoss und hoffte, dass der leichte Wind, der seit dem Vormittag aufgekommen war, das Haus durchlüften würde.

Die Beerdigung hatte am späten Vormittag stattgefunden, und da kaum Trauergäste erschienen waren, hatte Zunftmeister Alberich davon abgesehen, noch zu einem Leichenschmaus einzuladen. Marysa war es nur recht, denn sie fühlte sich alles andere als wohl bei dem Gedanken, Gäste zu bewirten, während ihr Gemahl in der Acht saß. Sie hatte ihn heute noch einmal kurz besuchen wollen, doch da er gerade befragt wurde, war ihr der Zutritt verweigert worden.

Sie trug den Eimer mit dem Schmutzwasser hinaus und leerte ihn im Rinnstein aus. Als sie sich wieder aufrichtete, nahm sie eine Bewegung und den Zipfel einer dunklen Kutte wahr. Sie stellte den Eimer ab und ging auf die Hausecke zu. «Fulrad, bist du das? Was machst du denn hier? Wie geht es dir?» Erfreut, den Sohn ihrer früheren Nachbarn aus der Kockerellstraße zu sehen, streckte sie beide Hände nach ihm aus. Sie und Fulrad hatten als Kinder oft miteinander gespielt, bis er im Alter von elf oder zwölf Jahren als Novize in das Augustinerkloster eingetreten war. Inzwischen hatte er es zu einer kleinen Pfründe gebracht und war Kanoniker im Marienstift.

Fulrad schien im ersten Moment erschrocken, als sie ihn ansprach, doch dann erkannte er sie, und seine Miene hellte sich auf. «Marysa! So eine Freude. Wie geht es dir?» Verlegen blickte er auf ihre von Wasserflecken übersäte Schürze. «Ich, hm, man schickt mich, bei dir nach dem Rechten zu sehen. Johann Scheiffart sagt, euer Geselle sei heute beerdigt worden, und lässt ausrichten, dass er sich noch einmal ausdrücklich für die lange Wartezeit entschuldigt. Wenn die Umstände anders gewesen wären, ähm …» Betreten blickte er zu Boden. «Dann hättet ihr ihn selbstverständlich nicht so lange in euerm Haus aufzubahren brauchen. Hm.»

«Das ist jetzt wohl nicht mehr zu ändern.» Marysa lächelte. «Nun haben wir es ja hinter uns. Ich wünschte nur, mein Gemahl wäre schon wieder frei.»

«Gewiss wird es nicht mehr lange dauern.» Fulrad bemühte sich sichtlich, sie aufzumuntern. «Jedermann in Aachen weiß doch um seinen guten Leumund und dass er sich niemals mit ... na ja, mit gefälschten ... Also bestimmt ist er bald wieder zu Hause.»

«Das hoffe ich sehr.» Marysa legte ihm eine Hand auf den Arm, was ihn offensichtlich noch verlegener machte. Vermutlich, weil er als Geistlicher die Berührungen einer Frau nicht mehr gewohnt war, auch wenn es sich um die einer Freundin aus der Kindheit handelte. «Komm doch herein und trink einen Schluck Wein mit mir. Meine Mutter ist in der Küche und hilft Balbina, Konkavelite zu machen. Du weißt doch noch, wie gerne ich das esse, nicht wahr? Sie wollen mir damit eine Freude machen nach all dem Ärger der letzten Tage, und nun mahlt Mutter fleißig Mandeln, während Balbina die Kirschen entsteint und aufkocht.» Sie zwinkerte. «Mandelpudding hast du doch früher auch gerne gemocht, nicht wahr?»

«Äh, ja, das habe ich wohl.» Fulrad blickte sich nervös um. «Verzeih, aber ich kann nicht lange bleiben. Die ... die Pflicht ruft mich. Ich muss zurück ins Stiftshaus.»

«Wohnst du jetzt dort?»

Er nickte. «Ich habe endlich eine Wohnung zugeteilt bekommen und leiste jetzt meine Präsenzzeit ab. Länger als zwei Wochen am Stück darf ich mich in den nächsten anderthalb Jahren nicht aus Aachen entfernen.»

«Dann findet sich doch bestimmt eine Möglichkeit, mich zu besuchen, oder? Ich würde zu gern erfahren, wie es dir in den letzten Jahren ergangen ist. Deine Eltern haben mir zwar erzählt, dass du die Priesterweihe empfangen und eine Pfründe erhalten hast, aber du musst mir unbedingt alles ganz genau erzählen. Das machst du doch, nicht wahr?»

«Wenn ... wenn es sich ergibt, komme ich gerne vorbei.» Fulrad nickte ihr zu. «Aber nun muss ich wirklich los. Ich wünsche dir alles Gute, Marysa.»

«Bis bald, Fulrad!», rief Marysa ihm nach, nahm ihren Eimer wieder auf und ging ins Haus. Eigentlich hatte sie vorgehabt, in der Küche vorbeizuschauen und ihrer Mutter von der Begegnung mit Fulrad zu berichten, doch bevor sie dort angelangt war, pochte es heftig an der Haustür.

Rasch zog sie die Schürze aus und legte sie auf den Tisch in der Werkstatt, dann öffnete sie die Tür und sah sich dem hageren Schöffen gegenüber, der bereits bei Reinolds Verhaftung zugegen gewesen war. Hinter ihm standen zwei weitere dunkel gekleidete Männer, offenbar Amtmänner der Stadt, sowie ein Kanoniker, den sie nicht kannte. Der Schöffe, Reimar van Eupen hieß er, stellte den Geistlichen als Ulrich van Kettenyss vor und bat sie, ihnen die Durchsuchung des Hauses zu gestatten. «Ihr wisst, dass es unsere Pflicht ist, wir könnten Euch auch dazu zwingen, Frau Marysa», erklärte er. «Aber da Ihr sicherlich ebenso an der schnellen Aufklärung dieser Angelegenheit interessiert seid wie wir …»

«Tretet ein», unterbrach sie ihn und machte die Tür frei. «Wir haben nichts zu verbergen, Herr van Eupen.»

«Seid bedankt.» Van Eupen gab den beiden Amtmännern ein Zeichen, woraufhin sie sich zunächst sehr genau in der Werkstatt umsahen. Sie öffneten den fast fertigen Schrein auf dem Arbeitstisch, stöberten in den Regalen, klappten jedes Reliquiar und jeden Kasten auf. Sogar einige Werkzeuge nahmen sie von der Wand und untersuchten sie.

«Dort durch die kleine Tür gelangt Ihr in den Lagerraum», erklärte Marysa schließlich unaufgefordert. Die beiden Männer begaben sich dorthin, und sie hörten sie rumoren. Marysa schob einige Gegenstände auf den Regalbrettern gerade, musste den beiden Amtmännern jedoch insgeheim zugutehalten, dass sie kein großes Durcheinander hinterließen. Das hatte sie nämlich befürchtet. Doch sie gingen äußerst behutsam und pfleglich mit dem Inventar um.

«Nichts, Herr van Eupen», teilte einer von ihnen, ein schlanker hochgewachsener Mann mit feuerrotem Haar, dem Schöffen mit. «Wo sollen wir weitersuchen?»

Van Eupen lächelte sichtlich zufrieden. «Nimm du dir die anderen Wohnräume vor. Till kommt mit uns ... Frau Marysa, gibt es einen Keller unter Eurem Haus?»

Sie nickte. «Dort lagern wir Bier und Wein und im Winter Äpfel und Rüben. Folgt mir bitte.» Sie ging voran zu einer winzigen Tür in dem Korridor, der zur Küche und den anderen Wohnräumen führte. Hinter der Pforte, durch die man nur gebückt schlüpfen konnte, führte eine aus Stein gehauene steile Treppe in den Keller hinab. «Wartet, ich hole Euch ein Licht», sagte sie.

In diesem Moment wurde die Tür zur Küche geöffnet, und ihre Mutter trat heraus. «Marysa? Habe ich doch richtig gehört. Wer ... Oh, sind dies die Männer vom Schöffenkolleg? Das wurde aber auch Zeit.»

Van Eupen ging auf sie zu. «Ihr seid die Witwe Schrenger, nicht wahr? Dann wisst Ihr ja, weshalb wir hier sind. Frau Marysa wollte uns gerade eine Lampe bringen, damit wir den Keller ansehen können.»

«Ah ja, natürlich.» Jolánda nickte, musterte den Schöffen jedoch unfreundlich. «In der Küche steht eine Talglampe.»

Marysa schlüpfte an ihr vorbei, holte das Lämpchen, entzündete es am Herdfeuer und übergab es dann dem Amtmann, den van Eupen mit Till angesprochen hatte. «Soll ich Euch hinunterbegleiten?»

«Aber nein», wehrte van Eupen ab. «Das schafft er

schon alleine. Ihr braucht Euch keinerlei Mühe zu machen. Letztlich ist diese Haussuchung doch nur eine Angelegenheit, die wir der Ordnung halber durchführen. Nach allem, was wir bisher wissen und da Euer Gemahl einen so guten Leumund hat, ist das Ganze nur eine Formsache. Nicht wahr, Herr van Kettenyss?»

Der Kanoniker, der ihnen bisher wie ein Schatten gefolgt war und noch kein Wort gesagt hatte, nickte mürrisch. Er war ein wohlbeleibter Mann Ende dreißig, dessen Tonsur so akkurat geschoren war, dass sein dichtes braunes, an den Schläfen bereits ergrautes Haar ein wenig abstand. «Für uns stand es keineswegs fest, dass Meister Markwardt unschuldig ist», sagte er. «Es lassen sich durchaus Hinweise darauf finden, dass er einen Grund hatte, den jungen Klas zu töten. Leider konnten wir bislang keinerlei Zeugen auftreiben, die dies bestätigen oder den Mord mit angesehen haben.»

«So ist es», bestätigte van Eupen. «Und deshalb ist es nur recht und billig, wenn Meister Markwardt aus der Haft entlassen wird.»

«Ihr klingt ja fast, als wäret Ihr froh, meinen Schwiegersohn des Mordes überführen zu können», empörte Jolánda sich über die Worte des Kanonikers.

Dieser hob jedoch nur gleichmütig die Schultern. «Ich begreife ja, dass Ihr ihn in Schutz nehmen wollt, doch wenn man es objektiv betrachtet, ist doch die Wahrscheinlichkeit recht groß, dass ein Schreinbauer, der noch dazu mit der Tochter des bekanntesten Reliquienhändlers von Aachen verheiratet ist, sich im Handel mit gefälschten Heiltümern betätigt. Wir …»

«Wollt Ihr meinen seligen Vater etwa auch noch des Handels mit gefälschten Reliquien beschuldigen? Außerdem ist es doch noch gar nicht erwiesen, dass Klas wegen dieser Sache ermordet wurde», mischte Marysa sich aufgebracht ein. «Zieht Ihr da nicht voreilige Schlüsse?»

Der Kanoniker sah sie irritiert an und fuhr dann fort: «Wir haben Grund zu der Annahme, dass es so ist, gute Frau. Aber davon versteht Ihr nichts, was nicht weiter verwunderlich ist, da Frauen von Natur aus nicht in der Lage sind, logisch und ohne hysterische Gefühlswallungen zu denken. Ich will Euch nur warnen: Wenn wir auch nur den kleinsten Hinweis auf gefälschte Reliquien in diesem Hause finden …»

«Das werdet Ihr aber nicht!», fauchte Marysa. Die herablassende Art des Kanonikers machte sie wütend. «Wir handeln nicht mehr mit Reliquien, und schon gar nicht mit präparierten Schweineknöchelchen. Mein Vater wäre entsetzt, wenn er dies hätte miterleben müssen.»

«Beruhigt Euch, Frau Marysa», bemühte sich van Eupen, sie zu beschwichtigen. «Wir haben bisher nichts gefunden, und ich bin mir sicher, dass es auch so bleiben wird. Wir möchten Euch nicht verärgern.»

«Das mag sein.» Marysa verschränkte die Arme vor der Brust. «Doch die Leute reden bereits über uns. Durch diese Sache wird der gute Ruf meines Gemahls in den Schmutz gezogen.»

«Das Gerede wird sich rasch wieder legen, wenn bekannt wird, dass Meister Markwardt unschuldig ist», beruhigte van Eupen sie. «Nun, Till, wie sieht es unten aus?», wandte er sich an den Amtmann, der gerade wieder aus dem Keller kam.

«Da ist nichts. Nur Wein- und Bierfässer und eine Kiste voll Kohlköpfe.»

Der Rothaarige hatte indes die oberen Wohnräume inspiziert und kam nun die Stiege herab. «Oben ist auch nichts Ungewöhnliches zu finden», berichtete er.

«Seid Ihr sicher?», blaffte van Kettenyss ihn an. «Habt Ihr auch in den Kleidertruhen und bei den persönlichen Gegenständen nachgeschaut?»

«Überall, jawohl», bestätigte der Amtmann. «Nirgendwo eine Spur von Reliquien. Nur Tand und Flitterkram, soweit ich sehen konnte. Und ein paar alte Briefe.» Er grinste Marysa anzüglich an. «Ihr werft wohl nichts weg, was? Aber keine Angst, ich habe alles wieder ordentlich zurückgelegt.»

«Also gut, das war es dann wohl», befand van Eupen. «Wir werden uns jetzt noch die Remise und die Stallungen ansehen, obwohl ich davon ausgehe, dass es überflüssig ist.»

Marysa begleitete die Männer hinaus und sah ihnen bei der Durchsuchung der Nebengebäude schweigend zu. Auch Grimold kam aus dem Hühnerstall, und die beiden Mägde, die Körbe voll Grünzeug auf dem Arm trugen, liefen vom Tor aus herbei und gafften.

Als der Rothaarige sogar im Misthaufen zu stochern begann, schüttelte Marysa angewidert den Kopf. «Ist es jetzt nicht genug, Herr van Eupen?»

Der Schöffe nickte. «Schluss jetzt, hier gibt es ganz offensichtlich nichts zu finden. Wir gehen jetzt», wandte er sich an die beiden Amtmänner. Dann sagte er zu Marysa: «Ich werde veranlassen, dass Euer Gemahl noch heute freikommt, das verspreche ich Euch. Die Haussuchung war wirklich nur eine Formsache.»

«Mit der Ihr viel zu lange gewartet habt», beschwerte sich van Kettenyss. «Ihr hättet das Haus umgehend durchsuchen lassen müssen. Seit Markwardts Verhaftung hatte die Familie genügend Zeit, die Beweise für seine Schuld verschwinden zu lassen.» Lauernd blickte er von van Eupen zu Marysa.

«Das ist aber nicht geschehen», erwiderte der Schöffe überraschend. «Wir haben das Haus seit dem Tag des Mordes ständig überwachen lassen, und es gibt keinerlei Hinweise, dass etwas fortgeschafft wurde.» Er blickte den Domherrn abschätzend an. «Das wisst Ihr doch ganz genau. Ihr habt doch ebenfalls Männer hergeschickt.»

«Ihr habt was?» Entsetzt starrte Marysa den Schöffen an.

«Wir haben Euer Haus beobachten lassen», sagte dieser ruhig. «Es ging nicht anders, denn durch die anfängliche Unklarheit über die Zuständigkeit musste sich ja die Haussuchung hinauszögern. Aber, wie gesagt, wir konnten keine ungewöhnlichen Tätigkeiten feststellen.»

«Dann verabschieden wir uns jetzt», brummte van Kettenyss schlecht gelaunt. «Aber seid gewahr, dass die Sache noch nicht ausgestanden ist.» Er warf Marysa noch einen finsteren Blick zu und verließ den Hof durch das große Tor, das Grimold ihm eilig öffnete. Van Eupen und die Amtmänner folgten ihm etwas langsamer. Auf der Straße verabschiedeten sie sich förmlich und gingen dann rasch davon.

Während Marysa ihnen noch nachblickte, kam ihre Mutter aus dem Haus und trat neben sie. «Das wäre dann wohl überstanden. Ein unangenehmer Mensch, dieser Kanoniker.»

Marysa nickte. «Fast so ungehobelt wie der Domherr Scheiffart. Ich bin froh, dass es vorbei ist.» Sie schüttelte sich bei dem Gedanken, dass der Amtmann in ihren Kleidern und wahrscheinlich sogar in ihrer Unterwäsche gewühlt hatte. Doch das war jetzt nicht mehr zu ändern.

Kurz fiel ihr Aldos Brief ein, den sie ganz unten in ihrer Truhe versteckt hatte. Anscheinend war er dem Amtmann zwischen den anderen Papieren nicht weiter aufgefallen. Ein Glück, wie sie fand, denn bestimmt hätte er ihn mitgenommen. Doch die Abschiedsworte ihres Bruders gingen niemanden außer ihr etwas an.

Ihr Herz krampfte sich bei der Erinnerung an Aldo zusammen, und sie schloss für einen Moment die Augen.

«Komm mit ins Haus, der Konkavelite ist fertig.» Aufmunternd legte Jolánda ihrer Tochter einen Arm um die Schultern.

14. Kapitel

«Warum wurde nicht eine falsche Reliquie in dem Haus gefunden?», donnerte es durch den großen Saal, dass der junge Priester den Kopf einzog.

«Verzeiht, aber es gab keine Gelegenheit …»

«Pah, keine Gelegenheit. Du dämliches Otterngezücht! Wozu schicke ich dich denn dorthin, wenn du es dann nicht einmal schaffst, ein paar Knochensplitter unter eine der Werkbänke zu schmeißen?»

«Aber ich hatte wirklich keine Gelegenheit.» Der Priester hob den Kopf wieder und sah seinem Gegenüber mit einem letzten Rest Mut ins Gesicht. «Ich konnte es nicht. Die Frau hat doch nichts damit zu tun, und ich halte es für einen schrecklichen Plan, ihr und ihrer Familie auf solche Weise die Lebensgrundlage zu zerstören.»

«Aber die unsere bist du ohne weiteres bereit zu opfern, wie?», sagte die höhnische Stimme, deren Besitzer sich nun angewidert von dem Priester abwandte. «Verschwinde in die Bibliothek und vergrabe dich meinetwegen in deinen theologischen Abhandlungen. Aber eines ist sicher: Die Sache ist noch nicht beendet. Und du wirst mir dabei helfen, sie zu bereinigen. Das bist du mir schuldig. Sei gewiss, mir wird schon bald eine Lösung einfallen.»

«Gewiss.» Der Priester zog den Kopf wieder zwischen die Schultern und verließ den Saal mit einem dumpfen Gefühl der Angst im Herzen.

15. Kapitel

«Ihr sucht nach den gefälschten Reliquien, nicht wahr?»

Neben Christophorus, der gerade den Kaxhof überquerte, tauchte ein verhutzeltes Männchen unbestimmbaren Alters mit einem langen grauweißen Bart und wirrem langem, schlohweißem Haar auf. Der Mann stützte sich auf einen alten zerkratzten Pilgerstab, wirkte jedoch nicht gebrechlich, sondern ausgesprochen gesund und fidel. Seine hellblauen Augen blitzten vergnügt. «Da seid Ihr hier beim Dom gar nicht so falsch.»

Christophorus blieb stehen und musterte das Männchen erstaunt. «Wer bist du, und was weißt du über die falschen Reliquien?»

«Ah, jetzt zeigt Ihr sogleich das typische Gehabe eines Inquisitors, Bruder Christophorus. Ja, ja, ich kenne Euch. Hab Euch die letzten Tage häufig in der Stadt gesehen. Mein Name ist Amalrich.» Das Männchen verbeugte sich. «Ich bin Pilger, wie Ihr seht, und einst nach Aachen gekommen, um das wunderbare Bauwerk zu Ehren unserer Gottesmutter zu bestaunen, welches nun auf so schändliche Weise besudelt wurde.» Amalrich grinste und entblößte dabei zwar vollständige, jedoch gelblich verfärbte und schon ziemlich abgenutzte Zähne. «Aus Lübeck kam ich, das ist jetzt fast zwanzig Jahre her.»

«Und seither weilt Ihr in Aachen?» Christophorus lächelte amüsiert zurück. Er hatte schon von solchen ewigen

Pilgern gehört, ja selbst welche getroffen, wenn diese auch die langen Reisen nach Jerusalem oder Santiago vorzogen. Die meisten von ihnen hatten in ihrer Heimat so viel auf dem Kerbholz, dass ihnen nur die Pilgerschaft blieb, wollten sie nicht im Kerker oder am Galgen enden.

«Ich sehe Euch an, dass Ihr ein Mann von Welt seid, Bruder Christophorus. Sicher stimmt Ihr mir zu, dass ein Leben als Pilger durchaus gottgefällig ist.»

«Wenn Ihr es in Demut führt und die gebotene Bußfertigkeit an den Tag legt, ganz gewiss.»

«Ha, jetzt spricht der Ablasskrämer aus Euch», lachte Amalrich. «Aber gebt Euch keine Mühe. An Demut mangelt es mir nicht, an Geld jedoch schon, deshalb kann ich Euch keine Eurer Urkunden abkaufen. Dies ist auch gar nicht nötig, denn vor Jahren, als meine Börse noch besser gefüllt war, nahm ich schon an der Heiltumsweisung teil und konnte alle Bedingungen erfüllen, die der absolute Ablass erfordert, der zu diesem Fest verkündet wird. All meine vergangenen und zukünftigen Sündenstrafen sind damit getilgt, und ich werde dereinst an der Seite des Herrn im himmlischen Reich speisen.» Sein Grinsen wurde noch breiter. «Nun, zumindest werde ich einen Stehplatz ergattern.» Amalrich zwinkerte Christophorus zu. «Folgt mir, ich möchte Euch etwas zeigen.»

«Warum hast du mir denn nicht gleich von dem Vorfall erzählt?», fragte Marysa ihre Mutter am folgenden Vormittag. Jolánda war vorbeigekommen, um Reinold zu begrüßen, der noch am späten Abend des Vortages nach Hause zurückgekehrt war. Doch der Schreinbauer schlief noch, und die beiden Frauen hatten sich derweil in die

Laube gesetzt, um die noch angenehm kühle Morgenluft zu genießen. Nur wenig später hatte Grimold einen Besucher gemeldet und Bardolf Goldschläger zu ihnen geführt. Und so erfuhr Marysa erst jetzt von dem Vorfall der vorletzten Nacht.

Jolánda blickte verlegen auf ihre Hände. «Ich bin einfach nicht dazu gekommen, weißt du. Erst die Beerdigung, dann die Aufregung wegen der Haussuchung. Es hat sich einfach nicht ergeben. Aber heute hätte ich dir bestimmt davon erzählt, wenn mir Meister Goldschläger nicht zuvorgekommen wäre.»

«Ich wollte unbedingt sehen, wie es Euch geht», sagte dieser lächelnd in Jolándas Richtung. «Und es freut mich ungemein, dass sich diese schlimme Sache so rasch aufklären konnte, Frau Marysa. Zwar wäre ich Euch und Eurer Frau Mutter gerne zu Diensten gewesen, aber so ist es doch noch viel besser. Ich hoffe, Euer Gemahl ist wohlauf?»

Marysa nickte. «Er ruht sich noch aus, doch glücklicherweise war die Haft nicht so unangenehm, wie wir befürchtet hatten. Man gab ihm eine recht annehmbare Zelle im Obergeschoss der Acht.»

Bardolf nickte. Er kannte diese Zellen für die Wohlbetuchten vom Hörensagen.

Marysa musterte den Goldschmied unauffällig und fand ihn sehr sympathisch. Er erinnerte sie weniger vom Aussehen als vielmehr vom Wesen her stark an seinen Vater, der früher des Öfteren bei ihnen zu Besuch gewesen war. Und mit einigem Erstaunen nahm sie wahr, dass er und ihre Mutter einander immer wieder heimlich Blicke zuwarfen, wenn sie glaubten, der andere merke es nicht.

«Darf ich Euch etwas Wein anbieten, Meister Goldschläger?» Marysa reichte ihm einen gefüllten Becher.

Bardolf nahm ihn dankend an. «Wie ich sehe, habt Ihr

eine Laute bei Euch? Dann habe ich Euch gewiss beim Musizieren gestört. Ich will Euch nicht lange aufhalten.»

«Aber keineswegs!», rief Jolánda. «Meine Tochter wollte mir gerade etwas vorsingen, und gewiss wird sie sich freuen, in Euch einen weiteren Zuhörer zu finden.»

«Nun, wenn es Euch nichts ausmacht …»

«Aber gewiss nicht», lächelte Marysa. «Ich singe gerne für Euch, allerdings müsst Ihr entschuldigen, wenn meine Stimme etwas eingerostet ist. Ich komme nicht mehr oft zum Üben.»

Sie nahm die Laute, die neben ihr an der Bank lehnte, stimmte sie und begann dann:

«Ich han in ainem garten gesehen
czwo rosen gar in liechtem schein,
ich sprich fürwar, ir liechtes prehen
hat durchfrewt das hercze mein.
Czu der ain so get ein a,
der andern hab der mues ich yehen,
würd mir von ir ein freuntlich ya,
so geschäch mir wol und nymmer we.»

Bardolf und Jolánda hörten ihr andächtig zu, dann fiel der Goldschmied unvermittelt mit ein:

«Wurd mir der rosen ein krenczelein,
darunder wurd ich nymmer gro,
sy durchfrewt das hercze mein,
in irem dinst so pin ich fro.»

Während er sang, blickte er Jolánda erstmals geradewegs in die Augen. Sie errötete und senkte rasch den Blick auf die Handarbeit, die in ihrem Schoß lag, wagte jedoch nicht, auch nur einen weiteren Stich mit ihrer Sticknadel auszuführen – aus Angst, er würde das Zittern ihrer Finger bemerken.

Christophorus blieb am Tor zum Hof des Schreinbauers Markwardt stehen, das halb offen stand, weil Grimold damit beschäftigt war, Brennholz von einer großen Handkarre hineinzutragen.

Trotz des Lärms auf der Straße war deutlich Marysa zu hören, die mit lieblicher Stimme ein Liebeslied sang. Langsam trat er näher, blieb jedoch in einiger Entfernung stehen, als die volltönende Stimme eines Mannes in den Refrain einstimmte. Von seinem Platz aus konnte Christophorus die Überraschung auf Marysas Gesicht ablesen und dann die Freude über den gemeinsamen Gesang.

Diesen Ausdruck in ihren Augen hatte er schon an jenem Tag wahrgenommen, als er sie zum ersten Mal gesehen hatte. Während sie sang, schien sie die Welt um sich herum zu vergessen. Ihr Gesicht, das zwar fein geschnitten war und dennoch seltsam herbe Züge trug, wandelte sich zu einer ungeahnten Zartheit.

Je länger er sie betrachtete, desto mehr schien es Christophorus, als würde Marysa von innen heraus strahlen. Als er sich dieses Gedankens bewusst wurde, runzelte er die Stirn. Was war das für eine merkwürdige Regung, die sich da in ihm breitmachen wollte? Hinfort damit! Er schüttelte sich wie ein nasser Hund und rief sich in Erinnerung, weshalb er hier war.

«Ich glaube, wir haben weitere Gesellschaft bekommen», sagte Bardolf, als sie das Lied beendet hatten, und wies auf den Dominikaner, der nun näher trat.

«Bruder Christophorus.» Der entrückte Ausdruck in Marysas Augen wich und mit ihm alle Zartheit, die sich vorher in ihrem Gesicht abgezeichnet hatte.

Kühl musterte sie ihn. «Was führt Euch zu uns?»

«Keinesfalls der Wunsch, Unmut in Euch zu wecken», antwortete Christophorus. «Auch wollte ich Euren Gesang nicht unterbrechen, Frau Marysa. Ihr habt eine ausgesprochen schöne Singstimme.»

«Ja, nicht wahr?», warf Jolánda voller Stolz ein. «Und sie kennt so viele herrliche Lieder – übrigens auch einige sehr fromme, Bruder Christophorus, die Euch sicher besser gefallen als weltliche Liebeslieder. Marysa, spiel ihm eines dieser wunderbaren Marienlieder vor!»

Christophorus wehrte rasch ab. «Ein andermal gern, wohledle Frau. Heute bin ich wegen einer wichtigen Angelegenheit hier, doch ich sehe, dass Ihr Besuch habt. Vielleicht sollte ich später noch einmal wiederkommen?»

«Nein, bleibt nur.» Marysa legte die Laute beiseite. «Dies ist der Goldschmied Bardolf Goldschläger. Meister Goldschläger, darf ich Euch Bruder Christophorus vorstellen.»

«Ah, Ihr seid das?» Bardolf lächelte Christophorus freundlich zu. «Ich hörte während der Ratssitzung, dass ein Inquisitor Eures Namens in der Stadt weilt.»

Christophorus musterte ihn aufmerksam. «Dann seid Ihr Angehöriger des Stadtrates?»

Bardolf lachte. «O nein, Gott bewahre! Die Zunft der Goldschmiede hat in Aachen keinerlei politischen Einfluss. Ich wurde ausgewählt, während der Eröffnungszeremonie zur Heiltumsweisung den Marienschrein zu öffnen, das ist alles.»

«Eine hohe Ehre», fügte Jolánda lächelnd hinzu.

Christophorus nickte. «Das ist es in der Tat.» Dann

wandte er sich wieder an Marysa. «Ich würde Euch gerne etwas zeigen.» Er zog einen kleinen Beutel aus dem Ärmel seiner Kutte und drückte ihn ihr in die Hand.

Schweigend öffnete sie ihn und ließ den Inhalt – mehrere kleine Knochensplitter – auf ihre Handfläche rieseln. «Woher habt Ihr die?» Sie untersuchte die Splitter und tat sie dann zurück in den Beutel.

«Die gleichen Fälschungen wie die anderen beiden, nicht wahr?» Christophorus' Miene wurde ernst. «Ein Pilger fand sie, wie er behauptet, in der Großkölnstraße.»

Bardolf, der dem Ganzen mit Interesse gefolgt war, stand auf und trat zu den beiden. «Darf ich mal sehen?»

Marysa gab ihm das Beutelchen, und er betrachtete die Knochensplitter sehr eingehend. «Aus Eurer Bemerkung eben schließe ich, dass es sich hierbei um einige der gefälschten Reliquien handelt, die Euch die Probleme der vergangenen Tage beschert haben?»

«So ist es», bestätigte Marysa.

Bardolf rieb sich das glatt rasierte Kinn und griff dann in eine versteckte Innentasche seiner Schecke. «Vielleicht könnt Ihr mir dann auch sagen, was es hiermit auf sich hat.» Er händigte ihr ein weiteres Beutelchen aus, das aus festem Leinen gefertigt und mit einer dünnen Lederschnur verschlossen war.

Marysa öffnete es und blickte hinein. Einen Moment lang stockte ihr der Atem, als sie begriff, um was es sich bei dem Inhalt handelte. Ohne ein Wort zu sagen, gab sie den Beutel an Christophorus weiter.

Überrascht nahm er ihn und pfiff dann durch die Zähne wie ein Gassenjunge. «Nicht schlecht! Wie viele Heilige mussten dafür wohl herhalten?»

«Was ist es denn, Marysa?» Nun kam auch Jolánda näher.

«Schnipsel von Fingernägeln», erklärte diese und ließ nun auch ihre Mutter einen Blick auf den Beutelinhalt werfen.

«So viele?», wunderte diese sich. «Wie kann das sein?»

Marysa stieß verächtlich die Luft aus. «Nichts leichter als das, Mutter. Bedenk doch, Schnipsel von Fingernägeln kann man endlos sammeln, denn sie wachsen immer wieder nach.»

«Woher habt ihr dies?», fragte Christophorus den Goldschmied, woraufhin Bardolf ihm kurz von dem Vorfall in der Großkölnstraße berichtete. «Als ich aufstand, fand ich den Beutel. Da ich darauf lag, haben ihn die Männer wohl übersehen. Und wenn dieser Pilger, von dem Ihr spracht, die Knochensplitter ebenfalls dort gefunden hat, müssen sie sie in der Eile übersehen haben.»

«Würdet Ihr die Männer wiedererkennen?»

«Nein.» Bedauernd schüttelte Bardolf den Kopf. «Es war dunkel, und die beiden trugen Kapuzen. Der, der mich niedergeschlagen hat, ist eher klein und schmächtig. Deshalb hätte ich auch niemals mit einem Angriff gerechnet. Aber mehr kann ich leider nicht dazu sagen.»

«Schade.» Enttäuscht wandte sich Christophorus wieder an Marysa. «Es scheint also tatsächlich jemanden zu geben, der in großem Umfang mit falschen Reliquien handelt. Wie kommt es, dass bisher noch niemand darauf aufmerksam geworden ist?»

«Vermutlich, weil derzeit Aachen von Pilgern geradezu belagert wird. Und es kommen noch mehr, Bruder Christophorus. Während der Kirmestage werden Zehntausende die Stadt bevölkern. Unter ihnen gibt es auch unzählige Reliquienhändler.» Marysa verzog das Gesicht. «Zwar haben die Kaufleute von Aachen stets Vorrang, doch während der Kirmes ist es auch allen auswärtigen Händlern jedweden Gewerbes erlaubt, ihre Waren hier zu verkaufen. Anders könnte die Stadt auch gar nicht die Versorgung der vielen Menschen gewährleisten. Aber Ihr müsst zugeben, dass es schlicht unmöglich ist, während des Jahrmarkts den Überblick zu bewahren. Ich denke, das werden die Fälscher für sich ausnutzen.»

«Und was wollt Ihr nun tun?», fragte Christophorus.

Marysa sah ihn überrascht an. «Sollte ich denn etwas tun?»

«Wollt Ihr Euch gegen die unlautere Konkurrenz nicht zur Wehr setzen?»

Marysa schüttelte den Kopf. «Ihr wisst doch, dass wir nicht mehr im Reliquienhandel tätig sind. Mein Gemahl ist gestern wieder aus der Haft entlassen worden. Ich denke, wir sollten die Sache nun ruhen lassen.»

«Und was ist mit dem Mord an Klas?»

Marysa biss sich auf die Unterlippe. Das hatte sie sich auch schon gefragt. Durfte man den Mord an dem Gesellen ungestraft lassen? Aber gab es überhaupt eine Möglichkeit, den Mörder jetzt noch zu finden? Und war es nicht besser, sich herauszuhalten und zu ihrem ruhigen Leben zurückzukehren?

«Die Schöffen werden sich darum kümmern», sagte sie schließlich lahm. «Habt Dank für die Mühen, die Ihr auf Euch genommen habt, Bruder Christophorus. Aber ich glaube, wir werden Eure Hilfe nun nicht mehr benötigen.»

Christophorus war überrascht. So eindeutig hatte man ihm schon lange nicht mehr ins Gesicht gesagt, dass er unerwünscht sei. Und es ärgerte ihn, dass er sich darüber ärgerte.

Mit einem steifen Lächeln verneigte er sich. «Dann verabschiede ich mich nun und wünsche Euch alles Gute,

Frau Marysa. Und Euch, Frau Jolánda, natürlich ebenso. Gestattet, dass ich Euch vor meiner Abreise nach der Kirmes noch einmal aufsuche. Ihr wisst, dass ich Aldo versprochen habe, mich zu vergewissern, dass es Euch wohl ergeht. Ich möchte mein Wort nicht brechen.»

«Gewiss. Ihr seid jederzeit willkommen», sagte Jolánda freundlich und kam damit einer wesentlich abweisenderen Antwort ihrer Tochter zuvor.

Marysa warf ihrer Mutter einen ärgerlichen Seitenblick zu, nickte jedoch. «Um dem Letzten Willen meines geliebten Bruders Genüge zu tun, dürft Ihr uns selbstverständlich besuchen», sagte sie. «Doch wie Ihr ja nun wisst, fehlt es uns an nichts, sodass Ihr ohne Gewissensbisse Eurer Wege ziehen dürft.»

«Nun denn. Darf ich dies an mich nehmen?», fragte er Bardolf und deutete auf den Beutel mit den Fingernägeln.

Bardolf nickte. «Sicher. Ich wüsste nicht, was ich damit anfangen sollte.»

Christophorus verneigte sich noch einmal und ging dann mit energischen Schritten davon.

Marysa setzte sich zurück auf die Bank in der Laube, griff nach ihrer Laute und klimperte ein wenig darauf herum.

«Es scheint, als wäret Ihr dem Dominikaner nicht eben wohlgesinnt», sagte Bardolf vorsichtig und ließ sich, nachdem auch Jolánda sich wieder gesetzt hatte, auf einem der Schemel nieder.

Marysa zuckte nur mit den Schultern. «Ich traue ihm nicht. Auch wenn er ein Diener Gottes ist … Er hat mir in der kurzen Zeit unserer Bekanntschaft zu viele verschiedene Gesichter gezeigt. Er ist mir einfach suspekt, und ich wäre froh, ihm nicht mehr begegnen zu müssen.»

«Bruder Christophorus handelt mit Ablassbriefen», fügte Jolánda milde lächelnd an. «Meine Tochter hält nicht viel davon.»

«Mutter!» Erschrocken blickte Marysa auf.

Bardolf nickte ernst. «Mir geht es ähnlich. Obwohl mir die Tatsache, dass er zudem ein Inquisitor sein soll, wesentlich unangenehmer ist. Diese Männer verstehen meist keinerlei Spaß. Deshalb wundere ich mich, wie offen er eben zu uns sprach. Ganz und gar ungewöhnlich für einen Mann seines Schlages, will ich meinen.»

«Genau das denke ich auch», bestätigte Marysa. «Doch nun sollten wir uns angenehmeren Dingen zuwenden.» Um endgültig von dem Thema abzulenken, stimmte sie eine fröhliche ungarische Weise an, in die ihre Mutter nach wenigen Versen mit einfiel.

Doch kaum hatten sie das Lied beendet, als es von der Hintertür des Hauses her laut polterte. Reinold kam in den Hof. Offenbar war er gerade aufgestanden, denn er trug über seiner Bruch nur eine Schecke, jedoch kein Hemd oder Wams. Verdrießlich strich er sich die zerzausten Haare glatt, die ihn zusammen mit dem seit Tagen unrasierten Bart nicht gerade ansehnlich aussehen ließen.

«Was soll das? Wer jault denn da so gotterbärmlich? Marysa, bist du das? Hör sofort auf damit! Dieses Klimperding muss aus dem Haus! Das ist ja zum Verrücktwerden.»

Marysa sprang erschrocken auf, als Reinold ihr die Laute grob aus der Hand riss und damit zum Tor ging.

«Meister Reinold, was tut Ihr denn da?», protestierte sie und rannte hinter ihm her. «Gebt mir meine Laute zurück!»

Christophorus hatte die Arme in den Ärmeln seiner Kutte verschränkt, sodass man seine geballten Fäuste nicht sehen konnte. Er ärgerte sich maßlos über die kühle und beinahe arrogante Art, mit der Marysa ihn ihres Hofes verwiesen hatte. Bislang hatte er sich eingebildet, eine besonders einnehmende Natur zu besitzen, mit deren Hilfe er sich jeden Menschen wohlgesinnt machen konnte. Doch bei dieser Frau biss er immer wieder auf Granit. Fast kam es ihm vor, als ahne sie sein Geheimnis.

Nein, das war Unsinn. Aldo war der einzige Mensch, der es je herausgefunden hatte. Hätte er seiner Schwester in seinem Abschiedsbrief davon erzählt, was ihm Christophorus freigestellt hatte, dann würde sie sich anders verhalten, ihn womöglich besser verstehen. Oder aber, so argwöhnte er mittlerweile, sie würde ihn noch mehr verabscheuen, als sie es so schon tat. Nein, sie wusste nichts davon; Aldo hatte das Geheimnis mit ins Grab genommen, und das würde Christophorus ebenfalls tun.

Aber sie war auf eine Art misstrauisch, die es ihm unmöglich machte, zu ihr durchzudringen. Aber – wollte er das überhaupt? Um sein Versprechen zu erfüllen, musste er schließlich nicht Freundschaft mit ihr schließen. Und wenn sie keinen Wert darauf legte, dass der Mord an dem Gesellen Klas aufgeklärt wurde, war das nicht seine Sache.

Er war noch nicht weit vom Haus entfernt, als er meinte, erneut Lautenklänge zu vernehmen. Unvermittelt blieb er stehen und lauschte. Dabei musste er mehrmals Bauern mit Handkarren oder kleineren Fuhrwerken Platz machen, die sich über den staubigen Büchel schoben.

Plötzlich vernahm er einen entsetzten Aufschrei und

beobachtete, wie Reinold Markwardt, nur dürftig bekleidet und mit verkniffener Miene, auf die Gasse trat. In der Hand hielt er Marysas Laute. Marysa folgte ihm auf dem Fuße und versuchte, das Instrument wieder an sich zu bringen. «Hört auf, Meister Reinold!», rief sie sichtlich aufgebracht. «Gebt sie mir zurück; sie gehört Euch nicht!»

Christophorus wich hinter den Stamm einer großen Eiche zurück und beobachtete die Szene.

Ohne auf Marysas Protest zu achten, sprach Reinold wahllos einige Passanten an und drückte schließlich einem jungen Mann, wohl einem Handwerksgesellen, das Instrument in die Hand. Dann drehte er sich um und stapfte ohne ein Wort wieder zurück zum Hoftor. Marysa zerrte er dabei unsanft hinter sich her.

Sie riss sich jedoch los und wollte den jungen Mann aufhalten. Reinold packte sie erneut und schüttelte sie heftig. «Geh zurück ins Haus, Weib!», brüllte er, sodass einige Leute neugierig stehen blieben und gafften.

«Ihr hattet kein Recht, mir meine Laute wegzunehmen!», schleuderte sie zurück, und zum ersten Mal erlebte Christophorus, wie die Fassade aus kühlem Gleichmut, die Marysa um sich errichtet hatte, zu bröckeln begann.

«Holt sie mir zurück!», forderte sie mit vor Wut zitternder Stimme.

«Nichts dergleichen werde ich tun. Das Klimperding hat mich schon lange aufgeregt. Und nun rein mit dir, oder muss ich nachhelfen?» Reinold fasste sie mit hartem Griff im Nacken und schob sie unsanft durch das Tor in den Hof, sodass nur noch ihre aufgebrachte Stimme zu hören war.

Christophorus knirschte mit den Zähnen. Was er da

gesehen hatte, ging ihn nichts an, denn er kannte den Schreinbauer ja kaum. Reinold hatte als Ehemann das Recht, über Marysas Besitz zu verfügen und ihr Instrument fortzugeben, wenn ihm danach war. Doch Christophorus hatte von seinem Standort das Entsetzen und, da war er sich ganz sicher, auch Tränen in Marysas Augen gesehen. Dass Reinold davon unberührt blieb, sprach eine deutliche Sprache, was die Beziehung der beiden betraf.

Aber das ging ihn wirklich nichts an. Langsam ging Christophorus weiter in Richtung Marktplatz. Er würde zum Ordenshaus der Dominikaner gehen, die Ledertasche mit den Ablassbriefen holen und endlich wieder seinem Geschäft nachgehen. Entschlossen beschleunigte er seine Schritte. Dann blieb er plötzlich stehen, fluchte und machte auf dem Absatz kehrt.

16. Kapitel

«Gozember!», wütete Jolánda, und sicher war es besser, dass Bardolf kein Ungarisch verstand. Dennoch ahnte er, dass er gerade ein höchst unschickliches Schimpfwort vernommen hatte. Und es folgten noch weitere, die Jolánda in einem Wortschwall ausspuckte und dabei wie eine Furie in der Stube ihrer Tochter auf und ab rannte. «Wie kann er es wagen! Zum Teufel mit ihm! Niemals hätte ich meine Zustimmung zu dieser Ehe geben dürfen!» Wieder verfiel sie ins Ungarische, diesmal, so argwöhnte Bardolf, handelte es sich um handfeste Flüche.

Marysa saß währenddessen mit gesenktem Kopf auf der Sitzbank und knetete den Zipfel ihrer Schürze. Reinold war, nachdem er so mir nichts, dir nichts ihre Laute fortgegeben hatte, mit ein paar übelgelaunten Befehlen an die Mägde zurück in die Schlafkammer gegangen, um sich fertig anzukleiden. Marysa hatte er einfach wortlos bei Jolánda und dem Goldschmied stehen lassen. Nun stand er in der Werkstatt und arbeitete, als sei niemals etwas vorgefallen.

Sie schämte sich unsäglich wegen seines Betragens, doch Jolánda bemerkte es kaum, da sie sich in einen ihrer Wutausbrüche hineingesteigert hatte, und Bardolf war zu sehr Ehrenmann, als dass er auch nur eine Silbe darüber hätte fallenlassen.

Inzwischen hatte sich Marysas erster Schreck gelegt, die Wut über die Ungerechtigkeit, mit der Reinold sie behandelt hatte, war jedoch geblieben und mischte sich mit einem Gefühl der Scham, da sie nichts gegen ihn hatte ausrichten können. Sie hätte sich die Laute einfach zurückholen müssen! Ihre Mutter hätte es getan, da war sich Marysa sicher. Doch nun war es zu spät.

Dennoch, der heiße kleine Ball in ihrer Magengrube regte sich wieder, wurde größer und größer und drückte ihr beinahe die Luft ab.

Bardolf war den beiden Frauen ins Haus gefolgt, da er sichergehen wollte, dass es keinen weiteren Zwischenfall gab. Außerdem, das gestand er sich ein, faszinierte ihn Jolándas Temperament. Er war sicher, hätte Marysa sie nicht davon abgehalten, dann hätte Jolánda ihren Schwiegersohn zur Rede gestellt und ihm all die Unfreundlichkeiten, die sie gerade ausstieß, mitten ins Gesicht geschrien. Sie kochte vor Wut, und er konnte sie gut verstehen. Noch nie hatte er einen derart herzlosen Mann gesehen. Kaum hatte Reinold Marysa die Laute weggenommen und dem Nächstbesten geschenkt, war er zum Alltagsgeschäft zurückgekehrt, hatte die Mägde, die neugierig herbeigeeilt waren, an ihre Arbeit verwiesen und getan, als sei nichts gewesen.

Die kurze Szene genügte Bardolf, um zu begreifen, dass diese Ehe ganz sicher nicht im Himmel geschlossen worden war. Und je länger er die tobende und Gift und Galle spuckende Jolánda beobachtete, desto deutlicher wurde ihm klar: Dies war die Frau, mit der er sein zukünftiges Leben verbringen wollte. Obgleich die Gefahr sicherlich groß war, dass auch ihn hin und wieder ihr Zorn und damit ein Schwall ungarischer Flüche oder sogar Schlimmeres treffen würde, wollte er das Wagnis eingehen. Und er sollte verflucht sein, wenn er auch nur einen Augenblick Zeit verschwendete.

Ungeachtet ihres noch immer währenden Zornausbruchs stand er auf und trat ihr in den Weg. «Frau Jolánda?»

«Was?» Mit blitzenden Augen blieb sie vor ihm stehen.

«Ihr solltet Euch nun beruhigen, finde ich.»

«So, findet Ihr? Wenn mein Schwiegersohn meine Tochter behandelt wie ein Stück Dreck, soll ich ruhig dabei zusehen?»

«Mutter, lass gut sein», warf nun auch Marysa ein. «Du kennst ihn doch. Und wir wissen beide, dass er Musik verabscheut. Es war nur eine Frage der Zeit, bis so etwas passieren musste.»

«Du nimmst ihn doch wohl nicht in Schutz?»

Marysa seufzte. «Nein, das tue ich ganz sicher nicht. Aber ich kann ihn nicht ändern, ganz gleich, was ich sage oder über ihn denke.»

Jolánda starrte ihre Tochter entrüstet an, doch als sie den Ausdruck in Marysas Augen erkannte, fiel mit einem Mal alle Wut von ihr ab. Sie setzte sich neben sie und nahm sie in den Arm. «Ach, Marysa, mein liebes Kind.»

Obwohl Marysa die Umarmung nicht erwiderte, wiegte Jolánda sie leicht hin und her. «Die Laute hat dein Vater dir geschenkt. Reinold hätte sie dir nicht fortnehmen dürfen.»

Marysa schob ihre Mutter ein Stück von sich. «Er hat es aber getan, und ich habe es nicht geschafft, ihn davon abzuhalten. Lass mich jetzt bitte eine Weile allein.»

Jolánda nickte zögernd und stand wieder auf. «Wir könnten eine andere Laute besorgen oder versuchen, deine wiederzubekommen.»

«Nein. Nein, Mutter, das möchte ich nicht.» Marysa erhob sich ebenfalls und ging zur Stubentür. «Verzeiht, Meister Goldschläger, dass Ihr in diese Angelegenheit hineingeraten seid.» Sie lächelte schwach. «Entschuldigt mich bitte.»

Als die Tür hinter ihr zuklappte, schlug Jolánda die Hände vors Gesicht. Sie weinte jedoch nicht, sondern rieb sich nur müde die Augen. «Sie hätte ihn nicht heiraten dürfen. Wenn die Lage nicht so schwierig gewesen wäre ... Ihr Vater hätte es nicht gutgeheißen, aber es blieb ihr ja keine andere Wahl. Sie hat sich sehr verändert im vergangenen Jahr. Früher war sie ...»

«Mehr wie Ihr?» Bardolf lächelte.

«Aber jetzt ...»

«Sie hat versucht, ihn zurückzuhalten.»

Jolánda nickte langsam. «Zum ersten Mal. Ihr könnt Euch gar nicht vorstellen, wie erleichtert ich darüber bin.» Beschämt ließ sie die Hände wieder sinken. «Es tut mir leid, Meister Goldschläger. Ihr müsst ja annehmen, unsere Familie sei nicht ganz bei Trost.» Sie stand auf und ging ebenfalls zur Tür. «Sicherlich möchtet Ihr nun gehen.»

Bardolf lächelte über den plötzlichen Umschwung ihrer Stimmung und ihre offensichtliche Verlegenheit. Ja, er war sich ganz sicher. Entweder er würde sie für sich gewinnen oder für immer Junggeselle bleiben.

«Ihr hattet mich vorgewarnt, wenn Ihr Euch erinnert», sagte er und ging einen Schritt auf sie zu. «Und gehen möchte ich äußerst ungern, wenngleich mich die Arbeit in meine Werkstatt zurückruft.»

Jolánda blickte überrascht zu ihm auf, als sie seinen veränderten Tonfall bemerkte.

«Falls Ihr mich dennoch fortschickt, werde ich dies zwar sehr bedauern, mich jedoch umgehend Eurem Wunsch fügen.»

Der sehnsüchtige Ausdruck, mit dem er ihren Blick

auffing und festhielt, ließ ihr Herz schneller schlagen. «Ich sagte nicht, dass Ihr gehen müsst. Ich meine … Ich möchte nicht …» Ihre Zunge schien plötzlich wie verknotet zu sein. Noch niemals hatte ein Mann diese Wirkung auf sie ausgeübt. Während sie noch fieberhaft überlegte, was sie als Nächstes sagen oder tun sollte, hatte er bereits seine Hände auf ihre Schultern gelegt und sie sanft zu sich herangezogen.

«Ich bin wirklich froh, dass Ihr mich nicht fortschickt. Dann hätte ich nämlich eine Ausrede finden müssen, die mich daran hindert, Euch zu verlassen.»

Ihr stockte der Atem unter seinem intensiven Blick, und noch immer versagte ihre Zunge ihr den Dienst.

«Ihr habt wunderschöne Augen, Frau Jolánda.» Er lächelte, und obwohl er das Gefühl hatte, die Muskeln in seinen Beinen würden sich nach und nach auflösen, fühlte er sich doch von der Art, wie sie seinen Blick erwiderte, ermutigt. «Sie spiegeln Eure Seele wider», fuhr er fort. «Und Euer Temperament.»

Nun stahl sich doch ein Lächeln auf ihre Lippen, und der Knoten in ihrer Zunge löste sich. «Ein böses Temperament, sagen die Leute.»

«Aufregend würde ich es nennen.» Er lächelte zurück. «So schlimm war es nun auch wieder nicht.»

«Oh, das eben war noch gar nichts», antwortete sie. «Wenn ich wirklich wütend werde, werfe ich mit Gegenständen.»

Bardolf lachte leise. «Das würde ich gerne einmal erleben.»

Jolánda schüttelte den Kopf. «Nein, glaubt mir, das wollt Ihr nicht.»

«Doch, das will ich.» Er zog sie ganz nah an sich. «Allerdings werde ich mich bemühen, nicht zu oft selbst das

Ziel Eures Zornes zu werden. Schickt Ihr mich nun doch fort?»

Sie schüttelte den Kopf. «Nein, ich ... Ihr macht mir den Hof?»

«Das hatte ich im Sinn.» Als er die Überraschung in ihren Augen sah, strich er ihr sanft eine kleine Haarsträhne aus dem Gesicht, die sich aus ihrem Haarnetz gestohlen hatte. «Ich weiß, dass Ihr viele Jahre glücklich verheiratet wart, ich hingegen habe bislang auf dem Gebiet der Ehe keine Erfahrungen sammeln dürfen ...»

«Oder müssen», fügte sie etwas atemlos hinzu.

Er nickte mit einem ernsten Lächeln. «Ich gehe sogar noch einen Schritt weiter und möchte Euch, obwohl ich vor Eurem bösen Temperament gewarnt bin, um Eure Hand bitten.»

Da sie ihm nun sehr nahe war, spürte er ihren Herzschlag an seiner Brust.

«Wir kennen uns kaum, Meister Goldschläger», wandte sie ein.

«Das lässt sich ändern, Frau Jolánda.» Nun umfasste er ihr Gesicht mit beiden Händen. «In einer angemessenen Verlobungszeit von, sagen wir, sechs Wochen wird es reichlich Gelegenheit geben, einander kennenzulernen.» Er näherte sich langsam ihrem Gesicht. «Um der Sache schon etwas vorzugreifen, möchte ich gerne hiermit beginnen.» Er senkte seine Lippen auf die ihren, verharrte einige Augenblicke und genoss den Aufruhr, den die zarte Berührung in seinem Inneren auslöste.

Jolánda hatte das Gefühl, überall am Körper von einem Zittern erfasst zu werden, das sie taumeln ließ. Deshalb umfasste sie rasch Bardolfs Schultern und hielt sich daran fest. Und dann erwiderte sie seinen Kuss.

Nein, sie würde ihre Laute nicht zurückfordern. Der erste Schreck über Reinolds Verhalten war vorüber, und sie wusste genau, dass es nur Unfrieden geben würde, wenn sie das Instrument noch einmal erwähnte. Andererseits kam es ihr falsch vor, den Frieden im Hause mit unterwürfiger Hinnahme seiner Launen zu bezahlen. Wie lange würde sie das noch aushalten?

Reinold war kein gewalttätiger Mann, dennoch war er sehr wohl in der Lage, sie durch seine Geringschätzung und seine Art, sie wie ein Möbelstück zu behandeln, zu verletzen. Ob er sich dessen überhaupt bewusst war, konnte sie nicht mit Sicherheit sagen. Was sie jedoch ganz gewiss in sich spürte, war Zorn. Zorn auf Reinold, der ihr seinen Willen aufzwang, und Zorn über sich selbst, dass sie sich nicht schon längst dagegen gewehrt hatte.

Nachtragend war Reinold nicht, deshalb war Marysa auch nicht überrascht, als er sie in dem kleinen Kontor hinter dem Lagerraum aufstöberte, in das sie sich zurückgezogen hatte, um sich zu beruhigen.

«Marysa? Trägst du die letzten Posten in die Rechnungsbücher ein?» Reinold legte eine Wachstafel auf das kleine kastenartige Schreibpult. «Jetzt, wo Klas nicht mehr da ist, musst du das übernehmen, bis ich einen neuen Gesellen gefunden habe. Der große Schrein ist so gut wie fertig und kann in den nächsten Tagen abgeholt werden. Ach, und draußen steht ein Bursche und fragt nach einem Meister Goldschläger. Der soll hier sein. Weißt du, wen er meint?»

Marysa stand rasch auf. «Ja. Meister Goldschläger ist ein Bekannter meiner Mutter und kam vorhin, um sich nach unserem Befinden zu erkundigen. Er sitzt mit Mutter in der Stube.»

«Warum hast du mir nichts gesagt?» Reinold schüttelte tadelnd den Kopf. «Na, jedenfalls behauptet der Bursche, sein Herr werde dringend in seiner Werkstatt erwartet.»

«Ich gehe und sage ihm Bescheid.» Rasch schob sich Marysa an ihrem Gemahl vorbei und ging den schmalen Korridor entlang zur Stube. Die Worte blieben ihr jedoch vor Überraschung im Halse stecken, als sie die Tür öffnete und ihre Mutter und den Goldschmied in einen innigen Kuss vertieft vorfand.

«Ver... Verzeihung», stammelte sie.

Obgleich Jolánda erschrocken zusammenzuckte, hielt Bardolf sie weiter fest, nachdem sich ihre Lippen voneinander gelöst hatten, und lächelte Marysa freundlich an. «Kein Grund, rot zu werden, meine Liebe», sagte er mit einem schalkhaften Zwinkern. «An diesen Anblick werdet Ihr Euch alsbald gewöhnen, das verspreche ich Euch.» Aus seinem Lächeln wurde ein breites Grinsen. «Ich hoffe doch, dass Ihr mir gestattet, Euch in wenigen Wochen Tochter nennen zu dürfen?»

«Wie?» Marysa war noch immer vollkommen verdattert.

Jolánda konnte nun auch nicht anders und lachte herzlich über das Gesicht ihrer Tochter. «Verzeih, Marysa, aber das ging alles ein bisschen schnell. Was Meister Goldschläger ... Bardolf», verbesserte sie sich mit einem kurzen Blick auf den Mann, dessen Arme sie noch immer fest umfangen hielten, «dir sagen will, ist, dass wir uns soeben verlobt haben.»

«Verlobt, aha.» Marysa blickte unsicher zwischen den

beiden hin und her. «Sagtest du nicht, ihr kennt Euch erst seit vorgestern?»

«Nun, wenn man es ganz genau nimmt, kennen wir uns bereits seit zwanzig Jahren», sagte Bardolf. «Aber dies soll Euch Eure Mutter genauer erklären. Ich fürchte, ich muss mich nun verabschieden. Meine Arbeit ruft.»

«Deshalb bin ich hier», antwortete Marysa. «Ein Bursche aus Eurer Werkstatt steht vor der Tür und verlangt dringend nach Euch.»

Bardolf nickte und löste sich widerstrebend von Jolánda. «Das dachte ich mir bereits. Kaum bin ich einmal für eine Weile aus dem Hause ... Du erlaubst doch, dass ich dich heute Abend noch einmal besuche?», wandte er sich an seine zukünftige Braut.

Jolánda nickte lächelnd. «Darum will ich doch sehr bitten.»

Er verneigte sich fröhlich. «Dann bis heute Abend in der Kockerellstraße.»

Marysa wartete, bis er das Zimmer und den Geräuschen nach auch das Haus verlassen hatte, dann blickte sie ihre Mutter skeptisch an. «Bist du sicher, dass ihr nicht ein wenig voreilig handelt? Du kennst diesen Mann doch überhaupt nicht.»

Jolánda umarmte ihre Tochter herzlich. «Ach, Kind, manchmal bedarf es keiner großen Zeitspanne, um zu wissen, wohin man gehört.»

17. Kapitel

«Marysa, ich muss mit dir sprechen.» Reinold setzte sich am Abend des übernächsten Tages auf das gemeinsame Bett und nestelte an der Verschnürung seines Stiefels. «Mir ist da eine Idee gekommen, während ich im Gefängnis saß.»

Marysa, die sich bereits unter ihre Decke gekuschelt hatte, setzte sich überrascht wieder auf. Mit einem lauten Klacken ließ Reinold den Stiefel zu Boden fallen und wandte sich dann dem zweiten zu. Durch die Ritzen der verschlossenen Fensterläden pfiff ein scharfer Wind, der Unwetterwolken auf Aachen zutrieb.

«Was für eine Idee?», hakte sie nach, als er nicht weitersprach. Aus der Ferne rollte der erste Donner heran.

Er warf den zweiten Stiefel von sich und knöpfte dann die Beinlinge von seiner Bruch. Beide ließ er ebenfalls auf den Fußboden fallen, wo auch schon sein Wams und die Schecke lagen. Zuletzt wanderte die Bruch hinterher, und er schob sich zu ihr unter die Decke. «Mir kam der Gedanke, dass diese Sache mit den gefälschten Reliquien gar nicht so übel ist. Natürlich dürfen sie nicht so schlecht sein, dass man es gleich erkennt. Hatte dein Vater nicht Kontakte zu Männern, die sich auf gute Fälschungen verstehen?»

«Meister Reinold, was soll das heißen?» Erschrocken starrte Marysa ihn an.

Er zuckte mit den Schultern. «Nun tu nicht so. Ich bin

sicher, dass du ganz genau über die Geschäfte deines Vaters Bescheid wusstest, solange er gelebt hat. Sein Vermögen stammt nicht nur aus dem Verkauf von zwei, drei echten Reliquien pro Jahr. Wenn wir es also richtig anstellen und nicht mit Pfusch handeln …»

«Ihr wollt Reliquien verkaufen? Gefälschte?» Marysa konnte es nicht fassen. «Meister Reinold, Ihr wurdet ins Gefängnis gesperrt, weil man Euch genau dessen bezichtigt hat! Zum Glück hattet Ihr nichts damit zu tun. Doch was, glaubt Ihr, geschieht, wenn man Euch doch etwas nachweisen kann?»

«Wird man ja nicht, weil die Fälschungen besser sein müssen als das Zeug, das Klas mit sich herumtrug. Weiß der Himmel, wie der Junge daran geraten ist und was er damit wollte. Und bedenke, ich bin wieder frei, mein Ruf ist nicht beschädigt – im Gegenteil! Niemand wird es wagen, mich noch einmal zu verdächtigen.» Er lächelte sie fast zärtlich an. «Marysa, sieh mich nicht so an, ich bin fest entschlossen. Aber zunächst muss ich diese unlautere Konkurrenz loswerden. Ich bringe in Erfahrung, wer hinter dem Handel mit den Fälschungen steckt, und liefere ihn ans Messer. Bis dahin solltest du an die ehemaligen Partner deines Vaters schreiben. Sie werden sich freuen, von dir zu hören, und bestimmt bereit sein, auf meinen Geschäftsvorschlag einzugehen.»

Marysa glitt benommen unter ihre Decke zurück. «Ich soll das tun?» Noch niemals hatte er sie um ihre Mithilfe in geschäftlichen Dingen gebeten. Und jetzt tat er es ausgerechnet in einer derart absurden Angelegenheit. Er hatte nicht die geringste Ahnung vom Reliquienhandel. Und was er da vorhatte, war gefährlich. Wenn Klas tatsächlich wegen dieses Knochensplitters ermordet worden war, würden die Täter doch sicherlich nicht davor zurückschrecken, einen weiteren Gegner aus dem Weg zu räumen, auch wenn es sich um einen angesehenen Schreinbauer und Bürger Aachens handelte.

Doch als sie dies zu bedenken gab, winkte Reinold nur lässig ab. «Du bist viel zu ängstlich, Marysa. Mach dir um mich keine Sorgen. Sobald ich weiß, wer hinter der Sache steckt, melde ich ihn den Schöffen und dem Dompropst. Dann kann uns gar nichts mehr passieren. Du schreibst gleich morgen früh einen Brief an die alten Geschäftspartner deines Vaters und bittest sie um einen Besuch. Und danach gehst du zu Einhard und probierst dein neues Kleid an.»

«Was für ein neues Kleid?» Verblüfft hob Marysa noch einmal den Kopf.

«Das, welches ich gestern für dich in Auftrag gegeben habe. Ich habe Einhard gesagt, es muss bis zum Beginn der Kirmes fertig sein. Am ersten Tag der Heiltumsweisung wirst du es bei der Messe im Dom tragen.» Mit diesen Worten drehte ihr Reinold den Rücken zu und begann schon wenige Augenblicke später leise zu schnarchen.

Marysa löschte die Kerze neben ihrem Bett und starrte dann eine lange Weile in die Dunkelheit, die immer wieder von Blitzen durchzuckt wurde. Das Donnergrollen wurde lauter, bald prasselten die ersten Regentropfen nieder, sodass sie rasch noch einmal aufstand und die Fensterläden schloss.

Sie musste Reinold von diesem unsinnigen Plan abbringen. Was wollte er denn erreichen, wenn er das Geschäft mit gefälschten Reliquien an sich riss? Und wenn es schon sein musste, warum gerade jetzt und gleich in so großem Umfang? Man ging solche Dinge langsam und vorsichtig an. Sie hatte ihren Vater jahrelang bei seinen Geschäften beobachtet, und er hatte niemals etwas übereilt und unüberlegt getan. Reinold hingegen schien von dem Gedanken an das Geld, das sich möglicherweise damit verdienen ließ, geblendet zu sein.

Vielleicht sollte sie sich an Meister Enno wenden. Ihr Schwiegervater würde die Idee seines Sohnes bestimmt nicht gutheißen und sie ihm wieder ausreden. Andererseits würde Reinold sehr ungehalten reagieren, wenn er erfuhr, dass sie seinen Vater eingeschaltet hatte. Er würde vermuten, dass sie ihm nicht zutraute, das Reliquiengeschäft zu führen.

Abgesehen davon, dass er damit recht hatte, würde er sie bestimmt noch unfreundlicher behandeln, wenn sie auf diese Weise seinen Stolz verletzte. Aber sie konnte ihn doch bei diesem Unfug unmöglich unterstützen!

Seufzend legte sie sich wieder hin, drehte sich auf die Seite und schloss die Augen. Heute Nacht würde sie keine Lösung mehr finden. Sie lauschte dem Unwetter und versuchte, an nichts mehr zu denken.

Der Regen hatte auch am folgenden Morgen noch nicht nachgelassen. Grimold und Fita freuten sich, weil das Wasser dem Gemüsegarten guttat. Marysa störte sich normalerweise nicht an schlechtem Wetter, doch heute drückten ihr die dunklen Wolken aufs Gemüt.

Reinold hatte sie noch einmal aufgefordert, so rasch wie möglich die Briefe zu schreiben, und war dann ungewöhnlich guter Dinge fortgegangen. Nun saß sie in dem winzigen Kontor, vor sich die Aufzeichnungen ihres Vaters, die seit seinem Tode in der schweren Eichentruhe unter dem Fenster lagerten. Beim Anblick seiner Handschrift schnürte es ihr die Kehle zu. Sie vermisste ihren

Vater sehr. Und nun sollte sie sich an seine alten Freunde wenden, um ihrem Gemahl dabei zu helfen, eine große Dummheit zu begehen. Wie sollte sie ihn nur davon abhalten, den Fälschern nachzustellen? Wenn die merkten, dass man ihnen auf der Spur war, würden sie doch nicht einfach stillhalten! Der Anblick des toten Klas mit seiner klaffenden Kopfwunde stand ihr noch immer vor Augen und jagte ihr Schauer über den Rücken.

Zögernd sah sie ein Schreiben nach dem anderen durch und sortierte die Briefe, die sich darunter befanden, nach den verschiedenen Absendern. Es waren auch einige Nachrichten von ihrem Großvater aus Ungarn dabei. Entschlossen legte sie diese in die Truhe zurück. Ihn würde sie ganz gewiss nicht in Reinolds Pläne hineinziehen. Sie hatte Bernát Kozarac nur zweimal in ihrem Leben gesehen. Beim ersten Mal war sie gerade fünf Jahre alt gewesen, sein zweiter Besuch in Aachen lag nun etwa vier Jahre zurück. Er war ein sehr ruhiger und besonnener Mann. Belesen und intelligent, jedoch auch um einiges strenger als ihr Vater. Solange er bei ihnen gewesen war, hatte er von ihr stets unbedingten Gehorsam gefordert. Dennoch hatte sie ihn gemocht, da sie spürte, dass er unter der harten Schale ein gerechter Mann war, der seine Familie liebte. Als er bemerkt hatte, dass sie sich für die Geschäfte ihres Vaters interessierte, hatte er ihr zum Abschied einen Abakus geschenkt. Die runden Calculi, die Rechensteine, waren aus schwarzen und grünen Halbedelsteinen gefertigt, die das Rechenbrett zu einer wertvollen und wunderschönen Kostbarkeit machten. Doch es lag, wie all ihre anderen Schätze, in ihrer Truhe versteckt, da sie es seit ihres Vaters Tod nicht mehr benutzen durfte.

Nein, ihren Großvater würde sie auf gar keinen Fall behelligen. Und die anderen Kaufmänner?

Marysa stützte den Kopf auf ihre Hände und starrte auf die Platte des Schreibpults. Einen Brief aufsetzen musste sie. Reinold würde ihn lesen wollen. Aber sie konnte dafür sorgen, dass er nicht gleich abgeschickt wurde. Sie würde etwas Zeit brauchen, um Reinold von seinen Plänen abzubringen. Falls er sich wundern sollte, weshalb keiner der Kaufmänner ihm antwortete, würde sie es auf langsame Boten schieben oder ihm erzählen, dass die Briefe vielleicht verschwunden waren. So etwas kam vor.

Sie hasste es, lügen zu müssen. Sie war nicht besonders gut darin, das wusste sie. Vielleicht gab es einen anderen Weg.

Das Pochen an der Haustür ließ sie aus ihren Gedanken aufschrecken. Sie hörte Grimold durch den Korridor in die Werkstatt gehen und Augenblicke später die Stimme ihres Schwiegervaters.

«Was soll das heißen, er ist nicht hier? Wo treibt er sich denn schon wieder herum? Ich habe hier einen Auftrag, den ich nicht annehmen kann, weil wir das Werkzeug für so kleine Reliquiare nicht haben.»

Marysa stand rasch auf und ging in die Werkstatt.

«Guten Morgen, Meister Enno.»

«Ah, wenigstens du bist zu Hause.» Enno lächelte ihr wohlwollend zu. «Warum ist Reinold nicht an der Arbeit?»

Marysa zögerte, dann fasste sie beherzt einen Entschluss. «Er ist losgegangen, sich in der Stadt umzuhören.»

«Umzuhören? Was soll das heißen?» Enno hob neugierig die Brauen.

«Er will herausfinden, wer den Handel mit den gefälschten Reliquien betreibt.» Rasch berichtete sie ihrem Schwiegervater von Reinolds Vorhaben.

Wenn sie jedoch gedacht hatte, Enno würde sich darüber aufregen, so hatte sie sich gründlich getäuscht.

Ihr Schwiegervater runzelte die Stirn und nickte dann leicht vor sich hin. «So schlecht ist der Einfall nicht», meinte er schließlich.

Marysa starrte ihn überrascht an. «Aber Meister Enno, es könnte gefährlich sein, sich mit diesen Männern anzulegen, das habt Ihr neulich selbst gesagt. Bedenkt, was sie Klas angetan haben!»

«Nun, gewiss ist es nicht ohne Risiko. Doch gerade weil sie Klas erschlagen haben, gehören sie vor Gericht. Sollte Reinold tatsächlich herausfinden, wer dafür verantwortlich ist, wäre es nur recht und billig, den Betreffenden an die Schöffen auszuliefern. Abgesehen davon spiele auch ich schon länger mit dem Gedanken, mein Geschäft auf den Reliquienhandel auszuweiten. Sieh nur, wie viele Pilger dieser Tage in Aachen sind! Wenn nur jeder Zehnte ein solches Heiltum erwirbt, würde uns das reicher machen, als du es dir vorstellen kannst.»

Marysa fasste sich an den Kopf. Waren denn auf einmal alle verrückt geworden? «Ich begreife nicht, wie Ihr das gutheißen könnt!», brach es schließlich aus ihr heraus. «Der Reliquienhandel ist kein simples Unterfangen. Man braucht Fingerspitzengefühl und die richtigen Kontakte. Und wenn man den Menschen Fälschungen andreht, noch dazu in dem Umfang, der Reinold vorschwebt, dann wird das bald ans Licht kommen. Auf den Handel mit gefälschten Heiltümern stehen hohe Strafen, sowohl vor dem weltlichen als auch vor dem Kirchengericht. Sie werden Reinold als Ketzer hinstellen und Euch ebenfalls, wenn Ihr da mitmacht!»

Enno sah sie einen Moment lang gereizt an. «Was erlaubst du dir eigentlich? Sprich gefälligst nicht in diesem Ton mit mir! Hast du den Verstand verloren?»

Marysa spürte Ärger in sich aufsteigen, und noch ehe

sie sich bremsen konnte, brach es aus ihr heraus: «Es scheint, als sei ich die Einzige, die überhaupt noch einen Funken Verstand besitzt, Meister Enno! Ihr habt selbst gesagt, die Domherren haben zu viel Macht, als dass man ihnen so leicht beikommen könnte. Reinold kann nicht hingehen und einen von ihnen anzeigen und dann einfach den Reliquienhandel übernehmen. Das müsst Ihr doch einsehen!» Ihre Stimme überschlug sich fast. «Er bringt sich und uns alle in Gefahr damit!»

Ennos Miene verzerrte sich vor Zorn. «Du weißt wohl nicht, wo dein Platz ist, Weib.» Er holte aus und schlug ihr ins Gesicht. «Überlass das Denken und die Geschäfte gefälligst denen, die etwas davon verstehen. Frauen haben damit nichts zu schaffen. Jedenfalls nicht, wenn sie wie du keinerlei Ausbildung vorweisen können und kein Geschäft ihr Eigen nennen. Wenn dein Vater gewollt hätte, dass du dich in die Angelegenheiten deines Ehemannes einmischst, hätte er dich von Kindesbeinen an in eine Lehre gegeben. Also schweig und geh zurück an deine Hausarbeit!»

«Aber Ihr könnt nicht einfach …»

«Raus mit dir, du undankbares Ding!», brüllte Enno sie an. «Oder willst du meine Hand auch noch auf deinem Hinterteil spüren? Dein vorlautes Mundwerk werde ich dir schon abgewöhnen. Mein Sohn ist wohl zu weich, um dir zu zeigen, wer der Herr im Hause ist, was?»

Marysa zog den Kopf ein und wich bis zur Tür zurück, öffnete sie unbeholfen und flüchtete hinaus auf die Straße.

Eilig rannte sie um die Hausecke, öffnete das Tor zum Hof und schlüpfte hindurch. Ohne die verwunderten Blicke ihrer alten Magd wahrzunehmen, die gerade einen Nachttopf zum Abort trug, und ungeachtet des noch immer niederprasselnden Regens schlüpfte sie in die Laube und setzte sich auf die nasse Holzbank.

Schon lange hatte sie ihren Schwiegervater nicht mehr so wütend erlebt. Und geschlagen hatte er sie bisher noch nie, obwohl sie wusste, dass er jähzornig war und ihm bei anderer Gelegenheit schon die Hand ausgerutscht war. Vermutlich hatte sie seinen Stolz verletzt. Damit hätte sie rechnen müssen, denn er war einer der Männer, die sich ungern und schon gar nicht von einer Frau etwas sagen ließen. Aber hätte sie schweigen sollen?

Dass er Reinolds Vorhaben auch noch guthieß, war einfach zu viel für sie gewesen. Was war nur in die Männer gefahren? Sahen sie denn wirklich nicht, wie unsinnig es war, sich mit den Fälschern anzulegen? Ganz zu schweigen von der Gefahr, in die sie sich begaben.

Der Regen durchnässte ihre Haube und ihren Surcot, doch Marysa rührte sich nicht von der Stelle. Wut und ein Gefühl der Machtlosigkeit kämpften in ihrem Inneren miteinander und ließen sie die Hände zu Fäusten ballen.

Plötzlich fiel ihr das Kleid ein, von dem Reinold gesprochen hatte. Es sah ihm ähnlich, dass er es ihr zur Kirmes schenken wollte. Er gab gerne vor, seine Frau mit Kleidern zu überhäufen. Leider vergriff er sich grundsätzlich in den Farben. Welche würde er ihr diesmal wohl aufzwingen? Sie war sich nicht sicher, aber manchmal hatte sie das Gefühl, er kaufe ihr absichtlich geschmacklose Kleider, damit die Frauen über sie lächeln konnten und die Männer sie hässlich fanden. Ja, es sah ihm wirklich ähnlich. Er hasste es, wenn sie sich wohlfühlte und glücklich war, da er selbst zu solchen Gefühlen überhaupt nicht fähig war. Und er war eifersüchtig auf jede Zuwendung, die man ihr zollte, und waren es auch nur Blicke. Leider war das die einzige Gefühlsregung, die er ihr entgegenbrachte. Und darauf konnte sie verzichten.

Aber wie auch immer, sie musste heute noch zu ihrem

Schwager gehen, um das Kleid anzuprobieren, wenn es in drei Tagen fertig sein sollte. Noch mehr Zank und Ärger konnte sie nämlich heute nicht ertragen. Vorher würde sie jedoch diese vermaledeiten Briefe aufsetzen.

Als der Regen ihr langsam unangenehm das Rückgrat hinablief, stand sie auf und begab sich zurück ins Haus. In ihrer Schlafkammer zog sie sich rasch die nassen Kleider aus.

Während sie noch in ihrer Truhe nach einer sauberen Bruch wühlte, öffnete sich hinter ihr die Tür.

«Nanu, so unbekleidet?» Mit einem anzüglichen Grinsen trat Reinold auf sie zu. Er fasste nach ihrem Arm und zog sie zu sich heran. «Hast du auf mich gewartet? Welch nette Überraschung.» Er stieß sie aufs Bett und begann ungeniert, seine Bruch aufzunesteln. «Verzeih, wenn ich dich in den letzten Tagen vernachlässigt habe. Aber das können wir gleich hier und jetzt ändern.»

Bevor sie protestieren konnte, lag er auch schon halb auf ihr und schob mit einem Knie ihre Beine auseinander. Er war nicht grob, das war er selten, und wenn, dann nur, wenn er zu viel getrunken hatte. Dennoch konnte Marysa seinen streichelnden Händen nichts abgewinnen. Während er sie nahm, bemühte sie sich trotz ihres Widerwillens, ihm wie eine gehorsame Ehefrau entgegenzukommen, da das, was er tat, ja sein gutes Recht war. Sie starrte dabei jedoch die ganze Zeit zum Betthimmel hinauf und beobachtete eine Fliege, die dort auf dem Blumenmuster hin und her krabbelte. Als Reinold nach wenigen Minuten keuchend über ihr zusammenbrach, atmete sie auf. Er rollte sich von ihr herunter und richtete sich auf. «Nicht schlecht, das werde ich gerne später noch einmal wiederholen. Schade nur, dass dir das rechte Feuer unterm Kittel fehlt. Hast wohl nicht viel von deiner heißblütigen ungarischen Sippe geerbt, was?» Er richtete seine Kleidung und ging zur Tür. «Na, macht ja nichts. Dann brauche ich mir auch keine Sorgen zu machen, dass du mit einem anderen zwischen die Decken kriechst.»

«Was soll das heißen?» Während Marysa noch dabei war, ihre Blöße zu bedecken, hob sie erschrocken den Kopf. «Wer behauptet das?»

Reinold lachte. «Niemand, Marysa. Wer käme auch auf so eine Idee. Selbst dieses einfältige hoffärtige Frauenzimmer von gegenüber, Berscheiders Ragna, dürfte heißblütiger sein als du.» Er winkte ab. «Hast du die Briefe fertig?»

Marysa, ganz betroffen über Reinolds abfällige Äußerung, schüttelte den Kopf. «Noch nicht ganz.»

«Dann beeil dich damit. Und vergiss nicht, nachher noch zu Einhard zu gehen.» Damit wandte er sich endgültig ab und verließ die Schlafkammer.

Marysa starrte auf die Tür, die hinter ihm zugefallen war, und bemühte sich um Fassung. War sie wirklich so gefühlskalt, wie Reinold behauptete? Sie stand auf und goss Wasser aus dem großen Tonkrug in die Waschschüssel. Sie empfand nun einmal nichts, wenn Reinold ihr beiwohnte. Stattdessen hatte sie hinterher immer das Bedürfnis, sich überall gründlich zu waschen. Vielleicht sollte sie diesmal sogar ein richtiges Bad nehmen.

Marysa schloss die Verschnürungen an ihrem Überkleid und begann dann, ihre Haare zu ordnen. Um nicht in Trübsal zu verfallen, blickte sie in den kleinen polierten Silberspiegel und schnitt eine Grimasse, dann steckte sie entschlossen den Schleier ihrer Haube fest und ging zurück ins Kontor, um endlich die Briefe aufzusetzen, die sie nicht beabsichtigte abzuschicken.

18. Kapitel

«Achhörner! Kauft Achhörner, Leute! Jeder, der die Heiltümer unserer liebwerten Gottesmutter und unseres Herrn Jesus Christus gebührend begrüßen will, muss ein Achhorn haben. Nur beste Qualität aus den Brennöfen von Langerwehe. Leute, kommt und kauft!» Der Achhornhändler, ein kleiner, kugelrunder Mann mit enormer Stimmkraft, wanderte mit seinem Karren voller Keramikhörner über den Marktplatz. Seine Ware war begehrt, stellten die Hörner doch eines der Wahrzeichen der Aachener Heiltumsweisung dar und waren neben den metallenen Pilgerzeichen beliebte Andenken.

Christophorus beobachtete den Mann schon eine ganze Weile und bewunderte die guten Geschäfte, die sich offenbar mit den Hörnern und dem anderen Keramikzeug, das der Händler mit sich führte, machen ließen. Gerade überlegte er, ob er für seine weitere Reise eine der tönernen Wasserflaschen erstehen sollte, als seitlich von ihm irgendwo muntere Musik aufklang. Begleitet wurde sie von den aufreizenden Klängen einer kleinen Trommel. Der Takt kam ihm bekannt vor, und als er sich durch die Menschenmenge gedrängt hatte, die ihm die Sicht versperrte, erkannte er die kleine Gauklertruppe, die zu der Pilgergruppe gehört hatte, mit der er nach Aachen gereist war. Zwei Männer, einer mit der Trommel und ein Pfeifer, sowie eine farbenfroh gekleidete Frau mit einer Fidel machten die Leute auf sich aufmerksam, während Estella akrobatische Kunststücke vorführte. Ein junger Mann schob einen hochbeladenen Karren hinter ihr her. Zuletzt kam eine ältere Frau, die einen Esel am Strick führte. Das war Gizella, Estellas Mutter. Sie verstand sich aufs Singen, Musizieren und auf das Heilen mit Kräutern. Auch konnte sie Knochen besser einrenken als so mancher Bader. Als sie ihn erkannte, winkte sie ihm fröhlich zu, und er verneigte sich lächelnd, zog sich jedoch ein wenig in die Menschenmenge zurück, um zu verhindern, dass auch Estella ihn sah. Er kannte ihr Temperament und fürchtete, sie würde ihn womöglich überschwänglicher und vertrauter begrüßen, als es seinem Ruf als frommer Ablasskrämer guttat.

Auf der Reise nach Aachen waren sie einander nähergekommen; er hatte ihr viel über seine Reisen erzählt und sie über die ihren. Einige Male waren sie zusammen zwischen Estellas Felldecken gelandet, was er zwar ganz und gar nicht bereute, hier in der Stadt jedoch lieber geheim halten wollte.

«Kauft Achhörner, Leute!», erklang es erneut neben ihm. «Auch Ihr, frommer Bruder!», rief der Händler und hielt Christophorus eines seiner Hörner unter die Nase.

Er nahm es in die Hand, betrachtete es, gab es dem Mann jedoch wieder zurück. «Ich bedaure, guter Mann, aber als Diener des Herrn ist es mir verboten, Besitztümer anzuhäufen. Abgesehen davon könnte ich Euch lediglich mit einem meiner Ablassbriefe bezahlen.»

«Oh, Ihr seid der Ablasskrämer, von dem ganz Aachen spricht?» Der Händler verbeugte sich ehrfürchtig. «Habt Ihr schon viele Seelen vor dem Fegefeuer errettet? Bei mir braucht Ihr Euch die Mühe nicht zu machen, denn schon bei der letzten Heiltumsweisung vor sieben Jahren kam ich her und erhielt einen vollkommenen Ablass. Also kann ich Euer Angebot leider nicht annehmen.»

Christophorus lächelte. «Das ist schon in Ordnung. Wer das Glück hat, einen vollkommenen Ablass zu erhalten, sollte sich wirklich freuen. Wie steht es denn mit Eurem Eheweib?»

Der Händler grinste. «Wir waren damals gemeinsam hier, werter Bruder. Und seither war das Glück uns immer hold. Drei gesunde Kinder hat sie zur Welt gebracht. Zwei stramme Jungen und ein Mädchen.»

«Glückwunsch», sagte Christophorus. «Dann nehme ich an, Ihr habt Vorsorge getroffen und die drei dieses Jahr mitgebracht?»

Der Händler sah ihn etwas irritiert an. «Nein, habe ich nicht. Sie sind noch zu klein und deshalb bei meiner Frau in Langerwehe und werden nicht nach Aachen kommen …» Plötzlich schien ihm der Sinn von Christophorus' Frage aufzugehen. «Natürlich, lieber Bruder! Ihr habt recht, das hatte ich noch gar nicht bedacht. Wie viel kostet ein Ablassbrief bei Euch?»

Christophorus lächelte zurück. «Das kommt darauf an. Drei Kinder sind es, sagt Ihr? Und alle jünger als sieben Jahre? Dann sollte ein Ablass der größeren Kindheitssünden genügen, denn bestimmt werdet Ihr sie zur nächsten Heiltumsweisung mitbringen, nicht wahr? Aber zur Sicherheit solltet Ihr doch für jedes Kind einen Brief kaufen. Man weiß doch nie, was der Herr, der Allmächtige, mit ihnen vorhat. Sollte er eines von ihnen doch vor Ablauf von sieben Jahren zu sich nehmen …»

«Ihr habt mich schon überzeugt, Bruder. Stellt mir drei Briefe aus und sagt mir, was Ihr dafür bekommt.»

«In diesem Fall, guter Mann, eine Eurer vorzüglichen tönernen Trinkflaschen, da die meine nicht mehr richtig schließt. Und eine kleine Spende nach eigenem Ermessen für den Ausbau der Brücken und Pilgerstraßen.»

Während die beiden das Tauschgeschäft abschlossen, drängten sich immer mehr Menschen um Christophorus, die das Gespräch mit angehört hatten.

«Mir auch einen solchen Brief, guter Bruder!», rief eine ältliche Frau. «Ich will ihn meinem kranken Bruder mitbringen, der nicht kräftig genug für die Reise nach Aachen war.»

«Mir ebenfalls!», tönte eine weitere Stimme. «Einen für jeden meiner drei Söhne!»

«Meinem Vater, der im Sterben liegt!»

«Für meine verstorbene Tante!»

Zufrieden hängte Christophorus sich die neue Trinkflasche, die an einem Lederriemen befestigt war, über die Schulter und drängte sich durch die Menge zum Marktbrunnen, um auf dessen Rand seine Tasche mit den Ablassbriefen abzulegen. Dann begann er, eine Urkunde nach der anderen auszufüllen und die Münzen dafür einzusammeln. Dabei beobachtete er aus den Augenwinkeln, wie der Schreinbauer Reinold Markwardt auf der anderen Seite des Brunnens vorbeiging und auf die Domimmunität zusteuerte.

«Liebes bisschen, was ist das denn?» Ungläubig starrte Marysa auf das bereits teilweise fertige Kleid, das Einhard ihr ins Licht hielt, damit sie es besser betrachten konnte. Die Farbe des Unterstoffs, ein helles, freundliches Blau, war gar nicht so übel. Doch darüber hatte der Schneider für das Überkleid ein schachbrettförmiges Mi-parti gelegt, das aus Dottergelb und Weiß bestand und wohl fröhlich wirken sollte, wie sie argwöhnte.

Einhard verzog gequält das Gesicht. «Ich wollte es ihm

ausreden, glaub mir. Aber er behauptete steif und fest, es würde dir gefallen. Und er lässt sich ja auch nichts sagen. Wenn er ein helleres Gelb gewählt hätte und statt Mi-parti nur eine Querteilung in der Mitte, oder für das Oberkleid gleich nur eine Farbe, dann würde es dir viel besser zu Gesicht stehen.»

«Und das soll ich bei der Kirmes tragen … im Dom», fügte sie entsetzt hinzu und spürte erneut, wie sich der kleine heiße Ball in ihrem Magen regte.

Veronika, die gerade hinzukam, legte ihr tröstend einen Arm um die Schultern. «Vielleicht bleibt das schlechte Wetter ja, und du kannst einen langen Mantel darüber tragen. Dann sieht man es nicht so.»

Marysa schüttelte den Kopf. «Er wird mich zur traditionellen Feier im Zunfthaus mitnehmen. Spätestens da werden mich alle anstarren.» Sie schüttelte verdrossen den Kopf. «Hat er sich auch Kleider bestellt?»

Einhard nickte. «Beinlinge und eine Schecke, beides in den gleichen Farben. Er fand das wohl lustig.»

«Auch das noch!» Marysa schloss kurz die Augen und bemühte sich um Ruhe. «Also gut, lass es mich anprobieren.»

«Ich würde mir das nicht gefallen lassen, Marysa», meinte Veronika. «Vielleicht kann ich ja mal mit meinem Bruder reden. Du hast so einen guten Geschmack, was Kleider angeht. Eigentlich müsste er sich gar nicht darum kümmern.»

«Nein, lieber nicht», wehrte Marysa ab, obwohl sie ihrer Schwägerin natürlich insgeheim recht gab. «Ich will keinen Streit, und du kennst ihn doch. Wenn er sich etwas in den Kopf setzt, bringt ihn nichts so leicht davon ab. Ich bin sicher, er weiß ganz genau, warum er mir nicht erlaubt, mir meine Kleider selbst auszusuchen.»

«Du meinst, er macht das mit Absicht?» Veronika runzelte die Stirn. «Glaubst du, er ist so eifersüchtig, dass er dich in die hässlichsten Kleider steckt, um zu verhindern, dass andere Männer dich hübsch finden?»

«Eifersüchtig nicht», sagte Marysa grimmig und ging zusammen mit ihrer Schwägerin hinter die mannshohe Trennwand, hinter der sie sich umkleiden konnte. «Jedenfalls nicht so, wie du meinst. Dazu müsste er ja etwas für mich empfinden, oder? Nein, aber ich bin schließlich sein Besitz, und den verteidigt er mit allen Mitteln. Außerdem hasst er es, wenn ich mich wohl und glücklich fühle.»

«Hach, er ist ja so ein Miesepeter.» Mitfühlend streichelte Veronika ihr über die Wange. «Wenn wir nicht schon seit vielen Jahren Freundinnen wären und ich mich nicht so sehr gefreut hätte, dass du durch die Heirat mit Reinold meine Schwägerin wirst, hätte ich gleich wissen müssen, dass das mit Euch nicht gutgeht. Ich hätte dir davon abraten sollen.»

«Mach dir keine Vorwürfe.» Marysa zog sich das Überkleid über den Kopf. «Du weißt doch, dass ich gar keine andere Wahl hatte. Hätte ich Hartwig das Geschäft überlassen sollen? Ich bin doch froh, dass er sich jetzt aus unserem Leben heraushält. Bei der Kirmes und dem Bankett im Zunfthaus werde ich ihn zum ersten Mal seit meiner Hochzeit wiedersehen.»

«Ich bin ihm neulich beim Schuhmacher begegnet», erzählte Veronika. «Er war sehr hochfahrend und unfreundlich zu mir. Als ob ich etwas dafür könnte, dass du meinen Bruder geheiratet hast.»

«Das sieht ihm ähnlich.» Marysa nickte ihrer Schwägerin zu. «Wie sehe ich aus?»

«Ganz ehrlich?» Veronika verzog kläglich die Mundwinkel. «Es ist nicht ganz so schlimm wie das ockerfarbene …»

«Aber ich sehe trotzdem aus wie eine Pfanne voller gebratener Eier, nicht wahr?»

Veronika biss sich auf die Lippen, doch dann konnte sie sich nicht mehr beherrschen und prustete los. Marysas Mundwinkel zuckten, dann brach auch sie in Gelächter aus.

«Was ist denn so lustig?» Einhard lugte um die Ecke des Wandschirms und schlug sogleich die Hände über dem Kopf zusammen. «Bei allen Aposteln! Marysa, das kannst du unmöglich tragen!»

«Sehe ich nicht appetitlich aus?», gluckste Marysa. Doch dann wurde sie wieder ernst, denn sie hatte gerade einen Entschluss gefasst. «Du hast recht, Einhard. Das kann ich nicht tragen. Veronika, hilf mir bitte, das Überkleid auszuziehen. Kannst du es noch ändern, Einhard? Das Mi-parti auftrennen und das Überkleid ganz aus dem gelben Stoff fertigen? Und vielleicht einen passenden Gürtel dazu besorgen?»

Einhard sah sie überrascht an. «Bist du sicher, dass ich das tun soll? Was wird Reinold sagen?»

Marysa spürte kurz dem Brennen in ihrer Magengrube nach. «Er wird sich furchtbar aufregen. Aber wenn ich nicht langsam beginne, ihm entschlossener entgegenzutreten, werde ich es in dieser Ehe nicht mehr lange aushalten.»

Veronika klatschte in die Hände. «Das ist die Marysa, die ich kenne! Ich hatte schon Angst, du hättest alles vergessen, was du von deiner Mutter gelernt hast.»

«Nun übertreib mal nicht», sagte Marysa, fühlte sich jedoch gleich etwas besser.

«Warum lässt du das Überkleid nicht in einem helleren

Gelb nähen? Einhard, du hast doch hinten im Lager so einen schönen …»

«Nein, lass es bitte bei dem Dottergelb. Wenn ich noch mehr verändere, wird Reinold mir vielleicht verbieten, das Kleid zu tragen», hielt Marysa sie zurück.

«Lieber ein kleiner Sieg als eine große Niederlage?» Einhard lächelte. «Weil du es bist, werde ich sehen, was sich machen lässt.» Er nahm das Überkleid und legte es beiseite. «Wie ich hörte, will Reinold sich jetzt auch im Reliquienhandel betätigen?»

Sofort sank Marysas Laune wieder. «Ich habe ihm davon abgeraten, aber er ist fest entschlossen. Er glaubt, wenn er die Männer, die die falschen Reliquien verkaufen, ans Messer liefert, könne er das Geschäft übernehmen.»

«Vater war vorhin hier und erzählte uns davon. Er fand die Idee gut.» Veronika sah Marysa besorgt an. «Glaubst du, sie könnten Probleme bekommen, wenn sie das machen?»

«Ich bin überzeugt davon», antwortete Marysa bedrückt. «Aber offenbar vernebelt ihnen die Aussicht auf das Geld, das sie glauben, damit verdienen zu können, den Verstand. Wer auch immer hinter den Fälschungen steckt, wird sich nicht so einfach verdrängen lassen.»

«Glaubst du, ihnen könnte es ähnlich ergehen wie Klas?» Veronika wurde blass.

Einhard rieb besorgt die Handflächen aneinander. «Wir sollten noch einmal mit Meister Enno reden. Vielleicht können wir auf ihn einwirken, dass er Reinold von diesem Plan abbringt.»

«Dafür wäre ich euch sehr dankbar.» Marysa griff nach ihrem Kleid und zog sich mit der Hilfe ihrer Schwägerin rasch wieder um. «Ich werde jetzt zurück nach Hause gehen. Wäre es möglich, dass du das Kleid erst am Samstagnachmittag bei uns vorbeibringst?», wandte sie sich an Einhard. «Ich weiß, du arbeitest am Samstag nicht, aber …»

«Aber wenn ich es erst so spät liefere, bleibt keine Zeit mehr für Änderungen.» Einhard zwinkerte ihr verschwörerisch zu. «Ich bringe es dir zwischen Non und Vesperläuten.»

19. Kapitel

Weg! Weg da, elender Dieb! Ach, Milo, du bist es.» Balbina, die beleibte und rotwangige Köchin, war mit einer Schöpfkelle bewaffnet in den Hof gerannt und blieb nun außer Atem vor dem schlaksigen Straßenjungen stehen. «Was tust du denn hier? Und nimm gefälligst deine Pfoten von den reifen Kirschen. Die gehören dir nicht.»

Milo zog grinsend seine Hand zurück, die er nach den verheißungsvoll rot leuchtenden Früchten ausgestreckt hatte, die der kleine Kirschbaum an der Hausecke trug. «Ich wart nur auf Jaromir. Er hat gesagt, wenn ich ihm helfe, die Holzlieferung für seinen Herrn abzuholen, krieg ich ein Brot und vielleicht auch einen Topf Schmalz von dir. Das mit den Grieben drin.»

Balbina schüttelte amüsiert den Kopf. «Hat er gesagt, ja? Und wo steckt er jetzt, dass du warten musst?»

«Na, bei seinem Herrn in der Werkstatt. Meister Markwardt hat ihn noch für irgendwas gebraucht. Er hat ja jetzt keinen Gesellen mehr, der die Drecks... äh, der die Kleinarbeit macht.» Milo grinste wieder. «Nix für ungut, Balbina.»

«Halt deine freche Zunge im Zaum, Junge», tadelte sie. «Sonst hast du vielleicht bald das letzte Mal hier geholfen.»

«Ist ja gut. Ich mein ja bloß.» Milo verschränkte die Arme vor der Brust. «Da draußen lungert übrigens einer von den Dompfaffen herum. So ein jüngerer, den hab ich jetzt schon zum zweiten Mal hier gesehen. Scheint, als würde er das Haus beobachten.»

«Einer von den Dompfaffen?» Balbina runzelte besorgt die Stirn. «Das sollte ich vielleicht dem Meister sagen. Die werden ihn doch nicht noch immer in Verdacht haben?»

«Keine Ahnung.» Milo zuckte mit den Schultern, dann trat ein breites Grinsen auf sein Gesicht, als Jaromir durch die Hintertür ins Freie trat. Er war etwas kräftiger und ein gutes Stück größer als Milo und ähnelte mit seinem schwarzen Haar und dem kantigen Gesicht sehr seinem Vater Tibor.

«He, Milo, wie geht's? Bist du so weit? Dann komm, der Meister will, dass wir uns beeilen. Und er hat gesagt, er geht mit, weil er noch was erledigen muss.» Jaromir holte einen Handkarren aus der Remise, und die beiden Jungen zogen fröhlich schwatzend durch das Tor zur Straße, wo Reinold bereits auf sie wartete.

Balbina begab sich zurück in die Küche, schaute nach dem Eintopf, der an einem schweren Dreifuß über dem Herd simmerte, dann ging sie rasch hinüber in die Stube, um ihrer Herrin von Milos Beobachtung zu berichten.

Marysa eilte durch die Werkstatt, klappte den Laden eines der Fenster auf, die zum Büchel hinausgingen, und blickte sich scharf um. In dem regen Treiben von Handwerkern, Tagelöhnern, Hausfrauen und spielenden Kindern konnte sie weit und breit keine der dunklen Kutten der Kanoniker erkennen. Sie schloss den Fensterladen wieder und trat nun selbst hinaus auf die Straße.

Eine Gruppe Pilger wanderte gerade vorüber und versperrte ihr die Sicht, doch auch, als die ärmlich aussehenden Männer und Frauen vorübergezogen waren, herrschte noch immer so viel Betrieb, dass sie keinen heimlichen Beobachter ausmachen konnte. Vermutlich hatte sich derjenige bei ihrem Auftauchen längst versteckt. Aber vielleicht war es ja auch einfach Fulrad gewesen, der sie noch einmal besuchen wollte.

Da es gerade wieder anfing zu regnen, ging Marysa eilig ins Haus zurück. Bevor sie jedoch die Tür schließen konnte, hörte sie von der Straße her jemanden rufen. «Marysa, warte bitte!»

Sie drehte sich um und lächelte erfreut. «Fulrad, wie schön, dich zu sehen! Dachte ich mir doch, dass du es sein musst.»

Der junge Kanoniker stutzte. «Dass ich was sein muss?»

«Na, der Dompfaffe, den Milo hier gesehen hat.» Sie schmunzelte. «Das warst du doch, nicht wahr? Warum bist du nicht gleich hereingekommen?»

«Ich, ähm, ich war nicht …» Fulrad verstummte verlegen, dann lächelte er schüchtern. «Ich wollte mein Versprechen einlösen und dich noch einmal besuchen, wie du es vorgeschlagen hast.»

«Das ist wunderbar.» Marysa strahlte ihn an. «Komm herein, wir setzen uns in die Stube. Und du hast Glück, Balbina hat noch einmal Konkavelite gemacht. Jetzt, da die Kirschen reif sind, schmeckt der Mandelpudding einfach herrlich, viel besser als im Winter mit getrockneten Früchten.» Sie winkte Fulrad, ihr ins Haus zu folgen, und rief im Vorbeigehen ihrer Köchin zu, sie solle ihnen eine große Portion der Süßspeise bringen.

Wenig später genossen sie beide den Pudding, und Fulrad sah sich dabei bewundernd in der Wohnstube um. «Du wohnst recht komfortabel, Marysa. Sicher bist du sehr glücklich, nicht wahr?»

«Nun ... ja, ich bin zufrieden und fühle mich sehr wohl in diesem Haus», antwortete sie, obgleich es nicht ganz der Wahrheit entsprach. Aber sie wollte den alten Freund aus Kindertagen nicht mit ihren Problemen belasten.

«Ich freue mich, dich so wohl versorgt zu sehen», meinte Fulrad und schob sich einen weiteren Löffel voll Konkavelite in den Mund. «Das schmeckt sehr gut», sagte er, nachdem er den Pudding hinuntergeschluckt hatte. «Dein Vater wäre bestimmt stolz und froh gewesen, dass du dich so gut verheiratet hast.» Sein Mund verzog sich mitfühlend. «Aber es tut mir leid, dass Aldo gestorben ist. Ich konnte es gar nicht glauben. Was wird nun aus dem Reliquienhandel? Wird dein Gemahl ihn weiterführen?»

Marysa hob verzagt die Schultern. «Er hat es wohl vor, Fulrad. Aber ich halte es nicht für eine gute Idee. Reinold ist ...» Sie suchte nach Worten. «Er ist kein Kaufmann, und eigentlich wirft die Schreinwerkstatt genug ab. Wir hätten Arbeit für zwei Gesellen. Außerdem ...» Sie hielt inne und überlegte, ob es klug war, Fulrad von Reinolds Plänen zu erzählen. Schließlich war er jetzt auch Kanoniker des Marienstifts. Andererseits hatte er vielleicht einen Verdacht, wer die gefälschten Reliquien verkaufte. Nur, würde er ihr das auch verraten?

Sie legte ihren Löffel beiseite und blickte Fulrad aufmerksam an. «Du weißt ja, dass man Reinold wegen des Mordes an Klas und wegen dieser falschen Reliquie eingesperrt hat ...»

Fulrad nickte ernst. «Ja, eine schreckliche Sache. Zum Glück hat sich herausgestellt, dass er nichts damit zu tun hatte. Aber das habe ich dir ja gleich gesagt. Niemand hat wirklich ernsthaft geglaubt, dass er ...»

«Das hat auch der Schöffe, Reimar van Eupen, gesagt», unterbrach sie ihn. «Aber dennoch ist genau das einer der Gründe, aus denen ich es nicht für gut halte, wenn Reinold sich gerade jetzt für den Reliquienhandel interessiert.»

Erneut nickte Fulrad. «Er sollte vielleicht erst etwas Gras über die Sache wachsen lassen.»

«Er glaubt, dass jemand ...» Sie zögerte. «Er vermutet, dass jemand aus dem Marienstift für die gefälschten Reliquien verantwortlich ist.»

«Wie das?» Fulrad wirkte erstaunt.

Marysa nahm den Löffel wieder auf und spielte verlegen damit herum. «Er denkt, jemand wolle sich mit schlechtgefälschten Reliquien während der Heiltumsweisung bereichern. Und dieser Jemand, so glaubt er weiter, soll aus dem Marienstift stammen, weil ... weil ...»

«Das ist doch Unsinn, Marysa.» Fulrad schob die leere Schüssel von sich. «Warum sollten ausgerechnet die Domherren so etwas tun? Es stimmt schon, wir handeln mit Reliquien. Das weißt du ja am besten, denn es herrschte wohl immer ein gewisser Konkurrenzkampf zwischen deinem Vater und dem Stift. Johann Scheiffart hat mir davon erzählt; er führt dort den Reliquienhandel. Aber du kannst sicher sein, dass es sich dabei nur um echte Heiltümer handelt. Niemals würden wir die Menschen mit Fälschungen betrügen. Das wäre ja Blasphemie!»

«Ich weiß, ich weiß», stimmte Marysa ihm zu. «Aber Reinold ist fest davon überzeugt, dass einer der Kanoniker für die Fälschungen verantwortlich ist, die derzeit in Aachen kursieren. Und es müssen tatsächlich viele sein, Fulrad. Wir haben es zufällig herausgefunden – diese falschen Reliquien scheinen in großer Zahl unters Volk gebracht zu werden.»

«Im Augenblick sind Tausende von Pilgern in der Stadt, und auch sehr viele Kaufleute, darunter Reliquienhändler, treiben sich hier herum», gab Fulrad zu bedenken. «Ich könnte mir eher vorstellen, dass einer von ihnen der Übeltäter ist.»

«Das ist natürlich möglich. Aber sogar Bruder Christophorus meinte ...»

«Bruder Christophorus?»

Marysa nickte. «Der Ablasshändler. Hast du schon von ihm gehört? Er ist auch Inquisitor und hat dem Marienstift seine Hilfe bei der Aufklärung des Mordes angeboten.»

«Natürlich habe ich von ihm gehört», bestätigte Fulrad. «Aber gesehen habe ich ihn noch nicht. Was hat er denn mit euch zu tun?»

Marysa blickte traurig auf die Tischplatte. «Er war ein Freund von Aldo und brachte uns die Nachricht von seinem Tod. Er meinte ...» Sie hob den Kopf, als es leise an der Tür klopfte und Imela den Kopf hereinstreckte. «Herrin, die Frau Jolánda ist gerade gekommen und wünscht Euch zu sprechen. Ich hab ihr gesagt, dass Ihr Besuch habt, und sie meinte, Ihr sollt Euch Zeit lassen, sie wartet solange in der Küche.»

«Danke, Imela.» Marysa lächelte Fulrad an. «Du musst Mutter unbedingt begrüßen. Sie freut sich bestimmt, dich zu sehen.»

«Das mache ich gerne», stimmte Fulrad ihr zu. «Auch ist es jetzt an der Zeit, mich zu verabschieden. Es war sehr nett von dir, mich einzuladen.»

«Musst du wirklich schon gehen? Das ist schade. Du kommst aber bald mal wieder vorbei, ja?»

«Aber sicher, ich komme gerne.»

Marysa stand auf und geleitete ihn bis in die Werkstatt, wo er sich neugierig umsah. «Dein Gemahl ist ein geschickter Handwerker», sagte er. «Darf ich?» Er ging zu einem der Regale und nahm ein zweiflügliges Reliquiar herunter, das etwa doppelt so groß war wie eine Männerhand. Es hatte die Form eines kleinen Altars, und die Deckplatte war aufklappbar, um darunter ein Heiltum oder einen Gebetszettel aufzunehmen. «Sehr schön.» Bewundernd betrachtete Fulrad das hölzerne Kunstwerk. «Vielleicht lasse ich mir auch ein solches anfertigen. Ich besitze zwar keine Reliquien, aber allein der Anblick dieses Schreins kann ja der Andacht schon sehr förderlich sein.»

Marysa trat erfreut neben ihn. «Wenn du möchtest, bitte ich Reinold, dir so ein Reliquiar zu bauen. Aber ich würde es dir gerne schenken.»

«Nein, auf keinen Fall! Das geht doch nicht», wehrte Fulrad ab. «Das ist ein viel zu teures Geschenk. Ich werde es selbstverständlich bezahlen.»

«Wir werden sehen», sagte Marysa lächelnd. «Und nun warte bitte noch einen Augenblick. Ich möchte Mutter Bescheid sagen, dass du hier bist.»

20. Kapitel

Mit einem skeptischen Blick zum Himmel trat Christophorus aus der Tür des *Goldenen Ochsen*, wo er sich eine gute Mahlzeit genehmigt hatte. Das Wirtshaus, eines der größten und besten von Aachen, lag am nördlichen Ende des Marktplatzes. Von seinem Standpunkt aus konnte Christophorus das Treiben zwischen den Marktbuden gut beobachten. Er überlegte, ob er zurück in die St. Jakobstraße gehen oder noch einen Gang Richtung Ponttor machen sollte. Es war gegen zwei Uhr nachmittags, doch die dunklen Regenwolken ließen alles ringsum so finster wirken, dass man meinte, es sei schon später am Tag.

Vor zwei Stunden hatte das offizielle Ritual der Schreinsöffnung im Dom begonnen; gerade rechtzeitig am Vortag war Johann, der Bischof von Lüttich, in der Stadt eingetroffen und hatte in einem hastigen und dennoch beeindruckenden Akt den Bann, der seit dem Mord auf dem Münster gelegen hatte, aufgehoben. Christophorus hatte der Prozedur und der anschließenden Messe, die von einem der Kanoniker gehalten worden war, beigewohnt. Anschließend war er dem Bischof kurz vorgestellt worden, der jedoch denkbar schlechter Laune gewesen war. Christophorus konnte es ihm nicht verübeln. Sicherlich hatte sich Johann, der als Fürstelekt keine höheren Weihen besaß, seinen Auftritt in Aachen während der Heiltumsweisung anders vorgestellt. Er wäre zur Kirchweihe am 17. Juli in seiner prunkvollen Sänfte mit seinem Gefolge eingetroffen, hätte eine Prozession angeführt und sich sowohl als kirchlicher als auch als weltlicher Herrscher feiern lassen. Nun jedoch war er vorzeitig und in aller Eile nach Aachen geritten, um die Heiltumsweisung zu retten. Und das nur, weil irgendein kleiner Handwerkergeselle die Dummheit besessen hatte, sich vor dem Marienaltar erschlagen zu lassen.

Als Johann erfahren hatte, dass man den Mörder noch nicht gefasst hatte, war er erst recht verschnupft gewesen.

Christophorus zuckte zusammen, als vom Rathaus her plötzlich ein lautes, vielstimmiges Hornsignal erschallte, das sich, begleitet vom lauten Jubel der Pilger, irgendwo in der Nähe fortsetzte. Er wich zurück, denn eine große Gruppe fremdländischer Pilger stürmte an ihm vorüber in Richtung Rathaus. Auch etliche Marktbesucher und sogar Kaufleute ließen alles stehen und liegen und folgten dem Hörnersignal.

«Freiheit! Freiheit zur Kirmes!», hörte er die Menschen rufen. Der Jubel brandete erneut auf und setzte sich quer über den Marktplatz fort. Im selben Moment begann es, heftig zu regnen.

«Verflucht noch eins! Ausgerechnet jetzt fängt es an zu regnen. Kommt, Herrin, wir sollten in das Wirtshaus gehen, bis der Schauer vorüber ist.»

Marysa folgte ihrem Knecht im Laufschritt die letzten Schritte bis zum *Goldenen Ochsen* und atmete auf, als sie endlich ein Dach über dem Kopf hatte. Sie waren auf dem Weg zu Meister Goldschlägers Haus, denn er hatte sie und ihre Mutter, ja, die gesamte Familie zu einem späten Mittagsmahl eingeladen, um die Ehre zu feiern, die ihm beim Ritual der Schreinsöffnung zuteilgeworden war. Reinold war schon vor über einer Stunde aufgebrochen, da er, wie er behauptete, vorher noch zwei Schreine an das Marienstift liefern wollte. Marysa hielt das jedoch für eine Ausrede, da an einem wichtigen Tag wie heute bestimmt keiner der Kanoniker Zeit haben würde, Reliquiare in Empfang zu nehmen. Marysa argwöhnte, dass Reinold beim Domkapitel herumschnüffeln wollte.

Sie selbst hatte gewartet, bis aus der Ferne das Tönen der Hörner zu vernehmen gewesen war, mit dem die Stadt die Freiheit ausblasen ließ. Von jetzt an bis zum 24. Juli, dem Ende der Kirmes, ruhte die allgemeine Gerichtsbarkeit in Aachen. Verbannte durften die Stadt während dieser Zeit betreten, und kleinere Missetaten wurden von der Obrigkeit nicht geahndet.

Leider waren sie nun von dem Regenguss überrascht worden und würden warten müssen, bis er nachließ, wenn sie trockenen Fußes bei Meister Goldschläger ankommen wollten. Als Marysa sich in der gutbesuchten Gaststube umsah, erblickte sie an einem der Tische in der Nähe Bruder Christophorus, der sie anscheinend schon eine Weile beobachtet hatte und ihr nun winkte, sich zu ihm an den Tisch zu setzen.

Um nicht unhöflich zu wirken, folgte sie seiner Aufforderung und ließ sich ihm gegenüber nieder. Grimold blieb in wenigen Schritten Entfernung stehen und wartete.

«Ihr speist nicht mit Euren Mitbrüdern in der St. Jakobstraße?», wollte sie wissen.

Christophorus schüttelte den Kopf. «Heute nicht. Allerdings war ich auf dem Weg dorthin, als der Regen losbrach.»

«Uns erging es ähnlich. Wir wollen zum Haus meines zukünftigen Stiefvaters.»

«Ah, zu Meister Goldschlägers Haus?»

Marysa sah ihn verblüfft an. «Woher wisst Ihr das?»

Er lächelte. «Das war nicht schwer zu erraten. Bei unserem letzten Zusammentreffen konnte ich die Blicke, die Eure Mutter und der Goldschmied einander zuwarfen, schwerlich übersehen.»

«Ihr seid ein scharfer Beobachter, Bruder Christophorus.»

«Das bringt das Leben als Ablasskrämer so mit sich», sagte er. «Kennen die beiden denn einander schon so lange?»

«Nein, erst seit ein paar Tagen. Obgleich sie sich wohl schon einmal vor vielen Jahren begegnet sein müssen.» Marysa blickte auf ihre Hände. «Meister Goldschläger scheint ein guter Mann zu sein. Dennoch ...»

«Was?» Neugierig musterte Christophorus sie.

Marysa zögerte. Eigentlich ging es den Dominikaner ja nichts an. «Mir kommt das alles sehr überstürzt vor. Sie haben bereits einen Hochzeitstermin Anfang September festgelegt.»

Christophorus legte den Kopf auf die Seite. «Manche Menschen brauchen nicht sehr lange, um zu wissen, wem ihr Herz gehört.»

Marysa hob den Blick wieder. «Das hat meine Mutter auch gesagt.»

Christophorus nickte. «Die Liebe geht oft seltsame Wege. Und in diesem Fall kann man wohl behaupten, dass es auch im materiellen Sinne eine vernünftige Verbindung ist.»

«Das mag sein.» In Marysas Stimme schlich sich eine Spur Bitterkeit. «Vernünftiger als manch andere, meint

Ihr wohl? Ich habe Euch gesehen. Ihr habt beobachtet, was nach Eurem Besuch neulich bei uns geschehen ist.»

Christophorus hob überrascht die Brauen. «Ich habe es gesehen, ja. Aber ich würde mir niemals anmaßen, ein Urteil darüber zu fällen.»

«Das will ich Euch auch nicht geraten haben.» Marysa sah ihn scharf an. «Ich werde nicht darüber sprechen.»

«In Ordnung. Ich werde auch nicht danach fragen.» Christophorus blickte über ihre Schulter zu einem der geöffneten Fenster hinaus. «Es regnet noch immer.»

Marysa drehte sich kurz um und zuckte dann mit den Schultern. «Ihr braucht kein Mitleid mit mir zu haben.»

Christophorus verzog die Lippen zu einem Grinsen. «Das habe ich auch nicht. Das Weib sei dem Manne untertan. Das sagt schon die Bibel. Aber schade um das schöne Instrument.»

Marysas Augen verengten sich zu schmalen Schlitzen. «Ich warne Euch. Macht Euch nicht über Dinge lustig, die Ihr nicht versteht.»

«Ihr habt damit angefangen.» Christophorus feixte noch immer. Er wusste nicht, warum, aber es begann, ihm Spaß zu machen, sie zu ärgern. Vielleicht lag es daran, dass ihm der wütende Ausdruck in ihren Augen lieber war als die Verbitterung, die er eben kurz wahrgenommen hatte. «Ich habe übrigens inzwischen Pilger gefunden, die einige der gefälschten Reliquien gekauft haben. Allerdings habe ich ihnen nicht gesagt, dass sie hereingelegt wurden.»

Marysa blickte auf. «Warum nicht?»

«Weil es mir bei meinen Untersuchungen nicht weiterhilft. Und ihnen auch nicht, denn das Geld, das sie dafür gegeben haben, erhalten sie ja nicht wieder zurück.»

Missbilligend runzelte Marysa die Stirn, musste ihm jedoch insgeheim recht geben. Doch etwas anderes beschäftigte sie nun. «Ihr führt also Eure Untersuchungen fort, ja? Dann wisst Ihr jetzt, wer die Fälschungen verkauft?»

Christophorus nickte und schüttelte sogleich den Kopf. «Ein Augustinermönch namens Theophilus soll der Händler gewesen sein. Aber bemüht Euch erst gar nicht. Ich habe mich erkundigt; im hiesigen Augustinerkloster gibt es keinen Bruder dieses Namens.»

Enttäuscht blickte Marysa wieder auf ihre Hände, die sie auf der Tischplatte ineinander verschränkt hatte. «Reinold ...»

«Kann ich Euch was bringen?» Neben ihr war eine der Schankmägde aufgetaucht.

Marysa hob den Kopf. «Nein, ich ...»

«Wir bleiben nicht lange», unterbrach Christophorus sie. «Wir machen den Tisch gleich wieder frei für andere Gäste.»

Die Schankmagd nickte lächelnd und blickte ihm dabei länger in die Augen als nötig. Bevor sie zum nächsten Tisch weiterging, zwinkerte sie ihm vielsagend zu.

Marysa sah ihr erstaunt nach. «Was war das denn?»

Christophorus lehnte sich auf seiner Bank zurück, die gleich an der Wand stand. «Was meint Ihr?»

«Das Mädchen hat Euch schöne Augen gemacht.»

«Na und?»

«Ihr seid ein Ordensbruder!»

Christophorus lachte. «Ich kann ihr wohl kaum verbieten, mich anzusehen, nicht wahr?»

«Ja, aber ...»

«Und wenn, dann müsstet Ihr dem Kerl am Nebentisch, der Euch schon die ganze Zeit anstarrt, ebenfalls eine Abfuhr erteilen, oder? Immerhin seid Ihr eine verheiratete Frau.»

«Welcher Kerl?» Erschrocken folgte Marysa seinem Blick und erstarrte. «Das ist Hartwig.» Sie blickte sich zu Grimold um, der ihren Vetter wohl auch erst jetzt bemerkt hatte und ihn feindselig anstarrte, sich jedoch ohne ihren Befehl nicht vom Fleck rührte.

Christophorus musterte den Mann genauer. Hartwig war von mittlerer Statur, sein Haar so hellblond, dass es fast weiß wirkte. Auffällig waren seine abstehenden Ohren, die ihm auf den ersten Blick etwas Tölpelhaftes gaben. Als er jedoch aufstand und mit einem gehässigen Grinsen auf ihren Tisch zukam, wurde schnell deutlich, dass dieser erste Eindruck trog. Aus stahlgrauen Augen blickte er auf Marysa herab.

«Guten Tag, liebe Base», sagte er mit öliger Stimme. «Was tust du so allein im *Goldenen Ochsen*?» Sein Blick wanderte zu Christophorus. «Kleines Stelldichein mit dem Mönchlein hier? Kann ich gut verstehen. Fängst dich sicher schon an zu langweilen mit deinem Sauertopf von Ehemann, was?»

Marysa schoss das Blut in die Wangen, und sie wollte schon empört aufspringen, doch Christophorus legte ihr rasch eine Hand auf den Arm und hielt sie mit einem scharfen Blick zurück. Dann stand er selbst auf und trat Hartwig entgegen.

Sekundenlang starrten die beiden einander schweigend in die Augen, dann sagte Christophorus mit schneidender Stimme, jedoch so leise, dass niemand außer Hartwig und Marysa es hören konnte: «Wagt es nicht noch einmal, auf diese Weise zu Frau Marysa zu sprechen. Ich dulde nicht, dass Ihr ihren guten Ruf in den Schmutz zieht.»

Hartwig gab sich unbeeindruckt. «Das tut sie schon selbst, nicht wahr, wenn sie sich allein in der Öffentlichkeit mit einem Mann trifft. Dazu noch mit einem Mönch. Aber wer weiß schon, was ihr Betbrüder alles für Talente habt.»

Christophorus verzog keine Miene. «Sie ist nicht allein. Sie wird von ihrem Knecht begleitet. Also haltet an Euch, sonst bekommt Ihr es mit mir zu tun.»

«Was soll mir schon von einem Minderbruder wie Euch drohen?» Spöttisch blickte Hartwig an Christophorus' Kutte herab, zuckte jedoch überrascht zurück, als dieser einen Schritt vorwärts machte und sein Gesicht dem Hartwigs so weit näherte, dass sich ihre Nasenspitzen beinahe berührten.

«Das werdet Ihr schon noch erfahren, wenn Ihr Eure Zunge nicht hütet, Meister Schrenger. Und nun bitte ich Euch, uns nicht weiter zu stören.»

Die beiden starrten einander noch einige Augenblicke an, dann trat Hartwig den Rückzug an, nicht jedoch, ohne Marysa noch einen verächtlichen Blick zuzuwerfen.

Christophorus setzte sich seelenruhig zurück auf seinen Platz. Marysa hingegen, die die kurze Szene mit höchstem Erstaunen beobachtet hatte, suchte krampfhaft nach Worten, wobei sie jedoch nicht wusste, ob sie dem Dominikaner danken oder ihm böse sein sollte.

Grimold trat verlegen näher. «Alles in Ordnung, Herrin? Ich hätte ihn zurückhalten müssen, aber ...»

«Nein, Grimold, ist schon in Ordnung. Bruder Christophorus weiß offenbar, wie man mit jemandem wie Hartwig umgehen muss», beruhigte sie ihren Knecht, der sich daraufhin wieder einige Schritte vom Tisch zurückzog.

Marysa sah Christophorus nachdenklich an. «Euch ist klar, dass Ihr mir keinen Gefallen getan habt?»

Er hob überrascht die Brauen. «Habe ich das nicht?»

Marysa schielte zu Hartwigs Tisch hinüber. «Nein,

denn wenigstens zehn Männer und Frauen hier im Raum haben Euren kleinen Disput mitbekommen.»

«Ihr glaubt also, ich bringe Euch in Verruf?»

Marysa zuckte mit den Schultern. «Ich denke, Eure Gesellschaft tut mir nicht gut, ganz gleich, ob Ihr mich in Verruf bringt oder nicht.» Sie spähte noch einmal über die Schulter aus dem Fenster und registrierte mit Erleichterung, dass der Regen nachgelassen hatte. «Seit Ihr in Aachen weilt, ist uns ein Ungemach nach dem anderen geschehen.»

Christophorus' Brauen zogen sich finster zusammen. «Daran trage ich wohl keine Schuld.»

«Wahrscheinlich nicht», gab sie zu und stand auf. «Oder zumindest hoffe ich das nicht. Aber Ihr gebt mir auch sonst keinen Grund, Euch zu mögen.»

«Allerdings auch keinen Grund, mich nicht zu mögen.» Christophorus stand ebenfalls auf. «Wir müssen keine Freunde sein, damit ich mein Versprechen erfüllen kann.»

Marysa sah ihn sekundenlang schweigend an. «Das werden wir auch niemals.» Sie winkte ihrem Knecht. «Komm, Grimold, wir gehen. Meister Goldschläger wird schon ungeduldig auf uns warten.» Sie schritt hocherhobenen Hauptes zur Tür, blieb jedoch bei Christophorus' nächsten Worten noch einmal stehen.

«Euer Gemahl treibt sich seit zwei Tagen bei den Pilgern auf dem Parvisch und im Kaxhof herum.»

Marysa drehte sich zu ihm um. «Er treibt sich nicht herum», sagte sie scharf, senkte ihre Stimme dann jedoch, damit nur er sie verstand. «Er will herausfinden, wer die Fälschungen verkauft, um denjenigen ans Messer zu liefern.»

«Um was zu erreichen?», fragte Christophorus, und in seinen Augen flackerte Interesse auf.

Sie biss sich auf die Lippen. «Um den Handel selbst zu übernehmen. Und nein, ich halte das für keine gute Idee. Guten Tag, Bruder Christophorus.» Damit wandte sie sich endgültig ab und verließ den *Goldenen Ochsen.*

21. Kapitel

«Ich hatte recht, Marysa!» Reinold grinste sie triumphierend an, während er Hobelspäne und kleine Holzsplitter von seinem Arbeitstisch auf den Boden fegte.

Marysa war gerade von Meister Goldschlägers Haus zurückgekehrt und wunderte sich, dass Reinold in der Werkstatt arbeitete. «Wo wart Ihr? Wir waren eingeladen, habt Ihr das vergessen?»

Doch Reinold winkte ab. «Ich hatte keine Zeit. Marysa, ich weiß jetzt, wer die falschen Reliquien verkauft. Und ich hatte recht mit meiner Vermutung. Es ist ein Augustiner mit Namen Theophilus. Er treibt sich die meiste Zeit in den Straßen an der Stadtmauer herum, oft auch draußen vor den Stadttoren. Deshalb ist er uns hier noch nicht begegnet. Aber ich habe ihn beobachtet und konnte ihm vorhin bis zur Domimmunität folgen. Er ging in das Haus von Johann Scheiffart.»

Marysa starrte ihn erschrocken an. «Und was wollt Ihr jetzt tun? Johann Scheiffart ist ein mächtiger Mann. Er kommt, glaube ich, im Marienstift gleich nach dem Dechanten. Wenn er für die Fälschungen verantwortlich sein sollte …»

«Marysa, er *ist* dafür verantwortlich. Das ist doch offensichtlich. Du weißt selbst, dass er den Reliquienhandel des Stiftes führt.»

Marysa stützte sich auf dem Arbeitstisch ab und dachte

nach. «Seid Ihr sicher, dass dieser Theophilus zu ihm wollte? Scheiffart war doch gar nicht in seinem Haus. Meister Goldschläger hat erzählt, die obersten Kanoniker seien alle beim Ritual der Schreinsöffnung anwesend gewesen. Zwei von ihnen bleiben, wie Ihr wisst, bis zum Ende der Heiltumsweisung oben im Dom, in der Kammer neben dem Oktogon, wo die Reliquien in den nächsten zwei Wochen aufbewahrt werden.»

«Ich bin überzeugt davon, dass dieser Augustiner in Scheiffarts Haus auf dessen Rückkehr gewartet hat. Leider konnte ich mich nicht so lange dort aufhalten. Außerdem lungern mittlerweile dermaßen viele Pilger rund um den Dom herum, dass man kaum mehr durchkommt. Alle wollen sie einen besonders guten Platz für morgen ergattern. Die Holtzappels und der Apotheker Engels haben, wie ich hörte, ihre Dächer bereits verstärken und mit Bohlen abstützen lassen und verkaufen die guten Aussichtsplätze an vermögende Pilger. Die anderen Anwohner beim Dom werden es ihnen gleichtun, wenn sie merken, wie viel Geld sich damit verdienen lässt. Der Schöffe van Eupen hat sich ja vor drei Jahren, als er sein Haus auf der Immunität gekauft hat, auch gleich ein Stück des Daches begradigen lassen.» Reinold schüttelte den Kopf. «Das soll uns aber nicht weiter stören. Wir werden morgen früh zuerst die Messe im Dom besuchen. Danach musst du zum Bankett ins Zunfthaus gehen, während ich mit dem Verkauf unserer Reliquiare beginne. Nach den Festlichkeiten kommst du sofort zurück zum Parvisch und übernimmst den Verkauf, und ich werde zu den Schöffen gehen und diesen Theophilus anzeigen.» Zufrieden wischte Reinold sich die Hände an seinen Beinlingen ab und lächelte breit. «Ich hoffe nur, die Geschäftsfreunde deines Vaters zögern nicht lange und geben uns bald Nachricht.»

Marysa sah Reinold fassungslos an. Zunächst musste sie noch die Tatsache verdauen, dass er ihr den Verkauf der Reliquiare am Dom anvertraute. Doch je mehr er sich in seine Idee hineinsteigerte, desto mulmiger wurde ihr.

«Meister Reinold, glaubt Ihr wirklich, Ihr könnt diesen Theophilus so einfach anzeigen und damit fliegt der Handel mit den Fälschungen auf?» Sie rieb sich über die Stirn. «Er wird untertauchen, und damit auch alle Beweise, so es denn welche gibt. Außerdem sagt Bruder Christophorus, dass es im Augustinerkloster gar keinen Mönch mit dem Namen Theophilus gibt. Wo wollt Ihr ihn denn suchen, wenn er sich versteckt? Er wird ja bestimmt nicht im Marienstift wohnen. Und Scheiffart könnt Ihr erst recht nichts beweisen. Er wird einfach einen anderen Händler losschicken.»

Reinolds Miene verzog sich ungeduldig. «Wenn ich Johann Scheiffart ebenfalls anzeige, wird es eine Untersuchung geben.»

Marysa schüttelte den Kopf. «Doch jetzt nicht! Die Gerichtsbarkeit ruht während der Kirmes, das wisst Ihr doch.»

«Nicht in so schwerwiegenden Fällen», widersprach er.

«Aber selbst wenn Ihr ihn anzeigt, wird Euch doch niemand glauben», versuchte Marysa an seinen Verstand zu appellieren. «Scheiffart ist viel zu mächtig. Jeder einzelne Kanoniker des Marienstifts wird für ihn bürgen, und Beweise oder Zeugen habt Ihr doch nicht, Meister Reinold. So seid doch vernünftig!»

«Was soll das heißen? Hältst du mich etwa für unvernünftig?» Reinolds Augen glitzerten zornig.

Hinter Marysas Schläfen begann es zu pochen, und der heiße Ball in ihrer Magengrube verursachte ihr Bauchschmerzen. «Jawohl, das tue ich, Meister Reinold», entfuhr es ihr, bevor sie noch richtig nachdenken konnte. «Ihr verfolgt da eine fixe Idee, die sich nicht umsetzen lässt. Und gefährlich ist sie obendrein, denn mit mächtigen Männern wie Johann Scheiffart legt man sich nicht an. Überlegt doch: Klas wurde im Dom erschlagen. Glaubt Ihr, Euch wird es anders ergehen, wenn Ihr Euch einmischt?»

An Reinolds Hals begann eine Ader heftig zu pulsieren. Er starrte Marysa wütend an. «Gerade weil Klas erschlagen wurde, solltest du mir zustimmen! Wenn ich Scheiffart das Handwerk lege, wird er vielleicht auch für den Mord bestraft.»

«Aber seht Ihr denn nicht, wie unsinnig das ist?», rief Marysa nun aufgebracht. «Ohne Beweise oder Zeugen könnt Ihr rein gar nichts ausrichten.»

Reinolds Hand schoss vor, und er packte Marysa grob an der Schulter. Mit einem Ruck zog er sie zu sich heran. «Die Beweise werde ich beschaffen, verlass dich darauf. Die Schöffen müssen der Anzeige nachgehen und das Marienstift und Scheiffarts Wohnung durchsuchen. Das haben sie schließlich mit unserem Haus auch gemacht.»

Marysa stieß einen leisen Schmerzenslaut aus und riss sich los. «Ihr glaubt doch nicht im Ernst, dass sich die Schöffen mit der Domimmunität anlegen? Und schon gar nicht während der Heiltumsweisung! Gar nichts werden sie tun. Und Euch werden die Kanoniker wegen Verleumdung anklagen.» Sie wich mehrere Schritte zurück, sodass der Tisch zwischen ihr und Reinold stand. Mehrmals atmete sie ein und aus, um sich zu beruhigen, dann sagte sie: «Wenn Ihr wirklich sicher seid, dass dieser Augustiner und Scheiffart unter einer Decke stecken, dann geht zu Bruder Christophorus und erzählt ihm, was Ihr herausgefunden habt.»

«Zu dem Dominikaner?» Reinold blickte sie irritiert an, unterließ es jedoch, ihr um den Tisch herum zu folgen. «Wozu soll das gut sein?»

Marysa rieb sich ihre schmerzende Schulter. «Er ist doch Inquisitor. Er wird wissen, was zu tun ist und wie man Scheiffart beikommen kann, falls das überhaupt möglich ist. Aber auch er wird Euch sagen, dass man ohne Beweise nichts tun kann.»

Reinold runzelte die Stirn. «Du scheinst dich ja gut mit dem Dominikaner zu verstehen.»

Überrascht merkte sie auf. «Ich kann ihn nicht ausstehen. Aber er hat versprochen, uns zu helfen, sollte es nötig sein. Lieber wäre es mir allerdings, Ihr würdet die Sache ruhen lassen. Wenigstens bis nach der Kirmes. Wir sind doch auf den Reliquienhandel gar nicht angewiesen. Und es gibt andere, die mehr davon … die mehr Erfahrung darin haben.»

Noch bevor sie den Satz beendet hatte, wusste sie, dass sie zu weit gegangen war. Reinolds Augen wurden groß, er starrte sie so zornig an, wie sie es noch nie erlebt hatte. «Du wagst es, mir das ins Gesicht zu sagen?», brüllte er, war mit drei Schritten um den Arbeitstisch herum und packte sie mit beiden Händen grob an den Schultern. «Du weißt wohl tatsächlich nicht, wo dein Platz ist, wie? Vater hatte anscheinend recht. Wenn ich entscheide, dass ich mit dem Reliquienhandel beginnen will, hat dich das überhaupt nichts anzugehen. Du tust das, was ich dir sage, alles andere überlässt du gefälligst mir. Wenn Klas noch leben würde, hätte ich keine Veranlassung, dich morgen auf den Parvisch zu schicken, um die Reliquiare zu verkaufen. Aber du wirst mir gehorchen und dich ansonsten aus meinen Angelegenheiten heraushalten. Ist das klar?»

Marysa schrie leise auf, als sich seine Daumen in ihre Schultergelenke bohrten.

«Außerdem ist der Grundstein ja schon gelegt. Die Briefe an die Freunde deines Vaters sind bereits geschrieben und verschickt. Jetzt werde ich gewiss keinen Rückzieher mehr machen.»

Sein Griff lockerte sich etwas, und Marysa atmete auf. Doch obwohl ihre Schultern höllisch schmerzten, war in ihrem Inneren so etwas wie Trotz erwacht. Sie konnte einfach nicht begreifen, wie dumm und unbesonnen sich Reinold verhielt. Sie hob den Kopf und blickte ihm ins Gesicht.

«Sind sie nicht. Die Briefe, meine ich. Ich habe sie noch nicht abgeschickt.»

«Wie bitte?» Reinold war einen Moment lang so überrascht, dass er sie losließ.

«Ich wollte ein paar Tage damit warten, weil ich gehofft habe, Ihr würdet es Euch doch noch einmal anders überlegen», sagte Marysa mit einem letzten Funken Entschlossenheit. Sie musste ihn von seinem Vorhaben abbringen, sonst waren sie beide verloren. «Ihr müsst doch einsehen, dass die ganze Sache ... übereilt ist. Ihr habt so viel Arbeit mit der Schreinwerkstatt. Zwei Gesellen könntet Ihr beschäftigen. Es bliebe doch gar keine Zeit, Euch um den Reliquienhandel zu kümmern. Und wenn die Kanoniker unbedingt gefälschte Reliquien unters Volk bringen wollen, so lasst sie doch gewähren. Ich bin sicher, es wird irgendwann herauskommen. Vielleicht wird Bruder Christophorus ihnen das Handwerk legen. Schon wegen Klas ...»

«Das soll ich also einsehen, ja?» Reinolds rechte Hand schoss erneut vor. Er fasste Marysa hart an ihrer Haube und zerrte daran.

Wieder schrie sie vor Schmerz auf, denn er hielt nicht nur Stoff, sondern auch ein Büschel Haare in seiner Faust. Er zog sie zu sich heran, und die Rise, die sie unter ihrer Haube trug, schloss sich immer fester um ihr Kinn und ihren Hals und würgte sie.

«Du bist nicht dumm, Marysa. Und vielleicht hast du ja mit Bruder Christophorus sogar recht.» Sein Griff wurde noch eine Spur fester. «Aber eines solltest du dir merken.» Unsanft drängte er sie gegen die Tischkante. «Du hast zu tun, was ich dir sage. Und du wirst diese Briefe noch heute einem Boten mitgeben. Unter meiner Aufsicht. Die Werkstatt und alle geschäftlichen Angelegenheiten sind meine Sache. Du hältst dich da heraus!»

Er stieß sie von sich und verließ das Haus mit harten Schritten. Marysa taumelte gegen eines der Regale und hielt sich daran fest. Mit einer Hand fasste sie an ihren Hals. Die Haut brannte dort, wo die Rise ihr ins Fleisch geschnitten hatte. Sie lockerte ihre Haube und bemühte sich, ruhig ein- und auszuatmen. Ihr Herzschlag normalisierte sich langsam, die Wut, die sich in ihrem Inneren angestaut hatte, wich jedoch nicht.

Reinold war verrückt, wenn er glaubte, die Dinge würden sich nach seinen Wünschen entwickeln, wenn er nur den Kanoniker bei den Schöffen anzeigte. Niemals hätte sie gedacht, dass er so kurzsichtig und verblendet handeln würde.

Sie zuckte zusammen, als es an der Haustür pochte. Eilig richtete sie ihre Haube, so gut es ohne Spiegel möglich war, und richtete sich auf, obwohl ihre Schultern noch immer schmerzten.

Sie verzog unbewusst das Gesicht, als sie öffnete.

«Marysa, guten Tag!», sagte Einhard und hielt ihr ein mit grobem Leinen umwickeltes Paket hin. «Ich bringe dir dein Kleid und Reinolds …» Sein fröhliches Lächeln schwand, als er ihren Gesichtsausdruck bemerkte. «Ist etwas geschehen? Marysa, du hast da eine Strieme am Kinn …» Er verstummte verlegen. «Bist du in Ordnung?»

Marysa nickte stumm, nahm das Paket und legte es hinter sich auf den Boden. «Es ist nichts, Einhard. Mir geht es gut. Ist Reinold dir begegnet?»

«Nein, sollte er?»

Marysa zuckte mit den Schultern. «Dann wird er wohl noch einmal zum Parvisch gegangen sein. Danke, dass du mir die Kleider gebracht hast. Die Bezahlung …»

«Mach dir darüber keine Gedanken. Das hat Zeit bis nächste Woche», sagte Einhard und musterte sie besorgt. «Ist wirklich alles in Ordnung mit dir?»

«Ich würde dich gerne hereinbitten, aber ich habe noch etwas zu erledigen …»

Einhard zögerte, doch dann nickte er. «Dann werde ich jetzt mal wieder gehen. Soll ich Veronika …»

«Nein. Wir sehen uns morgen bei der Messe im Dom, nicht wahr?», schnitt sie ihm das Wort ab.

«Also gut», meinte er. «Dann bis morgen, Marysa.» Er ging ein paar Schritte davon, drehte sich jedoch noch einmal zu ihr um.

Sie lächelte ihm betont gleichmütig zu und schloss dann die Tür. Als sie sich umwandte, stieß sie mit dem Fuß gegen das Paket. Rasch hob sie es auf und trug es hinauf in ihre Schlafkammer. Dort legte sie es auf dem Bett ab und setzte sich daneben. Sie löste ihre Haube und zog sie zusammen mit der Rise aus, ließ sie zu Boden fallen und strich sich vorsichtig über die schmerzende Stelle am Hinterkopf.

«Meister Markwardt verfolgt Theophilus und horcht in der Stadt die Leute aus. Ich fürchte, er ahnt etwas.»

«Wir behalten ihn im Auge. Was hast du mir sonst noch zu berichten?», grollte es verärgert hinter einem Regal in der Bibliothek des Marienstifts.

Der junge Priester zog fast automatisch den Kopf ein. «Ein berittener Bote hat mehrere gesiegelte Briefe bei Markwardts Haus abgeholt. Frau Marysa hat sie ihm ausgehändigt.»

«Konntest du ihm folgen?»

«Nur bis über die Großkölnstraße, aber ich vermute, er ist von dort aus durch das Stadttor …»

«Du weißt also nicht, wohin er geritten ist, du blöder Ochse?» Die Stimme wurde noch unfreundlicher, ihr Besitzer tauchte hinter dem Regal auf und sah den Geistlichen verächtlich an.

Dieser hob beschämt die Schultern. «Nein, aber wenn er durch dieses Tor geritten ist, wird er wohl auf dem Weg nach Köln sein.»

«Also gut, dann wirst du ihm umgehend folgen.»

«Aber Herr …» Erschrocken starrte der Priester sein Gegenüber an. «Ich kann doch jetzt nicht … Ich meine, während der Heiltumsweisung …»

«Tu gefälligst, was ich dir sage! Ich will wissen, an wen diese Briefe gehen, hast du verstanden? Wenn du dich beeilst, kannst du ihn noch einholen. Aber sorge dafür, dass dich niemand erkennt.»

«Und meine Pflichten hier in der …»

«Verschwinde endlich! Deine Pflichten übernimmt jemand anderer.»

Der Priester nickte und zog sich eilig zurück. Er hatte

gehofft, bei der morgigen ersten Heiltumsweisung dabei sein zu dürfen. Aber die Kirmes dauerte ja insgesamt zwei Wochen. Er würde höchstens zwei, drei Tage fort sein, und danach konnte er noch immer an der Zeremonie teilnehmen. Seit seiner Kindheit träumte er davon, doch nie war es ihm vergönnt gewesen, während der Kirmes in der Stadt zu weilen. In diesem Jahr wäre es anders. Und er wollte den vollkommenen Ablass, denn er war sich im Klaren, dass er ihn mehr denn je nötig hatte.

Eine knappe halbe Stunde später ritt der junge Geistliche als weltlicher Pilger verkleidet in raschem Galopp durch das Kölntor und nahm die Verfolgung auf.

22. Kapitel

«Warum ist das Kleid nicht im Mi-parti gemustert?» Reinold nestelte seine im gelb-weißen Schachbrettmuster genähten Beinlinge an seine Bruch und zog dann die gleichfarbige Schecke über sein Wams.

Marysa zurrte die seitliche Schnürung an ihrem Überkleid fest. «Einhard meinte, dass ein einfarbiges Überkleid besser aussieht. Das Mi-parti hat mich nicht gekleidet.» Das tat das grelle Dottergelb zwar auch nicht, aber es war Marysa wesentlich lieber. Mit diesem Kleid würde sie sich nicht so sehr schämen müssen wie mit dem, das Reinold ihr ursprünglich zugedacht hatte. Es reichte ihr schon, ihn in seinem geckenhaften Aufzug neben sich zu wissen.

«Und wer hat dir erlaubt, einfach meine Anweisungen zu übergehen?» Reinolds Stimme klang ungehalten, er sah sie jedoch eher beleidigt als strafend an. «Undankbares Weib», brummte er.

Als er am Vortag wieder zurückgekehrt war, hatte sich seine Wut auf Marysa verflüchtigt. Sie spürte Erleichterung darüber, doch Reinold war, wie sie ja wusste, nie nachtragend gewesen, so überraschte es sie auch nicht weiter. Sein Entschluss, den Augustiner Theophilus sowie den Domherrn Scheiffart bei den Schöffen anzuzeigen, war jedoch so fest wie zuvor und wurde nur von seinem Vorhaben übertroffen, die Briefe an seine zukünftigen Geschäftspartner so schnell wie möglich abzuschicken.

Marysa hatte sie vor seinen Augen siegeln und einem eilig herbeigeholten Boten übergeben müssen.

«Ihr wollt doch sicher nicht, dass ich ein Kleid trage, das mich nicht kleidet, Meister Reinold.» Marysa bemühte sich um ein gewinnendes Lächeln. Nach dem gestrigen Tag hatte sie beschlossen, es mit mehr Diplomatie zu versuchen, wenn sich auch ihr Magen noch immer rebellisch gebärdete. Sie hasste Streit. «Bedenkt, wie viele Menschen heute im Dom sein werden.»

«Hmpf.» Missmutig musterte Reinold sie. «Ändern lässt sich ja nun nichts mehr», knurrte er. «Aber das Mi-parti wirkte viel fröhlicher.»

Marysa sagte nichts. Es war müßig, sich mit ihm über Kleiderfragen und guten Geschmack zu unterhalten.

«Dann bedecke deine Haare wenigstens mit dieser geblümten Haube, die ich dir kürzlich geschenkt habe.»

«Natürlich, Meister Reinold.» Marysa biss sich fest auf die Unterlippe, um nicht doch noch aufzubegehren. Sie hatte gehofft, eine schlichte weiße Leinenhaube tragen zu dürfen. Das Blumenmuster auf jener Rise und dem dazugehörenden Schapel wurde an Hässlichkeit nur von dem mit Efeuranken bestickten Schleier übertroffen. Und das Grün der Stickerei würde sich mit dem Hellblau ihres Unterkleides beißen. Sie ging zu ihrer Kleidertruhe und wühlte darin herum. «So ein Ärger», rief sie schließlich in einem raschen Entschluss. «Auf dem Schleier ist ein Fleck, Meister Reinold. Ich muss einen anderen benutzen.»

Reinold, der bereits halb aus der Tür war, drehte sich noch einmal zu ihr um. «Du solltest wirklich ordentlicher sein, Marysa. Nun beeile dich gefälligst. Ich will nicht zu spät kommen. Die besten Plätze im Dom sind schnell besetzt.»

So einfach hatte sie es sich nicht vorgestellt, aber sie zog erleichtert einen weißen Schleier aus der Truhe und befestigte ihn mit dem für ihren Geschmack viel zu plumpen Schapel über der gelbgeblümten Rise. Ein Blick in den Silberspiegel ließ sie die Augen verdrehen. Doch ganz so schlimm war es heute zum Glück nicht. Der weiße Schleier nahm ihrem Kopfputz das Aufdringliche, und sah man davon ab, dass die Farbe ihres Überkleides sich nicht mit ihrem Teint vertrug, so konnte sie jedoch wenigstens in der Gewissheit auf die Straße gehen, sich nicht komplett lächerlich zu machen.

Rasch schob sie eine Börse mit einigen Silbermünzen in den Ärmel ihres Unterkleides und schlüpfte in ihre besten Schuhe. Glücklicherweise hielt Reinold nichts von Schnabelschuhen für Frauen, sodass ihr wenigstens diese Qual erspart blieb. Sie schloss die doppelten Silberschnallen und blickte sinnierend an sich herab. Die Schuhe waren in der Tat der geschmackvollste Teil ihrer Aufmachung.

Als sie Reinold in der Küche ungehalten nach ihr rufen hörte, beeilte sie sich, hinunterzukommen. Gefolgt vom Gesinde, das sich zur Feier des Tages ebenfalls herausgeputzt hatte, wanderten sie den kurzen Weg zur Domimmunität.

Hier war es trotz der frühen Morgenstunde bereits kaum mehr möglich, zum Domportal durchzukommen. Hunderte, nein Tausende Menschen verstopften die Wege und Gassen und drängten sich auf dem Parvisch zusammen, um einen guten Aussichtsplatz zu ergattern.

Reinold hatte recht behalten; auf fast allen Flachdächern im Umkreis drängten sich weitere Pilger, die sich diesen Vorteil leisten konnten. Lautes Stimmengewirr unzähliger Sprachen und Dialekte ließ die Stadt wie einen riesigen Bienenstock summen. Irgendwo in der Ferne ertönte Flötenmusik und das Klappern einer Rassel.

Reinold hatte Marysa am Arm genommen und Grimold und Jaromir vorausgeschickt, damit diese ihnen den Weg mit Ellenbogengewalt freihielten. Aufgebrachte Flüche der zur Seite gestoßenen Pilger wurden laut; eine Frau keifte ihnen Schimpfworte hinterher.

In der Menschenmenge fühlte sich Reinold sichtlich unwohl. Er strebte, so schnell es eben ging, vorwärts. Marysa hingegen genoss den Weg zum Domportal. Sie liebte diese von erwartungsvoller Aufregung geladene Stimmung zu Beginn einer Heiltumsweisung. In solchen Momenten war sie ganz besonders stolz darauf, Bürgerin von Aachen zu sein und an diesem außergewöhnlichen Ereignis teilzuhaben. Aachen war für die nächsten vierzehn Tage das religiöse Zentrum der christlichen Welt, fast so wichtig wie Rom, Santiago de Compostela oder gar Jerusalem.

«Da wären wir endlich», sagte Reinold und schob sie vor sich her durch die weit geöffnete Pforte des Doms. Auch hier drängten sich Menschenmassen. Es roch nach Schweiß und feuchter Wolle, da es bis vor kurzem noch geregnet hatte. Inzwischen lugte die Sonne zwischen den Wolken hervor und sandte ihre Strahlen zu den Pilgern nieder. Die bunten Glasfenster des Domes brachen das Licht unzählige Male und ließen die Heiligenfiguren und das Kreuz über dem Altar beinahe unwirklich aufleuchten.

«Komm, da vorne ist noch etwas Platz.» Reinold schob Marysa weiter vor sich her, bis sie eine Stelle seitlich des Altars erreicht hatten. Von hier aus konnten sie, wenn sie sich auf die Zehenspitzen stellten, über die Köpfe von etwa fünfzig Menschen hinweg den einen oder anderen Blick auf den Priester erhaschen.

Marysa blickte sich um. Grimold, Jaromir und die Mägde standen etwas weiter hinten, schafften es jedoch nicht, weiter zu ihnen aufzuschließen.

Sie waren früh genug hergekommen, um sich einen guten Platz zu sichern, dafür mussten sie nun jedoch noch über eine Stunde bis zum Beginn der Messe warten.

Marysa rieb sich nach einer Weile unauffällig den Rücken, der vom langen Stehen zu schmerzen begann. Auch wurde es immer enger, da mehr und mehr Menschen in den Dom drängten; die Luft heizte sich auf und wurde stickig, sodass ihr der Schweiß auf die Stirn trat. Irgendwo in der Nähe verströmte jemand einen unangenehmen Knoblauchgeruch, und ein Mann neben ihr stank nach schalem Wein. Marysa verlegte sich darauf, mehr durch den Mund zu atmen, doch dadurch trocknete ihr schnell die Kehle aus.

Endlich vernahm sie über dem Stimmengewirr das Klingeln der Glöckchen, das den Einzug des Priesters und der Kanoniker des Marienstiftes ankündigte.

23. Kapitel

Christophorus wartete nicht auf das «Dominus Vobiscum», mit dem der Priester die heilige Messe beschloss, sondern schob sich an der steinernen Außenwand entlang in Richtung Ausgang. Als er es endlich bis hinaus geschafft hatte, ertönte im Innern des Doms noch einmal der vielstimmige Chor von Augustinermönchen, die zu Gottes Lobpreisung ein letztes Lied anstimmten.

Aufatmend reckte Christophorus sich. Vor dem Portal und auf dem gesamten Parvisch drängten sich unzählige Menschen Schulter an Schulter; er konnte die von Frömmigkeit und ungeduldiger Erwartung aufgeheizte Stimmung geradezu körperlich spüren.

Ein Durchkommen war hier allerdings fast nicht mehr möglich. Wie schon im Dom versuchte er, sich am Rand des Platzes entlang einen Weg zu bahnen. Als er auf diese Weise bis zu der Stelle gelangt war, an dem einer der Opferstöcke aufgebaut war, ging ein deutlich vernehmbares Raunen durch die Menge. Im nächsten Moment läutete im Dom die Heiltumsglocke und kündigte damit den Beginn der heiligen Zeremonie an.

Christophorus blieb stehen und blickte, wie alle anderen Gläubigen auf dem Parvisch, hinauf zu der Galerie, die das Oktogon des Doms umgab und auf der nun ein Kanoniker erschien und die Zeigung der Reliquien ankündigte. Von seinem Stadtpunkt aus konnte Christophorus die Zeremonie recht gut erkennen. Chorknaben mit Fackeln zogen auf die Galerie; ihnen folgten mehrere Domherren, alle in reiche Gewänder gehüllt, und zwei weitere Geistliche, die auf ihren Schultern lange Stäbe trugen, über denen die kostbaren Heiltümer drapiert waren.

«Seht, das sind die Kleider unserer geliebten Gottesmutter und des Heilands!», schrie jemand mit schriller Stimme. Wieder ging ein Raunen durch die Menge, dann legte sich nach und nach eine erwartungsvolle Stille über den Parvisch und die angrenzenden Plätze der Stadt. Wie eine mystische Welle breitete sich die andächtige Ruhe über die Pilger aus.

Christophorus konnte nicht umhin, wie gebannt zur Galerie hinaufzustarren. Fetzen der Erinnerung aus seiner Kindheit, in der er die Heiltumsweisung schon einmal miterlebt hatte, stiegen in ihm auf. Dennoch kam es ihm so vor, als sehe er all dies zum ersten Mal, und eine merkwürdige Aufregung überkam ihn, die bis in seine Fingerspitzen prickelte.

Zwei Kanoniker, nach altem Ritus der Dechant und der älteste der Stiftsherren, entfalteten die wertvollen Reliquien. Der Dechant legte zunächst das Kleid Mariens, welches diese angeblich am Tage von Christi Geburt getragen hatte, auf eines der mit Seide geschützten Wachstücher auf der Brüstung. Die Wachstücher hingen schon seit einigen Tagen an den Stellen der Galerie, wo die Reliquien gezeigt werden sollten, und kündeten somit lange im Voraus von den heiligen Handlungen.

Die Galerie befand sich in großer Höhe, und damit die Reliquien dort oben nicht im Wind wehten, kamen zwei jüngere Geistliche herbei und drückten das Kleid mit langen Stangen gegen die Brüstung.

Als die Gläubigen auf dem Parvisch die Reliquie erblickten, ging ein Jubelschrei durch die Menge. Im nächsten Augenblick fielen die Menschen auf die Knie, und diejenigen, die im Besitz eines Achhorns waren, bliesen darauf mit voller Kraft.

Christophorus, der ebenfalls in die Knie gegangen war, spürte, wie sich eine Gänsehaut über seinen Körper ausbreitete. Aus nah und fern tönten in unvorstellbarer Lautstärke tausend und abertausend Pilgerhörner, dass es ihm in den Ohren dröhnte. Ganz in seiner Nähe begann eine Frau hemmungslos zu schluchzen. Ob vor Freude über den Anblick der Reliquie oder wegen des Lärms, war nicht auszumachen.

Als die Hörner nach und nach wieder verstummten, begann der Dechant mit einem Dankgebet, welches von einem Ausrufer mit enormer Stimmgewalt für die Gläubigen wiederholt wurde. Die Worte waren erstaunlich gut zu verstehen: «Man soll euch zeigen das Hemd, das heilige Kleid, das Maria, die Mutter Gottes, anhatte in der heiligen Christnacht, da unser lieber Herr Jesus Christus Gott und den Menschen zur Ehre geboren ward. Darum bitten wir Maria, die Mutter Gottes ...» Hier trug der Ausrufer noch einige Fürbitten vor, um danach abzuwarten, bis der Dechant das Kleid Mariens wieder zusammengefaltet und über die Stangen gehängt hatte. Als Nächstes wurden die Windeln Jesu sowie das Enthauptungstuch Johannes des Täufers auf exakt die gleiche Weise den Gläubigen präsentiert. Und jede der Reliquien wurde von den Pilgern mit lautem Getöse und Hörnerschall begrüßt. Den Abschluss bildete die Zeigung des Lendentuchs Jesu, und während die Gläubigen noch ein Paternoster und ein Ave-Maria anstimmten und danach den Segen empfingen, zogen die Kanoniker bereits ein Stückchen weiter auf der Galerie, um dort die Weisung erneut durchzuführen. Fünfmal hintereinander würden die Heiltümer dem Volke auf diese Weise in allen Richtungen des Oktogons gezeigt werden.

Christophorus stand wieder auf und klopfte sich den Staub von der Kutte. Er war sich sicher, noch niemals ein beeindruckenderes Schauspiel erlebt zu haben. Und obwohl er einigen Lehren der Heiligen Mutter Kirche durchaus kritisch gegenüberstand, fühlte er sich im Augenblick tief durchdrungen von echter und wahrhaftiger Frömmigkeit.

Das Gefühl schwand jedoch schneller, als ihm lieb war, da er plötzlich eine helle weibliche Stimme seinen Namen rufen hörte. Er drehte sich nach der Rufenden um und taumelte zurück, als diese wie ein Wirbelwind auf ihn zugeschossen kam und ihm um den Hals fiel.

«Da bist du ja, Christophorus! Ich habe schon überall nach dir Ausschau gehalten», rief Estella, die zierliche Akrobatin aus der Gauklertruppe. Sie strahlte ihn an. «Warum bist du nicht schon längst bei uns vorbeigekommen? Du weißt doch, wo unser Lager ist. Vor dem Ponttor, gleich neben …»

«Guten Tag, Estella», unterbrach Christophorus ihren begeisterten Wortschwall und schob sie ein Stückchen von sich. Glücklicherweise achtete im Augenblick niemand auf ihn, da die meisten Pilger dem Dom zustrebten, um noch einen weiteren Blick auf die Reliquien zu erhaschen. Er lächelte ihr zu. «Du weißt doch, dass ich mich im Haus meines Ordens aufhalte und hier in der Stadt eine Aufgabe zu erfüllen habe.»

Sie lachte und winkte ab. «Natürlich weiß ich das. Aber ich habe auch gehört, dass du nicht den ganzen Tag durch die Stadt wanderst und Ablassbriefe verkaufst. Meine Leute haben dich schon in verschiedenen Tavernen und einmal bei einem Barbier gesehen. Wenn du für so was Zeit hast, kannst du uns ebenso gut einmal besuchen kommen. Mutters Essen schmeckt so gut wie das in den hiesigen Wirtshäusern – wenn nicht sogar besser. Und bei uns kriegst du wenigstens jederzeit einen Sitzplatz.» Sie zwinkerte ihm zu.

Ihr Lachen war ansteckend und der Blick aus ihren Augen, deren Schwärze nur von der ihres Haars übertroffen wurde, einladend und verführerisch. «Versprich mir, uns bald zu besuchen», sagte sie nun wesentlich leiser. «Du weißt, wie sehr du uns – *mir* – willkommen bist.»

Christophorus strich ihr sanft über die sonnengebräunte Wange. «Das weiß ich ganz gewiss, Estella. Ich werde kommen, sobald es mir möglich ist. Aber nun solltest du zurück zu deiner Truppe gehen.»

Sie nickte und lachte wieder, diesmal jedoch schwang etwas Wehmütiges darin mit. «Ich soll dich wohl nicht ins Gerede bringen, was? Nein, ist schon gut, du hast ja recht. Wenn du mir nur versprichst zu kommen. Ich muss jetzt sowieso wieder zu meinen Leuten. Manon wird schon nach mir Ausschau halten.»

Christophorus zog seine Hand zurück, doch dann zeichnete er ihr mit einem Seitenblick auf die umstehenden Menschen vorsichtshalber noch mit dem Daumen ein Kreuzzeichen auf die Stirn. «Gott schütze dich, Estella», sagte er, wandte sich ab und ging davon.

Auf dem Weg in die Jakobstraße kam er in der Nähe der Stelle vorbei, an der Estellas Truppe ihre kleine Bühne aufgebaut hatte. Das Dröhnen der kleinen Trommel und das Klingeln der Schellen waren ihm nach der langen gemeinsamen Reise wohl vertraut. Er würde die Art, in der diese Gaukler musizierten oder die Menschen auf sich aufmerksam machten, unter Hunderten wiedererkennen. Dennoch blieb er nicht stehen, sondern drängte sich zielstrebig weiter durch die Menschenmassen. Erst in der Nähe des Dominikanerklosters lichtete sich die Menge allmählich, und nur aus diesem Grunde bemerkte er den alten Pilger – Amalrich, wenn er sich recht erinnerte. Der Alte hockte in einem der Hauseingänge und hatte offenbar auf ihn gewartet, denn als er Christophorus erblickte, stand er trotz seiner Krücke erstaunlich behände auf und kam auf ihn zu.

Marysa drängte sich mit Grimold durch die Pilgermassen auf dem Parvisch in Richtung Marktplatz. Reinold war wie verabredet nach der Heiltumsweisung, die sie ganz aus der Nähe hatten beobachten können, beim Dom geblieben und kümmerte sich mit Jaromir um seinen Verkaufsstand. Die Schreine und Reliquiare, die er feilbieten wollte, hatte er am Vorabend in einem der Stiftshäuser am Parvisch deponiert, damit er gleich nach der Messe mit dem Verkauf beginnen konnte.

Marysa oblag es nun, an dem traditionellen Kirmes-Bankett im Zunfthaus der Schreiner teilzunehmen. In Anbetracht der Tatsache, dass Reinold nicht dabei sein würde, freute sie sich inzwischen sogar schon ein wenig darauf, endlich einmal wieder in Gesellschaft zu kommen.

Der Parvisch war jedoch dermaßen mit Menschen überfüllt, dass sie Grimold bedeutete, an den Rand des Platzes auszuweichen, um zu schauen, ob dort ein besseres Durchkommen wäre. «Geh du vor, Grimold», sagte sie. «Du bist größer als ich und kannst die Leute besser dazu bringen, uns Platz zu machen.»

Als sie in einiger Entfernung Bruder Christophorus erblickte, blieb sie stehen. Er wandte ihr den Rücken zu, doch seine hochgewachsene breitschultrige Gestalt erkannte sie dennoch sofort wieder. Das war auch so eine Sache, die sie an ihm irritierte. Er war weder so schwammig und wohlbeleibt wie die meisten Mönche, die sie bisher gesehen hatte, noch wirkte er ausgehungert und ätherisch wie die wenigen wahren Erleuchteten, die dem geistlichen Stand alle Ehre machten. Vielmehr schien es ihr, als passe er nicht recht in sein weißes, am Saum stark verstaubtes Habit. Nicht dass es ihm zu eng wäre, doch je länger sie ihn betrachtete, desto mehr hatte sie das Gefühl, dass dieser Mann nicht das war, was er zu sein vorgab.

Sie wollte schon weitergehen, doch da hörte sie eine helle Frauenstimme seinen Namen rufen. Nur Augenblicke später flog ein zierlicher Wirbelwind auf ihn zu und umarmte ihn übermütig.

Was Marysa jedoch noch mehr erstaunte, war, dass der Dominikaner die Umarmung für den Bruchteil einer Sekunde erwiderte, bevor er die stürmische kleine Person von sich schob.

Es handelte sich offenbar um eine junge Gauklerin. Das schloss Marysa jedenfalls aus dem buntgemusterten und auf fremdländische Weise geschnittenen Kleid und dem unbedeckten schwarzen Haar, das ihr in einem mit farbigen Bändern durchflochtenen Zopf bis weit auf den Rücken fiel. Auf dem Kopf trug sie lediglich ein schmales Schapel in den Farben ihres Kleides.

Marysa beobachtete, wie die beiden sich kurz unterhielten, dabei entging ihr auch nicht der sehnsüchtige Blick, den die junge Frau – sie war höchstens sechzehn oder siebzehn Jahre alt – dem Dominikaner zuwarf.

Sie lachte, er erwiderte etwas. Und dann blieb Marysa

beinahe das Herz stehen, als sie sah, wie Bruder Christophorus der Fremden sanft über die Wange strich. Er sagte noch etwas, sie antwortete lächelnd, dann machte er ihr ein Kreuzzeichen auf die Stirn und ging davon. Die kleine Gauklerin blickte ihm einen Moment lang nach, dann verschwand auch sie in der Menge.

Marysas Herz begann plötzlich, schnell und hart gegen ihre Rippen zu schlagen. Was hatte sie da gerade eben beobachtet? Aus unerfindlichen Gründen rauschte ihr das Blut in den Ohren und schien geradezu durch ihre Adern zu rasen, dass es bis in ihre Fingerspitzen kribbelte. Wer war dieses Mädchen, und was hatte der Dominikaner mit ihr zu schaffen? Ablasskrämer hin und Inquisitor her, Marysa wusste natürlich, dass selbst die nach außen hin frömmsten Geistlichen oftmals unter die Röcke von gewissen Frauen schlüpften, sobald die Sonne untergegangen war und die Nacht ihre Sünden beschattete. Aber am helllichten Tage mitten auf dem Parvisch?

Marysas Herzschlag beruhigte sich nur langsam, und das ärgerte sie. Warum reagierte sie so heftig auf diese Entdeckung? Es konnte ihr doch gleich sein, was dieser Klosterbruder trieb. Auch wenn er Aldos Freund gewesen war, ging sie das nichts an.

Sie runzelte die Stirn. War das vielleicht überhaupt der Grund gewesen, dass Aldo sich mit Bruder Christophorus angefreundet hatte? Weil der die strenge Zucht der Klosterregeln brach und sich mit Frauen vergnügte? Das wäre durchaus nach Aldos Geschmack gewesen.

Andererseits wollte diese Vorstellung nicht in ihr, zugegebenermaßen nicht sehr vollständiges Bild von dem Dominikaner passen. Musste sich nicht ausgerechnet ein Ablasskrämer und Vertreter der Heiligen Römischen Inquisition anders verhalten?

Die sanfte, ja zärtliche Art, mit der er die Wange des Mädchens berührt hatte, zeugte von großer Vertrautheit und schien sich in Marysas inneres Auge eingebrannt zu haben. Ungehalten bemühte sie sich, das Bild abzuschütteln, und sah sich nach Grimold um.

«Herrin?» Der Knecht kam aufgeregt durch die mittlerweile lichter werdende Menschenmenge auf sie zugelaufen. «Verzeiht, ich dachte schon, ich hätte Euch verloren! Seid Ihr etwa hier stehen geblieben? Ich dachte, Ihr müsst so dringend zum Zunfthaus.»

«Ich komme schon, Grimold», antwortete sie, noch immer etwas zerstreut, und folgte ihm nun endlich zum Marktplatz.

24. Kapitel

Am frühen Nachmittag war Marysa zurück beim Dom und blickte sich suchend nach Reinold um. Am Verkaufstisch stand jedoch nur Jaromir.

«Wo ist der Meister?», fragte sie ihn und schob sich ebenfalls hinter den Tisch, um die noch verbliebenen Reliquiare zu begutachten. Mehr als die Hälfte der für den heutigen Tag vorgesehenen Waren schienen bereits verkauft zu sein.

«Er ist kurz weggegangen, hat mir aber nicht gesagt wohin», antwortete der junge Knecht. «Er hat gemeint, ich könne hier gut allein aufpassen, aber ich soll mir keine falschen Schillinge andrehen lassen.»

Marysa seufzte. Sie konnte sich schon denken, wo Reinold steckte. Vermutlich war er wieder auf der Suche nach diesem Theophilus. Das würde ihm ähnlich sehen. Und den gerade erst fünfzehnjährigen Knecht ließ er alleine mit den wertvollen Schreinen hier zurück!

«Geh mit Grimold zur Werkstatt und bring mir die kleine Kiste, die auf dem Arbeitstisch steht», wies sie den Jungen an. «Darin befinden sich noch einmal zwanzig weitere dieser kleinen Reliquiare hier und Lederschnüre. Wie es aussieht, verkaufen wir mehr davon als erwartet.»

«Aber Herrin, wir können Euch doch nicht ganz alleine hierlassen», protestierte Grimold. «Die vielen Menschen …»

«Werden mir schon nichts tun», erwiderte Marysa und

war selbst erstaunt über ihre gute Laune. Die fröhliche Gesellschaft auf dem Bankett hatte ihr gutgetan. Zwar argwöhnte sie, dass einige der Frauen sich heimlich über ihr Kleid mokiert hatten, doch war niemand so unhöflich gewesen, ihr offenen Spott zu zeigen. Im Gegenteil, die Anwesenden, alles Leute, die sie seit ihrer Kindheit kannte, hatten sie freundlich begrüßt, mit ihr gescherzt und gelacht, fast so wie früher, als ihr Vater noch gelebt hatte. Niemand hatte Reinold vermisst, ja, kaum jemand nach ihm gefragt. Und da sie es leid war, sich von ihm ständig die Stimmung vermiesen zu lassen, hatte sie für eine kurze Zeit so getan, als gäbe es ihn gar nicht.

«Geht nur, ihr beiden. Meister Reinold wird ja sicher bald wieder zurück sein. Und bis dahin habe ich schon wieder ein paar Schreine verkauft.»

Grimold gefiel es ganz offensichtlich nicht, sie hier allein zurückzulassen, doch er fügte sich schließlich und scheuchte Jaromir im Laufschritt zurück nach Hause, um so schnell wie möglich wieder hier zu sein.

Lächelnd blickte Marysa den beiden nach und rückte dann ein paar besonders schöne Schreine auf dem Verkaufstisch zurecht. Jaromir hatte ihr die Geldbörse gegeben, in der es bereits vielversprechend klimperte, und es wäre doch gelacht, wenn sie es nicht schaffte, den vorhandenen Münzen noch etliche weitere hinzuzufügen.

Vergnügt schulterte Christophorus seine lederne Tasche, die außer einem leeren Tintenhorn, Federn und zwei übrig gebliebenen Ablassurkunden nichts mehr enthielt, und ging über den Graben und den Platz auf der Pley hinweg in Richtung Marktplatz. Er hatte heute sehr gute Geschäfte gemacht. Die Börse, die er unter seiner Kutte direkt auf dem Leib trug, war schwer von den Münzen, die er eingenommen hatte. Ihm war nämlich, nachdem er mit seinen Ordensbrüdern die Hore zur Sext gebetet hatte, der Gedanke gekommen, sich mit seinen Pergamenten in der Nähe des Ponttores zu postieren. Nach der heutigen Heiltumsweisung würden viele Menschen die Stadt wieder verlassen und Platz für neue Pilger machen. Unter all jenen, die es nicht geschafft hatten, die Bedingungen für einen vollkommenen Ablass zu erfüllen, wähnte er gute Kundschaft. Und er hatte recht behalten. Die Nachfrage nach seinen Ablassdokumenten war enorm gewesen; am Abend würde er neue aufsetzen müssen. Dazu benötigte er jedoch Pergament, und in seiner Schlafkammer war nur noch ein kläglicher Rest übrig. Da er nicht die Schreibstube des Ordens plündern wollte, suchte er nun auf dem Marktplatz nach einem Pergamenthändler.

Er hatte Glück, denn obwohl das Ende des Markttages nicht mehr fern war, konnte er noch einen guten Stapel zugeschnittener Pergamentbögen einkaufen. Er verstaute sie in seiner Tasche und beschloss spontan, noch einen kurzen Umweg über den Parvisch zu machen. Dort würde er seine tägliche Spende in den Opferstock werfen und danach zurück in die St. Jakobstraße gehen.

Um diese Tageszeit hatte sich der Menschenauflauf weitgehend zerstreut. Erst am folgenden Morgen würden die Massen wieder herströmen, um erneut die Reliquien zu sehen. Trotzdem waren noch unzählige Pilger unterwegs, um im Dom zu beten oder die Lustbarkeiten zu genießen, die die Kirmes mit sich brachte. Nicht nur auf dem Markt, sondern in fast allen größeren Straßen und auf den Plätzen der Stadt waren fahrende Gaukler, Höker und Händler zusammengekommen, die entweder ihre

Darbietungen oder Waren aus aller Welt feilboten. Rings um den Dom hatten sich die Aachener Kaufleute und Handwerker die besten Verkaufsplätze gesichert, sogar im Innern des Gotteshauses gab es Verkaufsnischen.

Auf dem Parvisch angekommen, konnte Christophorus nicht widerstehen, sich in der Menge treiben zu lassen, die Pilger in ihren oftmals fremdländischen Aufmachungen zu beobachten und an den Auslagen der Händler vorbeizuschlendern. Aus allen Richtungen drangen Trommelwirbel, Musik, Gelächter und Klatschen an seine Ohren. Die Luft war durchzogen von vielfältigen Gerüchen und Düften, denn während der Kirmes durften auf dem Parvisch auch Pasteten- und Pfannkuchenbäcker ihrem Gewerbe nachgehen. Sogar einige Fleischbratereien hielten über offenen Feuern Eintopf und Geflügel oder ganze Fleischkeulen bereit. Das Beten und die geballte Frömmigkeit dieser Tage machten die Pilger hungrig.

Als ihm der Duft von süßen Krapfen in die Nase stieg, blieb Christophorus stehen. Er hatte seit dem Morgen nichts gegessen, und der Anblick des mit Honig und Nüssen gefüllten Gebäcks ließ ihm das Wasser im Mund zusammenlaufen. Spontan kaufte er dem Bäckermeister drei der Krapfen ab, biss in einen von ihnen und ging langsam und genüsslich kauend weiter.

Beim Anblick von Marysa hielt er inne. Sie stand, flankiert von ihren beiden Knechten, hinter einem der Verkaufsstände direkt beim Dom und zeigte gerade einem wohlhabend wirkenden Pilger einen der Schreine aus der Werkstatt ihres Gemahls. Heute trug sie ein Gewand in überaus merkwürdiger Farbzusammenstellung, und wie zuvor schon staunte Christophorus über den Mangel an Geschmack, den sie bei der Wahl ihrer Kleider zeigte. Doch heute war die Kombination, im Vergleich zu den Vortagen, erträglicher. Sonderbar, dass Frau Jolánda, die immer so geschmackvoll gekleidet war, ihrer Tochter in diesen Dingen nicht besseren Rat erteilte.

Christophorus schüttelte den Kopf über sich. Was ging ihn das schon an? Dennoch beobachtete er Marysa eine Weile, ohne dass sie es bemerkte.

Je länger er ihr allerdings beim Verkauf der Reliquiare zusah, desto weniger nahm er ihr gewöhnungsbedürftiges Gewand wahr. Stattdessen fiel ihm auf, dass sie über einiges Geschick als Händlerin verfügte, denn kaum ein Pilger, den sie in ein Gespräch verwickelte, zog ohne ein Reliquiar von dannen. Sie sprach die Leute in offenem, freundlichem Ton an und suchte sich mit einigem Geschick nur diejenigen heraus, die sofort Interesse an ihren Waren zeigten. Dabei bevorzugte sie keineswegs nur die reichgekleideten Patrizier.

Christophorus stand nahe genug, um den größten Teil der Gespräche, die sie mit ihren Kunden führte, verstehen zu können. Und er musste sich eingestehen, dass er mehr und mehr von ihrer Art, mit den Menschen umzugehen, fasziniert war. Kein Vergleich zu ihrem distanzierten, herablassenden Verhalten ihm gegenüber.

Sie schien hinter diesem Verkaufstisch regelrecht aufzublühen, und ihr Gesicht zeigte eine ähnliche entspannte Ruhe wie an jenem Tag, da er sie in ihren Gesang vertieft gesehen hatte.

Während er sie so betrachtete, begann sich etwas in ihm zu regen; der Hauch eines Gefühls, das er bisher noch niemals verspürt hatte und das ihn erschreckte. Es ließ sich jedoch nicht unterdrücken, und so wurde der Wunsch in ihm immer mächtiger, sich möglichst schnell und weit von dieser Frau zu entfernen.

Plötzlich begannen über ihnen die Glocken des Domes

zur Vesper zu läuten. Marysa erschrak, denn sie hatte gar nicht mitbekommen, dass es bereits so spät war. Wo steckte Reinold nur?

Während sie die verbliebenen Schreine in die Kisten packte, wies sie Jaromir an, den Handkarren zu holen. Grimold lud die Kisten sorgsam auf und brachte den Karren dann auf Marysas Anweisung hin zurück zum Büchel.

Jaromir klappte das Dach des Verkaufsstandes herunter und begann damit, die aus festem Tuch bestehende Bespannung abzuziehen und zusammenzufalten.

Marysa verstaute den größten Teil der eingenommenen Münzen in einer Geldkatze, die sie in ihrer großen Gürteltasche verstaute. Der Rest, hauptsächlich kleine und schlecht geprägte Münzen, verblieb in der Börse, die sie in den Ärmel ihres Kleides schob. Dabei behielt sie die Menschen und Verkaufsstände ringsum im Auge, in der Hoffnung, Reinold irgendwo zu sehen.

Sie erblickte Bruder Christophorus, der nicht weit von ihr entfernt stand und sie zu beobachten schien, und für einen ärgerlichen kleinen Moment setzte ihr Herzschlag aus. Was tat er hier? Sie wollte auf keinen Fall mit ihm sprechen.

Christophorus spürte geradezu körperlich, wie sich Marysas Stimmung in dem Augenblick veränderte, in dem sich ihre Blicke trafen. Sie erstarrte, und alles Offene und Fröhliche wich aus ihren Gesichtszügen.

Er fluchte innerlich, denn es wäre besser gewesen zu verschwinden, bevor sie ihn bemerkte. Doch nun war es zu spät, und abgesehen davon, dass er nicht vor sich selbst als Feigling dastehen wollte, der sich von den Launen einer Frau beeindrucken ließ, ärgerte es ihn zunehmend, dass es ihm nie gelang, ihr eine freundliche Regung zu entlocken.

Entschlossen setzte er ein, wie er hoffte, gleichmütiges Lächeln auf und ging auf sie zu.

«Guten Tag, Frau Marysa. Wie ich sehe, kümmert Ihr Euch doch um die Geschäfte Eures Gemahls, und erfolgreich dazu, wie mir scheint?»

Marysa ignorierte ihren noch immer holprigen Herzschlag standhaft und nickte ihm äußerlich ruhig zu. «Es bleibt mir wohl nichts anderes übrig, wenn Meister Reinold es vorzieht, sich den ganzen Tag nicht blicken zu lassen.»

Christophorus hob erstaunt die Brauen, doch sie sagte nichts weiter dazu, sondern half Jaromir, die gefaltete Dachbespannung in einer weiteren Kiste zu verstauen.

Als sie sich aufrichtete, fiel ihr Blick auf die beiden Krapfen, die der Dominikaner noch immer in der Hand hielt.

«Ihr frönt der Völlerei, Bruder Christophorus? Gebt Ihr damit nicht ein schlechtes Vorbild?» Kaum hatte sie die Worte ausgesprochen, knurrte ihr Magen deutlich vernehmbar.

Christophorus lachte. «Nicht, wenn ich christlich mit Euch teile. Hier, nehmt einen Krapfen. Sie schmecken ausgezeichnet.»

Verlegen blickte sie auf das Gebäck, doch da sie tatsächlich sehr hungrig war, nahm sie es und biss hinein.

«Ich vermute, Ihr habt Euch Euren Segen und Ablass heute bereits verschafft?», fragte sie, nachdem sie den letzten Bissen hinuntergeschluckt und ihre klebrigen Finger abgeleckt hatte.

«Nein», antwortete er und machte Jaromir Platz, der die verbliebenen Kisten vor dem Stand aufstapelte. «Das war gar nicht nötig, denn wisst Ihr, ich bin bereits im Besitz eines vollkommenen Aachener Ablasses.»

«Ach?» Verwundert sah sie ihn an. «Ich dachte, Ihr wäret vorher noch nie hier gewesen.»

«Das habe ich niemals behauptet. Vor vielen Jahren war ich schon einmal zu einer Heiltumsweisung in Aachen. Ich war gerade sieben Jahre alt und begleitete meine Eltern. Allerdings muss ich gestehen, dass ich nur noch sehr wenige Erinnerungen an damals habe.»

Marysa unterdrückte ein Schmunzeln. «Kaum jemand vergisst die Zeigung unserer beeindruckenden Reliquien, es sei denn, er verliert aufgrund seines fortgerückten Alters sein Gedächtnis.»

Überrascht sah Christophorus auf. «Sieh an, Ihr habt Humor! Aber ich wehre mich entschieden dagegen, mit achtundzwanzig bereits als Greis bezeichnet zu werden. Wenn ich auch zugebe, dass mein Alter im Vergleich zu Eurem schon etwas vorgerückt erscheint. Immerhin wart Ihr zur Heiltumsweisung 1391 noch nicht geboren.»

«Was mir zumindest ein Zusammentreffen mit Euch erspart hat», erwiderte sie, jedoch ohne unfreundlichen Unterton. «Esst Ihr den Krapfen noch, oder seid Ihr christlich genug, ihn mir zu überlassen?»

Grinsend gab er ihr das Gebäck. «So frönt denn Ihr der Völlerei. Da Ihr es wohl ebenso wenig im Jenseits büßen müsst wie ich, sehe ich darüber hinweg.»

Während sie dankbar auch diesen Krapfen hinunterschlang, musterte sie ihn stirnrunzelnd. «Für einen Dominikaner vertretet Ihr überraschende Ansichten.»

«Weil ich einer hungrigen Frau erlaube, einen Krapfen zu essen?»

«Ich werde nicht klug aus Euch, Bruder Christophorus. Für einen Geistlichen zeigt Ihr eine verwirrende Vielzahl von Gesichtern.»

«Und deshalb könnt Ihr mich nicht leiden?»

Marysa blickte ihn einen Moment lang schweigend an, dann nickte sie. «So ist es. Ich kann kein Vertrauen zu einem Menschen fassen, der es fertigbringt, sich von einem Augenblick zum nächsten zu häuten wie eine Schlange.» Sie wandte sich um. «Jaromir? Pass auf die Sachen hier auf, bis Grimold mit dem Karren zurück ist. Bruder Christophorus wird mich nach Hause begleiten.»

«Werde ich das?»

Sie ging nicht auf Christophorus' Frage ein, sondern zupfte ihren Knecht am Ohr. «Wehe, du lässt dich von Milo ablenken. Ich weiß genau, dass er hier irgendwo herumstreunt.»

«Nee, Herrin, ich pass schon auf.» Jaromir grinste breit und hockte sich auf eine der Kisten.

Marysa ging entschlossen los und forderte damit Christophorus auf, ihr zu folgen. «Wisst Ihr etwas Neues über diesen Theophilus, den Augustiner?»

«Ich dachte, Ihr wollt Euch nicht mehr weiter mit dieser Sache befassen.»

Gereizt sah sie ihn von der Seite an. «Meister Reinold ist seit heute Mittag verschwunden und, wie ich vermute, auf der Suche nach diesem Mönch. Wenn er nicht sogar inzwischen beim Schöffenkolleg war, um Johann Scheiffart wegen Handels mit falschen Reliquien anzuzeigen. Ich kann mich nicht heraushalten; ich mache mir Sorgen!»

Nachdenklich runzelte Christophorus die Stirn. «Er sucht nach Theophilus und will Scheiffart anzeigen? Wie kommt er darauf, dass diese beiden etwas miteinander zu tun haben?»

Marysa blieb stehen, um eine große Gruppe angetrunkener junger Männer passieren zu lassen, die gerade grölend eine Taverne auf dem Marktplatz verließ. Als sie weiterging, erblickte sie Grimold, der mit dem Handkarren auf dem Weg zurück zum Parvisch war. Er winkte und ging dann rasch weiter. «Ihr wisst selbst, dass er schon seit

Tagen mehr in der Stadt herumlungert, als sich um seine Werkstatt zu kümmern. Und ich sagte Euch auch schon, was er damit bezweckt. Offenbar hat er beobachtet, wie Theophilus gestern in Scheiffarts Haus ging. Er ...»

«Das ist nicht möglich», unterbrach er sie. «Theophilus – oder wie er auch immer heißen mag – hat die Stadt verlassen. Er ist fort ... zumindest hat Amalrich mir dies berichtet.»

«Wer?» Verblüfft hob sie den Kopf.

«Amalrich. Ein alter Pilger, ich hatte Euch doch von ihm erzählt.»

«Etwa der, der Euch diese gefälschte Reliquie ...?»

«Ebender. Er lebt schon lange in der Stadt und kennt sich auf den Straßen und in den Winkeln sehr gut aus. Und er hat mir erzählt, dass das Gerücht geht, Theophilus habe recht überstürzt die Stadt verlassen.»

«Wann?»

«Gestern oder vorgestern schon.»

Marysa schüttelte den Kopf. «Reinold behauptete, er habe ihn gestern gesehen. Vielleicht ist er zurückgekommen.»

«Möglich.» Christophorus rieb sich nachdenklich übers Kinn. «Wenn wir überhaupt von derselben Person sprechen. Wisst Ihr, wie der Mann aussieht, den Euer Gemahl gesehen haben will?»

«Nein.» Sie bogen in den Büchel ab und standen kurz darauf vor Marysas Haus. Sie schloss die Tür auf und warf einen Blick in die Werkstatt. Alles war ruhig, aus Richtung der Küche drangen jedoch Imelas und Balbinas Stimmen. «Reinold ist noch nicht zurück. Liebe Zeit, wo steckt er bloß?»

«Ich könnte nach ihm Ausschau halten, wenn Ihr es wünscht.»

«Wozu? Glaubt Ihr, er freut sich darüber, wenn er erfährt, dass ich ihm nachstellen lasse?»

«Er muss es ja nicht erfahren, Frau Marysa.» Christophorus legte den Kopf auf die Seite und sah sie herausfordernd an.

«Ich fürchte, er begibt sich in Schwierigkeiten», antwortete sie und wich seinem Blick aus.

Christophorus nickte vor sich hin. «Ein Grund mehr, mir zu gestatten, mich nach ihm umzusehen.»

«Wenn Ihr meint.» Marysa hob verzagt die Schultern. «Ich kann Euch ja sowieso nicht davon abhalten.»

Christophorus lächelte. «Doch, das könntet Ihr, wenn Ihr wolltet. Aber um Euren Ärger nicht erneut herauszufordern, verabschiede ich mich nun.» Er wandte sich ab und ging ein paar Schritte davon. Dann drehte er sich jedoch noch einmal um. «Klein, jedoch drahtig und kräftig, braunes Haar mit sauberer Tonsur und eine kleine hakenförmige Narbe am Hals.»

Marysa starrte ihn irritiert an. «Wie bitte?»

«Theophilus», erklärte er. «So sieht er aus.»

25. Kapitel

Warum bist du zurückgekehrt, Theo? Hatte ich dir nicht ausdrücklich befohlen, die Stadt bis auf weiteres zu verlassen?»

Der drahtige kleine Augustiner lächelte süffisant und sah sich beiläufig in der kleinen Schreibstube im Hause des Domherrn um. «Das ist richtig. Und es denkt auch jeder in dieser Stadt, dass ich fort bin. Aber als ich mich auf den Weg gemacht habe, begegnete mir dieser Schreinbauer, den Ihr in die Acht gebracht habt.»

«Markwardt?»

«Ich vermute, er hat mich schon länger verfolgt, denn besonders vorsichtig hat er sich dabei nicht angestellt. Er bot mir an, für ihn zu arbeiten.»

«Als was?» Die Stimme des Kanonikers klang nun wesentlich weniger gereizt. Theophilus hatte seine Neugier geweckt.

«Als das, wofür auch Ihr mich bezahlt: Reliquienhändler. Ich sagte ihm zu.»

«Wie bitte?», fuhr der Domherr auf. «Was soll das bedeuten? Bist du von allen guten Geistern verlassen? Willst du unseren Handel untergraben?»

Theophilus blieb unbeeindruckt. «Keine Angst, ich habe Euch einen großen Dienst erwiesen.»

«Wie das?»

«Er sagte zu mir: ‹Hilf mir, vor dem Schöffengericht zu beweisen, dass Johann Scheiffart des Handels mit gefälschten Reliquien schuldig ist, dann soll es dein Schaden nicht sein.›»

«Das sagte er?» Die Stimme des Domherrn bekam einen amüsierten Unterton. «Und du sagtest ihm dies zu?»

«Das tat ich.» Theophilus nickte. «Und dafür erzählte er mir, dass er bereits Kontakte zu den ehemaligen Geschäftspartnern seines verstorbenen Schwiegervaters aufgenommen hat. Er will Euer Geschäft übernehmen.»

Der Domherr lachte schallend. «Nein, was für ein Dummkopf! Glaubt er wirklich, es wäre so einfach, mich zu überrumpeln? Er hat ja nicht die geringste Ahnung!» Er wischte sich eine Lachträne aus dem Augenwinkel. «Theophilus, ich danke dir für diese erheiternde Nachricht.» Er hielt inne und musterte den Augustiner nachdenklich. «Er sagte, es soll dein Schaden nicht sein. Was soll dabei für dich herausspringen?»

Theophilus grinste. «Eine Beteiligung am Gewinn.»

Der Blick des Kanonikers wurde scharf. «Und was erhoffst du dir jetzt von mir?»

«Für die Informationen, meint Ihr?» Theophilus wurde ernst, und er trat auf den Domherrn zu. «Nun, ich denke, sie sind genau das wert, was Markwardt mir geboten hat: eine Beteiligung am Gewinn.»

Die Miene des Domherrn verfinsterte sich schlagartig. Er starrte den Augustiner abschätzend an. «Das denkst du also. Aber du wurdest bereits großzügig bezahlt. Das Gut bei Kornelimünster wird dir ein einträgliches Zubrot zu deiner Pfründe bieten. Abgesehen davon habe ich dich ja nicht um diesen Gefallen gebeten.»

«Das nicht.» Theophilus sah ihn lauernd an. «Aber ich hätte mein Wissen ja auch gegen Euch verwenden können. Diese Möglichkeit besteht noch immer …»

«O nein, das tut sie nicht.» Der Domherr packte den

wesentlich jüngeren Augustiner mit erstaunlicher Kraft und zerrte ihn zu sich heran. «Niemand, hörst du, niemand wagt es, mich zu erpressen. Schon gar nicht du, Theophilus!»

«Aber wer wird denn an so etwas denken», quetschte Theophilus mit noch immer siegessicherem Lächeln hervor. «Ich schlage Euch lediglich einen weiteren Handel ...»

Seine Augen weiteten sich entsetzt, als er den kleinen Dolch aufblitzen sah. Der Domherr stieß damit so flink zu, dass der Augustiner keine Möglichkeit mehr hatte, ihm auszuweichen. Das Metall bohrte sich ihm mitten ins Herz.

Mit großen Augen starrte Theophilus auf den Schaft des Dolches und dann in das finstere Gesicht des Domherrn. Dann brach er mit einem Röcheln zusammen.

Ein heftiges Klopfen an der Tür brachte den Kanoniker dazu, sich ein paar Schritte von dem Leichnam zu entfernen. Er linste durch das kleine Astloch in der Tür und öffnete sie dann. «Komm herein.»

Der junge Priester folgte dem Befehl. «Ich habe wichtige Neuigkeiten!», sprudelte es aus ihm heraus. «Ich weiß jetzt, zu wem Markwardts Bote unterwegs ist. Ich habe ... Oh!» Sein Blick war auf den ermordeten Mönch gefallen, dessen Kutte bereits von Blut durchtränkt war. «Was um Himmels willen ...?»

Der Domherr bückte sich, zog seinen Dolch aus der Brust des Toten und wischte ihn mit einem Tuch sorgfältig sauber. «Markwardt sucht Kontakt zu den ehemaligen Geschäftspartnern des alten Schrenger.»

«Woher wisst Ihr?» Der Priester wich vor der Leiche zurück, ließ sie jedoch nicht aus den Augen, als habe er Angst, sie könnte wiederauferstehen und sich für den grausamen Tod rächen. «Hat er …? Ich meine, warum habt Ihr ihn getötet?»

Der Domherr zuckte mit den Schultern. «Er hat den Fehler gemacht, zu glauben, er könne mich erpressen.» Er schob den Dolch zurück in seinen Gürtel. «Aber niemand kommt mir in die Quere. Merk dir seinen Anblick genau, mein Junge.»

Der junge Geistliche wurde leichenblass.

Kalt lächelnd setzte sich der Kanoniker wieder an sein Schreibpult. «Ich habe einen neuen Auftrag für dich. Schaff die Leiche fort und schreibe an die Augustiner in Kornelimünster, dass Bruder Theophilus unglücklicherweise Opfer eines bedauerlichen Unfalls geworden ist und dass seine Pfründe sowie all seine Liegenschaften und Ländereien an uns zurückfallen. Und dann», er verschränkte die Arme vor der Brust, «wirst du dich um Meister Markwardt kümmern.»

26. Kapitel

Marysa ging unruhig in ihrer nur von einer Kerze erhellten Schlafkammer auf und ab. Es war bereits nach Mitternacht und Reinold noch immer nicht zurück. Sie hatte Grimold bereits vor Stunden auf einen Rundgang durch die Stadt geschickt, doch er hatte den Meister nicht gefunden.

Sie fürchtete inzwischen, ihren Gemahl habe das gleiche Schicksal ereilt wie Klas und jeden Moment würde der Büttel mit der schlimmen Nachricht vor ihrer Tür stehen.

Nervös nagte sie auf ihrem Daumennagel herum. Was sollte sie tun? Sie konnte ja schlecht selbst nach ihm suchen, schon gar nicht mitten in der Nacht. Selbst Bruder Christophorus, dem sie am ehesten zugetraut hätte, dass er Reinold aufstöberte, hatte sich nicht wieder gemeldet.

Beim Gedanken an den Dominikaner holperte ihr Herz erneut, doch sie rief sich sofort zur Ordnung. Was sollten diese merkwürdigen Anwandlungen auf einmal? Sie konnte diesen Mann nicht ausstehen, ganz zu schweigen davon, dass er ein Geistlicher war. Am liebsten würde sie gar nichts mehr mit ihm zu tun haben müssen.

Sie richtete ihre Gedanken erneut auf Reinold und die Gefahr, in der sie ihn wähnte. Vor ihrem inneren Auge erschienen bereits Bilder, wie er mit eingeschlagenem Schädel mitten im Altarraum des Doms lag. Sie schauderte. Das durfte einfach nicht sein. Sie war völlig überdreht!

Entschlossen setzte sie sich auf ihr Bett, streifte ihre Schuhe von den Füßen und lockerte die Schnürung ihres Kleides. Sie musste versuchen, etwas zu schlafen. Wem nützte es, wenn sie die ganze Nacht aufblieb?

Marysa zog sich bis auf ihr dünnes ärmelloses Untergewand aus und schlüpfte unter die Decke. Um die flackernde Flamme der Kerze tanzten Motten und eine Schnake, dennoch löschte sie das Licht nicht. Sie starrte zum Betthimmel hinauf und lauschte dem Zirpen der Grillen vor dem Fenster.

Anstatt sich zu entspannen, spürte sie, wie ihre innere Unruhe ständig zunahm. Schließlich hielt sie es nicht mehr aus und stand wieder auf. Sie nahm die Kerze und verließ die Schlafkammer.

Erst wollte sie hinunter in die Küche, doch dann überlegte sie es sich anders und tappte an den winzigen Gesindekammern vorbei zu einem der beiden großen Zimmer, die zum Büchel hinausgingen. Die Dielen knarrten leise unter ihren nackten Füßen.

In dem Raum standen nur das Gestell eines alten Spannbetts und ein vergessener Putzeimer. Marysa drehte ihn leise um und stellte die Kerze darauf ab. Dann stieß sie die Fensterläden auf und lehnte sich hinaus. Auch hier ertönte ein vielstimmiges Grillenkonzert, und eine warme Brise strich ihr ums Gesicht. Die Abfälle in den Rinnsteinen verströmten den üblichen fauligen Geruch, heute jedoch so gedämpft, dass er kaum störte. Der Regen der vergangenen Tage hatte den meisten Unrat fortgespült.

Wo mochte Reinold nur hingegangen sein? Was hatte er vorgehabt, als er am Mittag Jaromir mit dem Verkaufsstand allein gelassen hatte?

Vom Marktplatz her vernahm sie das Grölen eines Betrunkenen, der sich ihrem Haus näherte. Dann eine weitere dunkle Stimme, die den Singenden grob zurechtwies. Wahrscheinlich hatte die Stadtwache den Zecher aufgegriffen und brachte ihn nach Hause. Als sie Schritte hörte und im nächsten Moment die Schatten der beiden Männer auftauchen sah, wich sie schnell zurück.

Der Betrunkene lallte Unverständliches, was der Wachmann mit einer unfreundlichen Zurechtweisung beantwortete. Marysa trat erst wieder näher ans Fester heran, als die Schritte der beiden fast verklungen waren.

Ihre Augen hatten sich längst an die Dunkelheit gewöhnt, und so bemerkte sie aus den Augenwinkeln eine Bewegung auf der anderen Straßenseite.

Wieder wich sie ein Stückchen zurück, jedoch nur so weit, dass sie weiterhin zur Straße hinunterspähen konnte. Dort schlich ein Mann, ein Mönch, wie sie vermutete, denn er trug eine lange Kutte mit Kapuze. Ihr Herz begann zu hämmern, als sie ihn an ihrem Haus emporblicken sah. Er war klein und schmal. Sie versuchte mehr zu erkennen, traute sich jedoch nicht, näher ans Fenster zu treten. War das Theophilus dort unten? Was suchte er hier?

Die Gestalt blieb genau vor dem Haus stehen, betrachtete die Fassade, blickte sich nach allen Richtungen um und ging dann ohne ein Geräusch zu machen weiter.

Marysa wartete noch einige Minuten, bis sie sich dem Fenster erneut näherte und hinausblickte. Alles war still, bis auf die Grillen. Weit und breit war keine Menschenseele mehr zu sehen. Marysa atmete mehrmals tief ein und aus, um sich zu beruhigen. Vielleicht war das gar nicht Theophilus gewesen. Es konnte auch irgendein anderer Mönch dort unten entlanggeschlichen sein. Einer, der sich heimlich aus seinem Kloster gestohlen hatte, um in einer Taverne zu saufen oder um ein Dirnenhaus aufzusuchen.

Wieder fiel ihr Bruder Christophorus ein und das quirlige Mädchen, das ihn am Morgen auf dem Parvisch geradezu angesprungen hatte. Ziemlich dreist, sich mit ihr in der Öffentlichkeit zu zeigen. Aber so, wie er sie angesehen und berührt hatte, schienen sie sehr vertraut miteinander zu sein.

Marysa starrte in der Dunkelheit auf den Giebel des gegenüberliegenden Hauses und bemühte sich, den leisen Stich, den ihr dieser Gedanke versetzte, zu ignorieren.

«Du machst ein furchtbar ernstes Gesicht, Christophorus», sagte Gizella und klimperte auf ihrer Laute herum. «Ich dachte, du seiest hier, um dich zu amüsieren und uns mit deiner Gegenwart zu erfreuen!»

Christophorus nickte schuldbewusst. «Ich weiß, meine Liebe. Verzeih, aber mir gehen eine Menge Dinge im Kopf herum.»

Genau wegen dieser Dinge hatte er am Abend seinen Konvent noch einmal verlassen und war gerade vor Torschluss hinaus vor die Stadtmauer gegangen, um seinen ehemaligen Reisegefährten einen Besuch abzustatten. Er hatte gehofft, hier wenigstens ein paar Stunden Zerstreuung zu finden.

Die Gauklertruppe bestand aus sechs Personen. Gizella, die Lautenschlägerin und Mutter von Estella, war die Anführerin des Haufens. Ihr Gefährte, der blonde Winand, war für die schauspielerischen Darbietungen zuständig und spielte nebenbei abwechselnd Trommel und

Schalmei. Manon war eine Französin, die sich aufs Karten- und Würfelspiel verstand und wie Gizella die Laute schlagen konnte. Sie teilte ihr Lager mit Vico, einem bärenstarken und glatzköpfigen Kerl, der jonglieren und mit Feuer die merkwürdigsten und aufregendsten Dinge anstellen konnte.

Und dann war da noch Heinrich, der ebenfalls die verschiedenen Instrumente beherrschte und sich ansonsten überall nützlich machte, wo es nottat. Christophorus vermutete, dass er in Estella verliebt war, doch diese beachtete den schüchternen jungen Mann kaum.

Sie alle saßen um ein kleines knackendes Feuer herum. Schüsseln mit den Resten von Gizellas herzhaftem und mit Sicherheit gewildertem Hasenbraten stapelten sich daneben.

Manon ließ gerade einen Schlauch mit verdünntem Wein herumgehen und schmiegte sich dann wieder an ihren Vico, der ihr den muskulösen, schwarzbehaarten Arm so um die Schultern legte, dass sie darunter fast verschwand. Sie kicherte und flüsterte ihm etwas zu, woraufhin er auflachte.

Christophorus fühlte sich wohl in dieser fröhlichen Runde. Die Gaukler hatten ihn ohne Vorbehalte auf der Reise in ihren Kreis aufgenommen. Bei ihnen hatte er nicht das Gefühl, sich ständig verstellen zu müssen. Sie sahen ihn als ihresgleichen an, und in gewisser Weise war er das ja auch.

«Erzähle uns doch von den Dingen, die dich beschäftigen», forderte Estella ihn auf und sah ihn von der Seite an. Sie saß dicht neben ihm, und wenn er gewollt hätte, hätte er sie ebenso an sich ziehen können wie Vico seine Manon. «Vielleicht können wir dir ja helfen.»

Christophorus lächelte. «Das glaube ich nicht. Es handelt sich um eine komplizierte Sache, über die ich auch nicht sprechen möchte.»

«Hat es etwas mit diesem Mädchen zu tun?», fragte Gizella. «Mit der Schwester deines Freundes? Hast du sie gefunden?»

«Das habe ich», bestätigte Christophorus. «Und sie ist kein Mädchen mehr. Sie ist eine verheiratete Frau; die Gemahlin eines angesehenen Schreinbauers.»

«Dann hast du deinen Weg also völlig umsonst gemacht, weil sie längst versorgt ist und deine Hilfe gar nicht braucht?»

«Nicht ganz.» Christophorus blickte nachdenklich in die Flammen. «Sie benötigt meinen Beistand gegen ihren Vetter nicht mehr, das ist richtig. Aber ich fürchte, sie steckt dennoch in Schwierigkeiten.»

«Große Schwierigkeiten?»

Christophorus hob die Schultern. «Sie könnten groß werden.»

«Oha.» Gizella kräuselte die Lippen. «Wirst du ihr helfen können?»

«Das weiß ich noch nicht. Ich versuche es.»

«Ist sie hübsch?», fragte Estella und hing erwartungsvoll an seinen Lippen.

«Nein», antwortete er. «Das heißt …»

«Was?» Nun hob auch Gizella neugierig die Brauen.

Christophorus schwieg einen Moment und rief sich Marysas Gesicht vor Augen, was ihm nur zu leicht gelang, da er sowieso den ganzen Abend schon über sie nachgedacht hatte. «Ich weiß es nicht», wich er aus.

«Warum nicht? Du hast doch Augen im Kopf», meinte Winand grinsend. «Oder trägt sie etwa ihr Gesicht verhüllt?»

«Nein, das tut sie selbstverständlich nicht», sagte Christophorus leicht gereizt. «Ich ... habe einfach noch nicht darüber nachgedacht, ob ich sie hübsch finde.»

«Wie bitte? Ausgerechnet du?» Vico lachte dröhnend. «Der Mann, der innerhalb von wenigen Augenblicken die schönsten Mädchen im Umkreis von einer Meile nennen kann? Wenn du es darauf anlegen würdest, könntest du dich vor ihnen nicht retten, Mann!»

Grinsend ließ Christophorus diesen Seitenhieb und das Gelächter der anderen über sich ergehen. Vico hatte recht, auf der Reise von Santiago de Compostela bis hierher war es oft vorgekommen, dass Christophorus sich für seinen Ablasshandel die jungen hübschen Mädchen herausgesucht hatte. Und sehr oft war er damit erfolgreich gewesen, denn kaum eine der Jungfern hatte nicht etwas zu beichten und bereuen gehabt. Meist kleine Liebschaften oder heimliche Stelldicheins mit einem jungen Mann, der der Familie nicht passte. Doch angerührt hatte Christophorus nicht eine von ihnen, und seine Freunde wussten das. Immerhin hatte er seinen Ruf als Geistlicher zu wahren. Dennoch zogen sie ihn gerne damit auf.

Dass er bei Estella eine Ausnahme gemacht hatte, war ein offenes Geheimnis, über das nicht gesprochen wurde. Niemand machte ihm einen Vorwurf, und auch Estella wurde deshalb nicht gescholten. Das Leben auf der Straße war nun einmal anders, und solange die Grenzen der Schicklichkeit eingehalten wurden, durfte sich ein jeder aus der Gruppe gewisse Freiheiten herausnehmen.

«Also gut», lenkte Christophorus ein. «Mag sein, sie ist nicht hässlich. Aber was soll mir das? Ich bin schließlich hergekommen, um ihr beizustehen, und nicht, um sie zu bewundern.»

«Da hast du auch wieder recht», gab Estella zu. «Sie kann glücklich sein, dass du ihr hilfst.»

Christophorus schnaubte. «Das ist sie aber nicht. So, wie sie mir immer gegenübertritt, könnte man meinen, ich habe ihren Bruder auf dem Gewissen.»

Gizella kicherte. «Sie kann dich nicht ausstehen?»

«Ich denke, das beruht auf Gegenseitigkeit», antwortete Christophorus spröde.

Gizella lachte erneut, enthielt sich jedoch jedes weiteren Kommentars, als sie seine finstere Miene sah.

Estella sprang auf die Füße und hielt ihm ihre Hand hin. «Komm, lass uns ein Stück spazieren gehen. Dort drüben hinter den Hecken verläuft ein Bach, der an einer Stelle gestaut worden ist. Da kann man wunderbar baden.»

Christophorus ließ sich von ihr hochziehen und folgte ihr dann zögernd. «Ich glaube nicht, dass ich in der Stimmung für ein Bad bin», sagte er.

«Ich aber», antwortete sie und zwinkerte ihm zu. «Komm schon, sei nicht so lahm!» Sie ließ seine Hand los und rannte beschwingt voraus.

Als er die Stelle hinter dem Gebüsch erreicht hatte, war sie bereits aus ihrem Kleid geschlüpft und, nur mit einem kurzen ärmellosen Kittel bekleidet, in den Bach gestiegen.

«Komm!», lockte sie ihn. «Es ist herrlich!»

Christophorus seufzte. Eine Abkühlung konnte ihm bestimmt nicht schaden. Er legte seinen schwarzen Mantel und den Gürtel ab und zog sich Skapulier und Habit gleichzeitig über den Kopf. Dann ließ er sich neben Estella in die kleine Mulde hinter der niedrigen Staumauer aus Bruchsteinen gleiten.

Das kalte Wasser nahm ihm für einen Moment den Atem, doch er musste Estella recht geben. Nach der Hitze des Tages und der schwülwarmen Luft des Abends war der Bach ein Genuss. Er tauchte den Kopf unter und kam dann mit einem Prusten wieder hoch.

Estella lachte, als er sich wie ein Hund schüttelte. Sie räkelte sich neben ihm und blickte zum nachtschwarzen Himmel hinauf. «Sieh mal, die vielen Sterne. Schön, nicht wahr?», murmelte sie. «Stimmt es, dass es Männer gibt, die aus ihnen die Zukunft lesen können?»

Christophorus folgte ihrem Blick und nickte. «Die gibt es. Möchtest du denn deine Zukunft gerne wissen?»

Estella überlegte einen Moment, dann schüttelte sie den Kopf. «Nein, lieber nicht. Was, wenn mir nicht gefällt, was auf mich zukommt? Da bleibe ich doch lieber unwissend und genieße stattdessen den Augenblick.» Sie rollte sich mit einer anmutigen Bewegung über ihn und schlang ihre schlanken Beine um seine Hüften. Sanft ließ sie ihre Fingerspitzen über seinen breiten Brustkorb wandern, streichelte über die Muskeln an seinen Oberarmen und spielte dann mit dem kleinen, mit Ranken verzierten silbernen Kruzifix, das er um den Hals trug. «Du machst noch immer ein viel zu ernstes Gesicht», meinte sie. «Entspann dich. Niemand wird uns hier stören. Und es ist eine so schöne Nacht.» Sie griff ins Wasser und begann, seine Bruch aufzunesteln.

Christophorus legte seine Hände auf ihre schmalen Hüften. Er spürte die Hitze ihrer Haut durch das nasse Leinen ihres Kittels hindurch. Sein Körper reagierte wie immer auf sie, doch konnte er seine Gedanken einfach nicht auf sie konzentrieren.

Bevor sie ihm seine Bruch ganz ausziehen konnte, hielt er sie sanft an den Handgelenken zurück. «Nicht», sagte er. «Es tut mir leid, Estella, aber es geht heute nicht.»

Sie glitt von ihm herunter, ohne jedoch beleidigt zu sein. Sanft schmiegte sie sich an ihn. «Was ist los mit dir?»

Christophorus schwieg, denn das fragte er sich auch gerade.

«Ist es wegen dieser Frau?» Estella legte ihren Kopf auf seine Schulter. «Sie beschäftigt dich, nicht wahr?»

Ratlos starrte er erneut zu den Sternen empor. «Nein», sagte er. «Nicht wegen ihr. Es ist …» Er richtete sich auf. Wem machte er eigentlich etwas vor? Natürlich war es wegen Marysa. Er bekam ihr verdammtes Gesicht einfach nicht mehr aus dem Kopf!

Er strich sich die nassen Haare zurück. «Ich weiß es nicht.» Umständlich stand er auf und kletterte aus der Mulde. «Sei mir nicht böse, Estella. Ich werde jetzt zurück zum Konvent gehen. Für morgen muss ich noch einen Stapel neue Ablassbriefe anfertigen.»

«Schade.» Auch Estella kam aus dem Wasser und zog sich, nass, wie sie war, ihr Kleid über den Kopf. Sie beobachtete Christophorus beim Ankleiden, dann trat sie noch einmal auf ihn zu und legte ihm die Arme um den Hals. Sie musste sich auf die Zehenspitzen stellen, dennoch hauchte sie ihm einen Kuss auf die Wange. «Kommst du bald wieder her?»

Er nickte leicht. «Ganz sicher. Bald.»

Damit wandte er sich ab und ging in Richtung Stadttor davon.

Estella ging zum Feuer zurück und ließ sich neben ihrer Mutter nieder. Außer Gizella und Winand war niemand mehr dort. Der Rest der Truppe hatte sich bereits zum Schlafen niedergelegt.

«Nun?», fragte Gizella beiläufig. «Ich dachte, Christophorus bleibt bis zum Morgen?»

Estella lehnte müde den Kopf gegen die Schulter ihrer Mutter. «Er ist gegangen, und ich bin mir nicht sicher, ob er noch einmal zurückkommt.»

Verärgert über sich selbst starrte Christophorus an dem verschlossenen Ponttor empor. Er hatte dem Wächter eine Münze gegeben, damit er ihm jederzeit die kleine Schlupfpforte öffnete, für den Fall, dass Christophorus noch vor Sonnenaufgang zurück in die Stadt wollte. Nun war es gerade eine halbe Stunde nach Mitternacht, der Wächter reagierte jedoch nicht auf sein Klopfen. Vermutlich schlief er tief und fest.

Was nun? Zurück zu den Gauklern würde er heute auf keinen Fall gehen. Er fürchtete, dass er Estella mit seiner Zurückweisung verletzt haben könnte. Außerdem tat es wirklich not, seinen Vorrat an Urkunden bis zum Morgen aufzufüllen.

Er wandte sich ab und ging ein Stück den Weg zurück, den er gekommen war. Dann bog er nach rechts ab und wanderte durch die Gassen der Vororte, die von den Zelten und provisorischen Unterkünften der Pilger gesäumt wurden, bis er das Kölntor erreichte. Hier hatte er mehr Glück. Auf sein Klopfen hin fing ein großer Hund an zu bellen, was den Wächter alarmierte. Dieser ließ Christophorus in die Stadt, nachdem eine weitere Münze den Besitzer gewechselt hatte.

In diesem Teil der Stadt kannte er sich noch nicht so gut aus, deshalb verlief er sich in der Dunkelheit zunächst in dem Gewirr von schmalen Gassen. Es war sehr ruhig ringsum. Zu dieser Stunde lagen die Einwohner in ihren Betten und schliefen. Selbst aus den Pilgerunterkünften drangen kaum noch Geräusche. Lediglich das Zirpen der Grillen und der Ruf eines Nachtvogels durchbrachen die Stille.

Irgendwann kam ihm die Umgebung wieder bekannt

vor, offenbar hatte er den oberen Büchel erreicht. Er ging zügig die Straße entlang, blieb jedoch überrascht stehen, als er einen schwachen Lichtschein durch eines der oberen Fenster in Marysas Haus schimmern sah. War dort jetzt etwa noch jemand auf?

Er trat in den Schatten der gegenüberliegenden Häuserfront und näherte sich dem Haus, ohne ein Geräusch zu machen. Wieder blieb er stehen, denn er sah, dass Marysa dort oben am Fenster stand.

Sie verhielt sich vollkommen still, schien ihn also nicht zu bemerken. Irgendwo seitlich hinter ihr musste eine Kerze brennen, die einen flackernden Wechsel aus Licht und Schatten über die junge Frau wandern ließ.

Was tat Marysa da oben? Und warum schlief sie nicht schon längst? Christophorus betrachtete sie aufmerksam. Ihr Haar hing ihr in einem dicken langen Zopf über die linke Schulter; einige der rotbraunen Locken hatten sich jedoch gelöst und umtanzten ihr Gesicht. Ein Gesicht, das wie erstarrt schien.

Je länger er sie ansah, desto sicherer war er, dass etwas nicht stimmte. Er ließ seinen Blick von ihrem Gesicht über ihren Oberkörper wandern und merkte erst jetzt, dass sie nur ein dünnes ärmelloses Untergewand trug. Im flackernden Schein der Kerze zeichneten sich ihre Brüste deutlich unter dem feinen Leinen ab.

Christophorus ballte die Hände zu Fäusten und knirschte mit den Zähnen. Er schlug die Kapuze seines Mantels über den Kopf, trat geräuschvoll aus dem Schatten und lief, etwas vornübergebeugt, an Marysas Haus vorbei, ohne sie weiter zu beachten. Erst als er den Marktplatz erreicht hatte, verringerte er sein Tempo und richtete sich wieder auf.

Er musste nicht ganz bei Trost sein! Was war nur mit

ihm los? Er ging wieder schneller und war froh, als er endlich das Haus seines Ordens erreicht hatte.

Er öffnete die kleine Hintertür, die er bei seinem Fortgehen unverschlossen zurückgelassen hatte, und schlüpfte leise in seine Kammer. Aufatmend tastete er sich zu der schmalen Pritsche, setzte sich darauf und schob seine Kapuze zurück. Bis zur Laudes war noch genügend Zeit.

Er entzündete in der Finsternis eine Talglampe und holte dann seine Tasche mit den Pergamentbögen hervor. Unter der Strohmatratze hatte er ein rechteckiges Päckchen verborgen. Auch dieses holte er hervor, klemmte es sich unter den Arm und ging dann, das Pergament in der einen, das Lämpchen in der anderen, lautlos hinüber in das Skriptorium.

Dort spitzte er mehrere Federkiele, füllte Tinte in ein Fässchen und begann mit seiner Arbeit.

Je länger er schrieb und je höher der Stapel fertig gestellter Urkunden wuchs, desto mehr wich seine innere Anspannung. Er musste sich konzentrieren, deshalb verdrängte er alle Gedanken an den vergangenen Abend und vor allem an den Anblick Marysas, wie sie so angespannt an diesem Fenster gestanden hatte.

Sie hatte verwundbar ausgesehen und ... hübsch.

«Verflucht!» Christophorus starrte auf die gespaltene Spitze des Federkiels und den hässlichen Fleck, den die spritzende Tinte auf dem Pergament hinterlassen hatte.

Grimmig nahm er sich einen neuen Kiel, legte sich einen sauberen Pergamentbogen zurecht und begann von neuem.

Zwei Stunden später hatte er einen ansehnlichen Stapel Ablassbriefe fertig. Er entnahm dem Päckchen ein sorgsam eingewickeltes Siegel und Wachs und legte beides bereit. Dann fiel sein Blick auf einen weiteren Gegenstand. Vorsichtig nahm er ihn aus dem Päckchen und betrachtete ihn sinnierend. Es war der Abdruck eines Siegels.

Das Siegel des Priors der Aachener Dominikaner.

Mit einem Lächeln wickelte er den Abdruck wieder ein und machte sich dann daran, das Siegelwachs für die Ablassbriefe zu erhitzen.

27. Kapitel

Marysa erschrak und wich vom Fenster zurück, als sie plötzlich Schritte auf der Straße vernahm.

Ein Mann in einem dunklen Mantel eilte an ihrem Haus vorbei. Mit klopfendem Herzen blickte sie ihm nach und lauschte seinen Schritten, die sich rasch in der Ferne verloren. Nie hätte sie gedacht, dass des Nachts so viele Menschen auf dem Büchel herumliefen.

Sie rieb sich über die Arme und schloss dann die Fensterläden. Nun doch langsam müde, ging sie zurück in die Schlafkammer und rollte sich unter ihrer Decke zusammen.

Was, wenn Reinold wirklich etwas Schreckliches zugestoßen war? Warum sonst kam er nicht zurück? Sie schloss die Augen und wünschte sich, jemanden bei sich zu haben, der ihr die Angst nahm.

Irgendwann fiel sie in einen unruhigen Schlaf.

«Wacht auf, Herrin! Kommt schnell, da ist jemand an der Haustür!», rief Imela aufgeregt vor Marysas Schlafkammer.

Marysa fuhr erschrocken hoch. Es war noch vor Morgengrauen! Wer würde um diese Zeit Einlass begehren? Ihr Herz pochte heftig gegen ihre Rippen.

Rasch schlüpfte sie in ihr Überkleid und stopfte ihr

Haar unter einen Schleier, den sie der Einfachheit halber wie ein Kopftuch unter dem Kinn zusammenband. Dann rannte sie auf bloßen Füßen die Stiege hinab.

«Warum hast du denn noch nicht geöffnet?», fragte sie Grimold, der mit Jaromir und Balbina vor dem Durchgang zur Werkstatt stand.

Jemand klopfte laut an die Haustür, wohl zum wiederholten Male.

Marysa eilte an ihrem Gesinde vorbei, schob den Riegel zurück und machte sich auf das Schlimmste gefasst.

«Na endlich!»

Vor ihr stand einer der städtischen Büttel. Marysas Hände wurden eiskalt.

«Ihr habt aber einen festen Schlaf, gute Frau!» Der Büttel machte ein verlegenes Gesicht. «Verzeiht, wenn ich Euch so früh störe, aber Euer Gemahl …»

Marysa fühlte, wie alles Blut aus ihrem Gesicht wich. «Was ist mit ihm?»

«Wir haben ihn, äh, gefunden.» Der rundliche Mann war bereits jenseits der vierzig und schon lange im Dienste der Stadt. Marysa kannte ihn seit Jahren und wunderte sich über sein zögerliches Verhalten.

Er druckste herum und trat schließlich einen Schritt zur Seite. Damit machte er die Sicht auf zwei Wachtmänner frei, die zwischen sich eine hölzerne Trage hielten. Daneben stand Vater Ignatius.

«O mein Gott!» Marysa bekreuzigte sich und rannte zu der Trage. «Ist er …?»

«Betrunken, liebe Frau», sagte der junge Priester in ruhigem, jedoch ähnlich verlegenem Tonfall. «Er hat das Bewusstsein verloren. Die Wächter fanden ihn im Rinnstein vor … na ja … vor dem Dirnenhaus beim Königstor.»

Marysa stieß erleichtert die Luft aus und legte Reinold ihre Hand auf die Stirn. Er rührte sich nicht, doch sie roch, dass er Unmengen Wein getrunken haben musste.

«Ich fürchte, Frau Marysa, er war dort Gast.» Vater Ignatius blickte betreten zu Boden. «Er ... also die Wächter fanden ihn dort, und weil er nicht zu sich kommen wollte, haben sie mich geholt. Aber ich glaube nicht, dass er in Gefahr ist. Wenn Ihr ihn ins Bett legt und seinen Rausch ausschlafen lasst ... Nun, dann sollte es ihm bald wieder bessergehen.» Der Priester strich sich beschämt durch die Haare. «Es tut mir sehr leid. Ich weiß nicht, wie ein guter Mann sich in solch ein Haus verirren kann ... Schickt ihn zu mir, wenn er wieder bei sich ist.»

Marysa sah ihn irritiert an. Glaubte er wirklich, Reinold würde ihn wegen seiner nächtlichen Eskapaden zur Beichte aufsuchen? Die Wachtmänner feixten, sagten jedoch kein Wort.

«Tragt ihn hinauf in die Schlafkammer», sagte sie und machte den Wächtern mit der Trage den Weg frei. Grimold kam herbei und wies ihnen den Weg nach oben.

Marysa war froh, dass die Nachbarn wegen der frühen Stunde nichts von der Sache mitbekommen hatten. Sie dankte dem Büttel noch einmal und drückte den beiden Wächtern jeweils eine Münze in die Hand, nachdem diese wieder heruntergekommen waren.

«Gehabt Euch wohl.» Die Träger verabschiedeten sich und zogen von dannen. Vater Ignatius jedoch blieb noch und bat Marysa, ihn kurz einzulassen. Sie wunderte sich zwar darüber, schickte jedoch Balbina, ihm einen Becher Most zu holen.

Vater Ignatius war noch nicht sehr lange Gemeindepfarrer, aber er zeichnete sich vor allem dadurch aus, dass er kurze Predigten hielt, milde Bußen aufgab und sich, entgegen der Gewohnheit seines betagten Vorgängers, ungern in die Angelegenheiten seiner Schäfchen einmischte.

Nun jedoch schien er es für angebracht zu halten. «Es tut mir sehr leid, Frau Marysa», wiederholte er und blickte sich angelegentlich in der Werkstatt um. «Es ist eine große Schande, wenn ein Mann ein … äh … übel beleumdetes Haus aufsucht, wenn er zu Hause eine junge hübsche Ehefrau hat.»

Marysa verschränkte die Arme vor dem Leib und sah ihn abweisend an. Was wusste er schon?

Vater Ignatius druckste herum. «Habt Ihr ihm einen Grund … Ich meine, gab es einen Streit zwischen Euch? Ihr, äh, Ihr habt ihm doch nicht das eheliche Lager verweigert?»

Marysa starrte ihn an. «Wollt Ihr vielleicht andeuten, es sei meine Schuld, wenn mein Gemahl sich in diesem Hurenhaus herumtreibt?»

Balbina kam mit dem Most herein und musste ihre Worte wohl gehört haben, denn sie reichte dem Priester den Becher mit verächtlichem Blick und zog sich dann eilig wieder in ihre Küche zurück.

«Aber nein, gute Frau.» Vater Ignatius wand sich vor Verlegenheit. «Aber manchmal reagieren Männer, ich will sagen … Wenn es einen Streit gegeben haben sollte …»

«Hat es aber nicht», fauchte Marysa.

«Nun gut.» Der Priester zog den Kopf zwischen die Schultern. «Es mag ja viele Gründe geben … Verfahrt milde mit ihm, Frau Marysa. Ihr wisst ja, dass eine der größten Tugenden der Frau die Güte ist.»

«Aber ja doch.» Marysa kochte inzwischen vor Wut. «Ich werde ihm danken für die Sorgen, in die er mich versetzt hat, weil er seit gestern Mittag verschwunden war.

Und für den Besuch bei den feilen Weibern werde ich ihm ganz bestimmt die Füße küssen.»

Verschreckt über ihren ätzenden Tonfall, wich Vater Ignatius vor ihr zurück. «Nein, also so war das nicht gemeint. Ihr seid jetzt rechtschaffen wütend. Das ist nur zu verständlich. Ich möchte Euch nur den Rat geben, Euch auf Eure Güte und fromme Hingabe als Ehefrau zu besinnen, bevor Ihr …»

«Was? Bevor ich ihm den Hals umdrehe?», fauchte Marysa. Sie brannte innerlich. All die Sorgen und Ängste der vergangenen Stunden entluden sich in einer heißen Flamme des Zorns. «Keine Angst, das werde ich nicht tun. Aber wenn er aus seinem Rausch aufwacht, wird er sich vielleicht wünschen, ich täte es. Und weder Ihr noch sonst irgendjemand hat das Recht, mir zu sagen, wie ich mich Reinold gegenüber zu verhalten habe. Soll er doch herumhuren, soviel er will! Er wird schon sehen, was er davon hat.»

«Mäßigt Euch, meine Tochter.» Vater Ignatius war erschrocken noch einen Schritt zurückgetreten. «Ihr solltet den Zorn des Herrn nicht auch noch auf Euch ziehen.»

«Herrin?» Jaromir streckte den Kopf zur Tür herein. «Der Meister scheint aufzuwachen. Er hat ins Bett gekotzt.»

«Wunderbar.» Marysa verdrehte die Augen. «Entschuldigt mich kurz.» Sie eilte hinauf in die Schlafkammer und besah sich die Bescherung. Zum Glück hatte es nur Reinolds Wams und eines der Kissen erwischt. Sie zerrte es aus dem Bett und mühte sich dann mit Grimolds Hilfe, ihrem Gemahl die Kleider auszuziehen. Diese übergab sie Imela und trug ihr auf, einen Putzeimer zu holen. «Wir stellen ihn neben das Bett. Ich hoffe, Reinold ist klug genug, sich dahinein zu erbrechen.» Mit gerümpfter Nase verließ sie die Schlafkammer wieder und ging zurück in die Werkstatt.

Dort erblickte sie den Priester, der gerade seine Nase in einen der aufklappbaren Schreine im Regal steckte.

«Was tut Ihr da?»

Vater Ignatius zuckte zusammen und fuhr herum. «Ich, äh, ich bewundere die Arbeiten Eures Gemahls. Höchst gottgefällig. Einen solchen Schrein würde ich auch sehr gerne mein Eigen nennen.»

Marysa blickte genervt zur Decke. «Verzeiht, aber ich glaube nicht, dass jetzt der richtige Zeitpunkt ist, eine Bestellung aufzugeben.»

«Nein, gewiss nicht.» Vater Ignatius nickte. «Aber ich würde gerne darauf zurückkommen. Ihr habt während der Kirmes einen Stand beim Dom, wie ich hörte? Dort kann ich Euren Gemahl sicher antreffen, nicht wahr?»

«Wenn er wieder alle Sinne beisammenhat», bestätigte Marysa. «Aber nun möchte ich Euch bitten zu gehen.»

«Natürlich.» Der junge Pfarrer trank den Rest Most aus und reichte ihr den leeren Becher. «Ihr wollt Euch nun um Euren Gemahl kümmern.»

«Nein, eigentlich möchte ich noch ein wenig schlafen», berichtigte sie ihn giftig. «Ich hatte gestern einen langen Tag und habe einen weiteren mit viel Arbeit vor mir. Gehabt Euch wohl, Vater Ignatius.» Damit hielt sie ihm die Tür auf und schob geräuschvoll den Riegel vor, nachdem er das Haus verlassen hatte. Sie stellte den Becher auf den Tisch und wollte die Werkstatt eben verlassen, als ihr ein merkwürdiger Gedanke kam. Sie blieb stehen und blickte zu dem Schrein, den der Pfarrer vorhin geöffnet hatte. Langsam ging sie zum Regal und nahm das Kunstwerk vorsichtig heraus. Sie klappte den oberen Teil auf und blickte hinein. Der Schrein war leer.

Kopfschüttelnd stellte sie ihn zurück und ging wieder ins Bett. Und obwohl Reinold mittlerweile lautstark schnarchte, schlief sie rasch ein.

«Wie könnt Ihr es wagen, mich derart zum Gespött der Leute zu machen?» Auch nach weiteren zweieinhalb Stunden Schlaf war Marysas Wut auf Reinold nicht verraucht. Sie hatte sich, die Arme in die Seiten gestemmt, vor ihm aufgebaut, während er auf der Bettkante saß und sich bemühte, in seine Stiefel hineinzukommen. Dabei stöhnte er erbärmlich, denn seit er aufgewacht war, klagte er über rasende Kopfschmerzen.

Sie verspürte nicht den kleinsten Funken Mitleid mit ihm.

Ungehalten blickte er zu ihr auf. «Was soll das heißen, ich mache dich zum Gespött? Nur weil ich … aaah», er rieb sich die Stirn. «Nur weil ich ein bisschen gefeiert habe?»

Marysa sah ihn erbost an. «Gefeiert habt Ihr? Ausgerechnet in dem Hurenhaus? Ihr seid wohl nicht bei Trost! Und was war der Anlass?»

Reinold grinste unverschämt, verzog jedoch sofort wieder leidend das Gesicht. «Bei der alten Mettel kriegt man nun mal das beste Bier in der Stadt. Und angenehmere Gesellschaft als im Zunfthaus.» Er legte den Kopf auf die Seite und musterte sie abschätzig. «Und du bist mir in letzter Zeit auch nicht allzu zuvorkommend begegnet.»

Marysa schnappte empört nach Luft, doch er winkte nur ab. «Gib es doch zu. Du bist kalt wie ein toter Fisch. Kannst doch froh sein, dass ich mir meinen Spaß auch mal anderswo suche. Und zu feiern hatte ich einiges. Zum

Beispiel, dass ich mit diesem Theophilus ins Geschäft kommen konnte.»

«Mit dem Augustiner?» Entsetzt starrte Marysa ihn an und vergaß für einen Moment ihren Zorn. «Was habt Ihr mit ihm zu schaffen?»

«Er arbeitet zukünftig nicht mehr für Scheiffart, sondern für mich. Und er wird mir helfen, den Dompfaffen ans Messer zu liefern. Wenn der erst mal aus dem Weg ist, werden wir sicherlich auch seine Lieferanten an uns binden können.»

«Ihr … Ihr macht Geschäfte mit Theophilus?» Noch immer konnte Marysa es nicht glauben. «Warum geht er darauf ein?»

«Ich habe ihm ein gutes Angebot gemacht.»

«Und was macht Euch so sicher, dass er Euch nicht an Scheiffart verrät?» Marysa ließ sich neben Reinold auf das Bett sinken. Sie hatte die Pläne ihres Gemahls ganz offensichtlich noch unterschätzt. Was er vorhatte, konnte unmöglich sein Ernst sein!

Reinold lächelte nur siegesgewiss. «Schau nicht so verschreckt, Marysa. Er wird mich nicht verraten. Dazu ist er zu habgierig.»

Marysa bemühte sich um Ruhe. «Und was habt Ihr ihm geboten?»

Reinold stand mit einem erneuten Stöhnen auf und strich sein Wams glatt. «Eine Beteiligung am Gewinn, was sonst? Das wird sich rechnen, denn er ist ein gewitzter Reliquienhändler. Ich habe ihn beobachtet, und du kannst mir glauben, er wird jeden Taler und jeden Schilling wert sein.»

Draußen ertönte die Heiltumsglocke. Es war neun Uhr; die Weisung der Heiltümer von der Galerie des Doms begann.

«Verdammt, ist es schon so spät?» Reinold winkte Marysa aufzustehen. «Komm schon, du musst dich heute noch einmal um den Verkaufsstand kümmern. Ich gehe gleich nach der Weisungszeremonie zum Rathaus und schaue, ob ich jemanden vom Schöffenkolleg erwische.»

«Ihr wollt heute die Anzeige gegen Scheiffart machen?» Marysa folgte ihm eilig hinunter in die Küche, wo er sich getrocknete Kirschen und einen großen Kanten Brot in einen Beutel packte. Marysa hielt ihn am Arm fest. «Ich bitte Euch, Meister Reinold, überlegt es Euch noch einmal. Oder wartet wenigstens noch, bis die Kirmes vorbei ist. Ich habe kein gutes Gefühl dabei.»

«Ach was, du und deine ewige Unkerei!» Reinold sah sie strafend an. «Sieh zu, dass du zum Parvisch kommst. Jaromir und Grimold können dir ja helfen.»

Marysa folgte ihm erneut, als er in die Werkstatt ging. «Meister Reinold, das will ich gerne tun, aber warum habt Ihr gestern Jaromir mit dem Stand alleine gelassen? Er ist nur ein Knecht und erst fünfzehn. Ihr hättet auf mich warten sollen!»

«Es ging nicht, sonst hätte ich Theophilus verpasst», antwortete Reinold kurz angebunden. «Und ich wusste ja, dass du bald kommen würdest. Wie ich an den Kisten sehe, warst du ja auch recht erfolgreich. Also reg dich nicht unnötig auf, sondern tu einfach, was ich dir sage. Und vergiss nicht, mir heute Abend das eingenommene Geld auszuhändigen. Gib bloß nicht so viel für Essen und Schnickschnack aus. Ich gehe jetzt. Bis später.»

«Aber ...» Verärgert sah Marysa ihm nach. Er verließ das Haus mit weit ausholenden Schritten und war kurz darauf in der Menschenmenge, die auch heute wieder dem Dom zustrebte, verschwunden.

28. Kapitel

«Warst du dort?»

«Ja, aber ich konnte nichts tun.» Der junge Priester zog den Kopf zwischen die Schultern, als ihn der verärgerte Blick des Domherrn traf.

«Warum nicht? Du weißt doch genau, was auf dem Spiel steht.»

«Ich hatte keine Gelegenheit. Die Stadtwachen … Aber heute versuche ich es noch einmal.»

«Sieh zu, dass du diesmal Erfolg hast. Markwardt wird zu einem Problem. Er war heute schon einmal beim Rathaus. Zum Glück war keiner der Schöffen dort. Aber er wird nicht lockerlassen. Ich will, dass das erledigt wird, hast du verstanden?»

«Ja, natürlich.»

«Also gut, dann mach dich auf den Weg. Und noch etwas.»

«Ja?»

«Diesmal will ich, dass du dich geschickter anstellst. Kein Aufsehen, kein Menschenauflauf. Und kein verdammter Toter im Dom, hörst du? Und verschwinde danach aus der Stadt.»

«Aber … was ist mit der Heiltumsweisung? Ich würde gerne dabei sein und den Ablass erhalten.»

Der Domherr schnaubte verächtlich. «Den Ablass willst du? Dann wirst du dich noch weitere sieben Jahre gedulden müssen, mein Freund. Ich will, dass du morgen die

Stadt verlässt. Und du kehrst erst nach Ablauf von zwei Wochen zurück. Hast du mich verstanden?»

Der Priester nickte und zog sich eilig zurück. Er hasste die Aufgabe, die der Domherr ihm zugedacht hatte. Doch er steckte schon viel zu tief in der Angelegenheit; er konnte jetzt keinen Rückzieher mehr machen. Oder doch?

Müßig, darüber nachzudenken, denn ihm winkte eine große Pfründe, größer als die mickrige Länderei, über die er momentan verfügte. Und ein hohes Amt im Marienstift. Mehr, als er sich seiner Herkunft wegen jemals hatte vorstellen können. Nur noch diese eine Sache, dann wäre es überstanden. Wenn … ja, wenn da nur nicht Marysa Markwardt wäre. Er wollte ihr kein Leid zufügen. Was würde geschehen, wenn sie erfuhr, was er getan hatte? Und nun würde er nicht einmal die Möglichkeit erhalten, den vollkommenen Ablass zu erhalten.

Betrübt und voller Schuldgefühle rief er nach Ropert, dem Mann, der zuvor für Theophilus gearbeitet hatte. Er musste ihm bei der Erfüllung seiner Aufgabe zur Hand gehen.

29. Kapitel

«Jawohl, Herr. Eine wirklich gute Wahl und ein herrliches Geschenk für Eure Gemahlin. Wollt Ihr, dass ich das Reliquiar in Wachstuch einwickele?» Marysa lächelte den wohlbeleibten älteren Kaufmann freundlich an.

«Ja, ja, macht nur. Dann wird es wenigstens auf der Reise nicht zerkratzt», schnaufte er und wischte sich mit dem Ärmel seines Hemdes den Schweiß von der Stirn. «Eine grässliche Hitze ist das heute. Wisst Ihr zufällig, wo ich eine passende Reliquie bekomme? Ein Schrein ohne Inhalt ist ja nicht viel wert, was?»

«Es gibt im Dom einen Kopisten, der sehr schöne Gebetszettel verkauft. Und die Domherren bieten Reliquien an. Aber es gibt auch einige Händler in der Stadt. Wenn Ihr hier auf dem Parvisch nicht fündig werdet, solltet Ihr es auf dem Marktplatz versuchen.»

«Ah, gut, wir werden sehen. Hier ist das Geld, gute Frau.» Der Kaufmann schob ihr mehrere Münzen zu und nahm dann das sorgsam eingewickelte Päckchen in Empfang.

Marysa atmete auf, als er in der Menge verschwand, denn sie hatte ihn fast eine Stunde lang beraten, weil er sich nicht hatte entscheiden können. Und fast genauso lange knurrte ihr bereits der Magen. «Jaromir, bring die leeren Kisten nach Hause. Grimold, pass du bitte auf den Stand auf. Ich hole mir nur rasch eine heiße Pastete.»

Grimold nickte. «Geht aber nicht zu weit weg. Der Meister wird ärgerlich, wenn ich Euch aus den Augen lasse.»

Marysa nickte nur und ging die wenigen Schritte zum nächsten Pastetenbäcker. Während sie kauend das Menschengewühl auf dem Parvisch beobachtete, tauchte ihr Vetter Hartwig neben ihr auf. «Sieh an, meine hübsche Base. Guten Tag, Marysa. Mal wieder alleine unterwegs? Ach nein, ich vergaß, du verkaufst Reinolds Schreine, nicht wahr? An dem Stand, der eigentlich mir vorbehalten war.»

Sie sah ihn überrascht an. «Reinold hat den Platz von den Kanonikern zugeteilt bekommen.»

«Er hat behauptet, wir hätten getauscht, und sich so den besten Verkaufsplatz erschlichen», knurrte Hartwig. «Aber es wundert mich nicht, dass er dir davon nichts erzählt hat. Er wird es eher seinem Liebchen in Mettels Hurenhaus geflüstert haben. Schau nicht so entsetzt, ich weiß genau, dass du weißt, wovon ich spreche. Scheinst ja nicht die besten Qualitäten einer Ehefrau zu besitzen, wenn er sich schon nach weniger als einem Jahr auswärts verlustiert.»

«Verschwinde, Hartwig!», presste Marysa zwischen zusammengebissenen Zähnen hindurch.

«Aber sicher doch. Glaub mir, deine Gesellschaft ist nicht so anregend, dass ich sie länger als nötig in Anspruch nehmen möchte. Aber richte Reinold aus, dass er noch Ärger mit mir bekommt. Ich lasse mich nicht so einfach übervorteilen, hast du verstanden?» Er wandte sich ab, drehte sich jedoch mit einem wölfischen Grinsen noch einmal um. «Wo steckt denn eigentlich dein Beschützer, dieser Klosterbruder? Oder wartet er zu Hause auf dich und wärmt dir schon mal das Bett? Wenn Reinold des Nachts fort ist, bleibt euch ja genügend Zeit für sündhaftes Treiben.» Sein Grinsen verbreitete sich noch eine Spur. «Was für ein Witz. Setzt ihrem Mann Hörner auf, während der sich im Hurenhaus amüsiert. Ich hoffe, dein Klosterbruder hat mehr Freude an dir als Reinold. Aber die Pfaffen sind vielleicht nicht so wählerisch, wer weiß.»

«Hör sofort auf!» Marysa spürte, wie ihr das Blut in die Wangen schoss. «Wie kannst du nur so etwas behaupten! Zwischen Bruder Christophorus und mir ist rein gar nichts. Er war Aldos Freund und hat ihm auf dem Totenbett versprochen, sich um mich zu kümmern. Und all diese gemeinen Andeutungen sind erstunken und erlogen! Was versprichst du dir davon, Hartwig? Bist du so neidisch auf Reinold, dass du ihn und mich öffentlich verunglimpfen musst?» Ihre Stimme wurde immer lauter. Die ersten Leute drehten sich bereits zu ihnen um. «Du kannst Reinold meinetwegen unterstellen, was du willst, aber ich habe mir nichts vorzuwerfen.»

«Ha, da schwelt also doch ein kleines Feuer unter der Schale, wie?» Hartwig sah sie unbeeindruckt an. «Hast also doch ein bisschen was von deiner Mutter geerbt. Dachte ich es mir doch. So ein streitsüchtiges Naturell musste schließlich durchschlagen.» Er lachte gehässig, wurde jedoch gleich wieder ernst. «Hör zu, Marysa. Ich habe gesagt, was ich zu sagen hatte. Richte es Reinold aus, oder lass es bleiben. Aber eines ist gewiss, wir sehen uns noch. Und wenn ich die Sache vor den Richter bringen muss.» Damit wandte er sich endgültig ab und ließ sie einfach stehen.

Marysa drehte sich mit einem Ruck um und ging zu ihrem Verkaufsstand zurück. In der Hand hielt sie noch immer die angebissene Pastete. Einen Moment lang sah sie sie unentschlossen an. Der Appetit war ihr gründlich vergangen. Da ihr Magen allerdings noch immer vernehmlich knurrte, würgte sie die Pastete schließlich doch hinunter und trank mehrere Schlucke Wasser aus ihrem Trinkschlauch hinterher.

Grimold half ihr, einige der kleinen Reliquiare mit Lederschnüren zu versehen. Sie sah ihm an, dass er liebend gerne gewusst hätte, was sie mit ihrem Vetter geredet hatte, doch sie schwieg und verbot ihm, Reinold gegenüber zu erwähnen, dass Hartwig hier gewesen war.

Wenig später kehrte Jaromir zurück und berichtete, Balbina und Imela, denen Marysa einen freien Tag gegeben hatte, seien noch nicht von ihren Familienbesuchen zurückgekehrt und dass, während er die leeren Kisten in die Remise getragen hatte, Vater Ignatius vorbeigekommen sei.

«Er hat nach dem Meister gefragt und ob er hier am Dom ist. Ich hab ihm gesagt, der Meister wäre in Geschäften unterwegs, aber wenn er einen Schrein kaufen will, kann er auch zu Euch kommen. War das richtig, Herrin?»

Marysa nickte. «Das war richtig, Jaromir. Vielen Dank. Und nun nimm diese Münzen und schau, wie viele Krapfen du dafür kaufen kannst. Irgendwo dort drüben», sie wies vage zum anderen Ende des Parvischs, «muss ein Krapfenbäcker seinen Stand haben.»

Jaromir strahlte. «Ja, Herrin. Sofort, Herrin. So viele ich tragen kann!» Er rannte los und drängte sich eifrig durch die Menschen, die zwischen den Verkaufsständen flanierten.

Der Mittag ging gerade in den Nachmittag über, und da die meisten Pilger sich um diese Zeit darum bemühten, etwas Essbares in den Magen zu bekommen, leerte sich der Parvisch für kurze Zeit. Die meisten Garküchen und Bratereien fand man am und um den Marktplatz, und dorthin strömten die Massen nun. Das Stimmengewirr nahm ein wenig ab, dafür waren von irgendwoher wieder einmal Trommeln, Pfeifen und Fideln zu hören.

«Schade, dass die Gaukler nicht näher kommen», meinte Marysa. «Ein wenig Ablenkung könnte mir jetzt nicht schaden.» Sie wischte sich den Schweiß von der Stirn. Der Rand ihrer Rise war bereits feucht. Seit dem Vormittag stach die Sonne unbarmherzig auf Aachen nieder; weit und breit war weder ein Wölkchen zu sehen, noch brachte eine kühle Brise die ersehnte Abkühlung.

Grimold sah sie besorgt an. «Soll ich hier links noch eine Plane spannen, Herrin? Dann hättet Ihr mehr Schatten.»

«Das würde aber den Blick auf unsere Waren versperren», widersprach sie. «Es muss auch so gehen.»

Sie trank noch einen Schluck und erblickte dabei eine junge, in feinen Brokat gekleidete Frau, die sich mit zwei Mägden im Schlepptau neugierig ihrem Stand näherte. Rasch legte Marysa den Wasserschlauch zur Seite und setzte ihr zuvorkommendstes Lächeln auf. «Guten Tag, wohledle Frau. Wie ich sehe, haben meine Reliquiare Eure Aufmerksamkeit geweckt. Kommt und seht sie Euch aus der Nähe an!»

Sie zeigte der jungen Patrizierin zunächst die kleinen Reliquiare, dann die größeren Schreine und beobachtete aus den Augenwinkeln, dass Jaromir mit Milo zusammen auf den Stand zukam. Jaromir trug einen Korb vor sich her, in dem sich die Krapfen türmten. Während sie der Kundin zwei kleine Reliquiare einpackte, winkte sie ihrem Knecht, den Korb hinter dem Verkaufstisch abzustellen.

Erst als die Patrizierin gegangen war, wandte Marysa sich den beiden Jungen wieder zu. «Danke, Jaromir. Ich sehe, du hast deinen Auftrag sehr ernst genommen. Wer soll bitte so viele Krapfen auf einmal essen?» Schmunzelnd hob sie den Korb auf den Tisch.

«Ich habe sogar noch Geld übrig», strahlte Jaromir und hielt ihr zwei Kupfermünzen hin. «Und, na ja, als ich Milo traf, dachte ich …»

«Dass er auch mitessen könnte?» Marysa wandte sich an den Gassenjungen. «Du bist ein Fass ohne Boden, mein Freund.»

Milo grinste fröhlich. «Sagt meine Mutter auch immer. Aber ich war sowieso auf dem Weg zu Euch. Hab eine Nachricht von Meister Markwardt.»

«Ach? Dann immer heraus damit.» Auffordernd winkte Marysa ihn näher.

Milo schielte sehnsüchtig auf den Korb, riss sich jedoch zusammen. «Der Meister ist im Rathaus. Ich soll Euch sagen, er darf noch vor der Non bei den Schöffen vorsprechen. Danach will er hierherkommen. Ach ja, und Ihr sollt für heute Abend ein gutes Essen vorbereiten, weil er dann feiern will.»

«Feiern?» Marysa spürte ein ungutes Gefühl in sich aufsteigen. Reinold hatte in letzter Zeit ein wenig zu oft das Bedürfnis zu feiern. Das entsprach so gar nicht seiner Art. «Nun gut, Milo. Ich danke dir für das Überbringen der Nachricht. Dafür darfst du alle Krapfen mitnehmen, die bei Marktende noch im Korb sind. Aber iss sie nicht alle alleine, sondern bring sie deiner Familie mit.»

«Sicher doch. Die werden sich freuen!» Milos Augen glitzerten erfreut. Er stieß Jaromir an. «Friss nicht so viel, sonst ist am Ende nix mehr für mich übrig.»

Marysa sah ihn strafend an, lächelte jedoch dabei. «Selbst Jaromir dürfte mit dieser Menge Krapfen seine Probleme haben. Hol dir den Korb nachher ab.»

«Mach ich. Bis später, Frau Marysa!» Milo verschwand zwischen den Verkaufsständen. Marysa nahm sich einen der verführerisch duftenden Krapfen und erlaubte auch ihren Knechten, sich von dem süßen Gebäck zu nehmen.

Reinold hatte es also geschafft. Er durfte bei den Schöffen vorsprechen und würde den Domherrn Scheiffart wegen Handels mit falschen Reliquien anzeigen. Und Theophilus? Würde er wirklich gegen den Kanoniker aussagen und Reinold bei diesem verrückten Plan helfen? Der Augustiner musste ein gewissenloser Mann sein, wenn er sich aus reiner Habgier gegen Scheiffart stellte.

Marysa schauderte. Wozu war ein solcher Mann wohl noch fähig? Sie zuckte zusammen, als die Domglocken zusammen mit denen der Pfarrkirche St. Follian zur Non läuteten.

30. Kapitel

Ein fröhliches Liedchen summend trat Bardolf Goldschläger aus seinem Haus und machte sich zum Zunfthaus der Goldschmiede auf. Auf dem Rückweg würde er bei Jolánda vorbeischauen und ihr berichten, dass er für sein Elternhaus mit der kleinen Werkstatt schon einen Käufer gefunden hatte. Es war Jolándas Vorschlag gewesen, nach der Hochzeit seine Schmiede in ihr Haus in der Kockerellstraße zu verlegen. Erstens waren die Räumlichkeiten viel größer, und zweitens lag ihr Haus näher am Markt.

Bardolf bog auf den Graben ab, der weiter hinten in die Pontstraße überging. Hier herrschte noch nicht so viel Trubel; die meisten Pilger drängten zum Markt und zum Dom hin. Doch dorthin wollte auch er, denn das Zunfthaus lag in der Kreme. Er ging beschwingt voran, in Gedanken ganz bei seiner zukünftigen Gemahlin, als von irgendwo vor ihm Warnrufe und Hufgetrappel laut wurden. Zwei berittene Geistliche in dunklen Kapuzenmänteln kamen im schnellen Trab die Straße herauf. Da von hinten gerade ein mit Säcken beladenes Ochsenfuhrwerk an Bardolf vorbeizog, konnte er den Reitern nicht ausweichen und blieb stehen.

«Vorsicht, weg da!», rief der Ältere von ihnen mit heiserer Stimme. Im nächsten Moment streifte der Stiefel des Klerikers Bardolfs Oberarm. Ohne sich jedoch weiter umzusehen, ritten die zwei Männer weiter in Richtung Ponttor und trieben ihre Pferde sogar zu einer noch schnelleren Gangart an.

Bardolf fluchte und rieb sich den Arm. Gleichzeitig drehte er sich nach den beiden um und starrte ihnen irritiert nach. Hatte er diese merkwürdige Stimme nicht schon einmal irgendwo gehört?

«Ihr solltet den Weg frei machen, Meister Goldschläger. Da kommen noch mehr Fuhrwerke.»

Bardolf wandte den Kopf und sah den Dominikaner, den er bei Jolándas Tochter kennengelernt hatte, auf sich zukommen. Lächelnd trat er ihm entgegen. «Ihr habt recht. Ich hatte auch nicht vor, hier zu verweilen. Bruder Christophorus, nicht wahr?»

Der Ablasskrämer verneigte sich leicht. «Mir scheint, Aachen gleicht derzeit einem Tollhaus, wenn selbst die Kleriker hoch zu Ross aus der Stadt flüchten.»

Bardolf nickte. «Sieht so aus. Und wie gehen Eure Geschäfte? Ich hätte erwartet, Euch eher auf dem Parvisch anzutreffen oder beim Markt.»

«Ich bin auf dem Weg dorthin», antwortete Christophorus. «Ärgerlicherweise ging mir vorhin die Tinte aus, und ich musste neue besorgen.»

«Ah, daraus schließe ich auf sehr gute Geschäfte», meinte Bardolf und lachte. «Ich habe bislang noch niemals einen Ablasshändler gekannt. Und ich muss zugeben, dass mir die geballte Macht an Sündenvergebung, die Ihr tagtäglich mit Euch herumtragt, etwas unheimlich ist.»

«Mir geht es ganz ähnlich», gab Christophorus unumwunden zu. «Aber ich tröste mich damit, dass ich den Menschen ja immerhin die Hoffnung auf ein angenehmes Dasein im Jenseits verschaffe. Ob sie sich dann auch erfüllt, überlasse ich jedoch ganz unserem Herrn und Vater im Himmel.»

Bardolf musterte den Dominikaner überrascht. «Eure Ansichten klingen in meinen Ohren reichlich ketzerisch.»

Christophorus lachte leise. «In meinen Ohren auch, glaubt mir das. Aber wenn man lange genug in diesem Gewerbe durch die Lande zieht, eignet man sich mit der Zeit eine recht kritische Sichtweise auf die Geschicke der Menschen an ... oder aber man wird fanatisch. Beides ist auf seine eigene Weise durchaus gefährlich.»

Die beiden Männer waren inzwischen zum Augustinerbach abgebogen und näherten sich dem Marktplatz. Bardolf blieb stehen, um eine Horde schmutziger und zerlumpter Gassenkinder vorbeizulassen, die hinter einem struppigen Hund herrannten.

«Jetzt begreife ich langsam, warum Marysa Euch so misstraut», stellte Bardolf fest. «Ihr erscheint mit Euren Ansichten für das, was Ihr als Ablasskrämer und Inquisitor verkörpert, äußerst befremdlich.»

«Weil ich den Erwartungen, die man an einen Mann in meiner Position stellt, nicht gerecht werde?»

Bardolf schüttelte den Kopf. «So würde ich es nicht ausdrücken. Ich denke, Ihr werdet Eurer Position sehr wohl gerecht, und dennoch entsprecht Ihr nicht den Erwartungen, die man an einen gestrengen Diener Gottes hat. Ich hoffe, ich trete Euch nicht zu nahe, wenn ich dies äußere.»

Christophorus lachte wieder. «Ganz gewiss nicht. Ich unterhalte mich gern mit Euch. Was allerdings den gestrengen Diener angeht, so wundere ich mich doch sehr, dass Glaubensfestigkeit für die meisten Menschen grundsätzlich mit einem sauertöpfischen Gemüt einhergehen muss. Auch wenn es Euch überrascht – ich lebe sehr gerne. Und ich glaube nicht, dass Gott es mir übel nimmt, wenn ich sein Wort den Menschen frohgemut verkünde. Zu bedauern und zu büßen haben die meisten Leute schon genug, ohne dass ich ihnen mit grausigen Geschichten über das Fegefeuer Angst einjage.»

Bardolf ging weiter und schwieg nachdenklich. Dann meinte er stirnrunzelnd: «Aber ist es nicht genau das, was ein Ablasskrämer tun muss? Die Menschen so sehr in Angst vor dem Zorn des Allmächtigen zu versetzen, dass sie gewillt sind, einen Ablassbrief zu kaufen? Wie sonst animiert Ihr sie dazu?»

Christophorus schloss wieder zu ihm auf. «Mag sein, dass ich manchmal ein wenig nachhelfe, indem ich an mögliche Folgen der Sündhaftigkeit erinnere. Im Allgemeinen kaufen die Menschen bei mir jedoch weniger die Befreiung von Tagen, Wochen oder, wenn sie es sich leisten können, Jahren der Schmach im höllischen Fegefeuer. Gewiss steht dies in den Urkunden, die ich ihnen aushändige. Doch in Wahrheit ist es nichts anderes als Hoffnung und Zuversicht auf eine etwas sicherere Zukunft, meint Ihr nicht auch?»

Bardolf lächelte. «Ihr seid wirklich ein außergewöhnlicher Mann, Bruder Christophorus. Wenn ich nicht wüsste, dass Ihr Mitglied der Heiligen Römischen Inquisition seid …»

Sie hatten den Marktplatz erreicht und drängten sich am Rand vorbei in Richtung Kreme.

«Was dann?», wollte Christophorus wissen.

Bardolf, der vorausgegangen war, drehte sich zu ihm um. «Dann würde ich mir Sorgen machen, Euch eines Tages brennen sehen zu müssen. Dort drüben ist das Zunfthaus.»

«Dann trennen sich unsere Wege hier wohl», sagte Christophorus. «Seid gewiss, dass ich um jede Art von

Scheiterhaufen einen großen Bogen mache. Grüßt Frau Jolánda von mir.»

Bardolf blieb vor dem Eingang des Zunfthauses stehen. «Das werde ich gerne tun. Aber wollt Ihr Marysa nicht auch Grüße ausrichten?»

Christophorus' Miene verfinsterte sich schlagartig. «Ich glaube nicht, dass sie darüber sehr erfreut wäre.»

Schmunzelnd rieb sich Bardolf übers Kinn. «Für einen Mann mit einem solch ausgeprägten Selbstbewusstsein wie dem Euren lasst Ihr Euch überraschend leicht von einer Frau ins Bockshorn jagen.»

«Wie bitte?»

«Ich meine, wenn Ihr Euch etwas Mühe geben würdet, könntet Ihr auch Marysas Vertrauen und Wohlwollen gewinnen.»

«Nein», knurrte Christophorus unwillig. «Das könnte ich nicht, denn ihr Vertrauen hat sie mir strikt abgesprochen. Und auf ihr Wohlwollen bin ich nicht angewiesen, Meister Goldschläger.»

«Wirklich nicht? Ich dachte ...»

«Ich habe ihrem Bruder, der mir der beste Freund war, den man sich vorstellen kann, versprochen, mich um sie und ihre Mutter zu kümmern. Nun, Frau Jolánda ist wohl zukünftig bei Euch in den besten Händen.»

«Das will ich meinen!»

«Und Frau Marysa lebt ebenfalls in den allervortrefflichsten Verhältnissen.»

«Den Eindruck habe ich wiederum nicht.»

«Sie braucht meine Hilfe nicht», fuhr Christophorus unbeirrt fort. «Und ich sehe keinen Grund, sie ihr aufzuzwingen ...» Abrupt brach er ab und hob lauschend den Kopf. «Habt Ihr das gehört?»

«Was?» Bardolf sah sich um und horchte ebenfalls.

«Die Glocken läuten zur Vesper. Das bedeutet, ich bin spät dran. Jolánda erwartet mich zum Abendessen.»

Christophorus schüttelte den Kopf. «Nein, da ist etwas … Hört Ihr das nicht? Da stöhnt jemand.» Er ging ein Stück am Zunfthaus vorbei und sah sich suchend nach allen Seiten um.

Zwischen dem Zunfthaus und dem benachbarten Wohngebäude gab es einen von Unkraut überwucherten schmalen Pfad, der in den Kaxhof mündete. Die Häuser standen so nah beieinander, dass die Dächer zusammenstießen und kaum Sonne in den Durchgang fiel.

Christophorus kniff die Augen zusammen und versuchte in dem Dämmerlicht etwas zu erkennen. «Da ist jemand!», rief er.

Bardolf folgte ihm. «Wartet doch! Das ist bestimmt ein Pilger, der hier sein Lager aufgeschlagen hat. Oder ein Zecher …»

«Heiliger Vater im Himmel!» Christophorus fiel neben dem am Boden liegenden Mann auf die Knie. «Es ist Meister Markwardt!»

«Was ist mit ihm geschehen?» Auch Bardolf beugte sich zu dem offenbar Bewusstlosen hinab.

Christophorus tastete über Reinolds Oberkörper und fluchte dann. «Er ist verletzt! Es scheint …» Er nestelte am Wams des Schreinbauers herum und riss dann sein Hemd auf. «Er wurde niedergestochen.»

«Um Himmels willen. Lebt er noch? Wir müssen Hilfe holen!» Bardolf richtete sich wieder auf und blickte zur Gasse hin.

«Ja, er lebt noch. Aber er verliert viel Blut», antwortete Christophorus. «Er braucht einen Arzt.»

«Ich sage im Zunfthaus Bescheid und schicke jemanden nach einem Medicus», beschloss Bardolf. «Bleibt solange bei ihm. Wir müssen ihn auf eine Trage legen ... Nein, halt, ich glaube, im Zunfthaus gibt es eine Sänfte. Ich bin gleich zurück!»

Christophorus nickte und sah sich suchend um. Hier gab es natürlich nichts, was sich als Verband eignete. Also riss er, so gut es ging, ein Stück aus Reinolds Hemd heraus und presste es auf die Wunde, die genau unterhalb der letzten Rippe klaffte. Die Waffe konnte er nirgends sehen, doch ihm fiel auf, dass jemand den Gürtel des Schreinbauers zerschnitten hatte. Die Geldbörse fehlte, und man hatte ihm die Stiefel gestohlen.

Reinold stöhnte, seine Augenlider flatterten.

«Meister Markwardt?» Christophorus beugte sich über ihn. «Könnt Ihr mich verstehen?»

Reinold öffnete die Augen und starrte ihn hilflos an. «Der ... Ffff...»

«Nicht sprechen. Es kommt gleich Hilfe», versuchte Christophorus, ihn zu beruhigen. «Wir bringen Euch so schnell wie möglich nach Hause. Da kann sich ein Medicus um Euch kümmern.»

Reinold versuchte zu nicken, atmete dabei jedoch rasselnd ein und verzog vor Schmerzen das Gesicht. Er griff nach Christophorus' Arm. «Der ... Pfaffe ...»

«Ruhig. Wenn Ihr zu Hause seid, holen wir den Pfarrer.»

«Der ... Pfaffe!» Reinold hustete stöhnend und verlor erneut das Bewusstsein.

Christophorus spürte einen Anflug von Panik in sich aufsteigen. «Meister Markwardt, kommt schon. Haltet durch! Ihr werdet mir jetzt nicht sterben!» Er blickte sich um, doch von der Kreme her war bisher noch niemand auf ihn oder den Verletzten aufmerksam geworden. Wo blieb nur Meister Goldschläger?

Christophorus blickte erneut auf den Schreinbauer nieder. Der Hemdfetzen, den er auf dessen Wunde gepresst hielt, war mittlerweile blutdurchtränkt. In einem raschen Entschluss zog Christophorus den kleinen Dolch hervor, den er immer unter dem Skapulier trug, und schnitt ein Stück aus seinem Habit heraus. Reinold atmete flach und röchelnd, und Christophorus schickte ein ums andere Stoßgebet zum Himmel, dass er am Leben bleiben möge. Wenigstens bis …

Als er sich bewusst wurde, was er da tat, hätte er beinahe laut aufgelacht. Stattdessen fluchte er und presste den Stofffetzen noch fester auf die Wunde. Er sah sich bereits dem Schreinbauer die Sterbesakramente erteilen. Was für ein Irrwitz! So weit durfte es nicht kommen.

«Haltet durch», forderte er Reinold erneut eindringlich auf. «Ihr sterbt jetzt nicht, hört Ihr! Tut mir das nicht an.»

Reinolds Augenlider flatterten wieder, doch er erwachte nicht aus seiner Bewusstlosigkeit.

Hinter Christophorus wurden Schritte und aufgeregte Stimmen laut.

«Hier liegt er. Kommt schnell!» Bardolf ging neben dem Verletzten in die Knie. «Lebt er noch?»

«Ja.» Christophorus machte für die beiden Männer Platz, die mit einer gepolsterten Sänfte zwischen den Häusern hindurch näher kamen. «Aber ich weiß nicht, wie lange er noch durchhält.»

«Wir bringen ihn nach Hause», bestimmte Bardolf. «Ich habe einen der Zunftmeister nach einem Arzt geschickt. Peter, Hildebrand, kommt so nah wie möglich an ihn heran», forderte er die beiden Sänftenträger auf. «Wir müssen ihn irgendwie hochheben.»

31. Kapitel

Marysa atmete erleichtert auf, als die Domglocken zur Vesper läuteten. Ihr taten vom langen Stehen die Füße weh, und sie sehnte sich danach, ihr durchgeschwitztes Kleid gegen ein frisches auszutauschen. Während sie die übrig gebliebenen Lederschnüre und Reliquiare verstaute, kam Milo angetrabt und linste begehrlich hinter den Verkaufstisch, wo der Korb mit den Krapfen stand.

«Da bist du ja», begrüßte Marysa ihn. «Schau, wir haben dir noch ein gutes Dutzend Krapfen übrig gelassen. Nimm sie mit zu deiner Familie und grüße deine Eltern und deine Schwester von mir. Ach, und richte deiner Mutter aus, dass sie nächste Woche zwei Tage für uns einplanen soll. Ich will, dass sie diesmal auch unsere Bettwäsche mitwäscht.»

«Aber ja, klar sag ich ihr das, Frau Marysa. Und danke für die Krapfen.» Milo nahm den Korb strahlend entgegen. «Ihr seid eine feine Frau.» Er sah sich um. «Ist der Meister Markwardt noch nicht vom Rathaus zurück?»

«Nein, ist er nicht.» Marysas Miene verfinsterte sich. Sie stellte eine volle Kiste auf die Handkarre und half dann Grimold, die Schutzplane zusammenzufalten.

Jaromir nahm Milo beiseite und raunte ihm zu: «Sag nix über den Meister zu ihr. Sie ist fuchsteufelswild, weil er sie heute schon wieder allein hier stehengelassen hat.»

Milo nickte verständnisvoll. «Ist er wieder ... Ich meine, treibt er sich wieder beim, äh, beim Königstor herum?»

«Pst!» Jaromir blickte erschrocken zu seiner Herrin, doch die schien nichts mitbekommen zu haben. «Geh jetzt lieber, sonst kriege ich noch Ärger.»

«Dass der Meister sie so behandelt, hat sie nicht verdient», raunte Milo zurück. «Sie ist so eine nette Frau. Und immer hilft sie mir und meiner Familie. Man sollte ihm den ...» Es folgte ein drastischer Ausdruck, dem Jaromir leise lachend zustimmte.

Marysa hatte das Gespräch der beiden Jungen sehr wohl mitbekommen und biss die Zähne zusammen. Sie wusste nicht recht, ob sie verärgert sein sollte, dass das Gesinde so über seinen Herrn redete, oder froh, weil sich die Jungen so deutlich auf ihre Seite stellten.

Beiläufig drehte sie sich zu den beiden um. «Gibt es sonst noch etwas, Milo? Jaromir, wenn du nichts zu tun hast, könntest du uns ruhig helfen, die Plane auf dem Karren zu verstauen anstatt herumzustehen und Maulaffen feilzuhalten.»

«Sofort, Herrin!» Jaromir warf seinem Freund noch einen kurzen Blick zu und eilte dann zu Grimold, um ihm zur Hand zu gehen.

Milo wechselte den Korb von der linken Hand in die rechte und verbeugte sich vor Marysa. «Dank Euch noch mal sehr für die Krapfen, wohledle Frau. Gott segne Euch.» Damit wandte er sich um und war Augenblicke später zwischen den Pilgern verschwunden.

Auf dem Heimweg überlegte Marysa, was sie Balbina zum Abendessen kochen lassen sollte. Sie bezweifelte inzwischen, dass Reinold überhaupt nach Hause kommen würde. Wenn er sie auch bisher noch niemals mit großem Respekt behandelt hatte, so fand sie sein derzeitiges Verhalten doch mehr als verletzend. Machte er sich gar nichts daraus, dass die Leute über ihn redeten? Je länger sie darüber nachdachte, desto mehr ärgerte sie sich, doch fiel ihr nichts ein, womit sie ihre Situation ändern könnte.

Zwar hielt sie sich immer wieder vor, dass sie ihn schließlich aus freien Stücken geheiratet hatte, dennoch war ihr klar, dass sie es unter diesen Umständen nicht mehr lange mit ihm aushalten würde. Aber was hatte sie schon für eine Wahl?

Sie bogen gerade in den Büchel ein, als hinter ihnen jemand laut ihren Namen rief. Sie drehte sich um und sah mit Erstaunen, dass Bardolf Goldschläger und Bruder Christophorus auf sie zugerannt kamen, dicht gefolgt von zwei Burschen, die eine Sänfte zwischen sich trugen.

«Mein Sohn! Was ist mit ihm? Lasst mich zu ihm!»

«Wartet, Frau Gerharda!» Marysa hielt ihre in Tränen aufgelöste Schwiegermutter zurück, als diese die Stiege hinaufstürmen wollte. «Der Baderchirurg ist gerade bei ihm.»

«Aber was ist denn nur geschehen? Ist er schwer verletzt?»

Marysa führte Gerharda zurück in die Stube, in der neben Bardolf und Christophorus auch Jolánda, Enno, Veronika und Einhard versammelt waren. Balbina verteilte gerade Becher und stellte einen großen Krug Bier auf den Tisch. Grimold und Jaromir hockten mit Tibor in der Küche; Imela hatte von Marysa den Auftrag bekommen, mehrere Eimer Wasser aus dem Laufbrunnen im Hof zu holen.

«Ich will zu meinem Sohn», weinte Gerharda wieder. Jolánda drückte sie auf die Bank und setzte sich neben sie, um sie weiter zu beruhigen.

Enno ging nervös in der Stube auf und ab. «Wie konnte das passieren? Ich dachte, er wollte nach dem Besuch im Rathaus zum Parvisch gehen? Was hatte er in der Kreme zu suchen?» Ungehalten blickte er Marysa an.

Christophorus räusperte sich. «Es scheint, als sei er einem Straßenräuber zum Opfer gefallen. Man hat ihn niedergestochen und ihm dann Geld und Schuhe gestohlen.»

«O mein Gott!» Gerharda schluchzte erneut auf. «Welch ein Unglück!»

Marysa sah Christophorus scharf an. «Seid Ihr sicher, dass es ein Straßenräuber war?», raunte sie ihm zu.

Überrascht hob er die Brauen. «Alle Anzeichen sprechen dafür.» Er schwieg einen Moment. «Ihr glaubt, der Überfall hätte etwas mit den gefälschten Reliquien zu tun?»

«Haltet Ihr das alles für einen Zufall?» Sie verschränkte die Arme vor dem Leib.

«Was für ein Zufall?» Enno blieb vor ihr stehen. «Wovon redest du da, Marysa?»

Sie stand auf und sah ihrem Schwiegervater fest in die Augen. «Meister Enno, Reinold war heute bei den Schöffen, um Scheiffart anzuzeigen. Und kurz danach sticht ihn jemand nieder und lässt es so aussehen wie einen Raubüberfall.»

«Das ist doch Unsinn!», knurrte Enno aufgebracht. «Wer sollte wohl so etwas tun?»

Marysa zuckte mit keiner Wimper. «Scheiffarts Helfer. Dieser Theophilus zum Beispiel.»

Jolánda hob den Kopf. «Ich dachte, der sei gar nicht mehr in der Stadt.»

In diesem Moment streckte Imela schüchtern den Kopf durch die Tür. «Herrin? Der Meister Langhäuser will Euch sprechen.»

«Ich gehe zu ihm!» Enno drängte sich an Imela vorbei, noch ehe Marysa reagieren konnte. Rasch stand sie auf und folgte ihrem Schwiegervater hinauf in die Schlafkammer, wo der Bader noch immer dabei war, Reinold zu versorgen.

Als Enno und Marysa die Kammer betraten, richtete er sich mit besorgter Miene auf. «Es geht ihm schlecht», sagte er ohne Einleitung. «Ich konnte die Blutung zum Stillstand bringen, aber man weiß nie, ob da innere Wunden sind, die weiterbluten.» Mitleidig sah er Marysa an. «Ich rate Euch, holt den Pfarrer.»

Marysa spürte alles Blut aus ihren Wangen weichen. Einen langen Moment starrte sie auf ihren Gemahl, dann ging sie zur Tür und rief nach Grimold. Mit wenigen Worten befahl sie ihm, Vater Ignatius herbeizuholen.

«Können wir denn gar nichts tun?» Auch Enno war sehr blass und stand unschlüssig neben dem Bett herum.

«Doch, es gibt etwas, was wir versuchen können», sagte Meister Langhäuser nachdenklich und strich seine blutbefleckte Lederschürze glatt. «Ich werde zu Meister Engels, dem Apotheker, gehen und ihn eine Arznei mischen lassen. Daraus kocht einen Sud, und wenn Meister Markwardt aufwacht, gebt ihr ihm so viel wie möglich davon zu trinken. Das kann die inneren Blutungen hemmen.»

«Dann tut das in Gottes Namen!» Enno trat ungeduldig von einem Bein aufs andere. «Und beeilt Euch, verdammt nochmal!» Er wandte sich an Marysa. «Warum hast du nicht Magister Mertin Bertholff kommen lassen? Der Medicus weiß vielleicht mehr ...»

«Magister Bertholff ist zurzeit nicht in der Stadt», erklärte der Bader. «Er wurde zu einem kranken Verwandten nach Kornelimünster gerufen. Aber ich versichere Euch, dass er auch nicht mehr würde tun können. Ich habe mit einem Stab nachgemessen. Der Dolch wurde Eurem Sohn eine ganze Handspanne tief in den Leib gestoßen. Und noch dazu schräg aufwärts. Wer das getan hat, wollte nicht, dass Meister Markwardt den Überfall überlebt. Ich habe in den vielen Jahren, die ich mein Gewerbe nun betreibe, solche Wunden schon oft gesehen. Wenn die inneren Verletzungen zu groß sind, können weder ich noch der Medicus etwas für ihn tun.»

«Verdammt noch eins! Dann geht endlich und holt diese Arznei!», fluchte Enno.

Marysa winkte dem Bader. «Kommt, ich bringe Euch zur Tür. Wie lange wird es dauern, bis wir die Arznei bekommen?», fragte sie, als sie die Werkstatt erreicht hatten.

Meister Langhäuser tätschelte ihr beruhigend den Arm. «Nicht lange. Ich gehe sofort zu Meister Engels. Es wird nicht mehr als eine halbe Stunde dauern. Betet inzwischen dafür, dass Euer Gemahl das Bewusstsein zurückerlangt. Je früher er die Arznei einnimmt, desto größer ist die Wahrscheinlichkeit, dass sie noch wirkt.»

Marysa nickte und ließ den Bader hinaus. Dann eilte sie wieder zurück in die Schlafkammer. Enno stand noch immer vor dem Bett und starrte auf seinen Sohn hinab. Als er sie hörte, wandte er sich um.

«Und du glaubst also, jemand von Scheiffarts Leuten habe das getan?»

Marysa ließ sich auf die Bettkante sinken und legte ihre Hand über die Reinolds. Sie fühlte sich kalt an. Sein Atem ging in rasselnden Stößen. «Ich kann es nicht beweisen», sagte sie und fühlte sich vollkommen leer. «Aber ich kann einfach nicht an einen Zufall glauben. Auch Klas wurde heimtückisch ermordet. Und Theophilus ist in die Stadt zurückgekehrt. Reinold hat mit ihm gesprochen.»

«Was hat er?»

«Er hat ihm aufgelauert und ihm einen Handel vorgeschlagen. Theophilus sollte von nun an für Reinold arbeiten und ihm helfen, Scheiffart bei den Schöffen zu verraten.»

«Und darauf ist er eingegangen?» Verblüfft rieb sich Enno die Stirn. «Davon wusste ich nichts.»

«Reinold hat ihm eine Beteiligung am Gewinn versprochen», erklärte Marysa. «Er behauptete, Theophilus sei damit einverstanden gewesen.» Sie hob den Kopf wieder. «Aber was ist, wenn dieser Augustiner ein falsches Spiel mit Reinold getrieben hat? Was, wenn er in Wirklichkeit noch immer für Scheiffart arbeitet? Dann hat er vielleicht in dessen Auftrag Reinold zur Kreme gelockt und dort niedergestochen.»

«Du musst dich täuschen, Marysa», rief Enno. «Du kannst nicht einfach wilde Verdächtigungen aussprechen.»

Marysa sah ihn entsetzt an. «Herr Schwiegervater, das tue ich doch gar nicht.»

«Doch, das tust du. Glaub mir, wenn es auch nur den kleinsten Hinweis gäbe, dass Scheiffart oder dieser Theophilus für das hier verantwortlich sind … dann gnade ihnen Gott.» Enno wandte sich zur Tür.

Marysa versuchte, ihn zurückzuhalten. «Tut bitte nichts Unüberlegtes. Scheiffart ist mächtig. Ihr seht doch, was er schon angerichtet hat.» Sie schlug die Hände vors Gesicht. Warum glaubte Meister Enno ihr nicht? «Wahrscheinlich hat Theophilus auch Klas umgebracht. Vielleicht ist der Junge irgendwie auf den Handel mit den falschen Reliquien aufmerksam geworden, wer weiß?»

Enno knurrte etwas Unverständliches vor sich hin. «Kümmere dich um Reinold!» Damit schob er sie zur Seite und stürmte hinaus. Marysa sah ihm unglücklich nach.

Natürlich würde sie sich um Reinold kümmern. Was denn sonst? Von unten hörte sie Türen klappen, dann Grimolds Stimme.

Eilig lief sie zum Treppenabsatz. «Was ist?», wollte sie wissen. «Wo ist Vater Ignatius?»

Grimold sah unglücklich zu ihr hoch. «Er ist nicht da, Herrin. Er ist nicht da.»

Marysa ging langsam die Stufen hinab. «Was soll das heißen, Grimold?»

Die Tür zur Stube öffnete sich, und Christophorus trat heraus. Neugierig blickte er zwischen dem Knecht und Marysa hin und her. «Was ist los?», fragte er leise.

Grimold hob die Schultern. «Vater Ignatius ist nicht da. Niemand hat ihn seit dem Mittag gesehen.»

Christophorus runzelte die Stirn. «Wirklich niemand?»

«Nein.» Grimold schüttelte betreten den Kopf. «Ich hab überall nach ihm gefragt. Auch beim Marienstift, aber die lassen jemanden wie mich nicht ein.»

«Und was jetzt?», fragte Marysa. «Der Bader hat gesagt, wir sollen vorsorglich den Pfarrer holen. Reinold geht es sehr schlecht.» Sie trat auf Christophorus zu. «Ihr seid doch Geistlicher; ein Priester, nicht wahr? Ihr müsst ihm die Sterbesakramente …»

«Nein!» Christophorus wich zurück. «Das werde ich nicht tun. Ich muss fort.»

Entsetzt starrte sie ihn an. «Aber … Es muss doch jemand … nur vorsorglich. Wir hoffen doch alle, dass er wieder gesund wird. Aber Meister Langhäuser sagte …»

«Nein», wiederholte Christophorus. «Ich gehe jetzt. Aber ich schicke Euch einen Pfarrer.» Ohne auf ihren Protest zu hören, ging er zur Werkstatt, riss die Haustür auf und rannte nach draußen.

Marysa stand wie erstarrt am Fuß der Treppe. Was war

nur in Bruder Christophorus gefahren? Wo wollte er denn auf einmal hin? In ihr stieg ein unbändiger Zorn auf den Dominikaner auf. Hatte er nicht versprochen, ihr beizustehen?

32. Kapitel

Christophorus rannte, so schnell er konnte, zur Domimmunität. Nicht nur die Unmöglichkeit, Reinold Markwardt die Letzte Ölung zu erteilen, führte ihn dorthin, sondern vor allem ein schlimmer Verdacht. Über Bruder Bartholomäus verschaffte er sich Einlass ins Marienstift und fragte dort nach dem Verbleib von Vater Ignatius.

Die Antwort, die er bekam, missfiel ihm sehr.

«Da ist ein Augustinerpater an der Tür», meldete Jaromir. «Und ein Bote von der Apotheke.»

Marysa, die wieder bei Reinold gesessen hatte, stand rasch auf. Also hatte Bruder Christophorus tatsächlich Wort gehalten und einen Priester geschickt. Auch wenn sie nicht verstand, warum er Reinold nicht selbst die Letzte Ölung erteilt hatte, war sie doch erleichtert. Es ging Reinold nach wie vor sehr schlecht. Nicht auszudenken, wenn er ohne die Tröstungen der Heiligen Kirche starb! «Lass beide hereinkommen», rief sie ihrem Knecht zu.

Augenblicke später kam der Priester, ein ältlicher Mönch mit Glatze, in die Schlafkammer. Das Weihrauchgefäß, das er mit sich führte, verströmte einen intensiven Geruch. In der anderen Hand hielt er einen Korb mit den Utensilien, die er für die Letzte Ölung benötigte. «Tretet zur Seite, gute Frau», sagte er mit sanfter Stimme und stellte den Korb ab. Dann drückte er ihr ein Säckchen in die Hand. «Dies soll ich Euch geben.»

Marysa warf einen Blick in den Beutel. Es handelte sich offenbar um die Arznei, denn der Inhalt roch sehr scharf. Während der Mönch die Gebete sprach, rief sie nach Balbina und trug ihr auf, aus der Kräutermischung, oder was es auch immer sein mochte, einen Sud zu kochen.

Ruhelos streifte Christophorus durch die Straßen und Gassen Aachens. Vater Ignatius war laut Aussage der Kanoniker nur zur Frühmesse in St. Follian erschienen. Seither hatte man ihn nicht mehr gesehen. Auch die Augustiner konnten ihm keine befriedigende Aussage über Ignatius' Verbleib machen.

Der Gemeindepfarrer war also verschwunden ... und Theophilus ebenfalls. Wenn auch die Existenz des Letzteren von den Augustinern bestritten wurde. Doch beide Männer gehörten dem gleichen Orden an und hatten ganz sicher Verbindungen zum Marienstift. Vater Ignatius, weil die Domherren für die Besetzung der Pfarreien in und um Aachen zuständig waren, und Theophilus, weil er mindestens einem der Domherren als Reliquienhändler gedient hatte. Wenn man davon ausging, dass die falschen Reliquien nicht zum Wohle des Stiftes, sondern zur Bereicherung einer einzelnen Person oder kleinen Gruppe dienten, konnte man den Kanonikern sogar glauben, dass sie ihn nicht kannten.

Allerdings hoffte Christophorus, dass er mit seinen Fragen in ein Wespennest gestochen hatte. Wenn unter den

Männern, mit denen er gesprochen hatte, der fragliche Betrüger war, hatte er diesen nun vielleicht aufgescheucht.

Dann würde sich dieser vielleicht bald zu erkennen geben – oder einen Fehler begehen.

33. Kapitel

Marysa hatte mehrere gepolsterte Stühle aus der Stube heraufbringen lassen; auf einem von ihnen harrte sie nun schon seit vielen Stunden aus. Für ihre Schwiegereltern hatte sie ein Gästelager in einer der leer stehenden Kammern herrichten lassen, doch Gerharda hatte sich strikt geweigert, ihrem Sohn von der Seite zu weichen. Und so saßen auch sie und Enno am Krankenbett ihres Sohnes, waren inzwischen jedoch beide eingenickt. Enno schnarchte leise.

Der Rest der Familie war am späten Abend nach Hause gegangen, und so herrschte im Haus nun eine trügerische Ruhe.

Reinolds Atem ging flach und rasselnd. Er war noch nicht aus seiner Bewusstlosigkeit erwacht; der Kräutersud stand unangerührt neben dem Bett, an dessen Kopfende zwei dicke Kerzen brannten.

Anfangs hatte Marysa ihrem Gemahl noch in regelmäßigen Abständen die Stirn mit kühlendem Wasser betupft, doch inzwischen saß sie nur noch reglos da und starrte ihn an. Sie verspürte weder Müdigkeit noch Angst oder Sorge. Sie fühlte gar nichts.

Als die Nacht fast vorüber war und der Himmel von Schwarz zu einem dunklen Blau wechselte, wurden Reinolds Atemzüge immer qualvoller. Marysa stand nun doch auf, setzte sich auf den Bettrand und umfasste seine Hände. Sie spürte keinerlei Reaktion, nicht das leiseste

Zucken. Seine Finger waren kalt, seine Gesichtsfarbe wirkte im flackernden Kerzenschein grau. Aus seinem Mundwinkel sickerte ein feines Rinnsal Blut. Die Kerzen, nun schon weit heruntergebrannt, flackerten unstet.

Während die Morgendämmerung heraufzog und die Vögel im Kirschbaum ihr erstes Lied anstimmten, hob und senkte sich Reinolds Brustkorb ein letztes Mal.

Ihr Herz begann heftig zu pochen. Minutenlang blickte sie wie betäubt auf ihren toten Gemahl herab. Schließlich ließ sie seine kalten Hände los und erhob sich. Leise ging sie zum Fenster und stieß die Läden auf, um es Reinolds Seele zu ermöglichen, auf direktem Wege zu den Engeln aufzufahren. Gierig atmete sie die frische Morgenluft ein.

Reinold war tot! Während sie hinunter auf die Gasse blickte, überkam sie plötzlich ein heftiges Zittern. Sie hielt sich am Fensterrahmen fest und versuchte, sich auf ihren Atem zu konzentrieren. Das Blut rauschte in ihren Ohren. Er war tot; war … ermordet worden! Was sollte nun werden?

Sie schloss für einen Moment die Augen und bemühte sich um Fassung. Dann trat sie neben den Stuhl, auf dem Gerharda noch immer fest schlief, und berührte sie sanft an der Schulter, um sie zu wecken.

Erschöpft ließ sich Marysa auf eine der Bänke in der Stube sinken und stützte den Kopf in ihre Hände. Die Beerdigung und der anschließende Leichenschmaus hatten sie angestrengt. In ihren Ohren summte es von den vielen Beileidsbekundungen, und ihr Körper war ausgelaugt von der brütenden Hitze, die Aachen seit Tagen heimsuchte.

Sie hörte die Stubentür gehen, rührte sich jedoch nicht, als ihre Mutter sich neben sie setzte und einen großen Krug Wasser auf den Tisch stellte.

«Trink, mein Kind», forderte sie Marysa sanft auf.

Marysa nickte, füllte sich ihren Becher schweigend bis zum Rand voll und stürzte das kühle Nass in einem Zug hinunter. Sie schenkte sich nach und trank noch einmal.

Jolánda lächelte. «Gut so.» Sanft legte sie Marysa einen Arm um die Schultern. «Vater Ignatius hat eine sehr schöne Messe abgehalten, findest du nicht auch?»

Marysa nickte wieder stumm und starrte auf die Tischplatte. Der Gemeindepfarrer war am Tage nach Reinolds Tod zurückgekehrt. Wie sich herausgestellt hatte, war er mit dem Medicus verwandt und hatte ihn auf dessen Krankenbesuch nach Kornelimünster begleitet. Seither waren weniger als zwei Tage vergangen; Marysa kamen sie jedoch wie Wochen vor. Noch immer spürte sie keinerlei Schmerz, Trauer oder irgendein anderes Gefühl in sich. Lediglich ein Funken Wut flackerte hin und wieder auf. Wut darüber, dass Reinold ihre Warnungen ignoriert hatte.

Als es an der Haustür pochte, stand Marysa auf. Jolánda hielt sie am Arm fest. «Bleib doch sitzen, Kind. Einer der Knechte wird die Tür öffnen. Du solltest dich ausruhen.»

Marysa schüttelte den Kopf und ging schweigend hinaus. Mit gemischten Gefühlen sah Jolánda ihr nach. Marysa hatte den ganzen Tag kaum ein Wort gesprochen.

Sie vernahm die Stimmen von Männern durch die halboffene Stubentür und folgte ihrer Tochter neugierig in die Werkstatt.

«... müssen wir Euch leider mitnehmen, Frau Marysa», hörte sie die letzten Worte des Schöffen van Eupen. Erschrocken rannte Jolánda die letzten Schritte bis zur Tür.

«Was ist hier los?»

Vor dem Haus standen zwei Schöffen, ein Büttel und zwei Kanoniker. Alle machten ernste Gesichter; van Eupen hob, fast wie zur Entschuldigung, beide Hände, als er wiederholte: «Wir müssen Frau Marysa leider mitnehmen und vorerst in die Acht bringen. Der hier anwesende Domherr Ulrich van Kettenyss hat im Namen des Marienstifts Anklage gegen Reinold und Marysa Markwardt erhoben, wegen Handels mit gefälschten Reliquien.»

«Das darf doch wohl nicht wahr sein!», rief Jolánda entsetzt. «Ihr dürft sie nicht mitnehmen. Erst vor wenigen Tagen wurde eindeutig bewiesen, dass Reinold nichts mit dieser Sache zu tun hat. Was soll das?»

Van Kettenyss warf ihr einen strengen Blick zu. «So eindeutig nun auch wieder nicht, gute Frau. Und inzwischen gibt es neue Hinweise und Zeugen, die eine Beteiligung Eures Schwiegersohns in dieser Angelegenheit beweisen.»

«Aber Reinold ist tot!», protestierte Marysa mit zitternder Stimme. Als sie die Handschellen sah, die der Büttel mit sich führte, wurde ihr eiskalt vor Angst.

«Das tut nichts zur Sache», erwiderte van Kettenyss ruhig. «Wir müssen feststellen, inwieweit Ihr ebenfalls damit zu tun habt. Die Fälschung von Reliquien ist eine Handlung gegen die Lehren der Heiligen Römischen Kirche. Ihr wisst wohl, welche Strafen darauf stehen.»

«Aber wir haben nicht …»

«Wir werden sehen», unterbrach van Eupen sie. «Ihr müsst mir glauben, ich tue dies nicht gerne, Frau Marysa. Aber mir bleibt keine Wahl.»

«Ich habe nichts getan!» Marysa wich zurück, als der Büttel sie am Arm packte. Inzwischen hatten sich mehrere Schaulustige vor dem Haus eingefunden, auch ein paar der Nachbarn waren unter ihnen.

«Was geht hier vor?», quäkte die Stimme der Ragna Berscheider. «Was wollt Ihr von Marysa? Ihr dürft sie nicht festnehmen!»

Protest wurde laut, zwei Kaufmänner aus der Nachbarschaft kamen herbei und wollten den Büttel davon abhalten, Marysa die Handschellen anzulegen.

«Zurück, Leute, behindert die Schöffen nicht!», rief der zweite Kanoniker mit erstaunlich lauter Stimme. «Die Frau wird festgenommen. Sollte ihre Unschuld bewiesen werden, so wird ihr nichts geschehen.»

Inzwischen war auch das Gesinde auf den Aufruhr aufmerksam geworden. Grimold und Jaromir wollten Marysa beistehen, wurden jedoch von den Schöffen zurückgehalten.

«Wir bringen sie in die Acht», wandte sich van Eupen an Jolánda. «Sicherlich könnt Ihr für eine der Einzelzellen bezahlen, nicht wahr? Kommt nachher dorthin, wir regeln das.»

«Aber Ihr dürft sie nicht einfach so mitnehmen!» Jolánda wollte dem Büttel folgen, der Marysa unsanft abführte.

Van Eupen hielt sie zurück. «Ihr solltet Euch beruhigen, gute Frau. Es wird ihr kein Leid geschehen, solange die Untersuchungen nicht abgeschlossen sind.»

Jolánda blickte den Männern starr vor Entsetzen nach. Als sich Grimold hinter ihr räusperte, fuhr sie herum.

«Soll ich den Meister Goldschläger holen?»

Jolánda schüttelte den Kopf. «Nein, das soll Tibor tun. Geh du und suche diesen Dominikaner, Bruder Christophorus. Vielleicht kann er uns helfen. Jaromir, lauf los und sag Meister Enno Bescheid.»

«Was machen wir nun mit der Frau?», fragte Wolter Volmer, einer der Schöffen, in die Runde seiner Kollegen. Sie hatten sich zu einer kurzfristigen Sitzung eingefunden, da eine Anklage wegen Ketzerei, und darauf lief es wohl hinaus, nicht unter das Freiheitsgebot während der Kirmes fiel. «Wir können doch jetzt keinen Prozess führen.»

«Nicht während der Heiltumsweisung», stimmte der Schöffenmeister, Gerhard van Haren, ihm zu. «Wir sollten sie befragen und dann abwarten, bis die Kirmes vorbei ist.»

«Ich halte es für irrwitzig, sie überhaupt einzusperren», rief van Eupen erbost. «Ihr kennt sie doch alle. Sie ist die Tochter von Gotthold Schrenger! Glaubt ihr wirklich, was die Kanoniker ihr vorwerfen?»

«Sie werden die Anschuldigungen schon nicht aus der Luft gegriffen haben», gab van Haren zu bedenken.

«Du lieber Gott, hast du van Kettenyss zugehört?», fuhr van Eupen ihn an. «Ich sage euch, da steckt mehr dahinter als ein paar gefälschte Reliquien. Markwardt hat den Domherrn Scheiffart wegen der gleichen Sache angezeigt, die van Kettenyss nun gegen Marysa Markwardt anführt. Haltet ihr das für einen Zufall?»

Christophorus strich sein frischgewaschenes Skapulier glatt, welches er über einem neuen, strahlend weißen Habit angelegt hatte. Er bemühte sich, seine Nervosität zu verbergen, während er sich auf einen der Plätze bei den Schöffen setzte.

Seit Marysas Verhaftung waren zwei Tage vergangen, in

denen nur Jolánda einmal zu ihr in die Zelle gelassen worden war, um ihr Decken und etwas zu essen zu bringen.

Man hatte bis zum Montagmorgen mit der Befragung gewartet, damit das Schöffenkolleg auch vollzählig anwesend sein konnte. Christophorus hatte seinen Einfluss geltend gemacht und war nun als einer der Vertreter des Marienstifts anwesend.

Der Raum, in dem die Befragung stattfand, war klein und quadratisch. Es gab nur die Stühle für die Schöffen und die Ankläger, ein Pult für den Gerichtsschreiber und einen Schemel für die Angeklagte. Christophorus warf dem schwarzen Kruzifix über der Tür einen langen Blick zu.

Er fragte sich nachgerade, in was er hier hineingeraten war. Niemals auf dem langen Weg von Pamplona nach Aachen wäre ihm in den Sinn gekommen, dass er sein Versprechen, Aldos Schwester beizustehen, auf diese Art und Weise würde einlösen müssen. Er spielte ein gefährliches Spiel, das war ihm nur zu bewusst. Wenn es schiefging, würde mehr als nur ein Scheiterhaufen auf dem Kaxhof brennen.

Ein Büttel brachte Marysa herein und führte sie zu dem Schemel.

Christophorus spürte einen heftigen Stich in der Herzgegend und starrte angestrengt auf seine Hände. Sie sah entsetzlich aus! Das braune Kleid – jenes, das sie bereits auf der Beerdigung ihres Gemahls getragen hatte – war zerknittert und wies am Rock einige unschöne Flecken auf. Sie hatte ihr Haar, so gut es ohne Spiegel ging, unter einer Rise verborgen und den Schleier, der normalerweise mit einem Schapel festgehalten wurde, wie das Kopftuch einer Bäuerin umgebunden. Sie war blass, die Augen dunkel gerändert. Ihre Hände hielt sie fest ineinander verschränkt, obwohl die eisernen Handschellen sie auf diese Weise unangenehm drücken mussten.

Der Schöffenmeister befahl ihr, aufzustehen und ihren Namen zu nennen. Sie tat beides, ohne den Blick zu heben, und schien erleichtert, als er ihr erlaubte, sich wieder zu setzen.

Van Haren trat vor und forderte sie auf, ihn anzusehen. «Frau Marysa, Witwe des Schreinbauers Markwardt, Ihr und Euer verstorbener Gemahl seid von Ulrich van Kettenyss, der das Marienstift vertritt, wegen Handels mit falschen Reliquien angezeigt worden. Euer Gemahl kann nicht mehr aussagen, also ist es an Euch, etwas zu den Vorwürfen zu äußern.»

Marysa schwieg.

«Nun?» Van Haren trat einen Schritt auf sie zu.

Was sollte sie sagen? Diese Männer würden ihr ebenso wenig glauben, wie Reinold auf ihre Warnungen gehört hatte. Vielleicht war es nicht seine Absicht gewesen, doch er hatte sie in die Sache hineingezogen, und nun musste sie seinen verrückten Plan ausbaden. Ihr Blick wanderte über die Reihen der Schöffen, die sie aufmerksam, jedoch nicht unbedingt feindselig ansahen, über die drei Kanoniker, die der Befragung beiwohnten, und blieb an Bruder Christophorus hängen. Was suchte er hier? Er saß bei den Domherren; war er also als Inquisitor hier?

Ein irrwitziger Gedanke schoss ihr durch den Kopf. Würde ausgerechnet er, der ihrem Bruder versprochen hatte, auf sie achtzugeben, derjenige sein, der dafür sorgte, dass sie wegen Ketzerei verurteilt wurde?

Sie schloss für eine Sekunde die Augen, öffnete sie jedoch sogleich wieder, als sie van Harens erneute, diesmal deutlich ungeduldige Aufforderung zum Sprechen vernahm.

Wieder wanderte ihr Blick zu Bruder Christophorus. Eben hatte er noch auf seine Hände gestarrt, nun jedoch sah er ihr ins Gesicht. Sein Blick war eindringlich ... und auffordernd. Sie bildete sich ein, dass er ihr leicht zunickte. Wollte er, dass sie aussagte, was aus ihrer Sicht geschehen war? Was sollte das bringen?

Sie biss sich auf die Lippen. Andererseits hatte sie wohl nichts mehr zu verlieren. Sie hob den Kopf und blickte van Haren in die Augen.

«Weder Meister Reinold noch ich haben mit gefälschten Reliquien gehandelt. Nachdem man dieses falsche Germanus-Knöchelchen bei unserem Gesellen Klas gefunden hatte, war mein Gemahl überzeugt davon, dass man ihm den Mord an seinem Gesellen in die Schuhe schieben wollte.» Sie hielt einen Moment inne, um sich zu sammeln. «Er begann, Nachforschungen anzustellen.»

«Nachforschungen?», echote van Haren.

Marysa nickte. «Er hat sich umgehört und ...» Sie warf Christophorus einen kurzen Blick zu, den er ohne erkennbare Regung erwiderte. «Es tauchten noch mehr solche falschen Reliquien auf. Ein Augustiner mit Namen Theophilus soll sie den Pilgern verkauft haben. Er ...» Sie nahm all ihren Mut zusammen. «Er soll für Johann Scheiffart gearbeitet haben. Deshalb hat Reinold am Tag seines Todes die Anzeige gegen den Domherrn erhoben.»

«Scheiffart? Das ist ja lächerlich!», fuhr einer der Kanoniker, ein hochgewachsener, asketisch wirkender Mann um die vierzig, auf. «Gewiss betreut er den Reliquienhandel des Marienstifts, aber er hat doch nichts mit diesen Fälschungen zu tun! So etwas hat das Marienstift nicht nötig!»

«Ihr streitet also jegliche Verbindung zum Reliquienhandel ab?», mischte Christophorus sich ein. «Wie erklärt

Ihr Euch dann, dass es einen Boten gibt, der aussagt, er habe Briefe an die ehemaligen Geschäftspartner Eures Vaters überbracht?»

«Ich … das …» Marysa sah ihn verwirrt an. Was sollte das? Sie hatte ihm doch erzählt, was Reinold vorhatte. Wollte er ihr jetzt einen Strick daraus drehen?

Christophorus stand nun ebenfalls auf und trat vor. «Wusstet Ihr, dass Euer Gemahl diese Briefe verschickt hat?» Er erwiderte ihren Blick, schüttelte dabei den Kopf jedoch fast unmerklich.

Was wollte er? Sollte sie etwa lügen?

«Antwortet!», fuhr er sie grob an. Und wieder starrte er ihr auf diese merkwürdige Weise in die Augen.

Unsicher, ob sie das Richtige tat, schüttelte sie den Kopf. «N…nein.»

Christophorus griff ihre Antwort sofort auf, bevor jemand anderes etwas sagen konnte. «Könnt Ihr Euch vorstellen, dass er hinter Eurem Rücken vorhatte, den Reliquienhandel aufzunehmen?»

«Ich weiß nicht …»

«Hattet Ihr überhaupt Einsicht in seine Geschäfte?»

Marysa begriff langsam, worauf er hinauswollte, und ärgerte sich maßlos. Aber jetzt musste sie sein Spiel mitspielen. «Reinold wollte nicht, dass ich ihm in der Werkstatt oder beim Verkauf der Reliquiare helfe», antwortete sie und war froh, dass wenigstens dies der Wahrheit entsprach.

«Papperlapapp!», mischte sich van Kettenyss ein. «Jeder Aachener Bürger kann wohl bezeugen, dass Ihr vergangene Woche am Verkaufsstand Eures Gemahls auf dem Parvisch gestanden habt.»

«Das war eine Ausnahme», entgegnete Marysa. «Er hatte keine Zeit. Er … er suchte doch noch immer nach

Beweisen, dass dieser Theophilus und der Domherr Scheiffart gemeinsame Sache machten. Deshalb hat er mir aufgetragen, seine Schreine auf dem Parvisch zu verkaufen. Aber Ihr könnt fragen, wen Ihr wollt, auch unser Gesinde oder Meister Reinolds Kunden. Er hat mir verboten, mich in seine Geschäfte einzumischen. Und ich habe es auch nicht getan.»

«Also wisst Ihr im Grunde gar nicht, was für Pläne Euer Gemahl hatte, weil er Euch nicht eingeweiht hat», schloss Christophorus und wechselte ohne Übergang das Thema. «Ihr wusstet aber sehr wohl, dass er vorhatte, Johann Scheiffart anzuzeigen. Das habt Ihr ja selbst eben ausgesagt. Was wollte er damit erreichen?»

Marysa schluckte. Merkte er nicht, auf welch dünnem Eis sie sich bewegten? Sie antwortete: «Es ging doch um Klas. Er wollte, dass Klas' Mörder gefunden wird. Reinold war überzeugt davon, dass der Domherr etwas damit zu tun hat.»

Van Kettenyss stieß ein hässliches Lachen aus. «Entweder seid Ihr die Dreistigkeit in Person, Frau Marysa, oder Ihr habt tatsächlich nicht die leiseste Ahnung von den Machenschaften Eures Gemahls. Ihr behauptet, Bruder Theophilus würde für Johann Scheiffart gefälschte Reliquien unters Volk bringen. Er selbst hingegen sagt aus, dass Euer Gemahl ihm eine Beteiligung am Gewinn angeboten habe, wenn er für ihn arbeiten und mit einer Falschaussage vor den Schöffen den Verdacht auf Johann Scheiffart lenken würde.»

Christophorus fuhr verblüfft zu dem Kanoniker herum, und auch unter den anwesenden Schöffen kam verwundertes Gemurmel auf. Man leugnete die Existenz dieses Augustiners also nicht mehr?

Van Kettenyss lächelte schmal. «Bruder Theophilus ist

ein Augustiner, der aus fernen Landen hierhergepilgert ist. Er weilt wegen der Heiltumsweisung hier und kam vor drei Tagen zu mir, um mir von Markwardts ungeheuerlichem Angebot zu berichten. Und er zeigte mir dies hier.» Er holte unter seinem Mantel zwei kleine, an Lederschnüren befestigte Reliquiare aus Reinolds Werkstatt hervor. Eines davon klappte er auf und ließ den Inhalt in seine Handfläche fallen.

«Gefälschte Heiligenknöchelchen», informierte er die Anwesenden, obwohl sich dies wohl alle bereits denken konnten. «Meister Markwardt hat sie Theophilus gegeben und außerdem», er zog einen schwarzen Beutel hervor, «auch noch dies hier. Es handelt sich um weitere fünfzehn Splitter von Fingerknochen.»

Van Eupen sah ihn missbilligend an. «Warum kommt Ihr damit erst jetzt?»

Der Kanoniker hob nur kurz die Schultern. «Es war zunächst einmal eine Angelegenheit des Marienstifts.»

«Es ist eine Sache der Schöffen, das wisst Ihr genau! Die Familie Markwardt gehört nicht zur Domimmunität und wohnt auch nicht dort!», regte sich nun auch van Haren auf. «Es ist doch immer dasselbe mit Euch. Es steht Euch nicht zu, die Zuständigkeit ungefragt an Euch zu reißen!»

Christophorus räusperte sich vernehmlich. «Ihr hättet mir davon berichten müssen, Herr van Kettenyss. Wo ist dieser Theophilus jetzt?»

Der Domherr hob erneut die Schultern. «Er ist Gast in meinem Haus. Wenn Ihr wollt, könnt Ihr Euch gerne mit ihm unterhalten.»

«Das werde ich tun.» Christophorus nickte ihm finster zu.

«Auch wir sollten diesen Augustiner befragen», entschied van Haren. «Ich schlage vor, dass wir dies hier zu einem späteren Zeitpunkt fortsetzen.» Er wandte sich noch einmal an Marysa. «Euch rate ich, Euch genau an alles zu erinnern, was mit dieser Sache zu tun haben könnte. Sollte sich herausstellen, dass Ihr gelogen habt, wird Euch das nicht gut bekommen, Frau Marysa. Euer Vater war immer ein aufrichtiger und rechtschaffener Mann. Er würde es ganz sicher nicht gutheißen, wenn Ihr jemanden deckt, und sei es Euer verstorbener Gemahl.» Er winkte dem Büttel, Marysa hinauszubringen.

34. Kapitel

Marysa saß auf der Strohmatratze, den Rücken gegen die kalte Zellenwand gelehnt, die Arme fest um ihre angezogenen Knie geschlungen, und starrte zu dem kleinen vergitterten Fensterchen hinauf. Es handelte sich um dieselbe Zelle, in der auch Reinold eingesperrt gewesen war. Seit der Befragung waren viele Stunden vergangen. Lediglich der Wachtmann war vor einiger Zeit gekommen und hatte ihr frisches Wasser gebracht. Ansonsten war alles still. Natürlich drang von draußen das Stimmengewirr der Pilger und Kirmesbesucher vom Kaxhof herauf, doch Marysa nahm es gar nicht wahr.

Nach wie vor fühlte sie sich wie betäubt. Mit seinem irrsinnigen Plan, Scheiffarts Reliquienhandel an sich zu reißen, hatte ihr Mann nicht nur sein eigenes Leben riskiert und verloren. Nein, er hatte auch sie in eine böse Situation gebracht. Wie sollte sie jemals beweisen, dass Reinold, und damit auch sie selbst, unschuldig war? Sie hatte ja geahnt, dass Theophilus ein falsches Spiel spielte.

Und was Bruder Christophorus da vorhatte, war glatter Wahnsinn. Er hatte sie zu einer Falschaussage bewogen, eine Tatsache, die nicht nur gefährlich, sondern ihr auch vollkommen unverständlich war. War er als Inquisitor nicht der absoluten Wahrheit verpflichtet? Der Zorn, der in ihr aufstieg, war das Erste und Einzige, was sie seit Tagen verspürte. Wie wollte er ihr denn helfen, wenn er sie vor den Schöffen lügen ließ? Abgesehen davon, dass sie, sollten die Schöffen zu der Überzeugung gelangen, Theophilus sei ein glaubwürdiger Zeuge, bald wieder befragt werden würde. Und vielleicht würden sie dann den zweiten Grad anwenden. Sie hatte schon oft von der peinlichen Befragung gehört. Ihr Vater hatte ihr davon erzählt, und natürlich gab es immer wieder Gerüchte, wenn in der Stadt ein Gerichtsprozess geführt wurde.

Je länger sie daran dachte, desto mehr wurde ihr Zorn von Angst verdrängt. Sollte sie auch nur in die Nähe eines Folterwerkzeugs gelangen, würde sie gestehen, dass sie gelogen hatte, da war sie sicher. Und was dann? Sie würden ihr danach doch niemals wieder Glauben schenken. Was hatte sich Bruder Christophorus nur dabei gedacht?

Die Glocken des Doms verkündeten die Vesperzeit, der Lärm vom Kaxhof her nahm immer mehr ab. Dann ertönten von irgendwoher Trommeln und Flöten; jemand spielte die Schalmei, und eine angenehme Frauenstimme sang ein französisches Liebeslied.

Marysas Augen brannten. Sie wollte nicht hier sein! Warum konnte ihr Leben nicht wieder so sein wie noch vor drei Wochen? Sie sehnte sich nach ihrer Mutter. Aber noch mehr nach jemandem, der sie in den Arm nahm und ihr sagte, dass das alles nur ein schlimmer Traum war. Jemand, der … Nein, das war alles Unsinn. So jemanden gab es nicht. Nicht einmal Reinold wäre jemals auf die Idee gekommen, sie zu trösten oder ihr Mut zuzusprechen.

Und würde man die Zeit zurückdrehen können, so hätte ihre Mutter auch nicht den Mann gefunden, den sie über alles liebte. Marysa gönnte ihrer Mutter das Glück.

Die Sängerin auf dem Kaxhof hatte die französische Weise beendet, und ein Mann stimmte ein deutsches Lied über die Unbeständigkeit der Frauen an.

Marysa legte sich auf die Seite und umschlang wieder ihre Knie. Langsam senkte sich die Abenddämmerung über Aachen nieder. Marysa versuchte zu schlafen, doch sobald sie die Augen schloss, sah sie den toten Reinold vor sich. Also starrte sie weiterhin in die hereinbrechende Nacht und bemühte sich nach Kräften, an nichts zu denken.

Nachdenklich verließ Christophorus das Haus des Domherrn van Kettenyss und wanderte über die Domimmunität Richtung Rathaus. Bisher war sein Plan aufgegangen. Er hatte Marysa angesehen, dass sie nicht einverstanden gewesen war, doch sie hatte begriffen, was er vorhatte. Leider hatte er nicht damit gerechnet, dass der Domherr diesen Theophilus ins Spiel bringen würde. Und was ihn erwartete, als er dem Augustiner gegenübergetreten war, war womöglich noch schlimmer.

Müde überquerte Christophorus den Kaxhof, auf dem in der Dämmerung noch eine beachtliche Anzahl Pilger um eine vierköpfige Gauklertruppe versammelt war. Ein Mann und eine Frau sangen abwechselnd französische und deutsche Lieder, und die Zuschauer klatschten dazu im Takt.

Christophorus setzte sich auf eine der unteren Stufen, die zum Eingang des Rathauses führten, und blickte an der Fassade der Acht hinauf. Sie wirkte in der zunehmenden Dunkelheit düster und bedrohlich.

Hinter einem der vergitterten Fenster im oberen Stockwerk war Marysa eingesperrt. In den Zellen herrschte natürlich Dunkelheit; und es war auch keinerlei Bewegung an den Fenstern auszumachen. Die Zeit verrann, während er sich den Kopf darüber zerbrach, wie er Marysa in dieser misslichen Lage helfen konnte.

Die Stadtwachen kamen über den Kaxhof und trieben die Leute auseinander. Die Gaukler packten in Windeseile ihre Sachen zusammen und trollten sich.

Christophorus konnte sich jedoch nicht entschließen, zur St. Jakobstraße zu gehen, deshalb verhielt er sich ruhig und wartete, bis die Wächter, ohne ihn zu beachten, weiterzogen.

«Wenn Ihr zur Komplet mit Euren Mitbrüdern beten wollt, solltet Ihr Euch langsam auf den Weg machen», sagte eine krächzende Stimme neben ihm. Als er den Kopf hob, erkannte er den alten Pilger Amalrich.

«Ich hoffe, ich störe Euch nicht. Ihr macht den Eindruck, tief in Gedanken versunken zu sein.»

Christophorus zuckte mit den Schultern. «Das war ich wohl, jedoch ohne rechtes Ergebnis.»

Amalrich ließ sich ächzend neben ihm nieder und stützte sich auf seinen abgenutzten Pilgerstab.

«Wenn man nicht weiterweiß, denkt man womöglich in die falsche Richtung. Zwar weiß ich nicht genau, was Euch beschäftigt, aber nach allem, was ich heute auf der Straße aufgeschnappt habe, vermute ich doch, es hat mit der Festnahme dieser jungen Frau zu tun, der Witwe Markwardt.»

Christophorus musterte ihn aufmerksam. «Was wisst Ihr darüber?»

«Das, was alle wissen», sagte Amalrich bedächtig. «Wie man hört, hat van Kettenyss den Augustiner ins Spiel gebracht.»

«Ihr habt Eure Ohren tatsächlich überall», stellte Christophorus nicht ohne Bewunderung fest.

Amalrich lächelte nur. «Was mich an der Sache besonders überrascht, ist, dass Theophilus überhaupt in der Lage war, etwas zu sagen.» Er sah sich angelegentlich um, doch weit und breit war keine Menschenseele auszumachen. Vertraulich beugte er sich zu Christophorus hinüber. «Es ist nämlich so, dass ich vor einigen Tagen einen Totengräber vom Marienstift in einer Taverne traf.»

«Ihr sprecht mit jemandem von den unehrlichen Leuten?», fiel Christophorus ihm ins Wort, doch Amalrich bedachte ihn nur mit einem kurzen Seitenblick. «Dem Allmächtigen ist es gleich, welchen Beruf jemand ausübt. Warum sollte es mir dann etwas ausmachen? Jener Totengräber», fuhr er fort, «war gerade auf dem Rückweg von einer ziemlich überstürzten und heimlichen Beerdigung. Nach einigen Bechern Bier vertraute er mir an, er habe den Mönch, der den Pilgern Reliquien verkauft habe, auf dem Friedhof der Augustiner begraben müssen.»

«Theophilus ist tot?»

«Es heißt offiziell, der Tote sei ein namenloser Pilger, der einem bedauerlichen Unfall zum Opfer gefallen sei», bestätigte Amalrich. «Doch der Totengräber hat ihn erkannt, weil er diese Narbe an seinem Hals gesehen hat. Die ist ihm nämlich schon aufgefallen, als er selbst ein Heiligenknöchelchen bei ihm gekauft hat.»

Eine Weile saßen sie schweigend nebeneinander, dann stand der alte Pilger umständlich auf. «Ich wünsche Euch noch einen schönen Abend, Bruder Christophorus», sagte er. Langsam zog er von dannen, und nur das regelmäßige Klacken seines Pilgerstabs war noch eine Weile zu hören.

Christophorus blickte wieder zu den Fenstern der Acht hinauf. Also hatte er sich nicht getäuscht. Jemand spielte ein falsches Spiel. Und er war sich nicht mehr so sicher, ob es sich dabei wirklich um Scheiffart handelte. Denn der versah seit Beginn der Kirmes den Wächterdienst in der Heiltumskammer oben im Dom.

Erst als die Kirchenglocken zur Komplet läuteten, ging Christophorus langsam zurück in die St. Jakobstraße.

35. Kapitel

Vom Ruf der Heiltumsglocken wachte Marysa auf. Das laute Summen Tausender Stimmen mischte sich mit dem dröhnenden Geläut. Dann wurde es ruhiger, fast still. Und nur Minuten später dröhnten Tausende und Abertausende Pilgerhörner zur Begrüßung der heiligen Reliquien.

Marysa hatte fast das Gefühl, die Mauern der Acht würden von dem Schall der Achhörner erzittern. Unwillkürlich machte sich eine Gänsehaut auf ihren Armen breit.

Während die Hörner für eine kurze Weile aussetzten, stand sie auf und streckte ihre verspannten Muskeln. Glücklicherweise hatte der Büttel ihr hier drinnen die Handfesseln abgenommen. Unbehaglich lauschte sie, ob sich jemand ihrer Zelle näherte, dann erleichterte sie sich rasch auf dem unappetitlichen Eimer.

Neben der Tür stand der Korb, den ihre Mutter vor drei Tagen gebracht hatte. Inzwischen enthielt er nur noch eine Handvoll getrockneter Kirschen und einen Rest schal gewordenen Wein.

Die Kirschen aß sie hungrig und spülte mit dem Wasser nach, das der Wächter ihr am Abend zuvor gebracht hatte. Wie gerne hätte sie sich gewaschen! Vorsichtig tastete sie nach ihrer Haube, doch der Schleier hatte sich gelöst und lag auf der Matratze, und die Rise war so stark verrutscht, dass sie sie kurzerhand vom Kopf zog und in den Korb warf. Man würde ihre Mutter doch bestimmt noch einmal zu ihr lassen. Dann musste sie ihr eine frische Haube mitbringen.

Da sie nicht wusste, was sie sonst tun sollte, löste sie ihre bereits leicht verfilzten Zöpfe und kämmte ihre Locken mit den Fingern, so gut es eben ging. Dann öffnete sie die Verschnürung ihres Kleides ein kleines Stück, benetzte einen Zipfel ihres Ärmels mit dem Wasser aus dem Trinkkrug und rieb sich notdürftig über Gesicht und Hals. Leider kam sie auf diese Weise nur bis knapp zu den Schultern, doch wollte sie sich keinesfalls weiter entkleiden.

Während sie die Schnürung wieder festzurrte, wurden draußen auf dem Gang Stimmen laut, und noch ehe sie nach ihrem Schleier greifen konnte, wurde der Riegel zur Seite geschoben und die Tür aufgestoßen.

«Ruft mich, wenn Ihr wieder rauswollt», brummelte der Wächter, ohne in die Zelle zu schauen.

Bruder Christophorus betrat die Zelle; hinter ihm wurde die Tür geräuschvoll zugeknallt.

Marysa starrte ihn einen Moment lang überrascht an. «Was wollt Ihr hier?»

Christophorus war für einen Augenblick sprachlos. Alle klugen Worte, die er sich zurechtgelegt hatte, waren bei Marysas Anblick mit einem Mal vergessen. Er wusste nicht, was er erwartet hatte. Ganz sicher jedoch nicht, dass sie mit nur halbverschnürtem Kleid und offenem Haar vor ihm stehen würde. Ihre kastanienbraunen Locken wallten über ihre Schultern und ihren Rücken bis fast zu ihrer Taille. Was seinen Blick jedoch wie magisch anzog, war ein leuchtend rotes Mal in Form eines spitzen Dreiecks, welches sich von ihrem Halsansatz schräg bis hinunter zum linken Schlüsselbein zog. Ein Feuermal.

Als sie merkte, wohin sein Blick gewandert war, zog sie

rasch die Verschnürung ihres Kleides zu und wandte sich ab, um nach dem Schleier zu greifen. Mit wenigen Handgriffen hatte sie ihr Haar geflochten, hochgesteckt und unter dem Tuch verborgen.

Sie konnte sich nicht erklären, warum sie der Blick des Dominikaners so erschreckt hatte. Für einen Moment hatte sie das Gefühl gehabt, er habe ihren Anblick geradezu in sich aufgesogen. Doch das war Unsinn. Er hatte ganz einfach das Feuermal entdeckt. Ihre Mutter trug das gleiche, ihre Großmutter ebenfalls. Es war schon seit Generationen in ihrer ungarischen Verwandtschaft von Mutter zu Tochter vererbt worden. Viele Leute hielten Feuermale für das Zeichen Satans. Vielleicht glaubte Bruder Christophorus nun, sie sei eine Hexe.

«Was wollt Ihr hier?», wiederholte sie ihre Frage.

«Ich muss mit Euch sprechen.» Christophorus riss sich zusammen. Dabei half ihm ihr wie immer abweisender Ton, aber auch, dass sie sich so rasch abgewendet hatte. «Ihr habt ein Problem.»

Marysas Miene verfinsterte sich. «Das habe ich in der Tat. Was habt Ihr Euch dabei gedacht, mich vor den Schöffen als dümmlich und unwissend hinzustellen?»

«Es war der beste Weg, Euch aus der Schusslinie zu befördern», entgegnete er.

Sie stieß empört die Luft aus. «Ihr bringt mich damit in Teufels Küche, Bruder Christophorus. Wie lange, glaubt Ihr, dauert es, bis sie meinen Schwiegervater oder sonst jemanden fragen und erfahren, dass Reinold mich sehr wohl in seine Pläne eingeweiht hat? Herrgott, ich habe die Briefe selbst geschrieben!» Sie musste sehr an sich halten, um ihre Stimme nicht zu laut werden zu lassen.

Christophorus schüttelte den Kopf. «Derzeit werden sie weder Euren Schwiegervater noch sonst jemanden aus

Eurer Verwandtschaft befragen. Dazu haben sie viel zu viel mit Theophilus' Aussage zu tun. Verdammt nochmal, ich habe uns damit Zeit verschafft. Ist Euch das nicht klar?»

«Habt Ihr keine Angst, man könnte Euch der Mittäterschaft bezichtigen, wenn herauskommt, dass Ihr mich zur Lüge überredet habt? Ihr, der allervortrefflichste Inquisitor von Gottes Gnaden?» Marysas Stimme troff vor Sarkasmus. Sie konnte vor Wut kaum mehr an sich halten. All die aufgestaute Angst und Sorge wollten sich Bahn brechen. Und da war ein Zornausbruch sicherlich besser als der Weinkrampf, vor dem sie sich fürchtete, der sich jedoch bereits überdeutlich ankündigte. Giftig starrte sie ihn an.

Christophorus sah ihr deutlich an, dass sie mit den Nerven am Ende war. Dennoch bemühte er sich, einen kühlen Kopf zu bewahren. Zu viel Mitleid würde Marysa jetzt nicht helfen.

«Niemand wird es herausfinden», antwortete er deshalb ruhig. «Und falls doch, wird man es auf Eure Verwirrung und Trauer nach dem Tod Eures Gemahls schieben. *Wir* werden es darauf schieben», ergänzte er. «Aber zunächst einmal bleiben wir dabei, denn es verschafft Euch ein gewisses Maß an Sicherheit. Euer Problem ist ein anderes. Theophilus hat seine Aussage bestätigt.»

Marysa ließ sich auf die Matratze sinken und fasste sich an die Stirn. «Er hat Reinold hereingelegt. Ich wusste es von Anfang an.»

Christophorus zögerte, doch dann setzte er sich in einigem Abstand neben sie. «Es gibt vielleicht noch Hoffnung. Theophilus ist tot.»

«Wie bitte?» Irritiert hob Marysa den Kopf. «Aber eben habt Ihr doch noch gesagt ...»

«Der echte Theophilus ist tot», erklärte Christophorus. «Der Mann, der sich für ihn ausgibt, ist ein Betrüger.»

«Woher wisst Ihr das?»

«Erinnert Ihr Euch: klein, jedoch drahtig und kräftig, braunes Haar mit sauberer Tonsur und eine kleine hakenförmige Narbe am Hals?» Christophorus schwieg einen Moment. «Auf den Mann, der sich als Theophilus ausgibt, passt diese Beschreibung nicht. Insbesondere die Narbe fehlt. Auch ist er weder klein, noch drahtig.»

«Und was ist mit dem echten Theophilus geschehen?»

«Das kann ich nur vermuten», seufzte Christophorus. «Möglicherweise wurde er auch ermordet, weil er unbequem wurde. Er ist als namenloser Pilger auf dem Augustinerfriedhof beigesetzt worden.»

«Woher wisst Ihr das alles?» Argwöhnisch sah Marysa ihn von der Seite an, doch er antwortete nicht auf ihre Frage, sondern stand auf. «Ich versuche, die Schöffen noch eine Weile hinzuhalten.»

«Was habt Ihr vor?»

«Ich will herausfinden, woher Theophilus stammte und wer der Mann ist, der sich für ihn ausgibt. Vielleicht kann ich beweisen, dass er ein Betrüger ist.»

Marysa sah ihn zweifelnd an. «Wie wollt Ihr das anstellen? Wer auch immer dahintersteckt, scheint sehr schlau vorzugehen. Er hat alles so eingefädelt, dass es für mich keinen Ausweg mehr gibt.»

Christophorus schüttelte den Kopf. «Jeder Mensch macht Fehler, und es gibt immer einen Ausweg. Vertraut mir. Ich tue alles, damit Ihr hier herauskommt.»

«Ich soll Euch vertrauen?» Marysa fühlte sich plötzlich zu kraftlos, um aufzustehen. «Ich glaube nicht, dass ich das kann.»

«Ihr müsst aber», erwiderte Christophorus scharf.

Marysa hob den Kopf und funkelte ihn feindselig an. «Das weiß ich.»

Christophorus starrte verbittert auf sie hinab. Dieses Weib war wirklich eine Plage.

Er wandte sich ab und hob schon die Hand, um gegen die Tür zu klopfen und den Wächter auf sich aufmerksam zu machen. Doch plötzlich senkte Marysa den Kopf und begann haltlos zu weinen. Ihr Schluchzen schnitt ihm schmerzhaft ins Herz. Langsam ging er zurück zur Matratze und kniete sich vor Marysa hin. Sie hatte die Beine angezogen und die Arme fest darum geschlungen. Unschlüssig, wie er sich verhalten sollte, gab er schließlich dem ersten Impuls nach, löste ihre Hände mit sanfter Gewalt von ihren Knien, ließ sich neben sie gleiten und zog sie an sich.

Marysa wehrte sich gegen das Weinen, doch ließen sich weder die Tränen noch die heftigen Krämpfe unterdrücken. Sie spürte Bruder Christophorus' kräftigen Arm um ihre Schultern, was die Sache noch schlimmer machte. Wie eine Ertrinkende klammerte sie sich an ihm fest und presste ihr Gesicht gegen seine Schulter. Sie schämte sich fürchterlich, weil sie vor ihm zusammenbrach. Sie wollte nicht, dass er sie so sah, wollte nicht, dass er ihr so nahe war. Und schon gar nicht wollte sie, dass ausgerechnet er es war, der ihr ein Gefühl der Geborgenheit gab.

Christophorus verfluchte sich bereits in dem Moment, in dem er seinem Verlangen nachgab und Marysa in seine Arme zog. Was tat er hier? Er biss die Zähne zusammen, als er spürte, wie sie sich an ihm festklammerte. Und obwohl es allem entgegenstand, was er sich jemals geschworen hatte, konnte er nicht anders. Er streichelte ihr sanft über den Kopf und ließ sie all ihre Angst und Verzweiflung bei ihm abladen. Sein Habit wurde an der Schulter ganz feucht von ihren Tränen.

Es schien eine halbe Ewigkeit vergangen zu sein, als ihr Schluchzen endlich langsam abebbte. Marysa fühlte sich vollkommen leer, jedoch unbegreiflicherweise auch erleichtert. Noch immer presste sie ihr Gesicht gegen Bruder Christophorus' Schulter, und da nun der Weinkrampf vorüber war, stieg ihr plötzlich sein herber männlicher Geruch in die Nase. Sofort zuckte sie zurück und starrte ihn entsetzt an.

Was um alles in der Welt war nur in sie gefahren? Sie rückte von ihm ab, so weit es auf der Matratze ging, und rieb sich die letzten Tränen aus den Augen.

«Geht», sagte sie mit vom Weinen noch rauer Stimme. «Sofort.»

36. Kapitel

Jolánda hatte beobachtet, wie Bruder Christophorus die Acht betrat. Sie hoffte sehr, dass es ihm gelang, Marysa zu helfen. Zwar kannte sie ihn nicht besonders gut, doch ihr Gefühl sagte ihr, dass er ein guter Mann war. Aldo hatte in seinem Abschiedsbrief das Gleiche geschrieben, und ihm glaubte sie bedingungslos. Sie begriff nicht ganz, warum ihre Tochter an ihrer ablehnenden Haltung so verbissen festhielt, hoffte jedoch, dass der Dominikaner sich davon nicht abschrecken ließ.

Da sie wusste, dass die Wächter immer nur einen Besucher zu den Gefangenen ließen, wartete sie neben dem Eingang. Es dauerte eine geraume Weile, doch schließlich kam Bruder Christophorus wieder heraus.

Mit einiger Überraschung registrierte sie seine Miene, die wie versteinert wirkte. In seinen Augen glomm Zorn und noch etwas, das sie nicht recht deuten konnte. Er lief mit weit ausholenden Schritten über den Kaxhof und bemerkte ihre Anwesenheit nicht einmal.

Was wohl vorgefallen sein mochte? Hatte er sich mit Marysa gestritten? Sie hoffte nicht, denn das war jetzt wohl der denkbar ungünstigste Zeitpunkt dafür.

Rasch betrat sie nun selbst das Gefängnis. Der Wachtmann durchsuchte zunächst ihren Korb, den sie randvoll mit Speisen und Getränken gefüllt hatte, und brachte sie dann zu ihrer Tochter hinauf. Während er die Zellentür hinter ihr verschloss, stellte sie den Korb ab und betrachtete Marysa, die wie erstarrt am Fenster stand und hinauf zum Himmel blickte.

«Wie geht es dir, mein Kind?», fragte Jolánda sanft. Und als Marysa sich zu ihr umdrehte und sie mit merkwürdig zornerfülltem Blick ansah, wusste sie plötzlich, was es gewesen war, das sie in Bruder Christophorus' Augen gesehen hatte, denn bei ihrer Tochter erkannte sie dasselbe. Es war Verzweiflung.

Oha, dachte sie.

«Ich habe dir etwas zu essen mitgebracht. Und Unterwäsche und eine frische Haube.»

Marysas Gesichtszüge entspannten sich ein wenig. Dankbar umarmte sie ihre Mutter. «Ich halte das hier drinnen nicht mehr aus», sagte sie und spürte, wie erneut Tränen in ihr aufstiegen.

Jolánda drückte sie fest an sich. «Ich weiß, mein Schatz. Glaub mir, wir tun alles, um dich hier herauszuholen. Enno hat Beschwerde beim Stadtrat eingelegt, und Bardolf ist zur Zunft der Schreiner gegangen und hat darum gebeten, dass der Zunftmeister Bürgen zu den Schöffen schickt. Sie sollen schon heute im Rathaus vorsprechen. Ja, sogar Hartwig setzt sich für dich ein.»

Marysa sah ihre Mutter überrascht an. «Hartwig?»

«Er verlangt, dass man Johann Scheiffart aus der Heiltumskammer holt und ihn befragt. Aber die Kanoniker weigern sich. Ihnen ist die Reliquienweisung wichtiger. Also werden wir noch bis nächsten Montag warten müssen. Dann ist die Kirmes vorbei und Scheiffart wieder verfügbar.»

Verzweifelt schlug Marysa die Hände vors Gesicht. «Das sind noch sieben Tage!»

«Ich weiß.» Jolánda war ebenfalls zum Weinen zumute, doch sie riss sich um ihrer Tochter willen zusammen.

«Aber bedenke, das gibt uns auch etwas Zeit. Vielleicht klärt sich die Sache bis dahin auf ...» Sie löste sich von Marysa und holte den Korb näher. «Setz dich erst einmal und iss etwas Anständiges. Balbina hat sich selbst übertroffen. Schau, sogar ein Schüsselchen Konkavelite hat sie mir mitgegeben.»

Um Marysas Mundwinkel zuckte es. Die Köchin wusste genau, wie sehr Marysa Süßigkeiten liebte. Hungrig stürzte sie sich jedoch zunächst einmal auf das frische Brot, das sie dick mit Schmalz bestrich.

Jolánda sah ihr beim Essen zu, und als sie den Eindruck hatte, dass es Marysa langsam besserging, sagte sie beiläufig: «Ich habe vorhin Bruder Christophorus aus der Acht kommen sehen. War er bei dir?»

Augenblicklich verfinsterte sich Marysas Blick wieder, und ihre Miene erstarrte. Langsam ließ sie das halbgeleerte Schüsselchen mit dem Mandelpudding sinken. «Er ... ist ...»

«Was?» Neugierig musterte Jolánda ihre Tochter.

«Ein Scheusal!», stieß Marysa hervor.

Jolánda konnte sich das Lachen nicht verkneifen. «Also diesen Eindruck hatte ich bisher nicht.» Sie wurde wieder ernst, als sie Marysas verkniffenen Gesichtsausdruck wahrnahm. «Was hat er dir getan, dass du ihn so verabscheust?»

Marysa stellte das Schälchen beiseite und stand auf. Fahrig suchte sie sich die frische Haube aus dem Korb und wand sie sich um den Kopf. «Er verlangt, dass ich ihm vertraue.»

Jolánda stand ebenfalls auf und half ihrer Tochter, den Schleier zu befestigen. «Ich bin ganz sicher, dass du ihm vertrauen kannst. Er war Aldos Freund.»

Marysa funkelte ihre Mutter erbost an. «Ich kann einem Mann wie ihm nicht vertrauen.»

Jolánda sah sie bedächtig an. «Nein, du *willst* es nicht. Ist etwas zwischen Euch vorgefallen?»

«Nein.» Marysa verschränkte die Arme vor der Brust, und Jolánda wusste, dass sie nicht mehr aus ihrer Tochter herausbringen würde.

«Gib mir deine schmutzige Unterwäsche mit», wechselte sie deshalb übergangslos das Thema. «Soll ich fragen, ob man dir eine Waschschüssel heraufbringen kann?»

Marysa entspannte sich etwas und nickte. «Das wäre schön. Es ist einfach grässlich, sich nicht waschen zu können.»

Jolánda nahm sie noch einmal in den Arm, dann klopfte sie an die Tür und rief nach dem Wachtmann.

37. Kapitel

Der junge Priester kniete vor dem kleinen Marienaltar, der sich seitlich in der Pfarrkirche St. Follian befand. Er wusste, wie unklug es war, vor Ablauf der zwei Wochen nach Aachen zurückzukehren. Manchmal, in Momenten, da ihn die Angst übermannte, wünschte er sich, er könnte der Stadt sogar für immer fernbleiben. Doch das war unmöglich. Seine Pfründe wartete auf ihn und, was noch wichtiger war, seine Aufgaben. Er hatte Pflichten, die es zu erfüllen galt.

Momentan war jedoch wieder so ein Moment, in dem er sich weit fortwünschte. Marysa Markwardt saß nun schon mehr seit einer Woche in der Acht. Die Schöffen hatten den Prozess zwar vertagt, bis die Kirmes vorbei war, doch das änderte nichts daran, dass sie das Schlimmste erwartete. Er war sich ganz sicher, dass es so kommen würde. Der Domherr würde nicht zulassen, dass sie davonkam, auch wenn die Schreinerzunft mittlerweile schon mehr als zehn Bürgen zum Stadtrat geschickt hatte und Marysas Schwiegervater auch sonst alle Hebel in Bewegung setzte, um ihren guten Leumund zu beweisen. Wenn es allein nach den Schöffen ginge, würden sie ihr vielleicht Glauben schenken, aber das Marienstift hatte zu große Macht. Und noch schlimmer: Es hatte einen falschen Zeugen.

Verzweifelt schloss der Priester die Augen und flehte die Jungfrau Maria um Kraft und Erleuchtung an. Konnte er es wirklich zulassen, dass man Marysa wegen etwas verurteilte, das sie nicht getan hatte?

Vom Portal der Kirche her hörte er plötzlich Stimmen näher kommen. Eine davon gehörte dem Domherrn, die andere kannte er nicht.

Was suchte der Domherr hier? Rasch schlug er seine Kapuze über den Kopf und tat, als sei er tief ins Gebet vertieft. Die Stimmen kamen näher, und er hörte, dass sich die Männer über ihn unterhielten. Seine Hände, die er gefaltet hielt, verkrampften sich ineinander.

Nur knapp hinter ihm blieb der Domherr stehen und sagte in aufgeräumtem Tonfall: «Aha, Ignatius, da bist du ja!»

38. Kapitel

Unruhig wanderte Marysa in der Zelle auf und ab. Es war inzwischen Samstag, der vorletzte Tag der Kirmes. Zwar hatte man sie seit der ersten Befragung nicht mehr behelligt, doch aus den Andeutungen der Wachtmänner und dem, was ihre Mutter ihr bei ihren Besuchen erzählte, wurde deutlich, dass die Schöffen nur bis zum Ende der Kirmes warteten, um dann den Prozess gegen sie zu eröffnen. Weder die Beschwerde ihres Schwiegervaters noch die fast schon in Scharen aufgeführten Bürgen der Zunft hatten sie bewogen, Marysa aus der Haft zu entlassen. Die Aussage des falschen Theophilus wog einfach zu schwer. Warum konnte man den Schöffen nicht einfach sagen, dass der Mann ein Betrüger war?

Marysa blieb vor dem Fenster stehen und presste ihr Gesicht gegen die Gitterstäbe. Es war bereits später Nachmittag, und die ärgste Hitze hatte nachgelassen. Sie konnte die Scharen von Pilgern überblicken, die auch heute den Kaxhof bevölkerten. Erst ab Montag würden sich die Straßen Aachens langsam leeren und das normale Leben wieder Einzug halten. Die Gaukler und Fernkaufleute würden ebenfalls ihre Sachen packen und zum nächsten Jahrmarkt weiterziehen. Vielleicht nach Bonn oder hinüber nach Maastricht.

Natürlich konnte man nicht einfach behaupten, dass der Mann nicht Theophilus war. Man musste Beweise bringen. Und wie sie Scheiffart einschätzte, hatte er dafür gesorgt, dass der falsche Theophilus seine Herkunft bis ins Detail nachweisen konnte. Er würde gewiss keinerlei Risiko eingehen.

Bruder Christophorus war seit jenem peinlichen Vorfall, ihrem Weinkrampf, nicht mehr aufgetaucht. Offenbar hatte er ihre Aufforderung zu verschwinden wörtlich genommen. Sie biss sich auf die Unterlippe. Was, wenn er aufgegeben hatte? Wenn er ihr nun nicht mehr helfen wollte? Sosehr es sie auch erzürnte, er war tatsächlich der Einzige, dem sie zutraute, Licht in die Geschehnisse zu bringen.

So undurchsichtig seine Person ihr auch erschien, er war ein kluger Mann – und er war Inquisitor, verdammt nochmal! Er hatte Einfluss. Und er war auf ihrer Seite gewesen.

Marysa wollte sich gerade resigniert vom Fenster abwenden, als eine Bewegung auf dem Kaxhof ihre Aufmerksamkeit weckte. Da kam jemand auf die Acht zu. Ein Mann in der weißen Kutte der Dominikaner.

Ihr Herz begann schneller zu schlagen, was sie ärgerte. Doch sie hatte sich nicht getäuscht. Es war Bruder Christophorus.

Als er die kleine Zelle betrat, war Christophorus sehr erleichtert, Marysa wohlauf vorzufinden. Sie trug inzwischen ein hässliches ockerfarbenes Kleid – wahrscheinlich hatte ihre Mutter es ihr gebracht – und eine saubere und ordentlich gebundene Haube, unter der nicht die winzigste Strähne ihres wunderbaren Haars hervorblitzte.

Sie schien ihn erwartet zu haben, denn sie trat ihm ohne ersichtliche Überraschung entgegen und grüßte ihn mit sehr gefasster Stimme. Vermutlich hatte sie ihn durch das Fenster gesehen.

«Auch wenn ich es nur ungern zugebe – ich bin froh, Euch zu sehen.» Marysa versuchte ein Lächeln, ließ es dann aber, weil sie merkte, dass es ihr nicht gelingen mochte.

Christophorus wirkte überrascht. «Was hat diesen Sinneswandel bewirkt?»

Marysa zuckte mit den Schultern. «Wenn man wochenlang in dieser Zelle eingesperrt ist und die einzige Ansprache des Tages der Wachtmann ist, der einem frisches Wasser und Gerstenbrei bringt, beginnt man sich über jede noch so kleine Abwechslung zu freuen. Gewöhnt Euch also nicht daran.»

Christophorus nickte. «Es hätte mich auch gewundert, wenn Ihr Eure Meinung über mich geändert hättet. Aber gut, schließen wir einen Waffenstillstand.»

«Gibt es etwas Neues?»

Er schüttelte den Kopf. «Jedenfalls nichts zu Euren Gunsten. Ich habe nachgeforscht, woher dieser falsche Theophilus kommt. Er behauptet, er sei aus Lyon herübergekommen. Spricht übrigens nur Latein. Und er führt einen gesiegelten Geleitbrief des Erzbischofs von Lyon mit sich.»

Marysa verzog enttäuscht die Mundwinkel. «Dann ist er womöglich doch der echte Theophilus.»

«Nein, denn es gibt mindestens einen Zeugen für die Beerdigung des echten Theophilus», widersprach er. «Den Totengräber. Leider ist er nicht auffindbar. Und abgesehen davon kann man auch Siegel fälschen.» Er dachte mit Ingrimm an das Päckchen, das er im Konvent unter seiner Matratze verbarg und welches unter anderem einen Abguss des Siegels ebenjenes Erzbischofs von Lyon, Philippe III. de Thurey, enthielt.

«Und was soll nun geschehen?» Mutlos lehnte Marysa sich gegen die kalte Steinwand und verschränkte die Arme vor der Brust.

«Wir forschen weiter», erklärte Christophorus. «Mir kam da so ein Gedanke. Als ich Euren Gemahl in dieser Seitengasse der Kreme fand, ist er kurz aus seiner Ohnmacht erwacht. Er versuchte, mir etwas zu sagen. Es klang wie *der Pfaffe*. Ich dachte zunächst, er verlangt nach einem Priester. Aber könnte es nicht auch sein, dass er mir einen Hinweis geben wollte, wer ihn niedergestochen hat?»

«Der Pfaffe?» Marysa runzelte die Stirn. «Er nannte die Kanoniker immer Dompfaffen. Aber auch Vater Ignatius war für ihn nur der Pfaffe.»

«Ein durchaus üblicher Ausdruck für einen Geistlichen», bestätigte Christophorus. «Ich dachte auch zunächst an Vater Ignatius. Er war, wenn ich mich nicht irre, am Tag des Unglücks nicht auffindbar. Und niemand wusste, wo er sich aufhielt.»

«Ja, aber er kam doch wieder», entgegnete Marysa. «Es heißt, er sei mit dem Medicus in Kornelimünster zu einem Krankenbesuch gewesen.»

«Magister Bertholff bestätigt das. Ich sprach vorgestern mit ihm.» Christophorus ging zum Fenster und warf einen Blick nach draußen. «Kennt Ihr sonst noch einen Geistlichen, den Ihr, abgesehen von dem Domherrn Scheiffart, mit dieser ganzen Sache in Verbindung bringen würdet?»

«Nein.» Marysa schüttelte den Kopf. «Natürlich kenne ich noch einige Geistliche, schon aus der Zeit, als mein Vater noch mit Reliquien handelte. Damals kamen immer wieder Mönche oder Priester zu uns. Manche reisten von weit her an, um mit ihm Geschäfte zu machen. Auch Scheiffart kam manchmal her und einige andere aus dem

Marienstift. Aber ich kann mir nicht vorstellen, dass einer von ihnen Reinold umgebracht hat. Oder Klas.»

«Richtig, Klas», griff Christophorus den Faden auf. «Wenn wir wüssten, was er wusste, wären wir der Lösung ein gutes Stück näher.»

«Wir wissen es aber nicht», fuhr Marysa ihn an, atmete jedoch tief durch, um sich zu beruhigen. «Ich werde verrückt hier drin.»

«Nein, werdet Ihr nicht», widersprach Christophorus. «Ihr haltet Euch erstaunlich tapfer.»

«Ein Kompliment?» Marysa sah ihn argwöhnisch an.

Christophorus lächelte schwach. «Gott bewahre! Eine Feststellung. Setzt unseren Waffenstillstand nicht wegen Haarspaltereien aufs Spiel.» Er verließ seinen Platz am Fenster und ging zur Tür. «Euch fällt also zu dem Pfaffen nichts ein?»

«Nicht das Geringste.»

«Dann denkt noch einmal darüber nach.» Er pochte gegen die Tür. «Ich werde vor Prozessbeginn nicht mehr herkommen dürfen.»

Auf dem Gang kamen die Schritte des Wachtmannes näher. Marysa ging zu ihrer Matratze und setzte sich. «Bruder Christophorus?»

«Hm?» Er sah sie aufmerksam an.

«Glaubt Ihr, ich komme hier noch einmal heraus?»

«Ja.» Der Riegel fuhr quietschend zur Seite. «Auf die eine oder andere Weise.»

«Ich soll Euch vertrauen?»

«Auf die eine oder andere Weise.»

39. Kapitel

»Das habt Ihr sehr gut gemacht, Meister Goldschläger. Euer Vater wäre gewiss sehr stolz auf Euch gewesen.« Der Bürgermeister, Konrad von dem Eichhorn, ein breitschultriger Mann jenseits der vierzig, dessen graues Haar und Bart säuberlich gestutzt waren und der selbst im Sommer eine Vorliebe für pelzverbrämte Mäntel hatte, schlug Bardolf gönnerhaft auf die Schulter. Sie waren gerade auf dem Weg vom Dom über den Kaxhof zum Rathaus, wo es eine Feier zum Abschluss der Heiltumsweisung gab.

Bardolf hatte, zusammen mit dem Eisenschmied und unter der Aufsicht von Stadtratgesandten und Kanonikern, den Marienschrein, in dem die kostbaren Reliquien aufbewahrt wurden, mit einem neuen Schloss versehen und dieses ordnungsgemäß mit Blei ausgegossen. Der Schlüssel zu dem Schloss war zerschnitten worden; eine Hälfte erhielt das Marienstift, die andere Hälfte bewahrte der Aachener Rat bis zur nächsten Heiltumsweisung auf.

Mit dem Überreichen der Schlüsselhälften war die offizielle Zeremonie beendet, und Bardolf hoffte, das nun folgende Bankett schnellstmöglich verlassen zu können.

Obwohl längst bekannt war, dass er sich mit Jolánda verlobt hatte, war ihm die Ehre der Schreinschließung nicht streitig gemacht worden. Die meisten Ratsherren und Schöffen standen hinter Marysa und ihrer Familie, auch wenn die Beweise und Zeugenaussagen derzeit gegen sie sprachen. Jolánda war seit Tagen kaum mehr ansprechbar. Sie grämte sich fürchterlich, dass ihre Tochter in Haft genommen worden war.

«Ich vermute, wir werden heute auf Eure Gesellschaft verzichten müssen, wie?» Der Bürgermeister blieb vor dem Rathauseingang stehen. Sein Blick drückte Mitgefühl aus. «Ich verstehe Euch. Eine schlimme Sache ist das. Ich kenne Marysa schon, seit sie auf der Welt ist. Richtet ihrer Mutter bitte meine besten Grüße aus und dass ich mich für Marysa einsetzen werde, wo ich nur kann.»

«Ich danke Euch.» Bardolf lächelte schwach. «Ich werde in der Tat nicht lange bleiben. Nur kurz die anwesenden Gäste begrüßen.»

«Dann kommt mal mit.» Der Bürgermeister ließ ihm den Vortritt, und gemeinsam gingen sie in den großen Festsaal des Rathauses.

Eine lange u-förmige Tafel beherrschte den Saal. Die Leuchter an der Decke erstrahlten von unzähligen Kerzen. Auf den Tischen blinkten silberne Schüsseln und Krüge mit den feinsten Speisen; dazwischen waren mehrere Schaugerichte ausgestellt: ein Pfau, dem man die Federn wieder angesteckt hatte, ein Schiff aus Pastetenteig und eine Nachbildung des Marienschreins aus teurem Marzipan.

Mehr als die Hälfte der Tische war bereits besetzt; nach und nach strömten immer mehr Männer und Frauen in den Raum. Es handelte sich hauptsächlich um die Ratsmitglieder und Schöffen mit ihren Ehefrauen, verschiedene Zunftmeister sowie natürlich die ranghöchsten Kanoniker des Marienstifts. Auch der Gemeindepfarrer, Vater Ignatius, war eingeladen worden. Bardolf konnte ihn jedoch nirgends entdecken.

Stattdessen erblickte er an einem der Tische Bruder

Christophorus. Er saß neben zwei weiteren Dominikanern, einer von ihnen war vermutlich der Prior des Aachener Dominikanerkonvents. Bardolf nickte ihm zu und ließ sich vom Bürgermeister zu einem Tisch in der Nähe der Kanoniker Scheiffart und van Kettenyss führen. Unauffällig musterte er Johann Scheiffart. Sollte dies wirklich der Mann sein, der zwei Menschenleben auf dem Gewissen hatte? Ganz zu schweigen von den Problemen, die er Marysa bereitete? Vorstellbar war es. Der Domherr besaß ein feistes Gesicht, und seine Augen blickten reichlich verschlagen in die Welt. Und seine Anwesenheit bei diesem Bankett war durchaus als Demonstration seiner Stärke und Macht anzusehen. Immerhin stand die Anklage Reinolds gegen ihn noch im Raum.

Ulrich van Kettenyss, Scheiffarts Stellvertreter während der Heiltumsweisung, unterhielt sich mit einem großen hageren Mönch im Habit der Augustiner. Ihn hatte Bardolf noch nicht gesehen. Handelte es sich womöglich um jenen Theophilus?

Bardolf nahm nur zwei Plätze von ihm entfernt Platz.

Der Saal hatte sich inzwischen gefüllt; fast alle Plätze an der Tafel waren besetzt. Nach einer kurzen Begrüßungsrede des Bürgermeisters, in der er den Erfolg der Kirmes und die vortreffliche Zusammenarbeit von Stadtrat und Marienstift während der Heiltumsweisung herausstellte, begann das Bankett.

Bardolf nahm sich etwas von dem Braten und überlegte, während er aß, wie lange er warten sollte, bis er die Feier verlassen konnte, ohne dass es unhöflich wirkte. Um ihn herum wurde laut durcheinandergeredet und -gelacht. Während er den Bratensaft auf seinem Teller mit einem Stück Brot auftunkte, drangen lateinische Sprachfetzen an sein Ohr.

Er hielt inne. Diese merkwürdig heisere Stimme hatte er doch schon einmal irgendwo gehört! Johann Scheiffart sagte ebenfalls etwas auf Latein, dann vernahm Bardolf wieder diese heisere Stimme. Sie gehörte dem fremden Augustinermönch. Doch wo hatte er ihn schon einmal getroffen?

Hinter sich vernahm er schnelle Schritte und dann die atemlose Stimme von Vater Ignatius: «Verzeihung, tut mir leid! Ich bin zu spät. Verzeihung.» Der Pfarrer hastete zu einem freien Platz zur Linken von Johann Scheiffart und ließ sich auf die Bank plumpsen. «Ich danke Euch für die Einladung zu dieser Feier, Herr van Kettenyss. Leider bin ich von den Pilgermassen aufgehalten worden», hörte Bardolf ihn zu den Domherren sagen. Und dann: «Wie ich sehe, habt Ihr die zwei Wochen in der Heiltumskammer unbeschadet überstanden, Herr Scheiffart.»

Scheiffart lachte. «Es ist eine hohe Ehre, über die heiligen Reliquien zu wachen, Vater Ignatius. Ich bin sehr stolz darauf.»

«Das dürft Ihr auch sein. Und wer ist der werte Augustinerbruder in unserem Kreise?» Ignatius beugte sich vor, um den Mönch in Augenschein zu nehmen. Verblüfft hob er die Brauen. «Nanu, Ropert, du bist es? Was für eine Überraschung! Hast du inzwischen doch deine Profess abgelegt? Das wusste ich ja gar nicht!»

Auf den umliegenden Plätzen verstummten die Gespräche plötzlich. Alle Blicke richteten sich auf Vater Ignatius, der sich verwundert umsah. «Habe ich etwas Falsches gesagt?»

«Da liegt wohl eine Verwechslung vor, Vater Ignatius», sagte Johann Scheiffart. «Dies ist Bruder Theophilus, ein Pilgerbruder, der aus Lyon zu uns gekommen ist.»

«Aber nein!» Vater Ignatius schüttelte den Kopf. «Ich

kenne doch Ropert! Er ist der Sohn eines Nachbarn meiner Eltern in Kornelimünster und lebt seit vielen Jahren als Laienbruder bei den dortigen Augustinern.» Er sah den Mönch auffordernd an. «Sag doch was, Ropert! Du kennst mich doch!»

Doch der Angesprochene schwieg. Bardolf konnte von seinem Platz aus sehen, dass der Mönch nervös wurde. Und plötzlich fiel ihm auch wieder ein, wo er dessen Stimme schon einmal gehört hatte. Mit einem Ruck stand er auf, ging zu ihm hin und zerrte ihn an den Schultern von der Bank.

«He, he, was ist denn nun los?», protestierte van Kettenyss. «Meister Goldschläger, was ist in Euch gefahren?»

Bardolf starrte in das Gesicht des Augustiners. «Sagt etwas!»

Der Mann wehrte sich jedoch und wollte sich ihm entwinden. Inzwischen war es im gesamten Saal mucksmäuschenstill.

«Sprecht!», fuhr Bardolf ihn erneut an. Der Mönch sah ihm ins Gesicht und erstarrte, da er ihn offenbar ebenfalls erkannte.

«Ihr seid der Mann mit dem Fuhrwerk in der Großkölnstraße!», rief Bardolf aufgebracht. «Ihr habt die Kisten mit den falschen Reliquien transportiert. Ihr und dieser … der Mann, der mich niedergeschlagen hat. Wo steckt er? Redet, bevor ich Euch den Hals umdrehe!»

«Ich … äh …» Der Augustiner blickte sich hilfesuchend um.

«Was soll das alles? Wovon redet Ihr?», wollte nun der Bürgermeister wissen, der nicht weit entfernt gesessen hatte und bei dem kleinen Tumult sofort aufgesprungen war.

Bardolf schüttelte den Mönch noch einmal. «Dieser

Mann hat vor etwas mehr als zwei Wochen nachts in der Großkölnstraße Kisten voller falscher Reliquien von einem Fuhrwerk abgeladen. Als ich dazukam, schlug mich der zweite Mann nieder und raubte mir die Geldbörse.»

«Seid Ihr sicher, dass er dabei war?», fragte der Bürgermeister zweifelnd. «Wenn es Nacht war und dunkel ...»

«Seine Stimme», sagte Bardolf. «Ich habe seine Stimme erkannt.» Er stieß den Mönch noch einmal an. «Los, sagt etwas, damit alle hören, was ich meine!»

Bruder Christophorus stand nun ebenfalls von seinem Platz auf und kam näher. Interessiert blickte er zwischen dem Augustiner und den Kanonikern hin und her. «Ropert ist also dein richtiger Name?», fragte er mit schneidender Stimme.

Der Augustiner antwortete noch immer nicht.

Christophorus machte Bardolf ein Zeichen, den Mann loszulassen, jedoch nur, um ihn im nächsten Moment selbst heftig am Kragen zu packen. «Wer bist du? Wo kommst du her? Und warum gibst du dich für jemand anderen aus?»

Der Augustiner blickte Christophorus einen Moment lang fest in die Augen, dann schien er einen Entschluss gefasst zu haben und sagte: «Das tue ich nicht. Mein Name ist Theophilus, wie Ihr unschwer an meinen gesiegelten Vollmachten erkennen könnt.»

«Schluss mit diesem Unfug!» Scheiffart schlug ungehalten mit der flachen Hand auf den Tisch. «Lasst Bruder Theophilus sofort los! Er ist ein wichtiger Zeuge und wird in dem Prozess gegen Marysa Markwardt seine Aussage machen. Damit können wir beweisen, dass sie sich des Handels mit falschen Reliquien schuldig gemacht hat, und dafür wird sie brennen.»

An der Saaltür stand ein junger Mann im Priesterhabit und lauschte Scheiffarts Worten mit Entsetzen. Er war zu spät zu der Feier erschienen; hatte ihr ursprünglich sogar ganz fernbleiben wollen. Sein schlechtes Gewissen machte es ihm schwer, mit Menschen, denen er erst kürzlich großen Schaden zugefügt hatte, nun an einem Tisch zu sitzen und zu feiern. Nur sein Pflichtgefühl dem Stiftskapitel gegenüber hatte ihn bewogen, doch noch ins Rathaus zu kommen. Wenn er seine Stellung im Stift und die Pfründe, die ihm winkte, nicht aufs Spiel setzen wollte, musste er den Schein wahren.

Aber nun wollten sie Marysa also wirklich wegen Ketzerei verurteilen und auf den Scheiterhaufen bringen! Ihm wurde eiskalt bei dem Gedanken, auch noch für ihren Tod mitverantwortlich zu sein. Er hatte schon zu viele Menschenleben auf dem Gewissen. Das war es nicht wert!

«Das dürft Ihr nicht tun!», rief er mit plötzlicher Entschlossenheit.

Die Köpfe aller Anwesenden drehten sich ruckartig zu ihm um.

Seine Stimme klang ein wenig zittrig, war jedoch deutlich zu hören, als er sagte: «Ich … ich kann bezeugen, dass dieser Mann dort nicht Theophilus ist.»

Scheiffart sprang erregt auf. «Fulrad! Was hast du hier zu suchen?»

Christophorus ließ den Augustiner überrascht los und drehte sich zu dem jungen Priester um, der nun zögernd näher kam. «Wer seid Ihr?»

«Mein … mein Name ist Fulrad van Eyse. Ich bin seit kurzem Mitglied des Aachener Marienstifts und …»

«Halt dich hier raus und verschwinde in deine Schreibstube», knurrte van Kettenyss. «Du hast hier nichts zu suchen.»

Doch Fulrad kam immer näher. »Ich kann nicht länger schweigen. Ihr wollt Marysa Markwardt für etwas verurteilen, was sie nicht getan hat.» Seine Stimme wurde mit jedem Wort fester. «Sie hat niemals mit gefälschten Reliquien gehandelt, ebenso wenig wie ihr Gemahl. Und er hat auch nicht seinen Gesellen Klas umgebracht ...» Er holte tief Luft. «Ich war es.»

Ungläubiges Raunen ging durch die Reihen der Anwesenden.

Scheiffart fluchte. «Verdammt noch eins!»

«Es ... es gab wirklich einen Handel mit falschen Reliquien, aber dieser ging von einem unserer Kanoniker aus. Klas hatte das herausgefunden und wollte den Domherrn erpressen.» Fulrad verschluckte sich fast, so hastig sprach er weiter: «Und dann fing Meister Markwardt an, sich in der Stadt umzuhören. Er fand heraus, dass Bruder Theophilus die gefälschten Reliquien für uns verkaufte. Ich glaube, er kam auf die Idee, selbst in den Reliquienhandel einzusteigen. Aber er wollte auch den Domherrn bei den Schöffen anzeigen, um ihn aus dem Weg zu haben. Deshalb sollte ich Meister Markwardt auch umbringen.»

«Ihr wart das?» Christophorus musterte den schmächtigen jungen Mann überrascht.

Fulrad nickte. «Ja, das heißt, also, ich nahm Ropert mit.» Er wies auf den Augustiner. «Er war vorher immer mit Theophilus herumgezogen. Wir haben Meister Markwardt zur Kreme gelockt und dort ... ähm ...»

«Erstochen», ergänzte Christophorus. «Wer von Euch hat es getan?»

«Er!» Ropert deutete wild auf Fulrad. «Er hat es getan. Ich stand nur dabei.»

Christophorus warf ihm einen vernichtenden Blick zu, wandte sich jedoch sofort wieder an Fulrad. «War es so? Habt Ihr Meister Markwardt erstochen?»

Fulrad machte ein bedrücktes Gesicht. «Ich ... ich weiß es nicht. Es gab ein Gerangel. Ich kann nicht mit Sicherheit sagen, wer von uns beiden zugestochen hat.»

«Lügner!», schrie Ropert erregt. «Er war es. Er hat ihn umgebracht!»

«Warum kommt Ihr plötzlich mit dieser Geschichte?» Der Bürgermeister hatte ein paar Männern gewinkt, die sich neben Ropert stellten und ihn festhielten. Zwei weitere postierten sich an der Saaltür, um zu verhindern, dass jemand flüchtete.

Fulrad knetete den Ärmel seines Habits. «Ich ... halte es einfach nicht mehr aus! Marysa wurde in die Acht gesperrt, obwohl sie gar nichts getan hat. Ich will nicht, dass ihr etwas geschieht. Wir ... wir haben als Kinder zusammen gespielt, und nun ...»

«Warum habt Ihr Euch überhaupt dazu hergegeben?», fragte Christophorus. «Was hat Johann Scheiffart Euch dafür versprochen?»

«He, Moment mal!», rief Scheiffart empört. «Jetzt reicht es aber! Erst zeigt mich dieser Schreinbauer an, und jetzt behauptet Ihr, ich sei für die Morde verantwortlich?»

«Aber nein!», rief Fulrad verblüfft. «Nicht der Domherr Scheiffart. Er hat damit nichts zu tun. Es ist Ulrich van Kettenyss. Er hat mir einen hohen Posten und eine große Pfründe versprochen. Ich wollte nicht immer der niedrigste Kanoniker bleiben, deshalb habe ich mitgemacht. Aber wenn Marysa dafür sterben soll ... Das ist es nicht wert. Ich kann das nicht zulassen.»

«Wie bitte?», fuhr van Kettenyss auf. «Ich soll dafür verantwortlich sein? Das ist ja ungeheuerlich!»

«Das ist es allerdings», sagte der Schöffe van Eupen, während er sich durch die umstehenden Männer nach vorne drängte. «Ich halte es für angebracht, die anwesenden Domherren hinüber in die Acht zu bringen, bis die Angelegenheit geklärt ist.»

«Auf gar keinen Fall», protestierte Johann Scheiffart, warf van Kettenyss jedoch einen verächtlichen Blick zu. «Der Propst ist dafür zuständig. Er muss verständigt werden.»

«Das wird er, verlasst Euch darauf», sagte van Eupen.

Nun trat auch der Schöffenmeister hinzu und befahl: «Dennoch werden alle Anwesenden, die in diese Angelegenheit verstrickt sind, umgehend festgenommen.» Er wandte sich an Bardolf. «Haltet Euch für eine Aussage vor dem Gericht bereit, Meister Goldschläger. Und gebt Frau Jolánda Bescheid, dass ihre Tochter sofort freigelassen wird.»

40. Kapitel

Marysa stand auf dem Friedhof und blickte unverwandt auf Reinolds Grab hinab. Es regnete in Strömen, und Imela, die sie begleitete, hatte schon mehrfach zum Aufbruch gedrängt. Doch Marysa blieb. Sie spürte, wie der Regen ihre Haube und das Kleid durchnässte, doch es machte ihr nichts aus.

Ihre Gedanken kreisten um Fulrad, ihren Freund aus Kindertagen. Niemals hätte sie vermutet, dass er aus Ehrgeiz und Habgier zum Mörder geworden war. Gewiss, bevor er ins Kloster gegangen war, hatte er ihr vorgeschwärmt, welch großartige Karriere eine Kirchenlaufbahn ihm bieten konnte. Aber er war nie hinterhältig oder brutal gewesen. Im Gegenteil, sie hatte ihn immer als sehr sanftmütig in Erinnerung gehabt. Und letztlich hatte diese Seite an ihm ja auch gesiegt.

Der Prozess gegen ihn und den Kanoniker van Kettenyss war noch nicht völlig abgeschlossen, aber es ging das Gerücht, dass beide auf eine Bußpilgerfahrt geschickt werden sollten. Es hieß, der Bischof wolle sie barfuß nach Jerusalem ziehen lassen. Was danach mit van Kettenyss geschehen würde, wusste noch niemand; aber sollte Fulrad die Pilgerreise überleben und jemals wieder zurückkehren, so hatte er sein restliches Leben als niederster der Augustinerbrüder im Kloster zu verbringen, dessen Grund und Boden er bis zu seinem Tode nicht mehr würde verlassen dürfen.

Marysa legte den Kopf in den Nacken und ließ den Regen auf ihr Gesicht niederprasseln. Ropert, der in Wirklichkeit kein Mönch, sondern ein Laienbruder war, wurde vermutlich der weltlichen Gerichtsbarkeit übergeben.

Langsam richtete Marysa ihren Blick wieder auf den Grabhügel. Reinold hatte den Tod nicht verdient, ganz gleich, wie schlecht er sie behandelt hatte. Inzwischen spürte sie auch ein leichtes Gefühl der Trauer, doch es wurde überdeckt von etwas, dessen sie sich abgrundtief schämte – Erleichterung.

Bei ihrer Vermählung hatte Reinold auf das Drängen ihrer Mutter hin einen Erbvertrag aufsetzen lassen. Er enthielt in etwa die gleichen Zugeständnisse, die ihr Vater Jolánda gegenüber gemacht hatte. Marysa begriff langsam, was das bedeutete. Sie war nun eine wohlhabende Witwe, auch wenn ihr das im Augenblick nur wenig Trost spendete.

Sie erbte das Haus und eine nicht geringe Leibrente. Auch ihre Mitgift und der gesamte Hausrat fielen ihr zu. Gewiss, die Schreinwerkstatt durfte sie nicht weiterführen, es sei denn, sie vermählte sich innerhalb von zwei Jahren mit einem anderen Schreinbauer, gleich ob Meister oder Geselle. Ein Geselle würde dann durch sie den Mcistertitel erhalten.

Aber sie hatte nicht vor, noch einmal zu heiraten. Die Ehe war in ihren Augen ein Gefängnis. Sie wollte niemals wieder von einem Mann derart abhängig sein, wollte nicht, dass er über sie bestimmte, wie es ihm beliebte.

Mit der Schuhspitze schob sie einen Stein beiseite, der von dem Grabhügel heruntergekollert war.

Als Witwe konnte sie ein ruhiges Leben führen und genoss darüber hinaus auch ein gewisses Ansehen. Das war besser, als den Fußabtreter für jemanden zu spielen, der sie nur wegen ihrer Mitgift – oder in diesem Fall wegen der Aussicht auf den Meistertitel und eine gutausgestattete Werkstatt – zum Altar führte. Noch einmal würde sie das nicht ertragen.

«Herrin, mir wird kalt. Und Ihr holt Euch gewiss einen Schnupfen, wenn Ihr da noch länger steht.» Imela trat ungeduldig von einem Bein auf das andere.

Marysa sah ihre Magd von der Seite an und nickte. «Du hast recht. Lass uns nach Hause gehen.»

Als sie in den Büchel einbogen, sahen sie schon von weitem Bruder Christophorus. Er stand vor dem Haus und schien auf sie zu warten. Sein Habit war vollkommen durchnässt.

Marysas Herz machte einen Satz, und sofort ärgerte sie sich. «Guten Tag, Bruder Christophorus. Was führt Euch hierher? Und warum steht Ihr im Regen?»

«Ich habe geklopft», antwortete er. «Aber es hat niemand geöffnet.»

«Balbina wird auf dem Markt sein», fiel Marysa ein. «Und Grimold und Jaromir habe ich geschickt, Holz zu holen. Anscheinend sind sie noch nicht zurück.»

«Sieht ganz so aus.» Christophorus lächelte verbindlich. «Darf ich Euch kurz sprechen?»

Marysa nickte. «Lasst uns ins Haus gehen.» Sie schickte Imela nach einem Krug Wein und setzte sich mit dem Dominikaner in die Stube. «Um was geht es?»

Christophorus legte ein großes, in Tuch eingewickeltes Bündel vor ihr auf den Tisch. «Ich wollte mich verabschieden, da ich in den nächsten Tagen Aachen verlassen werde. Und ich wollte Euch dies hier geben.»

Marysa blickte überrascht zwischen ihm und dem Bündel hin und her. Zögernd zupfte sie an dem Tuch.

«Nur zu, packt es aus.» Christophorus nickte ihr auffordernd zu.

Sie griff nach dem Gegenstand und spürte schon, als sie ihn anfasste, um was es sich handelte. Vorsichtig zog sie das Tuch fort. Es war ihre Laute.

«Warum?», fragte sie.

Christophorus zuckte mit den Schultern. «Sie gehört Euch. Er hatte kein Recht, sie Euch fortzunehmen.» Er stand auf und ging zur Tür. «Wie gesagt, ich gehe bald fort. Möglicherweise komme ich irgendwann wieder in diese Gegend. Dann werde ich Euch eine Nachricht senden, und Ihr könnt entscheiden, ob ich in Eurem Haus willkommen bin oder nicht.»

«Ich, also ...» Marysa wusste nicht, was sie darauf antworten sollte. Irgendwie war sie froh, dass er vorhatte, die Stadt zu verlassen. Andererseits wollte sie ihn auch nicht so sang- und klanglos ziehen lassen.

«Ich werde das Geschäft meines Vaters weiterführen», sagte sie.

«Den Reliquienhandel?» Verblüfft sah er sie an. «Muss ich mir womöglich doch Sorgen um Euch machen?»

«Nicht, wenn ich es vernünftig angehe.» Sie erwiderte seinen Blick sehr ernsthaft. «Ich war bereits bei der Zunft und habe dort wegen einer Mitgliedschaft vorgesprochen. Mein Vater ist nur wenig mehr als ein Jahr tot, deshalb kann ich seinen Platz einnehmen, der ja ursprünglich Aldo zugestanden hätte.»

«Der Reliquienhandel ist ein von Männern, vorrangig von Geistlichen, dominiertes Gewerbe», gab er zu bedenken. «Ist Euch klar, auf was Ihr Euch da einlasst?»

«Vollkommen klar.»

«Ihr solltet Euch vielleicht lieber einen neuen Ehemann suchen. Einen, der eher als Reinold geneigt ist, Euch in seinem Gewerbe mitarbeiten zu lassen.»

Ihre Augen verengten sich gefährlich. «Derlei Ratschläge könnt Ihr Euch sparen, Bruder Christophorus. Macht Euch um mich keine Sorgen. Ich weiß, was ich tue. Und heiraten gehört ganz sicher nicht dazu. Niemand wird jemals wieder über mein Leben bestimmen.»

Da war er wieder, der schneidende Tonfall, den Christophorus mittlerweile so gut kannte und der ihn klar in seine Schranken verwies.

«Dies war wohl mein Stichwort», sagte er und wandte sich zur Tür. «Ich verabschiede mich nun, Frau Marysa. Gehabt Euch wohl.»

Ihr Herz verkrampfte sich und begann dann heftig gegen ihre Rippen zu pochen. Sie konnte es sich selbst nicht erklären, aber so durfte er nicht gehen.

«Ihr seid ganz nass», sagte sie und war erleichtert, als er sich wieder zu ihr umdrehte.

«Es hat sich in den letzten Tagen stark abgekühlt. Wenn Ihr in den nassen Sachen herumlauft, werdet Ihr Euch erkälten.»

«Ach was, halb so wild.» Er winkte ab. «Bis zur St. Jakobstraße ist es nicht weit.»

«Nein, ich gebe Euch etwas Trockenes zum Anziehen», widersprach sie hastig. «Wenigstens einen Mantel. Wartet.» Sie eilte hinaus und kam wenig später mit einer Houppelande aus teurer flämischer Wolle zurück.

«Die hat meinem Vater gehört und müsste Euch passen. Mutter hat sie mir vor einiger Zeit gebracht, weil sie sie für den Lumpensammler zu schade fand. Reinold wollte den Mantel aber nicht tragen.»

Christophorus wollte schon ablehnen, doch als er ihr

Gesicht sah, nickte er. Außerdem fiel ihm ein, dass bald der Herbst kam. Da würde er einen warmen Mantel gut brauchen können. «Ich danke Euch. Wenn Ihr erlaubt ...» Er öffnete seinen Gürtel und zog sein Skapulier über den Kopf.

Marysa nahm es ihm ab und sah zu, wie er sich in den Mantel hüllte. Er passte ihm, als sei er für ihn angefertigt worden. Die dunkelbraune Wolle stand ihm gut zu Gesicht. Wäre da nicht das weiße Mönchshabit und die säuberlich ausrasierte Tonsur gewesen, er hätte ein stattliches Mannsbild abgegeben.

Ein wenig verlegen sah sie aus dem Fenster und dann zur Tür. «Ich muss Euch danken. Ihr habt Euer Wort gehalten.»

Christophorus lächelte leicht. «Das tue ich immer, Frau Marysa. Wenn ich auch in Eurem Fall weit weniger ausrichten konnte, als ich gerne gewollt hätte. Die Ereignisse haben sich einfach zu Euren Gunsten entwickelt.»

«Aber Ihr habt mir beigestanden. Das ist es doch, was Ihr meinem Bruder versprochen hattet.»

«Das Versprechen gilt noch immer», antwortete er, hob jedoch sogleich die Hand, bevor sie etwas sagen konnte. «Es sieht allerdings nicht aus, als ob Ihr in nächster Zeit meinen Beistand benötigt. Also braucht Ihr die Krallen gar nicht erst wieder auszufahren.»

«Das tue ich ja gar nicht. Es ist nur ...»

«Was?» Neugierig trat er einen Schritt auf sie zu.

Seine plötzliche Nähe machte sie nervös, und sie wusste nicht, wo sie hinsehen sollte. Plötzlich fiel ihr Blick auf die schmale Silberkette mit dem feinziselierten Kruzifix, die er um den Hals trug und die vorher unter seinem Skapulier verborgen gewesen war. Neugierig sah sie genauer hin, und ihre Augen weiteten sich.

Vorsichtig griff sie nach dem Kruzifix. «Das ... das gehört mir!»

Christophorus wusste nicht, was ihn mehr überraschte, die Berührung ihrer Finger oder ihre Aussage. Bevor sie die Hand wieder zurückziehen konnte, umfasste er sie leicht mit der seinen.

Marysa zuckte erschrocken zurück, als habe sie sich verbrannt. «Verzeiht, ich ...» Sie versuchte das merkwürdige Gefühl, das seine Berührung in ihr ausgelöst hatte, zu ignorieren. «Das ist mein Kruzifix. Ich habe es Aldo als Glücksbringer für seine Reise mitgegeben.»

Christophorus nahm den Anhänger nun selbst in die Hand und blickte darauf. «Das wusste ich nicht. Er bat mich, seine Sachen zu behalten, na ja, bis auf die Dinge, die ich Euch und Eurer Mutter mitbringen sollte. Das Kreuz behielt ich zur Erinnerung. Natürlich könnt Ihr es zurückhaben.»

Er zog die Kette über den Kopf und hielt sie ihr hin.

Marysa blickte auf das silberne Kreuz, dann schüttelte sie den Kopf. «Nein, behaltet es. Ich trage ja nun Aldos Kruzifix und ... vielleicht bringt sie Euch ja Glück.»

«Vielleicht.» Er legte sich die Kette wieder um und hielt dabei ihren Blick gefangen. «Auch ich wünsche Euch Glück, Frau Marysa ... und ...»

«Und?» Atemlos hielt sie seinem intensiven Blick stand.

In seinem Kopf schien plötzlich gähnende Leere zu herrschen. Er nahm nur den verwirrten Ausdruck in ihren grünen Augen wahr.

In diesem Moment wurde die Stubentür geöffnet, und die kleine Imela trat ein. «Herrin? Balbina ist vom Markt zurück und fragt ... äh ...»

Marysa fuhr erschrocken zu ihr herum. «Imela! Ich ... sag ihr, ich komme gleich.»

Die junge Magd nickte und huschte verlegen wieder hinaus.

Christophorus atmete tief ein – erleichtert, wie er sich einredete, und sagte dann in neutralem Ton: «Ich muss jetzt gehen. Habt Dank für den Mantel. Er wird mich im Winter gewiss gut wärmen.»

Marysa nickte nur. Sie fühlte sich seltsam benommen, während sie ihn zur Haustür begleitete. Schweigend wartete sie, bis er auf die Straße trat und über den inzwischen fast menschenleeren Büchel Richtung Marktplatz ging. Als er schon ein gutes Stück entfernt war, drehte er sich noch einmal um und hob zum Abschied die Hand.

Marysa erwiderte den Gruß nicht, doch sie sah ihm nach, bis er außer Sichtweite war. Dann ging sie zurück ins Haus und schloss die Tür sorgfältig hinter sich ab.

Der Regen hatte aufgehört.

Epilog

Aachen, 19. August,
Anno Domini 1412

«Marysa? Wo steckst du denn, Kind?» Jolánda klopfte gegen die Stubentür.

Marysa, die gerade dabei war, ihre Schlafkammer in den großen Raum zu verlegen, der zum Büchel hinausging, eilte zur Treppe. «Hier oben, Mutter! Imela, bring diese Bettwäsche nach unten und gib sie der Wäscherin mit!»

Jolánda stieg die Treppe hinauf und sah sich staunend um. Grimold und Jaromir schleppten ein neues großes, in mehrere Einzelteile zerlegtes Bettgestell in die zukünftige Schlafkammer. Auf einer Truhe in der Ecke des Zimmers lag zusammengefaltet ein zartgelber Betthimmel.

Marysa winkte ihrer Mutter. «Komm und sieh dir das an!»

Sie gingen in die ehemalige Schlafkammer. Dort lag ein riesiger Haufen Kleider am Boden. «Eines hässlicher als das andere», konstatierte sie. «Ich werde sie allesamt dem Lumpensammler vom Leprosenhaus mitgeben.»

Jolánda nickte verständnisvoll. «Das bedeutet wohl einen größeren Auftrag für Einhard.»

Marysa nickte. «Ich habe Reinolds Sachen alle zu Frau Gerharda bringen lassen.»

«Und was wird nun aus seiner Werkstatt?»

«Das weiß ich noch nicht. Ich benötige nur das kleine Kontor und vielleicht den Lagerraum. Wahrscheinlich ist es das Beste, ich lasse die Knechte alles Werkzeug und die verbliebenen Schreine in Kisten verpacken und in der Remise einlagern.»

«Du könntest sie auch verkaufen», schlug Jolánda vor.

Doch Marysa schüttelte den Kopf. «Ich weiß nicht warum, aber ich habe das Gefühl, die Sachen vielleicht noch einmal zu brauchen.»

«Falls du dich wieder verheiratest?»

«Nein.» Marysa schüttelte entschieden den Kopf. «Das tue ich ganz gewiss nicht. Jedenfalls nicht in nächster Zeit.»

Christophorus führte sein schwerbepacktes Maultier durch das Kölntor aus der Stadt hinaus. Ein Wechselspiel von Sonne und Wolken zog über den Himmel und spiegelte seine Gemütsverfassung wider. Einerseits war er froh, wieder auf Wanderschaft gehen zu können. Er hatte es bisher noch nie länger an einem Ort ausgehalten – wenn er sich beeilte, würde er vielleicht noch vor Köln wieder auf Gizellas Gauklertruppe stoßen. Aber was sein Versprechen Aldo gegenüber anging, so hatte er das Gefühl, es nicht ganz erfüllt zu haben.

Sicher, er war ein großes Risiko eingegangen, als er Marysa in ihrer Notlage zu helfen versucht hatte. Und das, so schwor er sich, würde er niemals wieder tun. Denn wenn die Welt erfuhr, dass Bruder Christophorus in Wahrheit weder ein Ablasskrämer noch ein Inquisitor, ja nicht einmal ein richtiger Mönch war, sondern nur der

Sohn eines einfachen Handwerkers mit einem erstaunlichen Talent für das Fälschen von Schriften und Siegeln und einer traurigen Vergangenheit, die er lieber vergessen wollte, würde es ihm ganz sicher schlecht ergehen. Doch irgendetwas ließ ihn zweifeln, dass Aldo sich die Erfüllung seines letzten Wunsches so vorgestellt hatte.

Als er schon ein gutes Stück gegangen war, blickte er noch einmal zurück auf Aachen und hatte dabei das untrügliche Gefühl, nicht zum letzten Mal hier gewesen zu sein.

Nun, vielleicht würde er tatsächlich irgendwann noch einmal herkommen. Aber nicht in nächster Zeit. Nein, ganz gewiss nicht in nächster Zeit.

Historische Nachbemerkung

Im gesamten Mittelalter nahm Aachen als Stadt Karls des Großen eine herausragende Rolle unter den Städten der Christenheit ein. Der bedeutende und schließlich heiliggesprochene Kaiser prägte durch sein politisches und kulturelles Wirken die nachfolgenden Epochen bis in die heutige Zeit hinein. Insbesondere der von ihm geschaffene prächtige Dom mit den wertvollen Reliquien, die bis heute in seinem Inneren aufbewahrt werden, verlieh der Stadt einen besonderen Status.

Seit vielen Jahrhunderten pilgern die Menschen in Scharen nach Aachen, um einen Blick auf die Windeln und das Lendentuch Christi, das Kleid Mariens, welches diese angeblich in der Christnacht getragen haben soll, und das Enthauptungstuch Johannes des Täufers zu werfen und im Angesicht der Reliquien für das eigene Seelenheil zu beten. Auch der vollkommene Sündenablass, der jeweils einmal an jedem Tag der Heiltumsweisung gewährt wurde, war sehr begehrt. Die Vermutung, dass dieser in Aachen an Bedingungen wie den Besuch der Messe, die Beichte und eine nicht zu kleine Spende für die Kirche gebunden war, liegt nahe, da diese auch bei anderen Gelegenheiten, zu denen ein vollkommener Ablass verkündet wurde, gebräuchlich waren. Doch jener Aachener Ablass war (und ist) umstritten, da er nicht vom Heiligen Vater verliehen worden war, sondern nur auf eine sogenannte «Engelweihelegende» zurückgeht.

Die Heiligtümer wurden den Pilgern, soweit aus den Quellen ersichtlich, bereits im 13. Jahrhundert nur zu bestimmten Zeiten gezeigt. Der Siebenjahresturnus der Heiltumsweisung, auch Aachenfahrt oder Heiltumsfahrt genannt, ist seit 1349 schriftlich belegt und wird seither, bis auf nur zwei oder drei Abweichungen, bis heute eingehalten.

Zu Beginn des 15. Jahrhunderts hatte sich die Heiltumsweisung zu einer regelrechten Massenveranstaltung entwickelt. Quellen berichten zum Teil von hunderttausend Pilgern oder mehr, die während des vierzehntägigen Kirchweihfestes – in Aachen Kirmes genannt – vom 10. bis 24. Juli täglich nach Aachen strömten. Sicherlich muss man diese Zahlen mit Vorsicht genießen, doch selbst wenn nur der zehnte Teil dieser enormen Zahl wahr ist, kann man sich vorstellen, was dies für eine Stadt, die zu jener Zeit etwa acht- bis zehntausend Einwohner hatte, bedeutet haben mag.

Tatsächlich wurden auch die guten Aussichtsplätze auf den Dächern der Wohnhäuser rings um den Dom von deren Besitzern an vermögende Pilger vermietet. Das ging so weit, dass es mehrfach zu schweren Unfällen und sogar Todesfällen kam, weil Dächer unter der Last der vielen Menschen einstürzten.

Ritus und Ablauf der Heiltumsweisung, angefangen bei der Öffnung des Marienschreins durch je einen Gold- und Eisenschmied in Anwesenheit von Abgesandten des Stadtrates sowie des Marienstifts, über die täglich am frühen Vormittag stattfindenden Zeigungen der Reliquien bis hin zum erneuten Verschließen der Reliquien im Marienschrein mit anschließender Feier, sind historisch verbrieft. Den Ablauf der Heiltumsweisung am ersten Tag der Kirmes, an der Bruder Christophorus teilnimmt, konnte ich fast wortwörtlich einer historischen Quelle aus jener Zeit entnehmen.

Das Blasen auf den sogenannten Achhörnern zur Begrüßung der einzelnen Reliquien ist ebenfalls belegt. Diese tönernen Pilgerhörner wurden in Langerwehe hergestellt und massenhaft an die Pilger verkauft, die sie als Andenken mit in ihre Heimat nahmen, wo sie dann oftmals als Wetterhörner dienten. Noch heute kann man sich darüber im Töpfereimuseum in Langerwehe informieren.

Das Ausblasen der Freiheit war ein – zugegebenermaßen etwas merkwürdiger – Brauch in Aachen, der es all jenen Menschen, die wegen eher kleinerer Vergehen aus der Stadt verbannt waren, erlaubte, während der Kirmes die Stadt zu betreten, ohne Verfolgung oder Inhaftierung fürchten zu müssen. Die allgemeine Gerichtsbarkeit ruhte während dieser Zeit. Allerdings galt dies nicht für schwere Verbrechen wie Mord, Brandstiftung oder Diebstahl.

Die Freiheit wurde übrigens nicht nur zur Heiltumsweisung ausgeblasen, sondern auch zu jeder regulären Kirmes und zu den anderen Aachener Jahrmärkten.

In Aachen wurden aber natürlich nicht nur die großen Reliquien gezeigt und verehrt, sondern es wurden hier wie auch überall in der christlichen Welt kleine Reliquien verkauft. Oft handelte es sich um Haare oder winzigste Knochensplitter von Heiligen, auch Schnipsel von Fingernägeln oder Kleidungsstücken waren üblich. Noch wertvoller, und damit natürlich viel teurer, waren Kuriositäten wie Tränen von Heiligen oder Tropfen der Milch Mariens. Die Liste solcher Reliquien ließe sich noch weiter fortsetzen.

Man kann jedoch davon ausgehen, dass die Großzahl solcher Reliquien nicht wirklich auf Heilige zurückging. Auch wenn der christliche Kalender Hunderte Heilige kennt, dürften doch die meisten der von Händlern, Klöstern oder Kirchen feilgebotenen Reliquien gefälscht gewesen sein. Und an diesem Punkt setzt die Geschichte ein, die ich in diesem Buch erzählt habe.

Die Schauplätze des Buches sind leicht wiederzuerkennen, geändert haben sich im Laufe der Jahrhunderte allerdings einige der Straßennamen:

Spätes Mittelalter:	heute:
Auf dem Graben	Hirschgraben
Kaxhof	Katschhof
Die Kreme	Krämerstraße
Parvisch	Fischmarkt
Platz op der Pley	Seilgraben

Die meisten Figuren sind dagegen meiner Phantasie entsprungen, wenngleich ich mich gerade bei den Domherren und den Personen aus dem Stadtrat durchaus von historischen Persönlichkeiten habe inspirieren lassen. Auch die Querelen zwischen Marienstift und Stadtrat um die gerichtliche Zuständigkeit bei Vergehen oder gar Verbrechen, vor allem wenn sich diese auf der Domimmunität ereignet hatten, gehen aus historischen Quellen hervor.

Somit hoffe ich, dem geneigten Leser zumindest einen kleinen Ausschnitt aus der Geschichte Aachens nähergebracht und ihn darüber hinaus mit einer spannenden Geschichte unterhalten zu haben.

Petra Schier im Oktober 2008

Konkavelite

Marysa, die Protagonistin in diesem Buch, liebt süße Speisen. Insbesondere den Konkavelite isst sie sehr gerne. Es handelt sich hierbei um eine Art Mandelpudding mit Kirschen, der auch uns modernen Menschen noch sehr gut mundet, wenn er auch nach heutigen Maßstäben eine reine Kalorienbombe darstellt.

Das folgende Rezept wurde einer original mittelalterlichen Rezeptsammlung entnommen. Zum besseren Verständnis habe ich es an die heutigen Kochgewohnheiten angepasst:

Ein konkavelite.
 Zuo einer schuezzeln ze machen: man sol nemen ein phunt mandels vnd sol mit wine die milich vz stozzen. vnd kirsen ein phunt, vnd slahe die durch ein sip vnd tuo die kirsen in die milich. vnd nim einen vierdung rises, den sol man stozzen zvo mele, und tuo daz in die milich. vnd nim denne ein rein smaltz oder spec vnde smeltze daz in einer phannen vnd tuo dar zvo eine halbe mark wizzes zuckers. vnd versaltz niht vnd gibz hin.
 (Aus: Daz Buoch von guoter spîse, Würzburg 1345/52)

Konkavelite

(FÜR 4 PERSONEN)

Zutaten:

Für die Mandelmilch:
  300 g Mandeln, gehäutet
  1 l Wasser oder Wasser + Wein
  100 g Puderzucker

  oder ersatzweise:
  1 l Milch
  200 g Marzipanrohmasse

Für den Pudding zusätzlich:
  500 g Sauerkirschen
  100 g Reismehl
  30 g Haferflocken, zart
  1 EL Honig
  1 EL Butter
  150 g Zucker
  1 Becher Sahne

Zubereitung:

Die Mandeln möglichst fein mit der Küchenmaschine, Mühle oder im Mörser zermahlen. Nach und nach das Wasser bzw. Wasser-Wein-Gemisch zufügen, bis eine milchig-weiße Masse entsteht. Mit dem Puderzucker verrühren und zum Kochen bringen.

Wer es schneller bzw. einfacher haben möchte, kann ersatzweise die Milch mit der in Stücken geschnittenen Marzipanrohmasse zum Kochen bringen und auflösen.

Die Flüssigkeit mit dem Reismehl (am besten aus gemahlenem Rundkorn-/Milchreis) und den Haferflocken andicken, dann den Honig hinzufügen.

Die Kirschen (süß oder sauer, je nach Geschmack) entsteinen, in etwas Flüssigkeit weich kochen (oder abgetropfte Dosenware verwenden). Dann die Kirschen im Mixer oder mit einem Pürierstab zerkleinern und in die angedickte Mandelmilch geben. Gut verrühren und nochmals kurz aufkochen. Dann abkühlen lassen. Laut ursprünglichem Rezept kann man auch noch eine kleine Prise Salz hinzufügen.

Die Butter in einem Topf schmelzen, den Zucker darin karamellisieren lassen, mit Sahne ablöschen.

Etwas abkühlen lassen und über den Konkavelite gießen bzw. dazu reichen.

Man kann den Konkavelite natürlich auch mit anderem Obst (Erdbeeren, Brombeeren, Himbeeren o. Ä.) zubereiten.